I0751241

COMME À NOS
dix sept-ans

romance contemporaine

Audrey Reynoud

COMME À NOS
dix sept-ans

romance contemporaine

Audrey Reynoud

Correction – Martine Eggerickx Silverberg
Couverture : Audrey Reynoud
Impression à la demande par Amazon KDP
Edition : Audrey Reynoud, Haute-Savoie

dépôt légal – février 2026
isbn – 9782384460014

Prologue

Dans un soupir, je me lève, exaspérée d'avoir été réveillée par les cris répétitifs du petit monstre bruyant qui me sert de fille, probablement torturée par son père à coups de chatouilles jusqu'à ce que supplications s'ensuivent. Je mets en route la bouilloire, il me faut absolument un thé.

Pendant que celle-ci chauffe, je m'adosse au plan de travail et mes yeux se perdent dans le vide. Je remarque alors une tache jaunâtre sur le mur blanc du salon. Il faudrait songer à rafraîchir cette peinture, nous n'y avons pas touché depuis notre emménagement il y a six ans. Ce ne serait pas du luxe de refaire la décoration complète, à vrai dire. Le doré des trois autres murs de la pièce à vivre ne me plaît plus tant que ça et le mauve de ces rideaux commence à me sortir par les yeux. Si je change les rideaux, il faudra faire de même avec le canapé puisqu'ils sont assortis. Voilà que je m'éparpille, comme souvent.

Il fait grand soleil dehors, la lumière m'éblouit, mes yeux picotent. J'ai encore oublié de mettre mes lunettes avant de passer des heures devant mon ordinateur. D'ailleurs, je ne saurais même pas dire où j'ai encore laissé ces foutues lunettes. Je suis complètement dans le brouillard. Je persiste à faire des siestes alors que je me réveille encore plus fatiguée à chaque fois. Au point de ne plus savoir dans quel pays je vis. Ça ne loupe jamais.

Le bip strident de la bouilloire me tire de mes réflexions et accentue mon agacement de façon significative. J'attrape le premier sachet de thé que je trouve et le jette dans un énorme mug Harry Potter. Traînant les pieds, je traverse le couloir puis monte les escaliers. La vapeur de l'eau remonte jusqu'à mes narines et me réchauffe le visage pendant que je m'appuie contre l'encadrement de la porte de la chambre de Théa.

La vision de mon mari assis au centre de la pièce en pleine séance de maquillage avec mon adorable — mais caractérielle — petite fille de six ans m'arrache un demi-sourire. Ma mauvaise humeur s'envole aussi vite qu'elle est apparue, comme un courant d'air.

— Heureusement que je n'étais pas en train de dormir, ironisé-je à l'intention des deux zouaves.

Ils tournent tous deux la tête, cessant tout mouvement. Théa pince les lèvres, ses yeux pétillent alors qu'elle tient un petit goupillon et brosse les sourcils de Stéphane. Celui-ci a du rouge à lèvres partout, sauf là où il devrait être. Les yeux grands ouverts, il n'ose plus faire un mouvement.

— Ce rouge à lèvres… ? suspecté-je.

— De toute façon, tu dors tout le temps ! se défend Théa.

— C'est vrai ça, une véritable marmotte ! renchérit Stéphane.

— Changez bien de sujet, ça vaut mieux pour vous.

Mon époux se lève et dépose un baiser sur mon front, je tente de l'esquiver, mais il attrape ma tête et écrase ses lèvres puis bientôt ses joues sur mon visage et étale partout la substance rouge et collante. Dans la secousse, le thé brûlant déborde sur mes doigts.

— Oh, bordel ! Tu vois pas que j'ai une tasse dans les mains ? pesté-je en me précipitant vers la salle de bain.

— Désolé, je voulais pas te brûler, ça va ? Théa, tu ranges ta chambre avant d'aller à la douche, ma puce.

— Oui, oui, ça va. Et Théa, tu remets mon rouge à lèvres là où tu l'as pris ! Je n'ai pas envie de le chercher pendant des heures, hélé-je tandis que l'eau ruissèle sur mes doigts endoloris.

— Toute façon, tu le mets jamais… grommèle-t-elle dans sa barbe.

— C'est pas la peine de marmonner.

Je tends l'oreille pour guetter une éventuelle réponse, mais Théa semble s'être décidée à abdiquer plutôt que de risquer une énième remontrance de sa maman grognonne. Ne jamais réveiller une marmotte pendant sa sieste sous peine qu'elle ne se change en ours mal léché.

Une fois la sensation de brûlure apaisée et les traces de rouge à lèvres retirées, je retourne au salon et rejoins Stéphane sur la terrasse. Il me tend une cigarette déjà allumée et en sort une nouvelle de son paquet. Je détaille ses cheveux bruns, sa barbe mal rasée et ses yeux noisette. Il regarde dans le vide. Ça lui donne un air rêveur que je ne perçois pas souvent chez lui qui est si terre à terre.

— Alors, commence-t-il, t'as pu avancer un peu sur ton bouquin ?

— Non, soupiré-je. Je suis complètement bloquée. Je ne sais pas d'où ça vient…

— T'as pas écrit depuis quand déjà, le lycée ?

— Ouais, par là. Peut-être un peu après, deux ou trois ans. Mais tu sais que je n'ai jamais arrêté d'y penser. J'aimerais vraiment m'y remettre.

— Peut-être que t'as perdu le truc, lance-t-il en haussant les épaules entre deux bouffées.

— C'est comme le vélo, ça ne se perd pas.

— Ouais, enfin… si tu pratiques pas, certaines choses se perdent. Tu me diras, il suffit certainement de reprendre la main. Mais après si longtemps, t'es sûre que c'est ce que tu veux ? T'es déjà bien assez occupée avec le webzine, non ? Puis, c'est de l'écriture aussi.

— C'est différent, écrire des histoires me manque. J'ai des tonnes d'idées, il est temps que je me lance. J'ai juste quelques problèmes… d'inspiration, j'imagine.

— Si t'as plein d'idées, comment tu peux être en panne d'inspiration ?

— Tu ne comprends pas, les idées, c'est pas tellement le problème. C'est le fait d'écrire en soi, tu sais, construire des phrases, assembler des mots…

— Ouais, c'est ce que je disais, faut pratiquer. Mais si t'as jamais été publiée avant, tu ne penses pas que ça va être pareil, maintenant ? Les écrivains commencent tôt, non ?

— Il n'y a pas d'âge pour commencer à écrire, et c'est sympa de croire en moi ! m'agacé-je en écrasant ma cigarette dans le cendrier.

— Andie, c'est pas ça, mais…

Il n'a pas le temps de finir sa phrase que j'ai déjà refermé la porte-fenêtre derrière moi. Qu'est-ce qu'il peut m'agacer quand il parle d'un sujet dont il ne connaît absolument rien. À défaut de s'y intéresser, de poser des questions et de se faire son propre avis, il se contente de répéter ce qu'il entend partout. Faut pratiquer, faut être publié jeune, faut ci, faut ça… puis merde.

Je m'enfonce dans le canapé, l'ordinateur portable sur mes genoux ouvert sur un fichier vierge. Pas un seul mot, rien.

Je soupire et ouvre mon dossier « Photos », espérant qu'un peu de nostalgie me rendra l'inspiration. Les images de mes anciens amis défilent devant mes yeux, du collège jusqu'à la fac. Je m'attarde tout particulièrement sur la période du lycée, une époque de ma vie que je n'oublierai jamais. Elle a été marquée par autant de moments très sombres que de souvenirs extraordinaires. Un selfie de Léo et moi apparaît sur mon écran et je ne peux m'empêcher d'esquisser un sourire. Les quelques mois passés ensemble ont été courts et pourtant si intenses. Cette photo est la seule preuve qu'il a existé un jour, entre nous, un amour profond

et véritable, prématurément achevé par les aléas de la vie. Nous avions à peine dix-sept ans, j'en ai vingt-huit aujourd'hui et pourtant elle me réchauffe le cœur comme si elle datait d'hier.

Attendrie par ce souvenir réconfortant, je décide de prendre mon écran en photo et de le lui envoyer sur WhatsApp. Nous avons toujours fait en sorte de garder contact au fil des années, sans jamais s'appeler ni même se revoir, nous nous envoyons simplement des nouvelles de temps à autre. C'est un lien difficile à rompre, lorsque l'on a vraiment aimé quelqu'un. J'ose à peine imaginer le sourire qui se dessinera sur ses lèvres lorsqu'il verra mon message, secouée par toute une foule d'émotions dont je tente de me débarrasser en secouant la tête. À la base, j'avais décidé d'écrire.

Un rayon de soleil transperce les rideaux et arrive pile poil sur mon œil gauche, m'empêchant d'ouvrir ce dernier tandis que je me réveille difficilement. D'un seul œil, je lorgne le réveil.

7 h 45

Et merde. Je me lève à la hâte et me dirige vers la cuisine où j'entends Stéphane et Théa discuter. J'embrasse ma fille sur le front et lance un regard noir à mon mari pendant que celui-ci me tend une tasse de thé avec le sourire jusqu'aux oreilles.

— T'aurais pu me réveiller, je vais être en retard…

— Excuse-moi, je n'y ai pas pensé. En revanche, enchaîne-t-il en me voyant lever les yeux au ciel, j'ai pensé à nourrir et à habiller ta progéniture.

— C'est déjà ça.

— Bon, ma puce, maman est un peu ronchonne ce matin. On va donc lui laisser la BM et partir avec nos petits pieds. On passera par le parc.

— Oh chouette ! s'écrie Théa en sautant de sa chaise pour prendre ses affaires.

Tandis que j'avale une gorgée de thé, elle me fait un gros bisou sur la joue et court vers la porte. Stéphane dépose devant moi les clés de la M3 et je ne peux réprimer un immense sourire de satisfaction. Il pouffe en voyant mon expression puis m'embrasse brièvement avant de rejoindre notre fille.

∞

Rarement prête aussi vite, j'examine mon reflet dans le grand miroir de ma chambre. Mes longs cheveux bruns sont attachés en un chignon coiffé-décoiffé réussi pour une fois et la légère touche de blush que j'ai mise sur mes pommettes me donne un peu de couleur et me confère un semblant de souffle de vie.

Je sors en trombe et m'installe au volant, le vrombissement du moteur six cylindres m'arrache un sourire fier. Je n'ai absolument aucune connaissance en mécanique et n'ai pas la prétention de me définir comme une pilote accomplie, cependant j'adore la vitesse et le bruit des gros moteurs. Je mets les lunettes, passe en mode cabriolet et lance *When I'm gone*, de Simple Plan, pour traverser la ville à toute allure.

Toutes les têtes se tournent sur le parking lorsque je me gare, laissant la musique à fond jusqu'au dernier moment. Je ne suis pas quelqu'un de très exubérant en général mais ça, c'est mon petit plaisir m'as-tu-vu. J'adore voir le visage des hommes se décomposer lorsqu'ils se rendent compte que c'est bel et bien une femme qui est au volant.

J'attrape mon sac, rabat la capote du cabriolet et sors du véhicule. La fermeture centralisée s'enclenche alors que je m'éloigne en direction de Mia. Elle est adossée au pot de yaourt qui lui sert de voiture et frappe frénétiquement du pied par terre en tirant sur sa cigarette.

J'arrive à son niveau, elle bouillonne, pour je ne sais quelle obscure raison. Je remonte mes lunettes de soleil au sommet de mon crâne et lui adresse un sourire fatigué.

— Toi, tu t'es pas réveillée ce matin, rit-elle en désignant ma coiffure.

— Évidemment, tu sais bien que ce n'est pas mon genre d'arriver si peu soignée au travail. Tu m'en donnes une ?

— Tu pourrais même venir en jogging que tu serais toujours aussi canon ! pouffe-t-elle en me tendant son paquet duquel dépasse une cigarette.

— N'importe quoi, bon alors, qu'est-ce qu'il t'arrive ? Tu as l'air bien remontée.

— Cette garce de Mary veut que je lui ponde un article sur les tendances BDSM. Tu sais, les délires dominant-dominé, tout ça quoi… elle veut que je fasse un parallèle avec *Cinquante nuances de Grey* et *365 jours* parce que c'est à la mode et ça touchera un public jeune. Non mais pitié quoi. Elle veut ma mort, c'est pas possible. Premièrement, c'est pas mon délire du tout. Si je baise, c'est pour me faire du bien, pas pour qu'on m'attache et qu'on me fouette.

— Tu n'es pas obligée de donner ton avis, rié-je. Si ce n'est pas ton truc, tu peux simplement faire un article informatif. Reste objective, par pitié. Imagine que Mary en soit adepte, tu risquerais de la vexer. Et, vexer sa boss, ce n'est jamais une bonne idée. Et puis, penses aux lectrices qui pratiquent ou qui kiffent Christian Grey. Elles pourraient toutes se sentir attaquées. En bref, tu n'as pas à émettre un jugement.

— Ouais, je sais tout ça, j'ai peut-être que vingt-et-un an, mais je suis pas idiote. Et Christian Grey, il me gêne pas plus que ça. Bon, son côté autoritaire et malade du contrôle, perso, je pourrai pas. Mais soit, il y en a qui aiment. Par contre, écrire sur ce Don Massimo machin truc, ça fait franchement mal à mon féminisme. On nous chie dessus dans ce film, l'autre gourde qui se prétend forte et indépendante, on lui met un mafieux sicilien musclé à poil sous les yeux et elle s'écrase.

Je ne peux m'empêcher d'éclater de rire face à cette petite femme au visage encore enfantin qui s'énerve si fort pour un misérable film.

— Mais c'est pas drôle ! J'aimerais t'y voir, toi, râle-t-elle en jetant son mégot au sol.

— Oh, tu sais, je ne l'ai même pas vu ce film moi, alors… Mia, ta clope ! Il y a une poubelle à l'entrée.

— Ah, pardon, j'oubliais que j'avais Yannick Noah comme collègue de travail, maugréé-t-elle en se baissant pour ramasser son mégot.

— Quel rapport avec Yannick Noah ?

— Bah, tu sais, il kiffe la nature, il marche pieds nus, tout ça quoi. Bon, allez, on va être en retard.

— Tu me fatigues déjà, soupiré-je en lui emboîtant le pas.

∞

Dans l'ascenseur, Mia me raconte sa dernière soirée quand mon téléphone vibre dans ma poche. Mon cœur se remplit de joie en voyant que Léo vient de répondre à mon message d'hier.

— Pourquoi tu souries comme une niaise ? C'est Stéphane qui t'envoie une photo de…

— Ne finis pas ta phrase, la coupé-je. C'est Léo, je suis tombée sur une vieille photo de nous deux hier soir en fouinant dans mon PC. Ça m'a rendue nostalgique de l'époque du lycée alors, je la lui ai envoyée.

— Fais voir, il dit quoi ? s'enquiert-elle en attrapant mon téléphone. J'y crois pas, un GIF de DiCaprio qui fait un clin d'œil, mais vous avez quel âge pour vous envoyer encore des GIFS ? Bon, j'admets qu'il était canon, mais il a bien changé.

— Rabat-joie. Rends-moi ça ! Di Caprio, ça reste Di Caprio. Et j'aime bien les GIFS. Et lui aussi. Et on a que sept ans d'écart, toi et moi, alors tu te calmes.

— Ça va, détends-toi, Stephen Wilhite.

— C'est qui ça encore ?

— L'informaticien qui a inventé le GIF. Tu sais pas ça, toi ? se moque-t-elle.

— Lâche-moi un peu, va, rié-je tandis que la porte de l'ascenseur s'ouvre sur le huitième étage.

Je m'engage dans le long couloir qui borde les bureaux vitrés dans lesquels nos collègues s'affairent déjà. Mia presse le pas pour se mettre à mon niveau, m'attrapant le bras pour que je ralentisse.

— Mais c'est quand même super chelou votre relation, là. C'est qui déjà ? Ton ex du lycée ?

— De un, ça ne te regarde pas, de deux, nous sommes au travail. On est en retard, donc bouge ton joli petit cul.

Dans un éclat de rire, elle s'accroche un peu plus à mon bras et accélère l'allure. Ce petit moment de flottement ressemble à une scène de film, deux jolies jeunes femmes qui s'avancent d'un pas décidé vers leur avenir, traversant les couloirs dont les murs sont ornés un peu partout du logo à la fois moderne et sobre du webzine. *L'Art de vivre*, c'est le nom que lui a donné Mary Bolton, sa créatrice et directrice. Une Américaine venue vivre en France il y a de nombreuses années, dans le but de fuir le côté conservateur et faussement pudique, comme elle dit, des États-Unis.

C'est ce moment-là que choisit justement la patronne pour nous tomber dessus et manquer de renverser une barquette de quatre gobelets de café.

— Ah ! Vous voilà, toutes les deux. Vous êtes en retard.

— Mary, salut ! s'enthousiasme Mia.

— Joue la discrète, tu veux ? Andie, ça arrive rarement, mais toi, c'est presque tous les jours.

— J’étais à l’heure, à la base, sauf que je l’ai attendue sur le parking, donc…

— J’avoue que tes petites excuses ne m’intéressent que très peu, Mia, on a du pain sur la planche aujourd’hui. Rendez-vous tout de suite en salle de réunion.

— Il faut que j’aille chercher mes notes dans mon bureau, annoncé-je.

— Inutile, nous devons simplement discuter de l’arrivée de deux nouvelles recrues. Ensuite, j’aimerais te voir en privé, Andie.

J’acquiesce d’un hochement de tête, ma salive a du mal à descendre dans ma gorge. Je sais pertinemment ce qu’elle va me dire et pour autant, je n’ai pas envie de l’entendre.

Chapitre 1

La réunion n'a pas duré assez longtemps à mon goût. Il est déjà l'heure de rejoindre Mary dans son bureau et je suis aussi stressée que si je passais un oral du Bac. C'est désespérant de se dire qu'avec l'âge, l'angoisse ne diminue pas. On apprend seulement à mieux la gérer et à ne plus la laisser transparaître. Je m'installe dans l'un des fauteuils du bureau, plus mal à l'aise que jamais, et j'attends ma sentence.

— J'imagine que tu te doutes de ce dont je vais te parler, commence-t-elle d'un air grave.

— Je sais, je n'écris pas grand-chose en ce moment, j'ai quelques problèmes d'inspiration.

— Eh bien, il va falloir remédier à ça et vite, Andie. Non seulement tu écris peu, mais les articles que tu te forces visiblement à rédiger sont d'une qualité bien moindre que ce à quoi tu m'as habituée. Alors tu sais, si ça ne tenait qu'à moi… je serais pour laisser du temps aux rédacteurs, surtout si des problèmes d'ordre personnel viennent perturber leur concentration. Cependant, je ne suis pas seule décisionnaire. Les investisseurs et le comité au complet tirent la sonnette d'alarme. Il va falloir que tu te bouges, me prévient-elle. La rubrique *Amour et séduction* est l'une des plus importantes ! Les lectrices se jettent littéralement dessus. Elles ont besoin de rêver un peu, pour s'évader de ce quotidien qui sent le camembert pas frais. Alors, qu'est-ce qui ne va pas ?

— Tout va bien, je t'assure ! m'exclamé-je. J'ai juste… une petite baisse de régime.

— Et il te faut quoi pour t'y remettre ? Un bon coup de pied aux fesses ? plaisante-t-elle.

Je ris nerveusement, intimidée par cette menace déguisée.

— Je vais me reprendre, Mary, c'est promis.

— Il y a plutôt intérêt, je ne vais pas pouvoir te défendre bien longtemps. Je sais que tu es un très bon élément, quand tu te donnes la peine de prendre quelques risques… ne me fais pas regretter d'avoir dit ça à voix haute. Une dernière chose, n'oublie pas que tu vas devoir te charger des nouveaux dès leur arrivée.

— Quelqu'un d'autre ne peut pas le faire ? J'ai déjà pas mal de travail…

— Tout le monde est occupé, tu sais. Et puis, tu as fait le score le plus nul à la dernière soirée karaoké, suivie de près par Mia, donc c'est à toi de t'en occuper. C'était le pari. Quoique, réfléchit-elle, je vais aussi la mettre sur le coup. Ça lui fera les pieds, pour ses retards incessants.

— Je vois, pouffé-je. Bon, alors, si je n'ai pas le choix… qu'attends-tu de moi précisément ?

— Rien de bien sorcier, il faut leur faire visiter les lieux, leur expliquer un peu le fonctionnement général, le règlement intérieur, enfin tout ça. La partie chiante, rit-elle.

— Ça ne me semble pas insurmontable. Autre chose ? demandé-je en me dirigeant vers la sortie.

— Oui. Écris !

∞

Je lève les yeux au ciel et sors de la pièce tandis qu'elle a déjà le regard ancré sur l'écran de son ordinateur. Mary est une chouette patronne, elle est certes un peu brute de décoffrage par moments… mais il semble que parfois, ce soit nécessaire. L'avantage de sa franchise, c'est qu'il n'y a aucune chance que l'on découvre un jour qu'elle est gentille de face et qu'elle nous descend par derrière. Elle a plutôt tendance à nous tyranniser de vive voix et à nous soutenir face aux autres lorsque l'on n'est pas là pour se défendre.

∞

Pendant la pause déjeuner, nous avons l'habitude de nous installer dans le petit café d'en face. Je suis la première arrivée ce midi et j'attends patiemment mon thé glacé en observant les clients autour de moi. Je cherche à deviner quelles sont leurs vies, c'est mon jeu favori. Je suis à notre table habituelle, juste devant les vitres qui donnent sur la terrasse. La dame assise à la table en face regarde par la fenêtre, une tasse fumante entre les mains. Je me demande comment elle fait pour boire chaud avec ce début d'été déjà étouffant.

Fait-elle partie de ces personnes qui lisent la citation sur l'étiquette du sachet de thé ? Prévoit-elle sa semaine en fonction de son horoscope ? Elle semble pensive, presque triste. Elle est d'une beauté discrète, une coiffure simple, aucun maquillage superflu, le strict minimum. Et pourtant elle est tout de même jolie. Jolie, sans en faire trop.

Elle doit avoir une petite quarantaine d'années, je vois qu'elle ne porte pas d'alliance. Peut-être vient-elle de divorcer, ça expliquerait cet air pensif. Plutôt refaire sa vie dès que possible ou profiter de son célibat et s'offrir une seconde jeunesse insouciante ?

Mon cher collègue et plus vieil ami Sam fait son apparition dans l'établissement et me tire de mes rêveries. Il s'affale complètement sur la chaise en face de moi et je manque de m'étouffer avec mon thé glacé.

— Waouh ! Tant de motivation ? m'amusé-je.

— M'en parle pas ! Mary veut ajouter une partie déco à ma rubrique mode. Comme si je n'avais pas déjà assez de boulot ! Non mais ce webzine va bientôt ressembler à un catalogue Ikea, tu vas voir.

— Je trouve que c'est une bonne idée, en fait. Enfin, pas le catalogue Ikea, le côté déco. T'as un souci avec Ikea ?

— Pas particulièrement, mais… oh, puis non. Laisse tomber, je suis juste d'ultra mauvais poil.

Le serveur nous amène un frappuccino vanille caramel, comme Sam les aime. Il remercie chaleureusement le jeune homme et hume sa boisson, les yeux fermés. Je peux voir les muscles de son visage se détendre à mesure que la senteur réconfortante gagne ses narines.

— Ah, Andie, t'es vraiment un amour. Rien que l'odeur, je suis déjà plus relax. Tu me connais par cœur. Bon alors, toi, quoi de neuf ? J'ai passé le week-end chez mes parents, à Marseille. J'ai l'impression de ne pas t'avoir vue depuis une éternité. Et ces marseillais, bon sang… ils ne m'avaient pas manqué. Ces rustres. Puis la mer, le sable, arf... rien ne vaut notre bon vieux lac. Annecy, c'est vraiment ma ville de cœur. Enfin bref, je m'éparpille ! s'excuse-t-il.

— Tu as visiblement besoin de vider ton sac, ris-je. Moi, pas grand-chose de neuf, en un week-end. J'ai tenté d'écrire un peu mais comme pour mes articles, je sèche. Mary m'a clairement fait comprendre que je devais me remuer si je ne voulais pas aller pointer au chômage. J'ai tout essayé : lire, regarder des films, sortir me balader, regarder de vieilles photos du lycée.

— Argh, le lycée ! souffle-t-il d'un air écœuré. Quelle période horrible. Entre les histoires avec ta mère, les hormones en feu, les garçons qui sont cons comme des bites…

J'explose de rire, ses répliques si cinglantes ont le don de provoquer mon hilarité à tous les coups.

— Bah alors ! Tu es bien sur les nerfs. Oui, ce n'était pas une période facile sur tous les points… mais il y a quand même des bons souvenirs.

— Laisse-moi deviner… tu parles de Léo, déduit-il en arquant un sourcil.

— Entre autres, notre rencontre s'est faite au lycée aussi, je te signale.

— Quelle belle erreur !

Il esquive de peu le coup de pied que je lui envoie sous la table et s'esclaffe.

— T'es vraiment un enfoiré de première ! J'ai bien fait d'envoyer la photo à Léo, au lieu de te l'envoyer à toi.

— Quelle photo ? Ne me dis pas que tu t'es mise aux nudes !

— Mais non espèce de couillon, une photo de Léo et moi à l'époque.

— Vous parlez beaucoup en ce moment ?

— Pas tellement, je n'avais pas eu de nouvelles depuis deux ou trois semaines. Il doit être encore en voyage dans je-ne-sais quel pays exotique.

— Ouais, pour t'envoyer des photos de lui torse nu sur la plage.

— Ça va, ce n'est arrivé qu'une fois ! C'était pour me montrer le coucher de soleil, rigolé-je.

— Le coucher de soleil oui ! À d'autres, tu n'y crois pas toi-même ! pouffe-t-il. Enfin, une fois peut-être, mais une fois de trop. Si Stéphane le savait…

— Il n'a pas besoin de tout savoir non plus, il sait qu'on a gardé contact, c'est l'essentiel.

— À ce sujet, ça va mieux entre vous ? Je pensais à ta panne d'inspiration, peut-être que…

— Ça n'a jamais été très mal on s'est un peu éloignés ces derniers temps, mais rien de bien grave. Des périodes de creux, ça arrive dans tous les couples.

— N'hésite pas à me laisser Théa un soir, faites-vous un restau et une bonne baise. Tout ira mieux.

— Quelle délicatesse ! m'exaspéré-je. Tout ne repose pas là-dessus.

— Admets quand même qu'un bon petit coup, ça fait du bien ! jubile-t-il. Surtout quand on doit écrire des articles amour et séduction.

— La ferme, souris-je.

∞

Je rentre à la maison un peu tard ce soir, le salon est vide et complètement éteint. Je me débarrasse de mes affaires et monte à l'étage. La porte de la chambre de Théa est entrebâillée et un filet de lumière s'en échappe. Je la pousse doucement et me faufile à l'intérieur.

— Maman ! s'écrie-t-elle.

— Salut, vous deux.

— On a mangé plus tôt, vu que tu as dit que tu rentrerais tard dans ton message, m'explique Stéphane. Je vais bientôt partir au travail, je voulais profiter d'un petit moment au calme avec une histoire.

— Oui aucun souci, c'est justement pour ça que je t'ai envoyé un message. Vous vous organisez comme vous voulez, quand je finis tard.

Je m'avance jusqu'à eux, dépose un baiser sur le front de ma fille et un sur la joue de mon époux.

— Je peux prendre le relais, si tu dois y aller.

— Non, non, j'ai encore une vingtaine de minutes. Va manger toi, il y a des lasagnes chèvre épinards dans le four.

Je fais un arrêt salle de bain pour enfiler quelque chose de plus confortable et j'attrape un de mes cinquante carnets qui traînent un peu partout dans la maison. Je suis tout simplement incapable de me retenir lorsque je trouve un nouveau cahier qui me plaît, j'ai un sérieux problème d'addiction. En plus de ça, je n'attends jamais d'en avoir terminé un pour en commencer un nouveau. Résultat, je me retrouve avec des tas de notes un peu partout à ne jamais savoir où trouver ce qui m'intéresse. Peut-être qu'en organisant déjà un peu mieux mes pistes et mes recherches, j'arriverais à avancer dans mon écriture.

Je m'installe à table, une assiette de lasagnes fumantes et un verre de rouge devant moi, puis je commence à feuilleter le carnet dans l'espoir d'y trouver les idées concernant cette histoire que je peine à rédiger. Je cherche l'inspiration.

Stéphane arrive à ce moment-là et m'offre un sourire chaleureux en enfilant sa veste à l'effigie de l'entreprise dans laquelle il travaille de nuit. Malgré son sourire presque parfait, il a une mine fatiguée. Des cernes discrets soulignent son regard noisette. Avec l'éclairage ambiant, ses cheveux sont d'une telle noirceur que s'il n'avait pas des traits si doux, il aurait l'air très sévère.

J'oublie parfois qu'il est bel-homme. J'oublie même souvent de le regarder. Peut-être est-ce là une partie du problème, on ne se regarde plus. Pourtant, les années lui vont bien et ces jolies pattes d'oie qui se dessinent au coin de ses yeux ne le rendent que plus charmant.

— Qu'est-ce qu'il y a ? s'enquiert-il.

— Oh, rien. Je te regardais, c'est tout.

— D'accord… ça te prend souvent ?

— Plus si souvent que ça, justement. J'étais en train de me faire cette remarque, pourtant, tu es encore très beau.

— Comment ça : encore très beau ? pouffe-t-il. Je n'ai pas soixante-dix ans non plus ! À trente-trois ans, j'espère bien ne pas avoir tant changé.

— Depuis mes dix-huit ans, rien d'étonnant à ce qu'on ait tous les deux un peu changé.

— Oui, bien sûr, on a grandi. Et heureusement, nos tronches à cet âge-là… on se connaît depuis longtemps, maintenant, réfléchit-il. Bon, je vais être en retard si je continue.

Il s'approche à toute allure et dépose un baiser sur mon front avant de filer vers la porte. On ne s'embrasse même plus, c'est toujours le front ou la joue. Il fait un arrêt juste avant de sortir et me lance :

— Au fait, toi aussi tu es toujours aussi belle, ma chérie.

Je ne peux retenir un sourire ainsi que le flot de souvenirs qui se met à défiler dans mon esprit. Notre rencontre alors que j'étais au plus mal, dormant tantôt chez des amis, tantôt chez des inconnus, tantôt dans la rue. Sa douceur, sa gentillesse, qui m'avaient d'abord poussées à le fuir. S'il n'avait pas insisté, je me demande bien à quoi ressemblerait ma vie à l'heure actuelle.

Mon téléphone vibre et me ramène soudain à la réalité, je l'attrape et le déverrouille, une notification WhatsApp.

Léo

Je ne fais qu'y penser depuis que tu m'as envoyé cette photo. Je ne l'avais plus, merci, j'ai pu l'enregistrer. Tu étais très belle.

Aujourd'hui 22:00

Mon cœur loupe un battement. Malgré moi, je ne peux m'empêcher de remarquer que le compliment de Léo me fait bien plus d'effet que celui de mon mari. Il paraît que nous ne sommes jamais satisfaits de ce que nous avons et que l'interdit nous attire toujours plus. J'en suis la preuve vivante et irréfutable.

Une idée germe en moi. Elle s'établit dans un petit coin de mon esprit, elle se développe, tel un arbre en pleine croissance, étendant ses branches aux quatre coins de mon cerveau. Elle prend maintenant toute la place. Je sais exactement ce que je vais écrire.

Chapitre 2

Je remue mon thé dans la salle de pause, pensive, alors que Mia débarque complètement à bout de souffle. Son visage, d'ordinaire légèrement hâlé, est rougi par l'effort et ses cheveux bruns coupés au carré sont désordonnés. Elle s'appuie contre l'îlot central et tente de reprendre son souffle.

— Oh bordel, peste-t-elle. J'ai bien failli être à l'heure. Mary est dans le coin ? J'espère qu'elle ne m'a pas vue !

— Je ne l'ai pas croisée ce matin, elle n'est peut-être pas encore arrivée.

— Chouette, allez, petit caf' et c'est parti. Ça va, toi ? T'as l'air ailleurs.

— J'ai la tête dans mon roman, oui, ris-je. Je vais avoir du mal à me concentrer aujourd'hui, heureusement que j'ai pris de l'avance hier soir. Je suis restée pour écrire quelques articles, je les ai tous mis sur Google Doc, tu iras jeter un œil ?

— Ouais, sans souci. Mais alors, ça y est ? T'as commencé à écrire ce roman avec lequel tu nous bassines depuis des mois ? applaudit-elle.

— Enfin, oui ! Et n'exagère pas, je ne vous bassine pas tant que ça.

— Tu déconnes ? Bouhouhou, je suis une auteure nulle qui n'arrive pas à aligner trois phrases, geint-elle. D'ailleurs, on dit auteure ou autrice ?

— Change de sujet, ouais ! C'est un grand débat. J'imagine qu'il est plus correct de dire autrice, tu peux aussi dire écrivaine.

— Ah ! Vous voilà, vous deux, déclare Mary en franchissant la porte. J'ai l'impression de me répéter tous les jours, avec cette même phrase… bref, on vous attend en salle de réunion, je vous signale. Et Sam, il est où encore, lui aussi ?

— En salle de réunion ? Pourquoi faire ? m'enquiers-je.

— Réunion d'urgence. Tu ne sais donc pas où est Sam, Andie ?

— Euh, non, aucune idée. Il y a un problème ?

— Aucun, je dois vous présenter vos deux nouveaux collègues. Ils commencent aujourd'hui, finalement. Je vous rappelle que vous devez vous en occuper, je pensais avoir été claire hier.

Je fais un arrêt sur image tandis que Mia arbore une expression mi-agacée-mi mal à l'aise. La soirée karaoké. Mary était bien plus cool avec quelques verres dans le sang. Mais aujourd'hui, elle est sobre. Malheureusement.

— Sur ce que tu attends de moi, oui, reprends-je. Mais tu ne m'avais pas dit qu'ils seraient là aujourd'hui. J'avais prévu quelques trucs, alors…

— Aucun désistement ne sera toléré, me coupe-t-elle. J'ai jeté un œil au Google Doc et j'ai vu que tu avais pris un peu d'avance. C'est parfait, reste dans cette énergie-là. Ils vont enfin me lâcher la grappe ! Bref, aucune excuse, chacune de vous s'occupe de l'un d'eux. Ou faites-le tous ensemble, je m'en moque. Bon, je venais récupérer ça à la base, fait-elle en saisissant une barquette de gobelets. Allez, on file en salle de réu, illico presto !

— Yes, on arrive ! s'exclame Mia dans un élan de joie visiblement feint.

Mary est déjà partie tandis que Mia prend le temps de touiller son café.

— J'peux savoir pourquoi je me retrouve dans la merde avec toi ? râle-t-elle.

— Certainement à cause de tes nombreux retards.

— Hmm, ça se tient. Quelle idée de commencer le boulot aussi tôt. Personne ne devrait avoir à être sociable à neuf heures du matin.

— T'es un vrai ours, me moqué-je.

— Dit-elle, alors qu'elle préfère passer ses week-ends cloîtrée chez elle devant son ordinateur plutôt que de sortir avec moi !

— Eh, j'ai une famille, je te rappelle ! Je ne passe pas ma vie devant mon écran, j'ai une fille et un mari avec qui passer du temps.

— Ouais, je sais. Et ce roman alors, il va parler de quoi ? Pitié, ne me dis pas que ça va parler d'une écrivaine en manque d'inspiration enfermée dans une routine banale avec une petite famille parfaite.

— Je rêve, ou tu parles de ma vie, là ? m'indigné-je.

— Je te laisse libre d'interpréter, s'amuse-t-elle. Nan, premier degré, ça parle de quoi ? Dis-moi qu'il y a un peu de cul !

— Il y en aura pas mal, en fait.

— Oh, génial ! La sage et douce Andie serait-elle en train de se dévergonder un peu ?

— LES FILLES ! hurle Mary à travers la porte du bout du couloir.

Je manque de renverser de ma tasse tant je sursaute. Le visage de Mia passe du rouge au blanc et elle jette quasiment son mug dans l'évier sous l'effet de la surprise.

∞

— T'as vu qu'elle avait plusieurs cafés dans les mains ? C'est bizarre, d'habitude, elle pense qu'à elle. C'est pour nous, tu penses ?

— Pas certaine qu'on mérite un café, ce matin, grommelé-je en poussant la porte de la salle de réunion.

Je m'installe dans l'un des fauteuils, l'équipe est au complet mais je remarque que Mary n'est pas là. Quel culot, nous hurler dessus car nous sommes soi-disant en retard, elle n'est pas là elle-même.

Il manque aussi Sam, qui a dû rester chez lui pour s'occuper de son fils et de son mari qui sont malades, à ce qu'il m'a dit dans son dernier SMS. Mia s'installe à côté de moi et dégaine immédiatement son téléphone, j'en profite pour sortir le mien afin de trouver le GIF idéal à répondre à Léo.

Je ne sais pas comment répondre à ce dernier message — un GIF sera parfait. Ça en dit beaucoup sans en dire trop, puis ça permet d'éviter les sujets compliqués.

En faisant défiler le maigre catalogue WhatsApp, je repense à la remarque de Mia la veille. Qu'y a-t-il de bizarre dans le fait d'avoir gardé contact avec un ex-copain du lycée ? Ce n'est pas comme si nous étions restés dix ans ensemble, ou comme si notre histoire datait d'hier. Ça fait exactement onze ans. Il y a prescription.

— Bonjour à toutes et à tous, s'écrie Mary en entrant en trombe dans la salle. Je sais, réunion le mardi matin pour commencer la journée après celle interminable d'hier, c'est pas le top. Je ne vous embêterai pas longtemps, je veux juste vous présenter nos deux nouvelles recrues arrivées un peu plus tôt que prévu.

J'hésite entre deux GIFs, l'un représente Minnie dont les joues s'empourprent de façon ridicule mais mignonne ; l'autre met en scène Natalie Portman qui remet sensuellement une mèche de cheveux derrière son oreille. J'ai envie que ma réponse soit mignonne, ou plutôt aguicheuse ? Je clique sur celui de Natalie Portman. Puis, je m'arrête une seconde pour réfléchir, que va-t-il penser si je rentre dans son jeu ?

Oh, Andie. Ce n'est qu'un GIF. Les hommes ne se prennent sans doute pas autant la tête. Je ne suis même pas sûre qu'ils comprennent tous nos sous-entendus. Trop subtil. Beaucoup trop subtil. Il faut dire qu'on est tordues, parfois, on ne peut pas leur en vouloir de ne pas capter tous les signaux.

— Eh, t'as vu ? Elle leur donne un gobelet, c'était pour eux les cafés. Je sais pas d'où ils sortent mais à mon premier jour, elle m'a pas offert le café, chuchote Mia. Oh, Andie ?

Elle me donne un malheureux coup de coude qui me fait appuyer sur le bouton « envoyer ».

— Et merde. Tu fais chier, Mia !

— Andie, Mia, on ne vous dérange pas trop ? nous interrompt Mary.

Je cache précipitamment mon téléphone et plante mon regard dans le sien. Je sens le feu me monter aux joues comme une gamine de quinze ans tandis que les collègues étouffent leurs rires.

— Toutes mes excuses, continue !

— Alors, je vous présente Carla David, qui sera notre nouvelle photographe. Et voici Léo Cottet, notre nouveau rédacteur culture et arts.

Je jette un bref coup d'œil à nos deux nouvelles recrues et je n'en crois pas mes yeux. Ce n'est pas juste un Léo parmi d'autres, c'est mon Léo. Enfin, c'était mon Léo. Quoi qu'il en soit, il est debout devant la longue table de réunion, sourire aux lèvres. Il me regarde droit dans les yeux.

Et merde.

Chapitre 3

Ce sourire.

Pendant quelques secondes, qui me paraissent être une éternité, je ne distingue plus que ce sourire. Tout le reste s'efface littéralement autour comme un flou artistique. Les paroles de Mary ne sont plus qu'un bruit de fond constant dont je ne perçois absolument aucun mot. Qu'est-ce qu'il peut bien faire ici ?

— Eh, c'est marrant ça, chuchote Mia. Il s'appelle Léo.

— Ce serait marrant si ce Léo n'était pas le Léo que je connais.

— Tu déconnes ?! Léo c'est *ton* Léo ?

— Moins fort…

Mary débite à une allure folle, mais j'ai le sentiment de ne pas parler sa langue. J'ai beau essayer, je ne parviens pas à assimiler le sens des phrases qui sortent de sa bouche, sa voix rompt seulement le silence assourdissant de cette solitude que je ressens soudain. Je suis incapable de détacher mes yeux de lui et il me regarde fixement, à son tour, un léger sourire aux lèvres.

À ce moment-là, la porte s'ouvre brutalement, faisant sursauter toute l'assemblée. Sam débarque en catastrophe et se jette dans le dernier fauteuil restant.

— Je te remercie de nous gratifier de ta présence, Sam, lâche Mary d'un ton acerbe. Je ne pensais pas te voir aujourd'hui.

— Excuse-moi, pardonnez-moi tous pour mon retard, en fait Chris et le petit ont été malades toute la nuit, je ne vous raconte pas, il y avait du vomi partout, c'était une véritable horreur…

— Tu disais ne pas vouloir nous raconter... eh bien, tiens t'en à ça, s'il te plaît, abrège Mary.

Elle reprend ses explications et je profite de l'arrivée de Sam pour détourner le regard et me ratatiner dans mon fauteuil.

— Qu'est-ce que tu fais là ? chuchoté-je.

— Il fallait que je sorte. Cette odeur dans l'appartement, insoutenable. Je les ai bourrés de médocs et j'ai filé. Je ne suis pas pressé d'être à ce soir.

— Heureusement que t'es là, ajoute Mia doucement. Andie a bien besoin de soutien, pouffe-t-elle.

— Comment ça ? Qu'est-ce qui se passe ?

Je garde le silence, plus mal à l'aise que jamais. Sam en sait beaucoup trop. Au sujet de Léo, sur nous, sur mon ressenti de toutes ces dernières années. Il sait que j'ai gardé contact avec lui et pour quelles raisons. Il sait aussi qu'un soir, dans un moment de faiblesse lors d'une soirée alcoolisée il y a maintenant à peu près cinq ans, nos échanges sont devenus un peu plus qu'amicaux. Il sait que de tous les hommes que j'ai connus dans ma vie, s'il y en a bien un qui me fait frémir, c'est lui. Même à distance.

Je me fais toute petite et je ferme ma bouche, surtout. Mia est visiblement très amusée par la situation et semble vouloir mettre un peu d'action dans sa journée.

— Tu vois le canon en chemise bleue, à droite ?

— Le nouveau ? Tu sais quoi, sa tête me dit quelque chose.

— Ah mais oui ! s'exclame Mia. T'as dû le connaître aussi vu que vous étiez au lycée ensemble. C'est Léo !

— Léo… réfléchit-il en me regardant. Attends, Léo… Léo ?! Ton Léo ? Ah, mais oui ! Bon sang. Je ne l'avais pas reconnu.

— Vous pouvez arrêter de dire « ton » Léo ? Et parler moins fort, accessoirement ? Ce n'est pas mon Léo, d'accord ?

— Tu parles ! Encore hier matin, dans l'ascenseur, elle souriait comme une niaise face à un pauvre GIF de DiCaprio envoyé par Monsieur Léo le canon en chemise bleue, rit-elle.

— Baisse d'un ton ou je t'étrangle, m'agacé-je. Bordel, c'est la merde. Mary nous a chargé Mia et moi d'en escorter un chacun pour faire la visite et tout le reste.

— Eh bien, c'est parfait, tu t'occupes de la greluche en mini-short et Mia s'occupera de Léo, propose Sam.

— Il va trouver ça étrange que je l'évite comme ça. Je n'ai aucune raison de la choisir elle plutôt que lui, je ne la connais pas.

— Alors, choisis-le. Quel est le problème ? s'enquiert-il le plus discrètement possible. Tu ne te sens pas capable de te contrôler ?

— Comment ça ? s'étonne Mia. Quelle est la nature de votre relation, au juste ?

— Si, j'en suis parfaitement capable, réponds-je en ignorant la question de Mia. Je ne suis juste pas très à l'aise, je ne m'attendais pas à bosser avec lui du jour au lendemain. Je ne savais même pas qu'il était revenu dans la région.

— Bon, alors ils sont en train de s'activer, là. Ils vont venir te parler, il faut te décider vite. Je te propose de m'en occuper pour toi, ça te va ?

— Mary va me tuer.

— P'têtre qu'il t'a pas reconnu ? suggère Mia.

— Impossible, rétorqué-je.

— Ah ouais ? Pourquoi ?

— Parce qu'ils s'envoient régulièrement des photos, rétorque Sam à ma place tandis que je lève les yeux au ciel.

— De plus en plus chelou, votre histoire. Bon, débrouillez-vous entre vous, moi je m'occupe de Barbie.

Carla se dirige spontanément vers Mia qui l'accueille d'une accolade légèrement surjouée alors que Léo est toujours en pleine discussion avec Mary. Il faut que je gagne du temps. Je dois m'extirper de cette situation qui me met mal à l'aise au plus haut point, avant de tourner de l'œil.

— Bon, je te propose un truc, tu n'as qu'à sortir en prétextant une diarrhée fulgurante. Personne ne dit jamais rien quand on parle de diarrhée.

— Super… tu sais, parfois j'ai du mal à croire que tu approches de la trentaine.

— Dit la mère de famille qui veut fuir un ex du lycée.

Prends-toi ça, Andie.

Mary détourne les yeux vers moi, elle amorce un mouvement dans ma direction, suivie de près par Léo, dont le sourire s'élargit petit à petit. Plus de temps à perdre. C'est maintenant ou jamais.

Je me lève et cours vers la sortie.

— Andie ? m'interpelle Mary.

— J'ai la diarrhée ! lâché-je sans réfléchir en franchissant la porte.

Comme une ado de quinze ans, je me suis retirée de cette galère de façon ridiculement gênante. Tous les collègues se sont mis à rire et j'ai entendu Sam proposer de prendre ma place auprès de Léo. Je ne peux pas leur en vouloir, vu de l'extérieur, la situation devait être tout à fait cocasse. Cette façon de fuir le problème n'est pas digne d'une mère de famille de vingt-huit ans responsable et mature, comme je suis censée l'être. J'ai paniqué. Face à lui, je me suis sentie de nouveau comme si j'avais dix-sept ans et aucune expérience de la vie, aucune assurance.

Assise au volant de ma très chère BM, fenêtre ouverte, j'allume une cigarette en me demandant quelle serait la meilleure façon de réagir lorsque mes collègues se foutront ouvertement de moi après la scène de la diarrhée. Auto-dérision ? Orgueil ?

— Alors, me voir après tant d'années, ça te file la diarrhée ? Je ne sais pas comment je dois le prendre, plaisante Léo.

Dans un sursaut, je lâche ma cigarette, trouant la housse qui protège le sublime intérieur cuir. Léo est tranquillement penché à ma fenêtre et attend une réponse de ma part.

— Merde, je t'ai fait peur, désolé. Tu ne t'es pas brûlée ? Tu ne veux pas sortir de cette voiture ?

Prenant mon courage à deux mains, j'ouvre la portière et mets les deux pieds dehors. Je peine à me tenir sur mes jambes, fébrile face à cet homme venu du passé que je ne m'attendais pas à retrouver un jour physiquement en face de moi.

— Non, ça va, parviens-je à articuler. J'ai surtout eu peur pour le cuir !

— Tu es une femme de goût, assurément. M3 e46 cabriolet, moteur 6 cylindres, 343 chevaux. Une valeur sûre. Indémodable ! Les dernières sorties d'usine datent de 2006, si je ne me trompe pas.

— Tout à fait. J'ignorais que tu aimais les voitures, dis-je bêtement.

Comme si c'était rare qu'un homme aime les voitures.

— Tu me connais, je suis plutôt deux roues, mais un beau petit bolide fait toujours son petit effet, rit-il. Alors, cette diarrhée ? demande-t-il avec un clin d'œil.

— Oh, nan, ce n'est pas ce que tu crois… j'ai dit ça car il fallait que je sorte fumer une clope et comme je suis déjà arrivée en retard ce matin, Mary n'aurait sûrement pas apprécié.

Je ne suis pas sûre de la crédibilité de mon excuse. Il me toise en silence quelques secondes, comme pour assimiler ce que je suis en train de lui dire. D'un léger hochement de tête, il semble renoncer à l'idée d'insister.

— Ah, me voilà rassuré. J'ai presque cru que tu m'évitais, pendant quelques secondes.

Ce regard si confiant me désarçonne, je suis prête à me liquéfier sur place. J'ai l'impression de pouvoir entendre mes genoux s'entrechoquer.

— Pourquoi je t'éviterais ? me risqué-je.

— Oh, je ne sais pas, peut-être que tu aurais pu regretter certaines conversations, maintenant que je suis en face de toi. D'ailleurs, très sympa le GIF de Natalie Portman. Je dois dire que tu as très bien choisi, elle me fait un peu penser à toi.

Voilà qu'il me compare à Natalie Portman. Je devrais être flattée, rougir de plaisir de savoir que même en souillon et onze ans après, je lui plais encore. Pourtant, le moindre de ses mots me perturbe au plus haut point. La scène me paraît tellement irréelle. Son charme me lacère la rétine et la cassure de sa voix vibre jusque dans mon estomac.

— Ouais, on a des airs, c'est vrai. Mais j'ai une carrière bien plus intéressante que la sienne, plaisanté-je pour me redonner contenance.

— Oh, c'est sûr que tu n'as rien à lui envier. En tout cas, je suis agréablement surpris de voir que les photos ne sont ni retouchées, ni pleines de filtres, dit-il en souriant. Tu es encore plus belle que dans mes souvenirs ! Grandir te va bien.

— Vieillir, tu veux dire ? pouffé-je. Arrête, je n'ai pas eu le temps de me préparer ce matin, j'étais à la bourre.

— Raison de plus alors, si tu me dis que là, tu n'es pas apprêtée.

Je reste muette. J'aurais envie de lui retourner le compliment, mais les mots stagnent juste derrière mes dents et la salive commence à me manquer. Les secondes semblent durer des heures et la sueur déborde par tous mes pores. Pendant ce laps de temps silencieux, je tente de passer en revue dans ma mémoire nos nombreuses conversations et de me souvenir de choses gênantes ou compromettantes que j'ai pu avoir le culot de sortir.

Cachée derrière mon écran.

Bien au chaud.

— Alors, tu as perdu ta langue ? Je te mets mal à l'aise peut-être ? suppose-t-il d'un air embêté.

— Non, pas vraiment, c'est juste... un peu perturbant, tu vois ?

— Ouais, je vois. En tout cas, tu étais bien plus téméraire derrière ton téléphone, rit-il. Bon, allez, j'arrête de t'embêter. On m'a dit que tu t'occupais de moi aujourd'hui.

— Euh, il semblerait, oui, déglutis-je. Allons-y, je vais te faire visiter.

— Je te suis.

— Oh, attends... j'aimerais que tu évites de parler de tout ça aux collègues, d'accord ?

— De quoi, tout ça ?

— Bah, tu sais, de nous.

— Oh, je vois, rit-il. Tu sais, Andie, il n'y a pas grand-chose à dire finalement. On a qu'à dire que c'était une simple amourette de lycée qui a duré à peine trois mois et sans aucun détail croustillant à raconter. Donc rien de gênant, mais si tu y tiens, on peut juste dire qu'on est de vieux amis. Pas besoin de s'étaler. De toute façon, ce n'est pas mon style.

J'acquiesce en silence et il me répond par un sourire des plus ravageurs. Ses dents parfaitement blanches contrastent merveilleusement avec le hâle de sa peau. Qui a des dents aussi blanches ? J'entame donc le trajet jusqu'à notre immeuble, suivie de près par l'homme le plus attirant en tout point qu'il m'ait été donné de connaître dans ma vie.

Nous restons silencieux dans l'ascenseur, je ne peux m'empêcher de me questionner sur le fait qu'il m'attire autant. J'essaie de croiser le moins possible ses grands yeux verts. D'ignorer la mèche châtain clair qui retombe nonchalamment juste devant eux, de temps en temps, avant qu'il ne la remette en place d'un geste étonnamment viril. Je respire par la bouche, pour ne pas sentir le parfum épicé qui se répand autour de lui à chaque fois qu'il passe sa foutue main dans cette foutue chevelure. Je me demande bien quelle est cette senteur.

De toute évidence, Stéphane m'a plu et c'est encore le cas. Mais Léo… Léo, c'est autre chose. Il semblerait qu'il ait été taillé tout spécialement pour moi. Si je devais décrire mon homme idéal, ce serait simplement lui. Ce nez aquilin, cette pomme d'Adam qui ressort presque trop, les veines apparentes de ses avant-bras, ces clavicules exagérément dessinées. Oui, j'ai sans doute des critères un peu étranges.

Mais le fait est qu'il coche absolument toutes les cases. Et moi, je vais devoir travailler avec lui. Tous les jours. Je vais devoir respirer. Je vais devoir me mouvoir alors même que je doute de savoir encore comment mettre un pied devant l'autre.

Le trajet jusqu'au huitième dure une éternité. Une chanson de Calogero, *En apesanteur*, vient s'immiscer sournoisement dans mon esprit et une phrase me reste en tête :

Et sans la regarder je sens la chaleur d'un autre langage.

Ça, pour faire chaud, il fait chaud. Ou… ce n'est que moi ? J'espère sincèrement qu'il n'a aucune notion de langage corporel et qu'il n'est pas en train de m'analyser. Pour qui s'y connaît un tant soit peu, les choses ne seraient pas plus claires si je portais une pancarte illuminée et clignotante avec écrit en gros : tu me rends folle.

Chapitre 4

Je commence par lui montrer les bureaux en insistant sur le côté espace ouvert, il n'y a presque pas de murs ici, seulement de grandes baies vitrées qui nous permettent de travailler dans le calme tout en étant en contact permanent avec les collègues.

— En somme, pas moyen d'avoir de l'intimité ici ! rit-il. Il n'y a pas de liaisons secrètes entre collègues ?

— Le principe d'un secret, c'est justement qu'il ne soit pas connu de tous, alors je dois dire que je n'en sais rien.

— Oh, allez ! Si ce n'est pas toi, c'est certainement ta jeune collègue, Mia, c'est ça ? Tu dois en savoir des choses ! Entre femmes, vous vous racontez tellement de trucs.

— Mia a quelques défauts, mais elle ne mélange pas le pro et le perso ! Et c'est tout à son honneur.

— Ah, inutile de la couvrir. Je ne vais pas aller tout balancer à Mary. Et puis je ne vois pas pourquoi ce serait forcément une mauvaise chose d'avoir une liaison avec un collègue, ça resserre les liens, non ? fait-il avec un clin d'œil.

— Qu'est-ce que tu ne vas pas aller tout me balancer ? demande l'intéressée en passant à côté de nous.

— Oh, rien de bien grave, Andie m'a avoué que parfois, elle joue aux Sims et fait semblant de travailler quand tu passes.

— N'importe quoi !

— C'est donc pour ça que tes articles n'avançaient pas bien vite en ce moment ?

— Rien à voir. Disons que j'ai… une petite panne d'inspiration, admets-je avec difficulté.

— Il va falloir remédier à ça, c'est plan-plan du côté amour et séduction, en ce moment. D'ailleurs, comment se porte ta diarrhée ? rit-elle en s'éloignant.

Dans un sourire qui ressemble plus à une grimace, je garde la face tandis qu'elle rejoint son bureau en s'esclaffant. À défaut d'avoir une répartie cinglante, je vais me contenter de rire quand on me taquinera sur le sujet. Ça aura au moins le mérite de calmer le jeu, je l'espère.

— C'est une vraie peau de vache parfois. Méfie-toi, fais-je doucement à l'intention de Léo.

— Oh, quand on la connaît, elle n'est pas si méchante. Je sais qu'elle peut avoir l'air froide et distante, comme ça. Bien que je la trouve particulièrement enjouée, aujourd'hui. C'était de l'humour, elle te taquine et donc, elle t'aime bien. Dans le perso, je t'assure qu'elle est vraiment adorable.

— Dans le perso ?

— Oui, euh, disons que je la connais plutôt bien. Mais je n'ai pas forcément envie de m'étaler là-dessus publiquement, tu sais, les gens parlent. Je n'ai pas tellement envie d'entendre raconter que j'ai eu ce poste pour autre chose que mon CV.

— Hmm, oui, je vois… n'en dis pas plus. Bon, si on allait visiter la cafet' ? changé-je de sujet. J'ai envie d'un thé.

Il acquiesce d'un hochement de tête pensif. Ne pas vouloir l'ébruiter auprès de tous les collègues, je peux comprendre. Mais moi ? Il sait très bien que je ne suis pas du genre à aller étaler la vie de mes collègues aux autres, alors pourquoi ne pas vouloir me dire d'où il connaît Mary ? Y aurait-il quelque chose que je ne dois pas savoir ?

Je ne peux m'empêcher de penser à une liaison entre les deux, ils font comme s'ils se connaissaient à peine devant nous, et le soir, à la maison ils se retrouvent pour des nuits endiablées. Je tente de me débarrasser de cette vision cauchemardesque et de ne plus y penser.

∞

La matinée passe au ralenti, j'esquive habilement tout sujet compromettant et me concentre sur la partie travail de cette visite. Mia et Carla nous ont rejoints après environ une heure. Ainsi, cela m'évite de rester seule avec Léo trop longtemps et lui retire la possibilité de ramener sur le tapis nos nombreux messages. Trop nombreux.

À l'heure du déjeuner, c'est Sam qui nous tient compagnie. Nous nous installons au soleil, sur la terrasse de notre café habituel. Il fait un temps radieux et la température est idéale. Une douce chaleur réchauffe mon visage, j'en profite pour lever le nez vers le ciel et fermer les yeux quelques instants.

— Et Mia, elle n'a pas voulu se joindre à nous ? questionne Léo.

— C'est l'anniversaire de sa mère aujourd'hui, elle avait prévu de faire un visio avec ses parents à midi. Ils sont en Espagne depuis quelques mois maintenant et je crois qu'ils comptent y rester.

— Oh, eh bien, vous savez, moi qui ai pas mal voyagé… rien ne vaut notre belle France à mes yeux. Ses paysages, sa langue si mélodieuse, la culture, les arts… énumère-t-il les yeux pétillants.

— Sans oublier le fromage, le pain et le vin ! s'enthousiasme Carla — qui n'est pas si potiche que j'ai pu le penser au premier abord —.

— Alors, je suis tout à fait d'accord avec vous, continue Sam, mais l'Italie se défend pas mal aussi. Sans parler des Italiens, d'un point de vue séduction et sensualité, ils sont bien loin devant les Français !

— C'est que tu n'as pas rencontré les bons Français, suggère Léo d'un ton joueur.

— Si, un, et je l'ai épousé !

— Vous êtes mariés depuis longtemps ? s'intéresse Carla.

— Ça va faire six ans.

— Et tu as parlé d'un petit tout à l'heure en réunion, vous avez adopté ou l'un de vous deux avait déjà un enfant ? s'enquiert Léo.

— C'est le fils de Chris, issu d'un premier mariage avec une femme adorable. Il est ouvertement bisexuel. J'ai de la chance, son fils est adorable et je m'entends super bien avec son ex-femme.

— C'est clair que t'as eu de la chance, continue Carla, moi, si mon homme me plaquait pour un autre homme… je le prendrais sans doute très mal. Ça ébranlerait sérieusement ma confiance en moi.

— Pourquoi donc ? l'interpellé-je. Si ça arrivait, ça ne serait sans doute pas lié à toi, tu n'y pourrais rien. Il ne faut pas tout prendre personnellement ni se remettre en question sans arrêt. Il y a des choses contre lesquelles on ne peut pas se battre, les hommes font leurs choix aussi et on n'y est pour rien.

— Ça, c'est bien vrai, confirme Léo. Beaucoup de femmes ramènent toujours tout à elles et prennent tout personnellement. On ne réfléchit pas tout à fait comme vous, on se prend beaucoup moins la tête. Enfin, en règle générale, il y a des exceptions. Et parfois, on ne se rend pas compte de la portée de nos paroles ou de nos actes, tout simplement car nous n'avons pas la même sensibilité. Parfois, il y a des choses qui ont d'énormes répercussions sur vous alors que ce n'était pas du tout le but. Attention, je parle bien de choses insignifiantes, pas de choses graves et inadmissibles incluant tout type de violence physique ou morale.

— Beaucoup de femmes, non, objecté-je, je dirais plutôt que c'est un comportement normal de jeune femme qui se construit. C'est logique de se remettre en question, avec l'âge on le fait un peu moins sur ce genre de sujets. On est plus sûres de nous, de ce qu'on veut et de ce qu'on vaut. Tu me prends comme ça, ou tu dégages, c'est simple.

— C'est noté, répond-il avec un clin d'œil qui me fait monter le feu aux joues.

Sam me met un petit coup de pied discret sous la table, à ce moment-là, Carla s'excuse et se lève pour prendre un appel.

— Je vais aller faire un tour aux toilettes en attendant nos plats, déclare Sam.

— Tu... maintenant ? supplié-je avec de gros yeux paniqués.

— Eh bien, oui, c'est maintenant que j'ai envie d'aller aux toilettes, alors tu vois...

Je m'agrippe discrètement à son jean, je conserve tout de même mon sourire pour faire bonne figure mais il tire sa jambe d'un coup sec et s'éloigne en riant, visiblement fier de sa connerie.

Je secoue vaguement la tête, bouche pincée, en regardant autour de nous.

— Pourquoi tu évites mon regard comme ça ? s'enquiert Léo en se rapprochant pour poser ses coudes sur la table.

— Je ne dirais pas que j'évite ton regard, mais...

— Andie, on se connaît bien tous les deux.

— On se connaît par messages, oui, mais en réalité, c'est seulement sur le papier. J'ai des tas d'infos sur toi et tu en as des tas sur moi, mais ça ne veut pas dire qu'on se connaisse vraiment. C'est comme un catalogue de produits, on a accès à toutes leurs caractéristiques détaillées, mais en réel, on ne sait pas vraiment ce que ça donne.

— Je suis donc comme... un catalogue de produits ? demande-t-il en arquant légèrement un sourcil.

— Non, ça n'est pas ce que je voulais dire ! Désolée, je dis n'importe quoi quand je suis nerveuse… je débite un tas de conneries à la minute, t'aurais peur.

— Ça va, rit-il, je plaisante. Je ne fais rien pour t'aider, je l'admets. Bon, qu'est-ce qui te met mal à l'aise exactement ? On va être amenés à travailler ensemble, alors il vaudrait mieux qu'on soit capables de discuter, tu ne crois pas ?

— Si, si, bien sûr… ce n'est pas vraiment du malaise, mais ça me fait super bizarre de t'avoir en face de moi après tant d'années. Tu vois, c'est comme si je te connaissais par cœur et en même temps, pas du tout. Sur le papier, je sais qui tu es. Mais je ne connais rien de ta voix, tes mimiques, ta façon de parler, tes réactions, enfin tout ce qui fait qu'on connaît vraiment quelqu'un, expliqué-je en gesticulant sur la chaise. Fais-moi un quiz sur tes goûts musicaux et j'aurai dix sur dix ! En revanche, demande-moi de prévoir ta réaction en cas d'apocalypse zombie, j'en serais incapable.

Il se met à rire en hochant positivement la tête, comme s'il comprenait parfaitement ce que je suis en train de dire. Heureusement qu'il n'est pas aussi stressé et tétanisé que moi. On serait bien ridicules tous les deux à se regarder dans le blanc des yeux sans oser faire un mouvement.

— Je vois ce que tu veux dire mais tu sais, si ça te met si mal à l'aise… on n'est pas obligés de se côtoyer plus que nécessaire.

— Arrête, dis pas de bêtises. On est amis depuis onze ans virtuellement, maintenant qu'on a l'occasion de l'être en vrai, on va juste réapprendre à se découvrir. J'ai besoin d'un peu de temps, mais ça va le faire ! lâché-je de la façon la plus détendue possible.

— Ça me va ! Apprenons à nous connaître, amicalement, bien sûr, dit-il avec un sourire narquois en portant son verre à ses lèvres.

— Parfait.

— Cela dit, ajoute-t-il, je te trouvais bien plus confiante et audacieuse par message, certaines fois…

— Ah bon, comment ça ?

— Ne fais pas semblant de ne pas me comprendre, s'amuse-t-il. J'ai en mémoire certaines conversations un peu tardives qui prenaient des tournures pour le moins intéressantes.

— Oh, tu sais, le soir, la fatigue… un petit verre de vin, puis voilà hein. L'imagination s'emballe un peu, me défends-je de façon tout à fait médiocre.

— L'imagination, d'accord, sourit-il.

Sam nous rejoint à mon grand soulagement, à quelques secondes près en même temps que Carla.

— Alors, Léo. Rédacteur culture et arts, c'est ça ?

— Tout à fait, j'ai beaucoup voyagé dans ma vie, depuis tout petit, mes parents se sont rarement posés longtemps quelque part. Et, partout où je suis allé, j'ai pris des photos et des notes de tout ce que je voyais. J'ai visité des musées, des temples, des villages entiers imprégnés de tellement de cultures différentes. J'aurais un tas de choses à dire.

— Génial ! T'es allé où ? se renseigne Carla avec un intérêt non dissimulé.

— J'ai fait presque toute l'Asie, le sud de l'Afrique et quelques pays d'Amérique du Sud. Les pays Anglophones, bien sûr. Et je dois dire que la culture asiatique est de loin celle qui me plaît le plus.

— Impressionnant, tu voudrais aller où ensuite ? Enfin, si tu comptes voyager encore.

— Oh, oui, il faudrait que j'en sois incapable physiquement pour arrêter ! Mais j'aimerais garder un pied à terre ici, m'installer enfin. Garder les voyages pour les vacances ou seulement quelques semaines par-ci, par-là. L'avantage de ce job, c'est que je peux le faire n'importe où, si l'envie me prend d'aller voir ailleurs un moment. Ça n'en sera que plus enrichissant pour mes articles. Mais je dois dire que j'aimerais bien voyager à deux maintenant, c'est d'autant plus intéressant de partager ça avec quelqu'un.

— Je vois, c'est un beau projet. Tu cherches donc la femme… ou l'homme de ta vie ? tente Sam avec un clin d'œil.

— La femme ! rit Léo. Mais je ne manquerai pas de te faire signe, si jamais je change d'avis.

— Ah, ce n'est pas tombé dans l'oreille d'un sourd, glousse Sam.

— Prions pour que ce jour n'arrive jamais ! N'est-ce pas, Andie ? me taquine Carla.

— Euh… bah chacun fait ce qu'il veut.

— Oui, certes ! Mais ce serait vraiment dommage pour la gent féminine, déclare-t-elle dans un sourire charmeur.

Léo hausse les épaules en souriant, l'air modeste. Il déborde d'une confiance en lui qui est pourtant très loin de l'arrogance et de la prétention, ce qui le rend d'autant plus viril.

Les plats arrivent enfin, lorsque le serveur propose de me resservir du vin, je mets ma main sur mon verre. L'alcool me monte vite à la tête, surtout en plein soleil et je n'ai pas envie de commencer à déballer mes pensées les plus profondes.

— T'as tort, Andie, tu devrais boire un peu plus ! Ça t'aiderait peut-être à écrire, plaisante Sam.

— Oh, c'est vrai que Mary disait tout à l'heure que tu avais du mal en ce moment ! ajoute Léo.

— Ouais, bon rien de grave, petit manque d'inspiration.

— Quelle est ta rubrique ? m'interroge Carla.

— Conseils de couples et séduction.

— Conseils qu'elle n'applique pas elle-même dans sa vie maritale… lâche Sam en se prenant un coup de coude au passage. Aïe ! Ça va, on peut plus rire ?

— Il y a de l'eau dans le gaz ? hasarde Carla tandis que Léo semble tendre l'oreille attentivement.

— Non, pas vraiment et, même si c'était le cas, nous ne sommes pas assez proches pour que je vous en parle, réponds-je sèchement.

— Oh, ça va…

— Cherche pas, Carla, elle n'aime pas mêler vie perso et vie privée, lui explique Léo avec un sourire narquois.

— Ah ouais ? Moi je suis tout le contraire ! On passe quatre-vingts pour cent de notre vie au travail, le but c'est bien de s'amuser un peu aussi, non ?

— Tout à fait d'accord, renchérit-il.

Je souris poliment et lance un regard assassin à Sam qui attrape sa cravate pour la mettre devant son visage.

— Si elle avait des fusils à la place des yeux, je serais déjà mort, chuchote-t-il.

Carla et Léo explosent de rire alors que moi, je lève les yeux au ciel. Je suis déjà suffisamment mal à l'aise face à un ex à qui je n'ai presque jamais cessé de parler, inutile d'en rajouter en sous-entendant que mon couple bat de l'aile. Juste pour ça, Sam m'en doit une et je ne manquerai pas de le lui rappeler.

Chapitre 5

Le déjeuner se termine dans la joie et la bonne humeur, loin de tout sujet fâcheux ou gênant. L'après-midi se déroule lui aussi sans accroc et plutôt rapidement. Nous restons à cinq, faisant le tour des locaux, expliquant les bases à Carla et Léo qui écoutent attentivement. Finalement, ça ressemble plus à un après-midi entre amis qu'à une journée de travail. Inutile de préciser que je n'ai évidemment pas eu le temps d'avancer sur quoi que ce soit.

À la première accalmie, je décide de remballer mes affaires et de rentrer chez moi le plus tôt possible. Demain sera un nouveau jour mais pour l'heure, je me sens encore très peu à mon aise.

— Je suis rentrée ! crié-je à l'intention de Stéphane et Théa.

— On est à la cuisine ! Papa fait un gâteau !

Une douce odeur de chocolat cuit me caresse les narines à mesure que j'avance vers la cuisine. J'enlève mes chaussures en marchant tranquillement et les éparpille sur mon passage ainsi que mon blazer et mon sac à main. Je pose ma sacoche d'ordinateur et attrape ma petite-fille avant de lui faire un énorme bisou. Elle rit aux éclats en attrapant au doigt le reste de pâte à gâteau dans le saladier. Stéphane se retourne et m'embrasse délicatement sur la joue.

— Tu as passé une bonne journée ?

— Journée banale et toi ?

— Pareil.

— Alors, qu'est-ce qu'il vous a pris de faire un gâteau ? Il est déjà dix-huit heures, ce n'est plus vraiment l'heure du goûter.

— Ça fera le petit-dej' pour demain ! s'enthousiasme Théa avec du chocolat partout autour de la bouche.

— Yes, d'ailleurs petite licorne, j'aimerais que tu ailles te laver les mains. Il faut faire tes devoirs, commande doucement Stéphane.

— Roh, d'accord, j'y vais… c'est vraiment nul le CP ! Au moins, chez les petits, j'avais pas de devoirs !

Nous rions en chœur à la vue de cette petite mine renfrognée, décrédibilisée par les taches de chocolat partout.

— Tu veux bien l'aider, chérie ? Je vais m'occuper du repas.

— J'en avais bien l'intention, fais-je en débarrassant les dessins de la table pour y installer son cartable.

Elle me rejoint en sautillant et s'installe à côté de moi, sourire aux lèvres. Elle sort son cahier de texte et attrape un stylo. Elle râle souvent lorsqu'il est l'heure de ranger, des devoirs ou du bain, mais en fin de compte, elle met toujours du cœur à l'ouvrage. C'est une passionnée, elle tient ça de sa mère. Même lorsque je fais quelque chose que je n'aime pas, je finis par y trouver un certain plaisir. D'une façon ou d'une autre.

C'est une grande qualité que de savoir se délecter même des moments les plus simples et parfois les moins agréables. C'est cette leçon que j'essaie de lui enseigner tous les jours. Le bonheur ne dépend pas des autres, ni des circonstances. La vie sera toujours compliquée et tordue. Le bonheur, je pense que c'est un état d'esprit.

Alors bien sûr, perdre un proche, avoir un accident… tout ça sont des évènements de la vie qui influent sur nos humeurs et notre moral, et c'est normal. Et, à mon sens, il ne faut pas s'empêcher d'être triste ou en colère. Il faut vivre ses émotions à fond. Il faut tout simplement vivre pleinement. La joie et l'amour n'en seront que plus intenses.

C'est cette philosophie de vie que partage également Léo et c'est sans doute ce qui nous a maintenu aussi proches toutes ces années. Au-delà d'une passion commune pour l'écriture depuis notre plus jeune âge, nous partageons également des valeurs et des aspirations.

— Maman, tu m'aides pour la poésie ?

— Oui, pardon chérie. J'étais perdue dans mes pensées. Tu dois l'apprendre par cœur ? m'étonné-je.

— Non, je dois juste savoir la lire à voix haute.

— OK, eh bien on va la lire ensemble ! proposé-je en jetant un coup d'œil à Stéphane, occupé à émincer des légumes pour le repas de ce soir.

Il est prêt pour aller travailler, il ne nous reste plus qu'à manger tous ensemble puis je pourrai mettre Théa au lit et me retrouver enfin seule avec moi-même après cette journée éprouvante.

Nous n'en discutons pas souvent, mais je me demande parfois s'il est heureux. Être veilleur de nuit dans une usine ne doit certainement pas représenter l'accomplissement professionnel dont il rêvait plus jeune. Les rares fois où nous en avons parlé, il s'est contenté de dire que la nuit, ça paie mieux et qu'il doit faire en sorte d'aligner son salaire au mien.

Est-ce simplement dans le but d'avoir une qualité de vie confortable ou cela concerne-t-il un ridicule complexe d'infériorité masculine qui le pousse à croire qu'il doit obligatoirement gagner plus que moi ?

Théa l'observe engloutir son assiette, lorsqu'elle l'entend pousser un soupir, elle arque un sourcil.

— Papa, il te plaît ton travail ? C'est dur de travailler la nuit ?

— S'il me plaît ? Je ne travaille pas pour m'amuser, petite puce, je travaille pour gagner de l'argent et pouvoir t'emmener manger plein de glaces, explique-t-il en attrapant son nez. Et la nuit, c'est pas simple, il faut prendre le rythme. Mais ça gagne mieux que le même travail quand il fait jour. Et puis tu sais, la nuit, je suis tranquille. Personne ne vient m'embêter.

— Alors, t'es riche ?

— Riche, rit-il, non pas vraiment. Disons qu'avec le poste de maman et le mien, on s'en sort plutôt bien.

— Comme ça, maman peut rouler avec une grosse voiture qui va vite et toi, tu peux acheter plein de consoles de jeux vidéo et jouer toute la journée !

Je ne peux réprimer un sourire, la vérité sort de la bouche des enfants.

— Eh, oh ! Je ne fais pas que jouer.

— C'est vrai, tu dors et tu fais à manger aussi.

— Oui et puis tu es bien contente de pouvoir rentrer manger à la maison tous les midis, un bon repas préparé avec amour plutôt que la bouffe dégueu de la cantine, comme tu dis si bien. Si je travaillais de jour, tout ça serait impossible.

— Oui, mais t'es tout le temps fatigué…

— Ça, c'est sûr, confirmé-je avec une pointe de sous-entendu. Mais ma puce, c'est normal que papa soit fatigué. Nous les humains, nous avons besoin d'une bonne nuit de sommeil pour récupérer de nos journées fatigantes. Papa, lui, il dort un peu le matin quand tu es à l'école, un peu l'après-midi avant de venir te récupérer.

— Merci chérie, ça fait du bien de se sentir compris parfois.

— J'imagine, lâché-je dans un sourire ironique.

Il choisit d'ignorer ma remarque et avale sa dernière bouchée avant de se lever et d'enfiler sa veste. Il embrasse Théa sur le front et dépose un baiser dans mon cou avant de s'éclipser silencieusement.

Je débarrasse à contrecœur, un peu lasse de cette routine. J'emmène Théa se brosser les dents puis je commence à lui lire une histoire.

— Maman, il est encore tôt, il fait même pas nuit…

— C'est normal, nous sommes repassés à l'horaire d'été, alors il fait jour un peu plus tard. Mais c'est l'heure habituelle où tu vas au lit.

— Non, sur le réveil il y a marqué vingt-et-un et zéro zéro, d'habitude. Là, c'est un vingt et un trente.

— Tu as raison, petite maligne, il n'est que vingt heures trente alors que d'habitude, tu vas au lit à vingt et une heures. Maman est un peu fatiguée, ce soir. J'aimerais être seule pour travailler au calme. J'ai pas eu le temps d'avancer au travail, je devais faire visiter les locaux à de nouveaux collègues. Tu peux regarder ton livre jusqu'à ce qu'il s'affiche vingt-et-un, comme d'habitude. OK ?

— D'accord, bâille-t-elle déjà.

— Tu vois, petit monstre, toi aussi tu es fatiguée, fais-je en la prenant dans mes bras.

Je lui caresse la tête pendant qu'elle joue avec une de mes ondulations. J'embrasse tendrement son petit front tout doux et hume son shampoing à la framboise.

Elle reprend son livre tandis que je ferme la porte de sa chambre. Je me rends au salon en passant par la cuisine pour prendre un verre de vin et m'installer dans le canapé, avec mon ordinateur posé ur les genoux. Que faire ?

Tenter d'écrire un article pour conseiller les autres sur leur vie amoureuse, alors que moi-même, je ne passe plus de temps avec mon mari ? Ou essayer d'avancer un roman qui peine à sortir de ma tête ?

Mon téléphone vibre, stoppant le flot de questions incessant dans mon esprit. Je l'attrape en soupirant, et vois le prénom de Léo s'afficher sur mon écran. Je cesse de respirer un instant.

Allez, Andie, tu n'as plus dix-sept ans. Ce n'est qu'un message. Je l'ouvre donc, oubliant de recommencer à respirer. Un GIF de Di Caprio qui se mord le poing, comme s'il voulait évacuer la frustration qu'il ressent face à un gâteau auquel il n'aura pas droit avant que les invités n'arrivent.

Est-ce moi, le gâteau ?

Une image de lui dégustant un glaçage sucré à même mon nombril s'impose d'elle-même et, au moment où je tente de la chasser, un nouveau message.

Léo

je ne devrais peut-être pas te le dire mais, tant pis... je suis pour le fait d'exprimer ce qu'on ressent. Ca m'a vraiment fait quelque-chose de te revoir. Un mélange de nostalgie, d'euphorie et peut-être un petit pincement au coeur. J'ai hâte de travailler avec toi. Bonne soirée, Andie.

aujourd'hui à 20:35

Mon cœur se serre. Je ne sais que trop bien ce qu'il ressent puisque je suis dans le même état. Il a juste oublié de mentionner les bouffées de chaleur, ou alors, il n'est simplement pas dans le même état d'excitation que moi lorsqu'il se tient à proximité. Il faut que je pense à autre chose de toute urgence. J'ouvre le fichier de ce fameux roman en espérant être capable d'aligner quelques mots. Plus rien ne subsiste dans mon esprit, aucune idée viable. Le néant. Seulement Léo.

Chapitre 6

Particulièrement dans la brume ce matin, j'ai besoin d'une solution pour garder les pieds sur terre et me changer les idées. Réveillée plus tôt que d'habitude, j'appelle donc Mia et nous décidons d'aller boire un café en terrasse avant d'aller au travail. J'ai pensé à Sam, néanmoins il remarquerait bien trop vite que je ne suis pas dans mon assiette. Avec Mia, je sais que l'ambiance sera plus à la légèreté.

— Quelle super idée de se rejoindre plus tôt pour prendre un café ! On devrait faire ça plus souvent, déclare-t-elle, visiblement enjouée.

— Si tu te levais plus tôt, on pourrait le faire tous les jours. Attends… je rêve où tu portes un choker ? ris-je en désignant son ras-du-cou en cuir noir.

— Ouais, j'essaie de me mettre un peu dans l'ambiance pour cet article… comme accessoire de mode, c'est pas si mal.

— Voilà une attitude professionnelle !

Elle lève les yeux au ciel et avale une gorgée de son café.

— Bon, parlons de choses croustillantes. Montre-moi encore le message d'hier soir.

Raté pour le changement d'ambiance, visiblement. Dans un soupir, j'ouvre la conversation avec Léo et lui montre une nouvelle fois le GIF de ce cher Di Caprio qui se mord le poing, ainsi que le texto suivant.

— Je pense que c'était en référence au GIF de Natalie Portman que j'ai envoyé par ta faute.

— Ne joue pas l'idiote s'il te plaît, c'est pas pour Portman, même si j'admets qu'elle pourrait me faire changer de bord, celle-là. Vu le message d'après, ça représente clairement sa réaction en te voyant après tant d'années !

— Là, je crois que tu t'emballes, Mia. C'est ton jeune âge qui parle. Et ton romantisme, sans doute.

— Waouh ! rit-elle. Mon romantisme ? Tu te fous de moi ? Je suis la femme la moins romantique sur terre, c'est sûr. Non, j'pensais plutôt à autre chose... genre, hmm, je lui arracherais bien ses vêtements avec les dents, dit-elle en prenant une voix grave et en se mordant le poing.

J'éclate de rire face à cette piètre imitation de Léo, autant parce que c'est drôle que parce que j'ai envie de faire comme si l'idée ne m'avait pas traversé l'esprit.

— Tu te fais des films.

— Oh, non, je sais à quoi pensent les hommes. Surtout les hommes comme lui. Charmant, drôle, cultivé, toujours propre sur lui. Il doit avoir toutes les femmes qu'il veut, donc quand l'une d'elles lui résiste... tu connais la suite ! avance-t-elle avec un clin d'œil.

— Pour que je lui résiste, faudrait-il encore qu'il tente quelque chose.

— Arrête, Andie. Tu es complètement fermée dès qu'il est dans les parages. Tous tes signaux corporels lui crient « Éloigne-toi, sinon je te bouffe ».

Je recrache la gorgée de café que j'étais sur le point d'avaler et Mia esquive de peu la pluie de gouttelettes, riant aux éclats.

— Fais pas ta mijaurée ! Depuis quand n'as-tu pas ressenti ce frisson ?

— Je ne ressens aucun frisson ! m'indigné-je.

— Bon. Je vois que tu n'es pas encore prête à parler de l'effet qu'il te fait actuellement… j'aimerais quand même savoir un peu d'où vient tout ça. Tu me racontes votre histoire ?

— Il n'y a pas grand-chose à dire, en fait. On s'est rencontrés vers dix-sept ans, on participait tous les deux au même club d'écriture et de lecture au lycée. De fil en aiguille, on s'est mis à discuter et on s'est découvert tout un tas de points communs et de goûts similaires. Que ce soit en matière de musique, de cinéma ou même de lecture. Il aimait écrire, il était beau, calme et tendre. Il avait l'air tellement mature pour un ado de dix-sept ans. Tellement… poétique. Son élocution me faisait chavirer.

— Ouais, autrement dit, rien que d'entendre sa voix suave, t'avais la culotte trempée.

— J'ai tenté d'être un peu plus…

— Niaise. Mais j'ai compris l'idée. C'était le mec différent et beau à tomber en plus de ça ! Et évidemment, il a craqué sur toi aussi. De toute façon, une Balance avec un physique aussi avantageux que le tien, ça les attire tous comme des mouches ! Vous êtes taillées pour l'amour. Je suis jalouse parfois ! Avec mon tempérament de feu made in Bélier, je leur fais peur.

— C'est tout noir ou tout blanc avec toi, oui, t'es parfois un peu extrême. Mais le fait que tu sois si entreprenante, ça plaît énormément aussi.

— Bon, trêve de blabla astrologique, si Sam nous entendait, rit-elle. Vous vous êtes mis en couple très vite alors, la suite ?

— Eh bien, pendant trois mois, nous avons filé le parfait amour. Il se comportait en gentleman, toujours prévenant et attentionné. Et d'une galanterie !

— Autrement dit, vous avez pas baisé quoi.

— Mia, bordel ! Je te parle de sentiments, là, m'agacé-je.

— Oui, je comprends ! Mais ce qui est super beau dans les débuts de relation, c'est ce désir brûlant ! Cette passion, cette impatience de se découvrir, ce besoin de sans arrêt se toucher. Ah, rien que d'y penser, j'en ai la chair de poule ! s'émerveille-t-elle.

— On avait tout ça, mais on avait aussi dix-sept ans. Nous étions jeunes et timides, je voulais prendre mon temps. Pas une seule fois il ne m'a brusquée. Et, au moment où j'aurais pu prendre les devants et me lancer, il m'annonçait qu'il devait déménager à l'autre bout de la France.

— Ça aurait été un super moyen de vous dire au revoir ! Pourquoi t'as rien fait ? Rah, je vous comprendrai jamais, vous, les Balances. Toujours si fleur bleue.

— Si tu nous penses fleur bleue, tu ne nous connais pas si bien que ça… non, sérieusement, je ne voulais pas coucher avec un garçon qui s'apprêtait à me quitter. J'étais déjà anéantie par son départ, si en plus de ça, j'avais eu les restes de nous sur ma peau…je ne m'en serais pas remise, expliqué-je maladroitement.

Elle souffle bruyamment et lève les yeux au ciel, une fois de plus. Elle est profondément agacée lorsque j'utilise des métaphores pour parler de sexe, elle qui est toujours très crue.

— Tu me gaves avec tes poèmes ! Bref, en gros, vous vous êtes fait des bisous pendant trois mois, et hop ! Il s'est envolé à l'autre bout de la France. La suite ?

— Silence radio pendant peut-être six ans. Un soir, j'étais bourrée, je me sentais seule. J'ai pensé à lui, comme souvent, et je lui ai envoyé un message. Depuis, on a discuté régulièrement pendant toutes ces années de choses et d'autres, sans donner trop de détails sur nos vies perso. C'étaient des conversations hors du temps. Hors de nos vies.

— Et hors de ton mariage, glousse-t-elle.

Les lèvres pincées, je ne sais pas vraiment quoi répondre. À la vue de mon expression si confuse, son sourire s'accentue.

— Attends, vos discussions, là… c'était plutôt genre plan drague ou on papote météo ?

— Baaaah… ça dépendait, admets-je.

— Ah. Donc pendant tout ce temps, vous vous cherchiez un peu quand même ! Sam parlait de photos, quel genre de photos, petite coquine ?

— Non, non, ce n'est pas ce que tu crois. Juste quelques selfies de temps en temps. Et oui, j'admets que les mots étaient parfois lourds de sens. Il suffisait que je boive un peu en soirée, ou qu'on parle un peu tard le soir pour que ça dérive légèrement…

— Oh, raconte-moi ! Je veux savoir !

— T'es vraiment une gamine, quand tu t'y mets, ris-je. Disons que parfois, on se disait que c'était dommage de ne pas avoir eu le temps de faire plus de choses que ça… et puis, que si on se recroisait en étant célibataires, on ne réfléchirait pas à deux fois pour rattraper le temps perdu.

Le sourire de Mia s'agrandit à mesure que j'explique la situation. Elle hoche positivement la tête, le regard lubrique.

— J'adore ! s'exclame-t-elle. Tu trouves pas ça super excitant ? Je te dépeins le tableau…le mec idéal qui revient dans ta vie tout à fait par hasard, celui qui a hanté tes nuits pendant toutes ces années. Toi, partagée entre la crainte de foutre en l'air ta famille et le désir de te rapprocher de lui… on pourrait réaliser un film ! s'extasie-t-elle en tapant frénétiquement dans ses mains.

— Le film, c'est surtout dans ta tête. Tu as vachement romantisé la situation, là. C'est juste un vieil ami qui devient aujourd'hui un collègue.

— Qui veut te manger toute crue, ricane-t-elle.

— La ferme. Bon, on va finir par être en retard, allons-y.

∞

Arrivées au bureau, nous nous séparons, Mia file se mettre au travail et moi, je me dirige vers la salle de pause. J'espère pouvoir faire passer le goût de ce café amer avec un bon vieux thé.

Dans la pièce, Léo et Carla discutent autour d'une boisson chaude. Elle se tortille dans tous les sens et rit bêtement au moindre de ses mots. Je ressemblais à ça, à dix-sept ans ?

— Salut, vous deux, lancé-je nonchalamment en me dirigeant vers le placard.

— Hé, Andie ! répond joyeusement Carla.

Une joie presque trop accentuée pour être vraie.

— Comment ça va ? demande calmement Léo.

— Plutôt bien, et vous ?

— Ça va super, mai, j'ai du boulot, je dois vous laisser. À tout à l'heure, Léo, on reprendra cette conversation, déclare-t-elle en s'éloignant d'une démarche assurée.

Je remplis ma tasse d'eau fumante sortie tout droit de la bouilloire et cherche des yeux le paquet de thé. Léo se pose devant moi et me tend deux sachets.

— Plutôt fruits rouges, ou citron ?

— Hmm, fruits rouges, merci.

— C'est bien ce que je pensais.

— Alors, ça fait quoi d'être le nouveau centre d'attention de toutes les femmes de l'équipe ? Carla te drague carrément, dis-je la plus détachée possible.

— Oui, j'avais remarqué.

— Il faudrait être aveugle pour ne pas le voir.

— Elle n'est pas vraiment du genre discret, elle va droit au but. Mais elle ne m'intéresse pas.

Il marque une pause et s'appuie contre le comptoir de la cuisine. Lorsqu'il croise les bras et plante son regard dans le mien, le tissu de sa chemise menace de craquer.

— Ça te dérange, peut-être ?

— Moi ? Non, pourquoi ça me dérangerait ? C'est juste que, au travail, tu vois, ce n'est pas forcément très approprié.

— Oh, tu recommences avec tes histoires de pas touche aux collègues, plaisante-t-il. Je n'y peux rien, moi, si je lui plais. Elle le dit clairement et elle aurait tort de s'en priver. Qui ne tente rien n'a rien !

— Tu n'y peux rien, oui, à d'autres. Tout en toi semble fait pour leur plaire, j'ai l'impression que tu en joues, ricané-je en lui lançant une petite tape dans l'épaule.

— Je suis simplement moi-même. Si ça marche, tant mieux, si non, tant pis. C'est toujours agréable de savoir qu'on plaît. Et, tu feras gaffe, pas de contacts entre collègues !

— Alors, vous deux. On papote au lieu de m'écrire de supers articles ? lance Mary en pénétrant dans la salle avec sa tasse à la main.

Je me recule spontanément, attrapant mon thé et me dirigeant vers la table en quête de sucre.

— Léo, c'est toujours bon pour ce soir ? demande-t-elle en se servant du café.

— Oui, on se rejoint là-bas ?

— Ça fonctionne pour moi. Mettez-vous au boulot !

Elle s'éclipse aussi vite qu'elle est entrée. Je remue tranquillement mon thé alors que Léo se dirige vers la sortie. Tandis qu'il franchit le pas de la porte, il s'arrête brusquement et se tourne vers moi.

— Au fait, je vois ce que tu disais hier, quand tu m'expliquais que tu n'étais pas apprêtée. Tu es superbe.

Dans un sourire charmeur, il s'évanouit. Cela me ramène des années en arrière, lorsque je sentais mon cœur battre si fort dans ma poitrine et que je disais à mes copines qu'il était beau à en mourir. Je dois dire aujourd'hui qu'avec cette sensation de gorge sèche, de palpitations et de mi-chaud mi-froid, je ne me sens plus si loin de la mort.

Chapitre 7

De mon bureau, je peux clairement voir le sien. Carla est encore là à se pavaner devant lui. C'est une très belle femme, je me demande bien à qui elle pourrait ne pas plaire. Même s'il dit que ce n'est pas son genre, elle est le genre de tout le monde. Il faudrait être fou pour repousser ses avances. Et puis au fond, qu'est-ce que ça peut bien me faire ? J'ai un mari qui est aussi un père aimant, ainsi qu'une adorable fille. Pourtant, je suis là, à me taper une crise d'ado à vingt-huit ans.

— Hello ! chantonne Sam qui vient d'entrer dans mon bureau.

— Ça va ?

— Oh, j'aurais jamais cru dire ça un jour, mais je suis tellement heureux de venir bosser quand ça me permet de m'échapper de cet appartement et de son odeur nauséabonde ! Ils ont encore été malades toute la nuit, je te jure, j'en peux plus.

Carla vient de s'asseoir sur le bureau de Léo, lui offrant une vue plongeante sur ses jambes interminables recouvertes d'un collant marron translucide. Il s'agite, il semble mal à l'aise. Peut-être disait-il vrai.

— Hé, oh ? Tu m'écoutes ?

— Hmm ?

Sam fronce les sourcils et se retourne pour regarder dans la même direction que moi, lorsqu'il remarque que le bureau de Léo est visible d'ici, il soupire.

— Je peux savoir ce que tu fais, Andie ?

— Rien, pourquoi ?

— Oh, s'il te plaît… pas de ça avec moi. Je veux bien croire que mes histoires de diarrhée et de vomi ne sont pas si intéressantes que ça, mais j'aimerais savoir pourquoi tu es en train de bouffer des yeux ton ex d'il y a un millénaire. Je suis sûr que t'as déjà tué Carla trois fois au moins, dans ta tête.

— Mais non, je n'ai pas besoin que tu t'inquiètes pour moi. Je regardais un peu partout, tout à fait par hasard. Excuse-moi, je t'écoutais quand même, je suis juste un peu ailleurs.

— Je vois, avec Stéphane, comment ça va ?

— On a connu mieux, soupiré-je. On ne discute plus, il ne me touche plus non plus. Plus autant qu'avant. On a peu de temps avec nos horaires respectifs, et ce peu de temps qu'il passe avec nous à la maison, on s'occupe de Théa.

— C'est vraiment un super papa, je le trouve trop mignon avec elle. Ça me fait fondre, déclare-t-il.

— Oui, c'est sûr…

— Mais t'aimerais aussi qu'il soit un super mari.

— C'est pas un mauvais mari, il m'aide autant qu'il le peut, et inversement. Il me rend service quand j'ai besoin, il ne se met jamais en colère. Il est nonchalant, peut-être même un peu je m'en foutiste, expliqué-je en triturant un trombone.

— Eeeeet…

— Et j'aimerais parfois qu'il s'énerve un peu justement ! Qu'il soit un peu touché par ce qu'il se passe, qu'il s'intéresse à ce que je fais. Qu'il ne soit pas d'accord avec tout, tout le temps, comme s'il n'en avait rien à foutre. Qu'il ait un avis à lui. Et qu'il me rentre un peu dedans parfois.

— Dans tous les sens du terme, rit-il.

— Oui, je n'aurais pas dit ça comme ça mais oui. Je dois admettre qu'au lit, il ne se passe plus grand-chose.

— Entre le travail, le quotidien, les gosses, c'est pas simple de réussir à garder un équilibre dans le couple. Il faut que vous arriviez à trouver du temps pour vous deux. Emmenez la petite chez ta mère, sortez en amoureux. Séduis-le à nouveau !

— Ouais, je sais pas, soupiré-je.

— À moins que tu n'en aies plus envie ? Si c'est le cas, c'est un autre problème, alors.

— Non, je n'ai rien à lui reprocher, on s'est éloignés, c'est tout. J'aimerais que ça vienne un peu de lui, en fait. Je fais toujours beaucoup d'efforts pour ne pas me laisser aller, pour qu'il soit content de rentrer me retrouver et qu'il se dise toujours que sa femme est belle. Je n'ai rien tenté depuis longtemps parce que je suis fatiguée d'avoir le sentiment d'être la seule à faire des efforts. Mais tu as raison, ça vaut le coup que je continue d'essayer. Il est en repos ce soir, je devrais pouvoir organiser quelque chose. Il doit passer prendre la petite à l'école à seize heures, je vais lui envoyer un message pour qu'il la dépose chez ma mère.

— Super ! Profites-en pour organiser un joli petit dîner et ne lésine pas sur la lingerie, fait-il avec un clin d'œil.

Je mets en pratique les conseils de Sam et me rends dans une boutique de lingerie entre midi et deux. Je n'en ai pas acheté depuis si longtemps que je me sens un poil mal à l'aise en pénétrant dans le magasin. En regardant toutes ces matières nobles, ces dentelles affriolantes et ces couleurs chaleureuses, je me remets vite dans le bain.

Je craque pour un bel ensemble rouge en dentelle avec porte-jarretelle et un déshabillé en satin noir. J'en profite pour racheter quelques jolis dessous un peu plus sobres pour le quotidien, en espérant pouvoir les lui montrer plus souvent.

Lorsque je retourne au bureau, Sam est seul dans la cuisine. Je débarque en trombe pour lui montrer mes trouvailles.

— Waouh ! J'adore, c'est sexy à souhait, sans être vulgaire. J'en connais une qui va passer une bonne soirée ! me taquine-t-il pendant que je tiens l'ensemble devant moi.

— C'est vrai, je le trouve vraiment parfait.

— Eh ! Demain, je veux tout savoir. Je file, j'ai encore du boulot, bisous ma belle !

Il m'envoie un baiser et file à toute allure jusqu'à son bureau. Je reste quelques instants là, à contempler ce sublime assortiment et à m'imaginer dedans, Stéphane rentrant enfin et ouvrant grand la bouche lorsqu'il me découvrirait ainsi vêtue, deux verres de vin à la main.

— C'est vraiment très sexy, j'adore.

Je sursaute et manque de tout faire tomber. Affreusement gênée, je remballe tout et lance un sourire mal à l'aise à Léo, appuyé contre l'encadrement de la porte.

— Excuse-moi, je ne voulais pas t'effrayer. Mais c'était un peu gênant de t'observer te faire je-ne-sais quel film dans ta tête sans rien dire, admet-il.

— Je réfléchissais au repas de ce soir, en fait, mens-je.

— Oh, alors, on a une belle soirée de prévue si je comprends bien. Il a de la chance, lance-t-il en repartant simplement par là d'où il était venu.

Je souffle un bon coup. La honte. Quelle idée de débarquer au travail avec toute cette panoplie, Mia commence à me déteindre dessus.

∞

Dans l'après-midi, je décide de mettre en place tout mon petit stratagème de reconquête amoureuse par un SMS.

Il approuve mon idée d'avoir, je cite, « un peu de temps », et accepte de déposer Théa chez ma mère. Prise d'un élan d'euphorie et regonflée à bloc, je me hâte de m'en aller lorsque j'ai fini sans même prendre la peine de dire au revoir à qui que ce soit.

Je prends une longue douche chaude, bizarrement, je me sens un peu stressée. Comme si c'était notre premier rendez-vous. Et, par le passé, c'était bien. On rigolait, on s'amusait. Physiquement, ça fonctionnait bien aussi. Aujourd'hui, peut-être ai-je peur de ne pas retrouver toutes ces sensations avec lui.

Revigorée et enfin détendue, je me prépare joyeusement. Je me coiffe et me maquille avec soin puis enfile la sublime tenue rouge et m'admire dans le miroir quelques instants. Je ne suis pas peu fière de voir qu'avec un enfant au compteur et peu de sport, je me plais toujours. C'est surtout une petite satisfaction personnelle plus qu'une réelle envie de séduire, même s'il y a aussi de ça. Je me plais à moi-même, le plus gros du travail est donc fait. La séduction, c'est aussi une affaire de confiance et d'assurance.

Je m'attèle à préparer un repas simple mais sympathique, ainsi qu'à ouvrir une bonne bouteille pour la faire décanter. Je dresse une jolie table et sers deux verres. Ils sont sales, pourtant, ils sortent du lave-vaisselle. Très embêtée par ce détail, je veux que tout soit parfait, je fouine dans les armoires et en sort le service de notre mariage.

J'en tire deux verres à pied au design sobre et élégant, ornés d'une bordure dorée. Je les lave et y verse le vin. Tout est fin prêt, il est dix-huit heures. Stéphane a sans doute dû passer un peu de temps chez ma mère avec Théa avant de rentrer. Alors que n'importe quel homme aurait couru pour rentrer à la maison, lui prend le temps de s'occuper tout de même de sa fille, car il sait qu'il ne la reverra que le lendemain. Cette pensée m'attendrit et me réconforte.

Je lui reproche de ne plus me regarder, mais j'oublie moi-même parfois quelle chance j'ai eue de trouver un homme aussi aimant. Nous allons rectifier ça et retrouver notre jeunesse.

Une heure passe, aucune nouvelle de lui. Je tombe sur sa messagerie lorsque je l'appelle. Alors que je commence à m'inquiéter, j'entends les clés dans la serrure.

— Désolé, chérie, j'ai pas pu t'appeler, j'avais plus de batterie ! J'ai discuté un moment avec ta mère, fait-il en déposant ses affaires un peu partout. Elle est pas super en forme, en ce moment. Elle voudrait que tu l'appelles ou que tu passes la voir.

Après avoir jeté tout son bazar et sans un coup d'œil pour moi, il file à la salle de bain. Il n'a remarqué ni les bougies, ni l'odeur du rôti en cuisson.

Il revient, vêtu d'une chemise blanche et d'un jean noir. Il est coiffé, un peu mal rasé mais il reste très charmant. Il fait un arrêt sur image en boutonnant son haut.

— C'est quoi tout ça ? Tu as tout préparé ?

— Notre dîner ! J'ai ouvert du vin, fais-je en lui tendant un verre. J'en ai déjà bu un, en t'attendant, il est délicieux.

— Oh, merde… j'avais pas compris ça du tout. Je suis désolé, je pensais que tu voulais juste une soirée de repos devant un film…

— Eh bien non, j'avais prévu un repas en amoureux. Quel est le problème ?

— Sur le chemin du retour, Joe m'a appelé, il a pas le moral et il aimerait qu'on sorte. J'ai pensé que tu pouvais profiter de ce calme pour écrire un peu, j'ai accepté. Ah, pardon, chérie… je me rattraperai ! Je suis en retard, il m'attend déjà, tu sais à quel point Joe va criser si je me ramène pas, explique-t-il en enfilant un blazer.

— Et moi dans l'histoire, on s'en fiche ? répliqué-je un peu amèrement.

— Ton message était flou, je te promets que j'avais pas compris ça, sinon bien sûr que j'aurais dit non. Mais je me suis engagé, alors…

— Tu aurais quand même pu me consulter avant…

— Oui, j'ai merdé, vraiment je te promets que je me rattraperai. Tu veux venir avec moi ?

— Sans façon. Amuse-toi bien.

— T'es la meilleure ! Bisous !

Il s'éclipse, sans l'ombre d'une hésitation, sans même me faire un vrai bisou. J'aurais peut-être dû me lever et ouvrir mon peignoir histoire qu'il aperçoive mes charmants dessous.

Je ne peux m'en prendre qu'à moi, il aurait été plus simple de lui expliquer que je voulais une soirée en amoureux plutôt que de rester si vague. Ce Joe commence tout de même à me taper sur les nerfs, il n'a pas d'autres amis ? Une mère ? Un chien ?

Je me retrouve donc seule, en sous-vêtements, deux verres de vin à la main. C'est à ce moment précis que mon téléphone vibre.

Léo

Salut ! J'espère que je ne dérange pas. Tu serais OK pour une collab ? J'aimerais mêler les arts à la séduction. On en discute demain, si t'es pas trop fatiguée par ta nuit de folie. Bonne soirée !

aujourd'hui à 19:08

Je laisse échapper un long soupir de désespoir. Je préfère ne pas répondre, pour lui faire croire que je passe effectivement une soirée de folie. Et puis, si je me souviens bien, il a rendez-vous avec Mary ce soir, alors il ne va certainement pas s'ennuyer non plus.

Moi, si. Et en fin de compte, c'est complètement idiot de vouloir faire croire le contraire à tout le monde. Un flop, ça arrive.

Léo

Salut ! J'espère que je ne dérange pas. Tu serais OK pour une collab ? J'aimerais mêler les arts à la séduction. On en discute demain, si t'es pas trop fatiguée par ta nuit de folie. Bonne soirée !

aujourd'hui à 19:08

Andie

Léger malentendu sur le programme de ce soir... je vais passer la soirée avec mon vin et mon ordinateur. Mais très bonne idée ! On en discute demain, salut.

aujourd'hui à 19:10

Voilà, l'air détaché, amicale.

Son nom s'affiche soudain sur mon écran, suivi de la mention « appel entrant ». Et merde. Si je ne décroche pas, il va croire que je l'évite, ou que je suis au fond du gouffre.

— Allô ? réponds-je de la façon la plus neutre possible.

— Alors, il paraît que tu es libre ce soir, finalement ?

— Ça m'en a tout l'air. Que me vaut l'honneur de ton appel ?

— Tu me flattes ! rit-il. Tu viens dîner avec moi ce soir ? On pourra discuter de cette collaboration.

— Mais… et Mary ?

— Oh, elle comprendra, t'en fais pas.

— Je ne veux pas me mettre qui que ce soit à dos, encore moins ma patronne, argumenté-je.

— Il n'y aura aucun souci ! Fais-moi confiance.

— Je ne sais pas trop… Stéphane s'absente une soirée et j'en profite pour aller dîner avec toi, que va-t-il en penser ?

— Attends, ce n'est pas un dîner romantique en tête à tête. Nous ne serons pas seuls et puis, on va aussi parler boulot. Si tu as envie de rester tranquille, je comprends. Mais il me semblait que tu étais plutôt motivée à la base… tes plans sont tombés à l'eau, tu as le droit de t'occuper autrement. C'est comme tu veux.

— Je n'ai pas spécialement envie de rester tranquille non, et j'admets que je suis un peu déçue pour ce soir. Pourquoi pas, finalement... ça me changera les idées aussi.

— C'est comme tu le sens, je ne te force à rien. Alors, je passe te prendre ?

— Je peux te rejoindre, inutile de...

— Non, non, m'interrompt-il. J'y tiens.

— Si tu insistes... on sort avec Mary, alors, c'est ça ?

— Pas exactement, rit-il. Prépare-toi, j'arrive. Envoie-moi ton adresse.

Je raccroche le téléphone et reste ainsi quelques secondes, verre à la main, regard dans le vide. Que suis-je en train de faire ?

C'est un collègue, nous ne serons pas seuls, nous allons parler boulot... oui, d'accord. Est-ce cependant bien raisonnable d'y aller au regard de la nature des pensées que j'ai à l'égard de Léo ?

Évidemment, je ne compte pas lui sauter dessus. Je sais que ce n'est pas son objectif non plus. Si mes pensées ne sont rien de plus et restent entre moi et moi-même, il n'y a — en principe — pas de quoi fouetter un chat. Et Stéphane ne m'en voudra sans doute pas d'avoir fait en sorte d'occuper ma soirée alors qu'il m'a laissé en plan au dernier moment.

Ce n'est rien du tout Andie, c'est un dîner entre collègues pour parler travail.

Au bout de peut-être cinq minutes à me convaincre que tout va bien, je réalise que je suis encore en peignoir. Si je veux que ça reste professionnel, il va bien falloir que je m'habille. Je me hâte de lui envoyer ma position et de lever mes fesses du canapé pour me diriger vers la salle de bain, trouver une tenue plus décente à porter.

J'enfile un simili cuir noir ainsi qu'un top blanc fluide et assez long. Je réhausse mon bas d'une ceinture en cuir noir, décorée d'une boucle torsadée dorée et je coince l'avant de mon top dans la ceinture. J'ai lu quelque part que c'est un truc de millennials de faire ça, et j'admets que je ne pourrais pas m'en passer.

Une veste en jean, une paire de basket blanches compensées et je détache mes cheveux bruns dont les ondulations viennent caresser mes épaules. J'essaie de donner à mon reflet un air décontracté, mais même les chaussures les plus confortables et relax du monde ne tromperaient personne. Je suis crispée comme un chat sous la pluie.

Dernière étape, je me démaquille et n'applique qu'un gloss légèrement rosé sur mes lèvres. Je n'y vais pas pour le séduire, il faut que ce soit clair.

Dans un nouveau message, il me signale qu'il m'attend dehors. J'inspire un bon coup, avale mon verre de vin d'une traite et claque la porte.

Chapitre 8

Il se tient debout, une cigarette à la main et un casque dans l'autre. Vêtu d'un jean brut, d'un t-shirt à l'effigie des Scorpions et d'un blouson en cuir, il tourne la tête vers moi et me sourit de toutes ses dents et de tous ses yeux. Heureusement qu'il n'en a qu'une paire, je ne saurais vraiment plus où me mettre s'il en avait plus. Je tente de garder la face et, d'une démarche assurée, j'avance à sa rencontre. Je détaille sa monture étincelante de propreté. Je m'arrête à quelques pas lorsqu'il remonte ses lunettes et me tend un casque.

— Vous savez que vous êtes un véritable cliché, Monsieur Cottet ? le taquiné-je.

— Et toi ? Le simili cuir, on en parle ?

— Même pas fait exprès ! fais-je en tournant sur moi-même.

Il rit. Je dois admettre que les deux (ou trois) verres de vin me sont d'une aide précieuse pour avoir l'air détendue et enjouée.

— Les grands esprits se rencontrent, ajoute-t-il avec un clin d'œil.

Il s'approche pour m'aider à enfiler le casque, son visage est si proche du mien que je peux sentir les effluves de son parfum. Une odeur chaude et douce qui rappelle le soleil et les interminables soirées d'été. Je m'évertue à ne surtout pas capter son regard et ça le fait sourire.

Il met le sien et s'installe, me faisant un signe de tête pour que je grimpe derrière lui. Je m'exécute et me positionne au plus loin, les mains bêtement suspendues dans les airs tant je ne sais pas quoi en faire.

— Bon alors, tu t'accroches à moi ? s'impatiente-t-il.

— Non, ça va aller.

Il démarre.

— Léo ! crié-je pour surplomber le bruit du moteur. C'est ma première fois !

— Alors je serai doux ! répond-il en riant.

Nous nous mettons en marche plus brusquement que je ne l'aurais imaginé. Dans la panique, je me cramponne à lui, mes bras autour de son buste. Une légère secousse me fait comprendre que mon attitude le fait rire. Les mains agrippées à son torse, je sens son cœur qui s'affole au moins autant que le mien alors que nous prenons de la vitesse. Nous traversons le quartier à vive allure, le vent est agréable et le soleil caresse le peu de peau qui dépasse.

Il me semble solide comme un roc. Le haut de son corps ondule au gré des courbes de la route, il ne fait qu'un avec la moto. Je me cale alors sur son rythme et je ne peux m'empêcher de remarquer que même sous ces couches de tissu, je sens ses muscles se contracter. Une douce chaleur envahit mon ventre et je donne tout pour contrôler ma respiration et mon palpitant.

Le trajet ne dure qu'une dizaine de minutes, pourtant, au moment de me remettre debout, je sens une vive douleur dans mes abducteurs. Je grimace et il se met à rire.

— Ça, c'est parce que t'as trop serré les cuisses ! T'as bien failli me couper la circulation du sang, plaisante-t-il.

— Très drôle !

— Sérieusement, c'était cool, non ?

— J'admets que tu es un bon conducteur. C'était assez impressionnant, je n'ai pas l'habitude, mais… je retenterai peut-être l'expérience, dis-je en lui rendant son casque et en secouant la tête pour remettre ma tignasse en place.

Il replace une mèche brune derrière mon oreille, le feu me monte aux joues aussitôt et vu son léger sourire, je ne suis pas douée pour cacher à quel point il me désarçonne.

— Il va bien falloir que je te ramène, de toute façon.

— En parlant de ça, fais-je en me raclant la gorge, où est-ce qu'on va ?

— Viens, tu vas vite comprendre !

Interloquée, je lui emboîte le pas. Il pousse un étroit portillon et pénètre dans une cour, une charmante petite maison se dresse devant nous, le genre foyer familial avec chien et chat. Comme la mienne, sans le chien, ni le chat.

Une fillette aux longs cheveux dorés en sort et dévale les quelques marches du perron à toute allure. Elle se précipite vers Léo et se jette littéralement dans ses bras.

— Oh ! Doucement la naine !

— Eh ! Je suis grande maintenant, j'ai huit ans !

— C'est vrai, rit-il en la déposant au sol. Léana, voici mon amie, Andie. Andie, je te présente ma nièce.

— Enchantée, Madame, fait la demoiselle en me tendant une petite main polie.

— Tu peux m'appeler Andie, lui souris-je.

L'adorable petite nièce de Léo repart en courant dans la maison, il l'observe s'éloigner, un sourire apaisé sur le visage, tandis que nous restons au bas des marches. Attendrie par ce sourire, j'en oublie presque la soudaine angoisse que me procure l'idée de me retrouver chez sa sœur, Louise, après tant d'années.

— Ça fait une éternité que je n'ai pas vu Louise, tu es sûr que ça ne dérange pas ? Et Mary, alors ? Je ne comprends rien.

— Tu te poses bien trop de questions ! Elle sera ravie de te voir.

Sans s'attarder davantage, il s'engouffre dans la bâtisse et m'invite à le suivre d'un geste de la main.

Léana joue sur le grand tapis beige du salon avec des poupées quand un grand bonhomme sec et barbu s'approche de nous, le sourire aux lèvres. Ses cheveux dorés me rappellent tout de suite la nièce de Léo.

— Mon beau-frère préféré qui se fait bien trop rare ! s'exclame-t-il en prenant Léo dans ses bras. Ça fait un moment que t'es pas passé boire une bière ! Et qui nous amènes-tu là ? Une femme t'a enfin mis le grappin dessus ?

— Non, non, calme-toi, rit-il. Je te présente Andie, une très vieille amie récemment devenue ma collègue. Et, c'est pas la peine de me faire de la lèche, je suis ton seul beau-frère.

— Ouais, mais j'ai pas tort sur le fait que tu te fais rare !

L'homme affiche une moue joueuse tandis que Léo lève les yeux au ciel, autant agacé qu'amusé. Leurs regards se tournent alors vers moi, comme s'ils venaient de se souvenir de mon existence.

— Je manque à tous mes devoirs, enchanté, Andie. Moi, c'est Baptiste.

— Ravie de te connaître, tu es le compagnon de Louise ?

— Son mari, précisément. Et père du microbe qui s'agite avec ses poupées, là-bas.

— Hé ! s'indigne ledit microbe.

— Vous vous connaissez ? me questionne-t-il en ignorant les protestations de sa progéniture.

Je suis sur le point de répondre lorsqu'une silhouette élancée aux longs cheveux châtains et aux sublimes yeux verts fait une apparition angélique dans la pièce.

— Andie ! Bon sang, ce que ça fait longtemps ! s'étonne-t-elle en me prenant dans ses bras.

Un peu désarçonnée par cet accueil si chaleureux, je souris bêtement et lui tapote le dos. Je ne suis pas toujours très à l'aise avec les démonstrations d'affection.

— Vous aviez quel âge, déjà... dix-sept ans ? Dix-huit ?

— Dix-sept, oui.

— Bon, Louise, on va peut-être pas remettre les vieux souvenirs sur la table tout de suite, non ? l'interrompt Léo.

— Oh si, pourquoi ? C'est super réconfortant de parler du bon vieux temps ! J'ai une tonne de trucs à raconter à Andie, en plus. Installez-vous, je vais chercher à boire.

Après avoir slalomé entre les poupées, nous prenons place sur le grand canapé noir. Je scrute la pièce sous tous ses angles, cherchant un repère ou quelque chose qui m'aiderait à m'ancrer un peu. J'ai comme l'impression de vivre un instant complètement hors du temps.

Louise revient quelques minutes plus tard avec un plateau de cocktails colorés. Elle tend à Léo un verre de ce qui ressemble à du thé glacé.

— Pour le motard, sans alcool.

— Euh, pour moi aussi, s'il te plaît ! fais-je en levant la main.

— Qu'est-ce que tu racontes ? Tu vas bien trinquer avec moi ! Enfin, sauf si tu ne bois pas d'alcool.

Ses grands yeux pétillants et ce sourire parfait ont vite raison de moi, j'accepte sans trop de négociations et prends un verre sur le plateau. Il va falloir que je prenne garde à boire doucement et à ne surtout pas abuser.

— Alors, commence-t-elle. C'est fou que vous vous retrouviez dans la même boîte. Je ne savais pas que tu vivais toujours ici, Andie.

— Je n'ai pas quitté le nid. J'ai fondé ma propre petite famille ici.

— Oui, Léo m'a raconté un peu. Eh bien, tu vois, nous avons ressenti le besoin de revenir par-là, nous aussi. Nous sommes arrivés à la naissance de Léana, ça fait un peu plus de huit ans maintenant. Je me suis toujours plu ici, malgré le peu de temps que nous y avons passé plus jeunes. Et Léo aussi, ce n'est pas lui qui dira le contraire… dit-elle en haussant un sourcil en direction de son frère.

— Ah bon ? m'enquiers-je en lui lançant un regard amusé.

— Oh, oui ! jubile-t-elle. Si tu savais comme il était triste lorsque nous avons déménagé. Le fait de devoir te quitter a certainement été son plus gros chagrin d'amour, je ne l'ai jamais vu pleurer pour une autre que toi !

— Bon, Louise, on a compris… marmonne Léo entre ses dents.

— Oh, alors c'est toi ! La fameuse copine écrivaine ! ajoute Baptiste. J'ai entendu parler de toi, moi aussi. Lou et moi, on s'est rencontrés peut-être deux ans après votre histoire, Léo n'avait que dix-neuf ans. Charmant comme il était, je ne comprenais pas pourquoi il n'avait pas de copine. Et c'est pas faute de lui avoir présenté des filles, maugrée-t-il en lançant un coup de coude à Léo. Il n'avait que ton nom à la bouche.

— Vous exagérez tout, râle Léo.

— Oh, ça va, on te taquine ! Il y a prescription, on a tous déjà eu un chagrin d'amour difficile, mon petit bouchon.

Je rigole dans mon coin alors que l'intéressé me lance une grimace agacée. Il finit par se radoucir et se met à rire lui aussi. C'est à ce moment-là que Mary entre dans la pièce, les cheveux mouillés, comme si elle sortait de la douche. Elle tend une serviette à Louise qui la lance sur son épaule. Pourquoi diable aurait-elle pris une douche chez eux ?

— Oh, Andie ? Je ne m'attendais pas à te voir ici, me lance-t-elle froidement.

— Eh bien, moi non plus…

— Léo ne t'a pas expliqué ?

— Expliqué quoi ?

— Arrêtez de la faire tourner en bourrique comme ça, s'impatiente Louise à mon grand soulagement. Andie, Mary est ma meilleure amie depuis toute petite. C'est comme une seconde grande sœur pour Léo.

— Et c'est moi qui lui ai trouvé cette place au webzine.

— Ouais, enfin, parce que tu me voulais absolument ! Le travail, ce n'est pas ce qui me manquait, se vante-t-il.

— Je l'admets, mais ça t'arrange bien !

Il acquiesce en souriant tandis que je fais tous les liens dans ma tête. Je comprends mieux pourquoi ils ont l'air si proches : Léo ne couche pas avec la patronne. Il a grandi avec elle.

Nous mangeons tous dans la bonne humeur, les blagues fusent, les vieux souvenirs aussi. J'ai presque le sentiment de me retrouver en famille, même si je ne suis pas très à l'aise assise entre Mary et Léo. Nos bras se frôlent à de multiples reprises et, lorsqu'ils se touchent franchement, ça n'a pas l'air de le déranger puisqu'il ne cherche pas à rompre le contact. Contrairement à moi qui me tortille dans tous les sens pour trouver où mettre mes mains sans toucher personne autour de moi.

Pendant que le café coule, je sors fumer une cigarette, Mary me rejoint aussitôt.

— Plutôt sympa cette petite soirée, je ne savais pas qu'il y avait ce genre de passif entre Léo et toi.

— Oh, c'est de l'histoire ancienne. C'était il y a si longtemps…

— C'est ça qui te met mal à l'aise ? s'enquiert-elle en tirant une bouffée.

— Mais non, tout va bien.

— Andie, on travaille ensemble depuis quelques années maintenant. Je te connais un peu, quand même. Et je trouve que tu es légèrement renfermée.

— En fait, c'est un peu de tout. Toi, lui, cette histoire. Me retrouver ici, avec sa sœur. J'ai l'impression de retourner à mes années lycée, je suis un peu déboussolée.

— Moi, je te mets mal à l'aise ?

— Je n'ai pas l'habitude de passer des dîners avec ma patronne assise à côté de moi, sans l'ambiance collègues et travail, je veux dire. Et puis, je pensais qu'entre Léo et toi, il se passait quelque chose, admets-je.

— Comment ? explose-t-elle de rire. Avec ce morveux ?! Oh non, ma jolie, je lui ai changé les couches, à celui-là. Bon, je n'étais pas très douée, vu mon jeune âge, mais il n'empêche que je lui ai torché les fesses.

Nous rions ainsi quelques instants.

— D'autant plus que je ne suis pas du tout intéressée par les hommes.

— Oh, sérieux ? Je ne savais pas !

— Oui, en même temps, je ne me balade pas avec une pancarte « broute-minou » pendue autour du cou.

— Vu comme ça, pouffé-je.

— Allez, je vais boire mon café. À toute.

J'acquiesce d'un hochement de tête en tirant sur ma cigarette quand Léo apparaît avec une bouteille de rouge et deux verres à la main. Il s'approche de moi, sourire aux lèvres, et dépose les deux verres sur la rambarde devant nous. D'un mouvement délicat du poignet, il sert un fond dans chacun d'eux. Il regarde le nectar bordeaux s'écouler avec une concentration délicieuse qui provoque en moi une bouffée de chaleur incontrôlable. J'inspire discrètement et détourne le regard.

— Tiens, goûte-le.

— Je crois que j'ai assez bu, le remercié-je.

— Je t'assure, il vaut le détour, dit-il doucement. Il est doux et fruité.

Il porte le verre à son nez et ferme les yeux, agitant le liquide rubis en petits cercles pour en faire ressortir tous les arômes. Comment est-ce possible d'être si beau en ne portant qu'un jean et un t-shirt ?

Il s'humecte les lèvres après avoir goûté, le regard d'un homme satisfait. Ne pouvant détacher mes yeux de lui, je l'imite. Il attend patiemment ma réponse, comme si je m'apprêtais à lui confier les secrets de l'univers.

— Alors ?

— Honnêtement ?

— Tu n'as pas aimé ? grimace-t-il.

— Honnêtement, articulé-je, avec tout ce rhum des cocktails, les trois verres que j'ai bus avant de partir, j'ai du mal à différencier celui-ci du rouge qu'on a bu à table. Alors, je préfère ne pas le gâcher vu que je ne peux pas l'apprécier à sa juste valeur, pour l'instant.

— Hmm, sage décision. Je le garde pour une prochaine fois, alors, fait-il en souriant. Il ne faudra pas trop tarder, ce serait bête qu'il tourne au vinaigre.

— Tu envisages qu'il y ait une prochaine fois ?

— Pourquoi pas ? Tu passes une mauvaise soirée ?

— Non, excellente, même.

— Alors, il y aura une prochaine fois. Bon, tu veux me raconter pour Stéphane ? Pourquoi tu t'es enfilé trois verres toute seule ? Enfin, c'est pas grave, ne te méprends pas, mais… développe ? propose-t-il en s'adossant à la rambarde.

D'une main, il agite son verre. L'autre est posée nonchalamment dans sa poche.

— Que dire ? soupiré-je. J'avais préparé un bon petit repas, mis des bougies, je me suis apprêtée. J'ai ouvert une bonne bouteille, dont j'ai bu un premier verre en l'attendant, le temps qu'il s'aère et histoire de goûter. Puis un deuxième, car l'attente se faisait longue. Lorsqu'il est arrivé, il s'est excusé et est reparti aussi sec. Je t'ai eu au téléphone et j'ai fini le verre que je lui avais servi. Je me suis démaquillée un peu, j'ai enfilé ces vêtements en vitesse et je suis sortie. Tu connais la suite.

— Hmm, je vois… pas génial, ouais. Bon, après, un malentendu, ça arrive. Il faut dire clairement aux gens ce qu'on veut et attend d'eux. Je ne dis pas que c'est ta faute, mais tu aurais dû être plus claire. Il y a un truc que je ne comprends pas, néanmoins…

— Dis-moi ?

— Il est rentré, il a vu tout ce que tu avais préparé ainsi que ta tenue et… il n'a pas décidé de rester ? demande-t-il le plus sérieusement du monde.

Je reste muette comme une carpe. Dit comme ça, j'ai effectivement l'air d'avoir le mari le plus indifférent du monde et je ressemble à la pauvre femme délaissée qui fait pourtant tant d'efforts.

— Nan, parce que, reprend-il, qu'il n'ait pas vu le repas et tout le reste en rentrant… ma foi, admettons, je ne sais pas comment est disposé ton chez toi. Mais tu me dis qu'il s'est excusé. S'il t'a parlé, il t'a forcément vue. J'imagine que tu portais les dessous que j'ai entraperçus au bureau. Il t'a donc vue, vêtue comme *ça*. Et il n'est pas resté. Il est gay, ton homme ? pouffe-t-il.

— Arrête ! me plains-je en lui tapant l'épaule. Il n'a pas fait attention ! Il m'a à peine regardée, en fait. De loin, sans voir en détails, le peignoir ne ressemble pas à grand-chose. C'était justement pour avoir mieux à montrer en dessous. Comme… un paquet cadeau !

— Et quel paquet.

— Oh, arrête. C'est pas si rare les femmes qui s'apprêtent pour leur mari. Et, ça arrive de mal se comprendre. J'admets que je suis un peu déçue, mais c'est la vie. Et puis je suis agréablement surprise du niveau de confort de ce petit ensemble, fais-je spontanément en tirant légèrement mon décolleté pour y jeter un œil.

Le temps de comprendre que l'alcool me désinhibe un peu trop, le geste est fait et il explose de rire.

— Tu le portes toujours ? se racle-t-il la gorge.

— La conversation dérive légèrement, là.

— C'est ta faute ! Attends, attends… dit-il en regardant en l'air. J'ai une image assez sympa en tête, là tout de suite.

— Léo ça suffit ! m'énervé-je en lui assénant un nouveau coup dans l'épaule.

— OK, très bien. J'arrête de t'embêter. Je ne voulais pas te mettre mal à l'aise, mais… les compliments n'avaient pas l'air de te gêner plus que ça, par message.

Je secoue la tête en soupirant, à la fois exaspérée et amusée par ce comportement presque adolescent. Je dois admettre qu'autant d'attention et d'attirance non dissimulées, ça me fait du bien. Je ne m'attendais certainement pas à ce qu'il soit aussi démonstratif après tant d'années sans se voir et pourtant, il est le même que dans ses messages.

— Au fait, changé-je de sujet, tu es de quel signe ?

— Tu crois à ces conneries d'astrologie, toi ? se moque-t-il.

— Eh bien, il s'avère que ça peut être intéressant. Alors ?

— Je suis Lion. Et toi ?

— Balance.

— Bon, alors… de ce que je sais, la Balance est censée être calme et posée, elle n'aime pas les conflits, ni la violence. Pourtant, tu ne fais que me frapper depuis tout à l'heure.

— Tout est vrai, mais la patience de la Balance a des limites, tu les as simplement franchies !

— Maigres limites…

— Arrête un peu de te foutre de moi. Tu t'y connais vachement bien, pour quelqu'un qui n'y accorde aucune crédibilité.

— Tout le monde nous bassine sans arrêt avec ça, alors à force, on retient des choses. Et étrangement, je connais beaucoup de Balances.

— Ce n'est pas étonnant, en amour, le Lion et la Balance sont très compatibles. C'est souvent passionné et fort. Bon, je ne vais pas te faire un cours, tu vas te moquer de moi.

— En fait, je ne parlais pas de conquêtes amoureuses. Je n'ai eu qu'une seule copine Balance, je te laisse deviner qui. Le reste, que des rencontres amicales. Très bonnes, pour la plupart, explique-t-il. Mais pour en revenir à toi, effectivement, la compatibilité était significative. Entre nous, c'était fort. Rapide, court, mais intense. Et encore, on n'a pas eu le temps de faire un dixième des choses que je voulais faire avec toi.

Chapitre 9

Je me liquéfie sur place. L'entendre prononcer ces mots en vrai, d'une voix sûre, sans sourciller et le regard bien ancré dans le mien… les voisins doivent entendre mes genoux claquer. Heureusement que je me tiens à la rambarde, j'aurais pu en tomber à la renverse. Tout ça n'est pas nouveau, bien sûr, nous en avons parlé mille fois. Mais là… tout est réel. Nous ne sommes pas derrière un écran.

— N'aie pas l'air si choquée, nous nous sommes déjà dit tout ça, fait-il à voix basse comme s'il avait entendu mes pensées.

— Je… oui. C'est juste un peu plus perturbant de l'entendre de ta bouche, plutôt que de le lire.

— Je ne veux pas te mettre mal à l'aise, je dis simplement ce que je pense.

— Je le sais, mais… ce n'est peut-être pas très approprié de dire ça à une femme mariée.

— Attends, rit-il, on parle du passé, là. Je parle de mon ressenti de jeune homme de dix-sept ans, éperdument amoureux de toi et qui aurait bien aimé te montrer cet amour physiquement. Un peu plus, en tout cas.

— On parle seulement du passé, alors ?

Il regarde autour de lui quelques secondes, cherchant sans doute une réponse convenable à cette question. Son regard se porte à nouveau sur moi, je sens qu'il se retient de beaucoup de choses. Du moins, il en donne l'air. Peut-être que je n'imagine que ce dont j'aurais envie qu'il ressente.

— Je mentirais si je disais que tu ne m'attires plus du tout, reprend-il enfin. Néanmoins, je sais que tu es mariée et je respecte ça. Et puis, je te rassure, je ne suis pas au bord du craquage non plus.

La petite Léana débarque en courant et saute dans ses bras, il la rattrape et la chatouille comme si de rien n'était. J'en profite pour reprendre mon souffle et tenter de calmer mon rythme cardiaque.

— Hé, tu as une fille à peu près du même âge, non ? s'enquiert-il tandis que sa nièce l'enlace.

— Oui, elle s'appelle Théa.

— On pourrait les emmener jouer au parc ensemble, un de ces jours ?

— Ouais ! Une sortie avec tonton et Andie !

— Pourquoi pas, ce serait chouette. Tu es un peu plus grande que ma fille, tu pourrais peut-être lui apprendre des choses, elle a sept ans.

— On verra, si c'est encore un bébé, ça m'intéresse pas trop. J'pourrais la garder pendant que vous discutez, dit-elle fièrement.

Je ne peux m'empêcher de rire face à l'audace de cette petite. J'acquiesce gentiment tandis qu'il dépose sur son front un baiser attendri. Cette capacité de passer du grand séducteur à l'homme attentionné avec sa nièce me fascine.

— Et, reprends-je pour donner le change, tu entends quoi par « un bébé » ? Explique-moi.

— Si elle joue à des trucs de bébé ou de fille. Genre… jouer au papa et à la maman. Ou aux princesses.

— Qu'est-ce que tu aimes, toi ?

— Moi, j'aime bien fabriquer des choses, explorer, jouer dans les arbres et grimper.

— Oh, alors je pense que vous allez devenir de grandes copines. Théa n'aime pas trop jouer au papa et à la maman non plus, fais-je avec un clin d'œil.

∞

Lorsque la soirée arrive à son terme, nous saluons tout le monde. Les au-revoir se font plus chaleureux encore que l'accueil que nous avons reçu. La soirée a été délicieuse et j'ai définitivement stressé pour rien. Ça a été une réelle bouffée d'air frais, une coupure dans ce quotidien plein de questions. Louise m'a accueillie comme si je faisais partie de la famille et, à vrai dire, je me serais assez bien imaginée être sa belle-sœur. Théa pourrait super bien s'entendre avec Léana, et moi… je pourrais laisser libre cours à mes fantasmes sans aucune culpabilité vis-à-vis de Léo.

Stop. Garde ton imagination pour ce foutu roman que tu n'es pas fichue d'écrire.

De retour sur la moto de Léo, je ne me fais pas prier pour m'accrocher à lui. Je me laisse aller au rythme de la route, me reposant sur son dos robuste. Son parfum inonde mes narines et la chaleur de son corps m'apaise. Je me surprends à me sentir bie, lovée contre lui. Une once de culpabilité pointe le bout de son nez et me fait aussitôt me redresser. Je garde néanmoins mes bras autour de lui, je ne suis pas suicidaire non plus.

Il s'arrête devant chez moi et enlève son casque alors que je descends du véhicule. Il m'aide à retirer le mien et le dépose derrière lui.

— Tu veux rentrer maintenant ? Ou je peux t'emmener manger une gaufre ? Ou boire une bière, qu'importe, propose-t-il les yeux pleins d'espoir.

— Il est déjà tard, Léo. Ce n'est pas très raisonnable…

— Comme tu le sens.

Il va pour remettre son casque quand, finalement, il stoppe tout mouvement et se met à me fixer. Je crois déceler une intense réflexion chez lui, pèse-t-il le pour et le contre de la question qui lui vient en tête ?

— Quand tu dis que ce n'est pas raisonnable, tu parles de rester un peu avec moi, ou de rentrer plus tard que ça ?

Je déglutis bruyamment, pas sûre de savoir si je dois être totalement franche ou non avec lui. La réponse met tant de temps à venir que, de toute façon, il a sans doute déjà deviné quel est le problème.

— Un peu des deux, admets-je.

Il arbore une moue perplexe et hoche la tête silencieusement. Il remet vraiment son casque, cette fois-ci, et me salue de la main avant de démarrer et de s'éloigner dans la nuit. Le vrombissement du moteur se perd dans la nuit, j'avance alors vers la porte et je la déverrouille. Tout est éteint, il est presque une heure du matin.

Je me déshabille et aperçois mes jolis dessous dans le miroir. Je décide de les garder et d'enfiler à nouveau mon déshabillé par-dessus. Je n'ai pas passé la soirée avec mon mari, mais peut-être puis-je encore sauver la nuit ? Si tant est qu'il ne rentre pas trop tard.

Enfin seule et en sécurité, je me sers un dernier verre. Je ne risque pas de dire une bêtise de trop ou de laisser mes pensées prendre le dessus et me déconnecter totalement de la réalité. Quand bien même tout cela arrivait, personne pour m'entendre ni remarquer ma soudaine distraction. Je m'installe sur le canapé et prends mon ordinateur sur mes genoux. J'ouvre le fichier de mon roman et commence à taper. Les mots viennent sans que j'aie besoin de réfléchir, ils s'enchaînent avec une fluidité presque mélodieuse.

J'écris enfin.

Chapitre 10

Le bruit de la cafetière me tire de mon sommeil de la façon la plus abrupte qui soit. Je peine à ouvrir les yeux, éblouie par la lumière qui baigne le salon. Je me redresse dans un grognement sourd, prise d'un mal de dos, la nuque complètement raidie par la position dans laquelle je me suis endormie la veille. Je suis toujours lingerie, mon déshabillé complètement ouvert et froissé. L'ordinateur est posé sur la table basse, non loin d'un verre de vin presque vide. Le fichier que j'ai ouvert hier soir est là. Satisfaite d'avoir pu écrire une dizaine de pages, je m'étire en souriant.

Stéphane arrive dans la pièce pour récupérer son café en soufflant, exaspéré.

— Bonjour, fais-je en me levant et en refermant mon peignoir.

— Salut, répond-il sèchement.

Il se sert un café et met en route la bouilloire pour mon thé tandis que je m'approche et m'appuie contre le plan de travail de la cuisine.

— Tout va bien ? Tu as passé une bonne soirée ? m'enquiers-je.

— C'était top. Jusqu'à ce que je rentre et que je te voie étendue là telle une ivrogne, à moitié nue qui plus est.

— J'ai raté un épisode, là. Il est où le problème ? Je n'ai bu qu'un verre en rentrant et j'étais déjà fatiguée, j'ai écrit un peu et je me suis rendormie. Qu'est-ce que ça peut bien te faire ? Tu ne t'es pas trop inquiété de mon sort en décidant de sortir.

— Ah, nous y voilà. Je savais que t'allais finir par me le reprocher. J'avais pas compris ce que tu voulais, désolé, je te l'ai dit. Sois plus claire la prochaine fois. Et si j'étais rentré avec un copain pour boire un dernier verre ici, tu as vu dans quelle tenue tu étais ? Je me serais sans doute senti bien con si Joe t'avait vu comme ça.

— Eh bien, ça aurait fait au moins une personne pour apprécier ma tenue, m'amusé-je.

— Tu comptes allumer mes copains, maintenant ? explose-t-il en posant sa tasse avec force.

— Je suis sûre qu'eux sont ravis quand leur femme les attend en dessous sexy achetés spécialement pour l'occasion. C'est surtout ça. N'importe quel homme serait resté à ta place. Mais non, moi, je tombe sur le seul qui n'en a rien à foutre. Et merde, je vais me préparer, j'ai du travail, soufflé-je en quittant la pièce.

Sans lui laisser le temps de répliquer, je m'engouffre dans la salle de bain, verte de rage. J'essaie de nous préparer un moment romantique et tout ce que Monsieur retient, c'est qu'un autre aurait pu me trouver dans une telle tenue.

Lentement, le miroir s'embue et devient complètement opaque. Une dizaine de minutes plus tard, je sors et m'enroule dans une serviette. Je ne suis pas plus détendue qu'avant, mais je n'ai pas le temps de rester davantage sous l'eau.

Stéphane ouvre doucement la porte, l'air penaud.

— Andie… je suis désolé d'avoir réagi comme ça, t'as raison, j'ai…

— Pas maintenant. On en discutera ce soir, si tu veux bien. Je suis assez pressée, là.

Il ouvre puis referme la bouche. Je me sèche et commence à m'habiller comme s'il n'était pas là. Il soupire et s'éloigne, refermant derrière lui la porte de la salle d'eau.

∞

— C'était une super soirée ! expliqué-je à Sam autour de notre premier thé de la journée.

— Je suis content que tu ne te sois pas ennuyée finalement, ça t'aura sans doute permis de surmonter plus vite cette déception. Mais j'aurais préféré que tu me racontes une nuit de folie avec ton mari plutôt qu'avec Léo.

— J'aurais préféré aussi, râlé-je. Ce n'était pas une nuit de folie, c'était plein de douceur, de rire, de souvenirs tous plus agréables les uns que les autres. C'était un peu étrange de me replonger dans tout ça, mais ça m'a fait du bien aussi. Et puis, Léo a dit des choses très vraies à propos de Stéphane. J'ai tendance à être un peu trop compréhensive, parfois.

— Et… qu'est-ce qu'il t'a dit ? soupire-t-il.

— Que n'importe quel homme serait resté à sa place. Que s'il avait choisi de sortir avec ses potes plutôt que passer la soirée avec moi, il n'avait pas son mot à dire sur ce que je faisais de mon côté. Enfin ça… j'ai un peu extrapolé, c'est ce que ça voulait dire, quoi.

— Il n'a pas tort sur le premier point. Pour le reste, je ne suis pas du même avis, même si tu « extrapoles ». Ce n'est pas parce qu'il a commis une maladresse hier soir que t'as le droit d'aller faire n'importe quoi avec n'importe qui par esprit de vengeance.

— Mais c'est pas ça du tout ! Je suis allée voir un ami et sa famille, il n'y a pas eu de n'importe quoi avec n'importe qui, ne mélange pas tout.

— Oui, certes, cette fois tu as été raisonnable. Je crains que Léo n'appuie un peu plus sur ce qui fait mal pour te monter contre Stéphane.

— Mais non, soupiré-je. Il n'est pas comme ça. Et même si c'était le cas, je n'ai plus dix-sept ans et je ne suis plus une gamine influençable.

— Tu me dis que tu te sens à nouveau adolescente auprès de lui, alors permets-moi d'en douter…

— Tu n'as aucune raison de t'inquiéter. Je n'ai pas l'intention de tromper Stéphane. On peut se disputer, ça ne change rien. On en discutera ce soir. Tu sais bien que c'est pas mon genre de me tourner vers le premier venu quand je me sens un peu délaissée. Je suis déçue que tu me penses capable de faire ça, admets-je.

— C'est pas ce que j'ai dit, j'essaie juste de te mettre en garde, t'es sur une pente glissante. Et puis, je te rappelle que tu l'as contacté un jour où tu te sentais seule… j'ai le sentiment que tu ne fais pas attention avec lui, il pourrait tout chambouler dans ta vie. Sans que ce soit volontaire ou mal intentionné de sa part, je ne dis pas qu'il est le grand méchant loup… mais il est célibataire, il n'a rien à perdre, lui, à flirter avec toi.

— Et, depuis quand flirter, c'est signer son arrêt de mort ?

— Ah, donc tu admets bien que tu flirtes !

— C'est juste une question.

— Bon, t'as décidé de ne pas être de mon avis, toute façon. Tout ce que je dis c'est : fais gaffe à toi. Et rappelle-toi bien de cette conversation lors de ta prochaine soirée avec Léo.

— Hmm, marmonné-je tandis qu'il s'éloigne en direction de son bureau.

Je gagne également le mien, savourant ce délicieux thé aux fruits rouges. J'ouvre un nouveau fichier pour commencer un article sur la séduction dans le couple marié. Je me dis que ça pourrait me donner des idées pour débloquer la situation dans mon propre mariage.

Après quelques dizaines de minutes à commencer un paragraphe, l'effacer, tout reprendre et tout supprimer encore, les nerfs commencent à monter. Je n'arrive à rien. Pas étonnant, vu la façon dont je gère mon couple.

Je soupire et ferme mon ordinateur, exaspérée par mon propre manque d'inspiration. Je m'affale dans mon fauteuil et repense alors à la soirée d'hier. Ce jean brut, cette peau hâlée… les souvenirs me reviennent comme des flashs de lumière, me montrant tantôt un sourire, tantôt un geste. Je me redresse sur ma chaise, observant les alentours. Personne ne semble se préoccuper de mes agissements, alors j'ouvre mon ordinateur et clique sur le fichier de mon roman à peine entamé. Je commence à taper et les mots s'enchaînent avec une vitesse et une fluidité semblable à celle d'hier soir.

Je ne sais pas combien de temps passe, mais soudain, on frappe à la porte. Je lève la tête dans un sursaut et distingue Léo, sourire aux lèvres, qui vient me tirer de mon brouillard créateur. Je lui fais signe d'entrer, il s'exécute et s'installe sur l'une des deux chaises en face de mon bureau.

— Alors, ta soirée s'est bien finie ?

— Tout dépend de ce que tu appelles bien se finir, ris-je.

Il arque un sourcil tandis que je referme mon ordinateur et me redresse légèrement sur mon assise, perturbée d'avoir été interrompue en pleine phase créative.

— Alors, commence-t-il, laisse-moi réfléchir. Ton mari qui rentre à la maison, un peu éméché lui aussi. Il boit un dernier verre avec toi puis tu en profites pour lui montrer ce joli petit ensemble, caché là, sous ton t-shirt.

— J'aurais bien voulu, mais tu es complètement à côté. J'te passe les détails mais j'étais prête à le recevoir dans… de bonnes conditions, disons. Avant que tu ne fasses un commentaire, laisse-moi finir, car la suite est décevante. Je me suis servi un dernier verre de vin et j'ai pris mon ordinateur en attendant. Et, ce qui s'est passé est encore plus satisfaisant que je ne l'espérais !

— Me dis pas que tu as maté un porno pour…

— Orrrh, mais non ! m'exaspéré-je. J'ai écrit !

Il fronce les sourcils, plein d'incompréhension.

— Donc… si je comprends bien, écrire est plus stimulant qu'une nuit d'amour avec ton mari ? C'est sympa pour lui, s'étonne-t-il. Je veux bien croire que tes passions prennent de la place dans ta vie, m'enfin quand même. Loin de moi l'idée de le défendre, hein, mais… solidarité masculine quand même. Un peu, parfois.

— Sois un peu sérieux ! Premièrement, je ne vais pas débattre avec toi de notre vie sexuelle. Ensuite, je n'avais pas écrit depuis tellement longtemps que ça m'a fait un bien fou, soupiré-je en m'enfonçant complètement dans mon assise.

— Tu avais perdu l'inspiration ?

— Totalement. Et hier soir, tout est revenu. Comme par magie.

— Tu penses que notre soirée y est pour quelque chose ?

— Sincèrement ? Je pense que oui, enfin, entre autres. J'ai vraiment passé un merveilleux moment à jongler entre tous ces souvenirs si réconfortants, la présence de ta sœur, et toi, bien sûr. Tout ça m'a ramené des années en arrière et c'étaient de belles années. En rentrant, j'étais d'une humeur légère et agréable. Et puis…

Je marque une pause, je me rends compte que Léo est pendu à mes lèvres. Il me regarde de façon si intense que j'ai soudain envie de disparaître. Je ne sais pas jusqu'où je peux aller dans mes mots, comment lui expliquer ce que j'ai ressenti hier soir et quelle est la limite à ne pas franchir ?

— Et puis ? m'interpelle-t-il.

— Je ne sais pas trop si je peux te parler de ça.

— Hmm… tu en dis trop et tellement peu. Je suis curieux, développe. Ça restera entre nous.

Il me fait un clin d'œil complice et son air malicieux me donne d'autant plus envie de me méfier.

— Oh, allez, Andie ! Qu'y a-t-il de si terrible que tu ne puisses pas me dire ?

— Rien de terrible, mais bon, c'est peut-être un peu… limite.

— Tant que tu ne m'avoues pas que tu avais des pensées pas très catholiques toute la soirée, rit-il. Si c'est ça, en revanche…

— Tu es bien trop confiant, m'esclaffé-je.

— On n'est jamais trop confiant. Viens-en au fait, ça m'évitera de me faire des films.

— J'allais simplement te dire qu'en plus de cette humeur légère et agréable, j'ai ressenti une certaine excitation. Pas dans ce sens-là ! m'indigné-je alors qu'il commence à pouffer. Je te parle simplement d'un petit frisson d'aventure. Une euphorie presque adolescente.

— D'accord. J'ai du mal à voir où est le problème. Tu as passé un bon moment qui t'a permis de t'évader un peu de ton quotidien et de retrouver l'inspiration. De mon point de vue, c'est plutôt positif.

— Je n'ai pas dit que c'était mal, disons que, moins je t'en dis, mieux c'est.

— Je ne suis absolument pas d'accord avec toi.

Je garde le silence, ne sachant plus comment parler ni agir. J'ai l'impression que le moindre de mes mots transpire l'attirance que j'ai pour lui. Face à mon mutisme, il prend un air sérieux et se redresse. Il s'approche et pose ses avant-bras sur le bureau devant lui. Son regard planté dans le mien, il commence à voix basse :

— Andie, tu as le droit de me complimenter si c'est ce dont tu as envie. Tu as le droit de ressentir des choses positives lorsque tu es avec moi. Tu as même le droit d'être encore attirée par moi. Et, t'as le droit de le dire. Ça ne fait pas de toi une femme infidèle.

— Faux, tout dépend des limites de chacun. Et Stéphane n'apprécierait pas du tout que je dise à un ex-copain que je le trouve toujours attirant.

— Qui va aller lui dire ? Certainement pas moi. Je ne m'en cache pas, tu sais. Tu m'attires toujours autant, si ce n'est plus. Et je ne sais pas ce que tu attends de moi, mais je ne compte pas faire comme si de rien n'était. Au risque de te décevoir… tu sais où sont tes limites, vos limites. Mais moi, je n'en ai aucune, lâche-t-il le plus sérieusement du monde.

Je me liquéfie officiellement sur ma chaise. Sam n'a peut-être pas tort, après tout. Léo va essayer de me pousser dans mes retranchements et de me faire flancher. Il aurait si peu à faire, malheureusement. Je suis capable de tenir ma langue pour certaines choses, cependant je ne donne pas cher de ma peau s'il décidait de me clouer dans un coin et de laisser glisser ses lèvres le long de mon cou.

Mes pensées s'emballent. Je m'efforce de chasser cette vision de mon esprit avant qu'il ne remarque que mes mains sont moites et que ma jambe ne cesse de remuer.

À ce moment-là, un mouvement au loin attire mon attention. J'y jette discrètement un œil et distingue Mia, en train de faire des gestes assez suggestifs avec son bassin. À en juger par son expression, je devine qu'elle mime — silencieusement, je l'espère — un orgasme. Je porte ma main à ma bouche, me retenant de rire.

Sam passe à côté d'elle et lui assène une grande tape derrière la tête à l'instant même où Léo se retourne dans leur direction. Je peux le voir pouffer sur sa chaise tandis que Sam agrippe Mia par le bras pour la tirer hors de notre champ de vision.

— Laisse-moi deviner, reprend-il en replongeant son regard dans le mien. Sam tente de te garder dans le droit chemin, tandis que Mia te pousse à…

— Je n'ai besoin de personne pour rester dans le droit chemin, le coupé-je assez sèchement.

— Ce n'est pas ce que j'ai dit. Il essaie de te protéger, voilà tout. Mais que les choses soient claires, Andie… je ne sais pas ce que tu t'imagines, ni ce qu'il imagine lui, mais je ne suis pas là pour foutre ta vie en l'air. Je ne ferai rien pour te mettre en danger ou quoi que ce soit d'autre. Oui, je flirte un peu avec toi, je l'admets… mais je ne vais pas te sauter dessus ici et maintenant, ni demain d'ailleurs. Rassure-toi.

— Je n'ai pas peur de toi, feins-je.

— Oh, vraiment ? C'est un défi ?

Aïe. C'est donc de ça dont il est question, maintenant ? Il faut vraiment que j'apprenne à fermer mon clapet.

Chapitre 11

La tension est à son comble, il me regarde d'un air plein de malice. Je ne sais définitivement plus où me mettre. Pourtant, il va bien falloir que je mette un terme à ce petit jeu qui ne doit pas aller plus loin. Je rassemble toutes les forces que je possède encore, déglutis avec peine, m'humecte les lèvres et ouvre enfin la bouche pour souffler un son à peine audible :

— Léo…

— Ça va, je plaisante. J'adore quand tu te tortilles sur ta chaise, rit-il. Bon, fini les conneries, je venais te parler boulot à la base.

J'ouvre mon ordinateur pendant qu'il m'expose son idée au sujet d'une exposition de sculptures dédiées à l'amour et à la sensualité. Il voudrait écrire un article sur ces œuvres qui pourrait faire le lien entre nos deux rubriques. Il tourne le PC vers lui afin d'accéder au site de l'évènement tandis que mes yeux s'attardent sur les veines qui partent de ses mains et remontent le long de ses poignets pour s'atténuer au creux de ses avant-bras. Je pourrais sculpter une statue de ces bras-là.

— Andie ?

— Hmm ?

— À quoi tu penses ?

— Je trouve ces statues vraiment sublimes, improvisé-je.

Il me lance un regard suspicieux, mais ne cherche pas plus loin, à mon grand soulagement.

— OK alors, l'objectif serait qu'on aille voir cette expo ensemble et puis qu'on débrief après. Moi, je ferai un article sur les techniques utilisées et l'artiste, puis toi, tu pourrais faire le lien avec une sortie à faire en amoureux. Ça pourrait presque faire office de préliminaires tant elles sont sensuelles…

— C'est une bonne idée. Je suis partante, organisons ça.

— Eh bien, ce soir tu es libre ?

— Aïe, non. Ce soir, ça tombe mal. Je dois discuter avec Stéphane, on s'est un peu chamaillés ce matin, enfin… je te passe les détails.

— Ça a quelque chose à voir avec notre soirée d'hier ? Je ne voulais pas te causer de problèmes.

— Pas du tout, ne t'en fais pas.

Il hoche la tête d'un air entendu et semble sincère. Il remet l'ordinateur à sa place initiale et se dirige vers la porte. Il marque une pause et se tourne face à moi.

— Je pourrai te lire ?

— Euh, je sais pas trop… c'est assez intime et personnel.

— Je sais, oui. On faisait ça tout le temps avant, tu te souviens ? Au moindre mot que j'écrivais, je me précipitais pour te faire lire.

— Je vais y réfléchir.

Il affiche une moue perplexe et sort du bureau, tombant nez à nez avec Carla qui se tortille de joie face à lui. Je lève les yeux au ciel et décide de retourner à mon roman, il ne faut surtout pas laisser partir l'inspiration lorsqu'elle se présente.

∞

Il est quinze heures trente quand mon téléphone vibre et me fait détourner les yeux de mon écran. Un message de Stéphane, il s'excuse une nouvelle fois pour sa réaction de ce matin et me dit qu'il aimerait qu'on en discute ce soir. Je lâche un soupir, ma nuque est raidie par ces heures passées devant mon écran et mes doigts sont gelés. Je n'avais pas autant écrit depuis longtemps, malgré mon poste de rédactrice.

J'ai quand même fait une pause d'une petite demi-heure pour pondre un article bancal sur les diverses solutions pour maintenir la flamme dans un couple marié avec des enfants. Au moins, mon travail est accompli.

— Toc, toc ! fait joyeusement Sam en pénétrant dans la pièce. Alors, cette journée ?

— Oh, bah rien de foufou. La routine. J'ai pondu un article misérable sur la façon d'entretenir la flamme dans un couple marié, ironisé-je.

— Tu vas appliquer tes propres conseils ?

— Surtout pas, vu la qualité de mon travail… je vais surtout avoir une discussion avec Steph ce soir. Après notre prise de bec de ce matin, on a besoin d'une mise au point.

— N'y va surtout pas en mode guerrière, s'il te plaît… essaie d'arranger les choses.

— C'est mon but, qu'est-ce que tu crois ?

— Je me permets de demander, après ta discussion de quasiment une heure avec Léo en tête à tête…

— Arrête un peu avec Léo, on a parlé boulot.

— C'est tout ?

— Entre autres, on a parlé d'hier soir aussi, un peu. Rien de fou. On va aller voir une expo ensemble pour le boulot.

Il tire une drôle de tête, ouvrant la bouche pour me faire sa meilleure tirade dissuasive. Je le coupe alors immédiatement pour lui expliquer le concept de l'exposition et le projet d'article qui va en découler.

— OK, admettons. Alors, pourquoi tu n'irais pas à cette expo avec Steph ? Tu pourrais demander à Léo d'emmener un rencard, lui aussi, suggère-t-il.

— Hmm, c'est une idée. Ça me permettrait de tester le pouvoir de cette expo sur mon propre couple avant de prodiguer des conseils.

Il lève un sourcil, une moue amusée déforme légèrement sa bouche.

— Qu'est-ce que t'as ?

— Rien, je m'attendais à une autre réaction, à vrai dire. C'était un test.

— J'ai réussi le test ?

— Haut la main ! À ma grande surprise.

— Ça veut dire quoi, ça ? m'indigné-je.

— Je m'attendais à une pointe de jalousie dans ta voix concernant le potentiel rencard du très sexy Léo.

— Tu te fais des films. Bon, j'ai une idée, je vais rejoindre Théa et Steph à la sortie de l'école, on pourra passer un moment tous les trois et ça détendra peut-être l'atmosphère pour la suite de la soirée.

— Voilà ! Ça, c'est l'énergie qu'on veut voir ! Go, girl !

— Ne crions pas victoire trop vite. Et toi, comment ça va ?

— Ça va, la routine aussi de mon côté. Vraiment. Contrairement à ta vie qui ressemble à une comédie romantique pour ados.

— Oh, arrête un peu, ris-je. C'est toi qui imagines des choses. Avec Chris, ça va ?

— Plutôt bien, oui. On ne se voit pas beaucoup en ce moment avec nos boulots respectifs, mais quand on arrive à se caler, on passe de vrais bons moments. C'est plutôt agréable d'avoir le temps de se manquer. Vous devriez essayer de créer le manque entre vous deux.

— Assez parlé de Steph et moi, raconte-moi un peu ta vie au lieu de t'occuper de mon couple !

— C'est le calme plat de mon côté, donc je m'occupe de tes problèmes ! Nan, sérieux, tout va plutôt bien en ce moment. Donc écoute, j'en profite, je me laisse porter.

— Je suis ravie de l'entendre. On se plaint quand ça ne va pas, mais quand tout va bien, on a tendance à ne pas s'en rendre compte. La paix, ça n'a pas de prix.

— Totalement ! Donc voilà, je me détends, et je kiffe. Dis, elle ne finit pas à seize heures, ta puce ?

— Si, oh, merde !

Je remballe mes affaires en vitesse et lui envoie un baiser avant de m'éclipser à toute vitesse. En attendant l'ascenseur, Mia me rejoint.

— T'as kiffé mes mimes tout à l'heure ? Ça t'a donné de l'inspi ?

— T'es grotesque.

— C'est pour ça que tu m'aimes ! Oh, admets-le… tu rêves d'une bonne partie de jambes en l'air avec Monsieur Cottet, s'extasie-t-elle.

— Plus personne ne dit « partie de jambes en l'air », tu devrais le savoir.

— Bien tenté ! rit-elle alors que l'on s'engouffre dans l'ascenseur. Qui pourrait te blâmer ? Il est *vraiment* sexy. À en crever, genre.

— Alors, tu attends quoi ? suggéré-je.

— Tu déconnes ? Jamais l'ex des copines ! Ni le plan cul, ni le mec, ni n'importe quel homme ayant un lien amoureux ou familial de près ou de loin avec l'une d'entre elles.

— C'est bien, tu as des valeurs, ça rattrape un peu la tare de tes mœurs légères…

Elle me frappe dans l'épaule puis explose de rire. Je l'envie, parfois. L'insouciance de son jeune âge et de sa vie sans aucune responsabilité. Aucun engagement à tenir mis à part le travail, aucune contrainte particulière du moment qu'elle sort de cet immeuble. Elle rayonne, elle pétille.

Mia est une jeune femme au fort caractère, elle ne craint pas de clamer ce qu'elle pense, n'en déplaise à son entourage. Elle est très solitaire, c'est sûrement dû au fait qu'elle a été forcée de s'assumer seule rapidement.

À partir de ses quatorze ans, ses parents ont beaucoup voyagé, estimant qu'elle était assez âgée pour être indépendante. Ça a donné une scolarité un peu douteuse et un certain manque de respect à l'autorité mais le moins que l'on puisse dire, c'est qu'elle n'a besoin de personne.

En cela, le départ définitif de ses parents pour l'Espagne l'an passé ne l'a pas affectée le moins du monde, bien que de bonnes relations règnent entre eux.

Je vis un peu par procuration à travers elle lorsque j'écoute les histoires délirantes de ses sorties nocturnes. J'ai perdu un peu de cette fougue avec tout ça, la vie de famille, le quotidien et la routine qui s'installent. Comme tout le monde, c'est évident. Parfois, cependant, je me surprends à penser que ce n'était pas ce que je voulais. J'adore ma fille et mon mari, et pourtant il m'arrive souvent de rêver d'être ailleurs et de faire autre chose. Sans attache.

Quand je suis avec Léo, cette folie juvénile revient. Tout revient, comme si mon moi adolescent était resté tapi dans l'ombre tout ce temps, attendant de croiser à nouveau sa route.

∞

Lorsque j'arrive près du portail, je distingue Stéphane, le dos appuyé contre la barrière qui longe le trottoir. Il surveille la sortie de l'école, les yeux brillants. Je m'arrête un instant pour l'observer, il a les bras croisés et ses doigts tapotent frénétiquement sa peau. Cette scène m'arrache un sourire et une vague de chaleur s'empare de tout mon corps. Voilà ce qui doit m'animer : mon mari, impatient de retrouver notre petite fille.

Alors que je recommence à avancer vers lui, le sourire aux lèvres, il me voit. Son visage s'illumine d'autant plus et je peux voir toutes ses dents. Il se redresse et m'attrape par la taille lorsque j'arrive à son niveau. Il me fixe quelques instants puis remet une mèche rebelle derrière mon oreille.

— Qu'est-ce que tu fais là, ma chérie ?

— Tu n'es pas content de me voir ?

Il pouffe et secoue la tête, j'en profite pour passer mes mains autour de sa nuque. Et ce qu'il se passe à cet instant précis me subjugue.

Son regard ancré dans le mien avec un sérieux inébranlable, je peux voir se soulever son torse au rythme de ses respirations. Ses mains ne sont plus juste posées sur ma taille, elles sont descendues jusqu'à mes hanches et les tiennent fermement. Perturbée par ce changement d'attitude soudain, je regarde tantôt sa bouche, tantôt ses yeux. Un sourire en coin se dessine sur son visage et il s'approche. Il dépose un baiser tendre et doux sur mes lèvres, puis reste là quelques instants, les yeux fermés. J'en veux encore.

Brusquement, je lui vole le second baiser, un peu plus appuyé cette fois. Puis un troisième. Et là, il pose une main sur ma clavicule, m'intimant doucement de me calmer.

— Nous sommes devant une école, ma puce, et Théa ne va pas tarder à nous rejoindre…

Je recule et me recoiffe maladroitement, je me racle la gorge et m'installe face au portail, muette.

— Cela dit, c'était très agréable, fait-il en m'attirant contre son torse.

Il passe ses bras autour de ma taille et embrasse tendrement ma nuque, me procurant de délicieux frissons.

— On continuera cette discussion ce soir, reprend-il. Tiens, voilà la naine !

La grande porte s'ouvre, laissant s'échapper des dizaines d'enfants impatients. Théa se trouve parmi eux, elle rit aux éclats et nous rejoint en courant. Elle se jette si fort contre moi que j'en ai la respiration coupée, nous ne tombons pas à la renverse uniquement grâce à Stéphane, qui se tient toujours derrière moi.

— Vous êtes là tous les deux ! s'écrie-t-elle en embrassant son père.

— Oui, ma chérie. J'ai fini tôt le travail alors, je me suis dit qu'on pourrait aller manger une glace. Qu'en dis-tu ? m'enquiers-je en consultant mon mari du regard.

— Moi, j'suis d'accord ! chantonne Théa en gigotant dans tous les sens.

— Toi, je sais bien que t'es d'accord, tu es un estomac sur pattes.

Face à sa mine renfrognée, lui et moi éclatons de rire. Il l'attrape pour la mettre sur son dos et prend ma main, l'air béat. Cette sérénité le rajeunit de dix ans, il ne semble plus ni fatigué, ni las.

Chapitre 12

Nous sommes assis sur l'herbe, aux abords d'une aire de jeux pour enfants. La glace à l'italienne de Stéphane lui coule sur les doigts, alors il étale la substance froide sur le nez de Théa qui rit à s'en rompre les cordes vocales. Sa joie est communicative, je ne peux retenir mes lèvres de s'étirer, et pourquoi en aurais-je envie ? Vu le mauvais départ de ce matin, je n'aurais pas pensé finir l'après-midi sur une si bonne note.

— Alors, t'as passé une bonne journée ? me demande-t-il en chahutant avec la petite d'une seule main.

— Pas trop mal, répond-elle avant même que je n'aie le temps d'ouvrir la bouche.

— Je parlais à maman, Théa, rit Stéphane.

— Laisse, nous discuterons un peu plus tard, le rassuré-je. Comment ça, pas trop mal ?

— Bah, j'ai voulu jouer avec les filles pendant la récré, mais c'était nul. Alors, je suis partie jouer seule.

— Elles jouaient à quoi ?

— Au papa et à la maman.

Stéphane arque un sourcil, cet instinct de papa poule me fait sourire.

— Et comment ça se joue, ça ? l'interroge-t-il, plein de méfiance.

— Tu sais, y a une fille qui joue la maman, une autre qui joue le papa et une autre qui joue le bébé. Le bébé, c'est le plus drôle. On peut crier, pleurer, taper, faire des bêtises. Elles ont pas voulu que je fasse le bébé.

— Tu as dû faire qui, alors ?

— Le papa.

— Eh, c'est un super rôle, le papa ! plaide-t-il.

— Bah non, quand on fait le papa, on fait que de regarder la télé, manger, on s'ennuie. Elles veulent que la maman fasse tout, tout le temps. Donc, c'est vraiment nul, le papa.

— Hmm, réfléchit-il. Tu as pensé à leur dire que parfois, les papas font aussi tout comme les mamans ?

— Oui, je leur ai dit que chez moi, c'est papa qui fait à manger et le ménage, quand maman travaille. Et que quand c'est papa qui travaille, le soir, c'est maman qui fait.

Nous échangeons un regard complice.

— Et tes copines, ça leur plaît pas ?

— Bah non, elles disent que c'est n'importe quoi, que c'est pas possible parce que, leurs papas à elles, ils font jamais ça.

— Il faut croire qu'on a de la chance, chuchoté-je en lui tapotant le nez.

— Oui, puis toute façon, j'ai pas envie de jouer le garçon. Les garçons, c'est nul.

— Oh, ma chérie ! jubile Stéphane. J'espère que tu penseras comme ça encore longtemps ! Très longtemps !

— Ne compte pas trop là-dessus, ricané-je.

Théa vient s'installer sur mes genoux et s'allonge contre ma poitrine, attrapant une mèche de mes cheveux pour l'entortiller autour de ses doigts. Je me rends soudain compte qu'elle doit parfois se sentir bien seule. Elle a toujours été légèrement en avance ou en décalage par rapport aux enfants de son âge, elle n'est pas forcément intéressée par les mêmes jeux que les autres filles et n'aime pas non plus rester avec les garçons.

— Dis-moi, ma petite puce, tu voudrais rencontrer une autre petite fille de presque ton âge, mais un peu plus grande ?

— Ça dépend, elle joue au papa et à la maman, elle aussi ?

— Je ne crois pas que ce soit son genre, non. Elle est un peu comme toi, c'est une petite maligne.

— On peut essayer, fait-elle en haussant les épaules.

— OK, je vais organiser ça.

— Qui est cette petite ? demande Stéphane.

— Oh, euh... c'est la nièce d'un nouveau collègue.

— T'as un nouveau collègue ? Il est sympa ?

— J'en ai deux en fait, Léo et Carla, ils sont sympas tous les deux.

— Léo ? C'est marrant ça, comme ton premier copain, s'esclaffe-t-il.

— Tu vas rire, lancé-je nerveusement.

— Quoi ? Me dis pas que c'est lui ! Ce serait fou !

— Bah... il se trouve que si.

— C'est dingue comme le monde est petit ! Ça a dû être sympa de le revoir, j'adore retrouver de vieux copains.

Je marque une pause, caressant silencieusement les cheveux de Théa. Il me semble sincèrement amusé par la situation.

— Qu'y a-t-il ? On dirait que tu as vu un fantôme.

— Hmm, non, je... je sais pas, tu n'es pas jaloux ? Même pas un petit poil ? me risqué-je.

— Jaloux de quoi ? J'ai des raisons de l'être ?

— Non, c'est pas ça. Je ne sais pas... je t'annonce que je travaille tous les jours avec mon premier petit copain et ça n'a pas l'air de te gêner. Tant mieux, hein, mais c'est un peu curieux. N'importe quel autre homme aurait sûrement été ne serait-ce qu'un peu titillé.

— Eh bien, ce n'est pas mon cas. J'ai confiance en toi et puis, je sais pas si on peut vraiment parler de petit copain... une relation d'à peine trois ou quatre mois durant laquelle vous n'avez échangé que quelques bisous. À dix-sept ans, ça s'apparente plus à une amourette de lycée qu'à un réel ex-petit ami. À moins que tu ne m'aies pas tout dit.

Je prends un instant pour y songer. J'ai toujours affirmé à qui voulait l'entendre que cette aventure n'avait pas compté, à tort, puisque ce n'est pas vraiment ce que j'en pense. Face à mon silence, il m'interroge d'un hochement de tête.

— Non, non, c'est bien ça. C'est tout ce qu'il y a à savoir. Une amourette plus qu'autre chose.

Il me sourit puis attrape Théa pour aller dans le toboggan, elle rit de nouveau aux éclats.

Il n'a pas tort, d'un point de vue physique, il ne s'est pas passé grand-chose. Mais je n'ai jamais jugé cette relation comme futile sous prétexte que nous n'avions pas couché ensemble. Au contraire, son départ n'a fait que couper dans son élan une histoire qui aurait pu être autant passionnelle que passionnante. Elle l'était déjà, sur le plan émotionnel. Et, la tension qui régnait entre nous ne rendait tout ça que plus intense.

Tout avait commencé par des œillades discrètes lorsqu'il est arrivé au lycée après un énième déménagement. Il s'est vite fait des amis grâce à son côté extraverti et son humour, puis, il faut le dire, entre garçons, c'est tellement plus simple. Toutes les filles étaient folles de lui, moi y compris. Je me gardais bien de le dire ou de le montrer. Pourquoi se serait-il intéressé à moi plutôt qu'à une autre ? À dix-sept ans, je ne débordais pas de confiance en moi.

Puis, un jour, il a débarqué dans mon club d'écriture. Nos regards se sont croisés, il a engagé la conversation et nous ne nous sommes plus lâchés pendant les trois mois qui ont suivi, juste avant qu'il ne déménage encore. Les filles me maudissaient en silence lorsque nous traversions les couloirs main dans la main. Il me trouvait formidable, magnifique, mature et drôle. Et il l'assumait. Ça, ça leur faisait mal.

Plus j'y pense, plus les images me reviennent. Ce n'est cependant plus ce jeune homme de dix-sept ans qui s'affiche dans ma tête. Dorénavant, c'est un bel homme sûr de lui. L'image des veines qui parcourent ses mains s'imprime en force sur mon écran mental et me fait soupirer, malgré moi. Je me surprends alors à fantasmer sur mon ex-copain et tout nouveau collègue, alors que ma fille et mon mari jouent en face de moi.

Je me redresse et regarde partout autour. Comme si ces mères qui surveillent leurs enfants étaient capables de lire dans mon esprit, devinant que tout le désir qui m'anime à ce moment précis n'est en rien dirigé vers mon propre mari. Peut-être en sont-elles au même point que moi ? Peut-être est-ce ça la vie ? Fantasmer sur tout, sauf son époux.

Non, sans doute que non. Quelle tristesse. Rouge de honte, je me racle la gorge et commence à rassembler nos affaires.

— On rentre ? demande Théa, de loin.

— Oui, il commence à se faire tard.

— Chouette, j'ai faim !

Nous rions en chœur alors qu'ils se rapprochent pour m'aider, un estomac sur pattes, je disais.

Le début de soirée est agréable, bien que nous n'ayons pas encore eu la discussion tant attendue, l'ambiance est chaleureuse. Stéphane a probablement cogité toute la journée alors que je travaillais et mon ensemble rouge n'y a sans doute pas été pour rien. À cette pensée, je ne peux m'empêcher de sourire.

— Qu'est-ce qui te fait sourire comme ça ?

— Oh, rien, mens-je. Je repensais à une bêtise de Mia.

— Elle est très jeune, je trouve ça étrange que tu sois si proche d'elle.

— Oui, enfin, nous n'avons que sept ans d'écart… et je ne vois pas ce que son âge a à faire là-dedans. On est collègues, elle est pleine de ressources, elle est distrayante aussi. Et son point de vue s'avère souvent intéressant. Elle a une approche différente de la mienne, plus osée, moins conventionnelle.

— Justement, moins d'expérience, moins de choses à dire, affirme-t-il avec un clin d'œil à Théa.

Je fronce les sourcils alors que la petite sourit.

— Donc, sous prétexte qu'une personne est plus jeune, elle n'a rien à dire d'intéressant ?

— Non, c'est pas ce que je dis… enfin, je sais pas. Personnellement, les plus jeunes, je les forme au travail.

— Oui, logique. Mais quand tu as un poste de rédactrice et que tu dois être sans arrêt dans les tendances, avoir une personne qui a l'âge du public que tu vises, ça s'avère souvent très utile. Surtout quand tu bosses dans un webzine. Puis, de toute façon, je pense que les équipes mixtes, c'est très bien. Il en faut de tous les âges, de toutes les origines, et autant de femmes que d'hommes. Ça garantit une ambiance plus sympathique et des échanges plus intéressants.

— Ça se défend, fait-il en haussant les épaules.

Je tente de faire mine de rien et pourtant je suis un peu plus tendue que je ne veux bien l'admettre, cette hostilité envers Mia me surprend et m'agace à chaque fois. Il ne l'a pourtant rencontrée qu'une seule fois et, certes, ils n'ont pas eu la conversation du siècle, mais le courant semblait ne pas trop mal passer. À la suite de cette soirée avec mes collègues, il n'a fait que la critiquer de long en large. Sa tenue, ses manières, sa façon de parler.

Je fais abstraction de cet épisode pour ne pas gâcher la suite de la soirée, qui s'annonçait jusque-là plutôt prometteuse.

— Au fait, je dois rédiger un article en collaboration avec Léo et, pour ça, il m'a invité à aller voir une exposition.

J'aimerais qu'on y aille ensemble, il viendra accompagné aussi. Qu'en dis-tu ?

— Hmm, quel venre d'expovifion ? s'enquiert-il la bouche pleine de salade, provoquant l'hilarité de Théa.

— Stéphane ! Je déteste quand tu fais ça !

Il lève les mains en l'air, en signe d'abdication, puis mâchouille rapidement le reste de sa bouchée, rieur.

— Excuse-moi, je reprends, c'est quel genre d'expo ?

— Des sculptures de marbre. Ça s'appelle cent-vingt degrés.

— Ça suggère qu'il va faire chaud ? rit-il.

— En quelque sorte, ça suggère l'érotisme et la sensualité.

— Ça veut dire quoi, érotisme ? intervient soudain Théa.

— Tu demanderas à ta maîtresse, chérie. Tu lui diras bien que c'est maman qui en a parlé, lui lance-t-il. C'est pas bizarre que ton collègue t'invite à ce genre de truc ?

— Surtout pas ! m'indigné-je. On en parlera quand tu seras plus grande, c'est un peu compliqué à expliquer. Et toi, arrête donc de dire des âneries à ta fille ! Serais-tu jaloux, cette fois ?

— Pas du tout, je viens avec toi, de toute façon. Ça risque d'être un peu barbant, non ? Sculptures de marbre… c'est vieux comme le monde ça, ils reprennent des statues grecques ?

— Non, c'est un jeune contemporain dans une petite salle, dans le centre-ville. Rien d'extravagant, il commence tout juste à se faire un nom et c'est dans le thème de notre article en commun.

— Et, il écrit sur quoi, ce Léo ?

— L'art et la culture.

— Quel rapport avec ta rubrique ?

— Cette expo, justement. Ça mêle l'art et la culture à la séduction et au charme. Je tiens la rubrique Amour, je te rappelle. Et, je vais faire un article sur les sorties à faire en couple quand on est mariés et qu'on veut casser un peu la routine. C'est dans la même veine que ce que demande Mary en ce moment... elle veut que j'écrive sur les moyens d'entretenir la flamme dans un couple marié, expliqué-je en me raclant la gorge.

Un blanc. Légèrement gênant.

— Hmm, bien. D'accord. C'est donc ça...

Il me toise d'une drôle de façon. Son regard semble interrogateur au début puis une sorte de sourire en coin se dessine petit à petit. Il vient sans doute de faire le rapprochement entre mes articles actuels et ma soudaine envie de porter de la lingerie sexy.

Il efface ce sourire de son visage et reprend :

— OK, très bien. C'est parfait alors, on y va. En parlant d'y aller, ma petite puce, il est l'heure de se coucher.

∞

Pendant cette demi-heure de tranquillité durant laquelle Stéphane s'occupe de Théa, j'en profite pour sortir mon ordinateur et avancer sur mon roman. Je repense au fait que Léo aimerait bien y jeter un œil, mais c'est légèrement gênant lorsque l'on sait qu'il en est la source d'inspiration principale. Je serais d'ailleurs bien embêtée que Stéphane demande à le lire également, vu la tournure que prennent les évènements dans l'histoire. Enfin, il ne survole même pas mes articles... pourquoi prendrait-il la peine de lire mon roman ?

D'ordinaire, ce manque d'intérêt flagrant pour mes passions me dérange. Or, cette fois, ce n'est pas plus mal... car, moi qui voulais écrire une romance feel good, je me retrouve à écrire une romance feel good très spicy. S'il n'y avait aucun risque qu'il ne rencontre Léo un jour, je pourrais sans problème le lui faire lire. Mais étant donné qu'il va m'accompagner à cette exposition...

— Elle est tombée raide en à peine vingt minutes ! Cette petite escapade au parc l'a achevée, lance Stéphane en arrivant dans le salon.

— Hmm, c'est bien, marmonné-je encore absorbée par mon texte.

Je peux distinguer dans ma vision périphérique un Stéphane qui s'approche à pas feutrés, il pose une main sur mon PC et le rabat délicatement.

— Heureusement que l'enregistrement est automatique, sinon j'aurais été forcée de te tuer.

— On devait discuter un peu, non ?

— Je t'écoute.

— Je me suis déjà excusé, mais je tiens à le répéter : je n'aurais pas dû réagir comme ça. C'était idiot. Tu as parfaitement le droit de porter la tenue que tu veux dans notre propre maison, je ne sais pas trop pour quelle absurde raison ça m'a dérangé.

— N'en parlons plus, c'est oublié, souris-je. On a passé un bon moment avec Théa, tous les trois.

— C'est vrai, susurre-t-il en s'approchant légèrement. J'imagine que tu ne portes plus ce petit ensemble que tu avais hier ?

— Je ne sais pas, chuchoté-je en entrant dans son jeu, il faudrait que tu vérifies…

Il sourit doucement et attrape mes mains, m'aide à me lever puis m'attire contre lui.

— On en était où, tout à l'heure ? murmure-t-il à mon oreille.

— Tu ne travailles pas, ce soir ?

— Je serai sans doute légèrement en retard.

Je soupire en souriant, les mains autour de sa nuque. Il me tient serrée et dépose de tendres baisers dans mon cou, remonte jusqu'à ma mâchoire et s'échoue sur mes lèvres. Un baiser lent et profond s'ensuit, un baiser qui me recouvre la peau de frissons.

Nous nous déplaçons jusqu'au canapé sur lequel il me pousse, il retire alors son t-shirt, le regard presque bestial. Il s'allonge sur moi, niché entre mes deux cuisses. Alors qu'il me dévore le cou, une sensation d'inconfort me perturbe. J'ouvre les yeux, et je ne suis plus capable de penser à autre chose qu'à Théa, à l'étage.

— Steph, elle n'est pas très loin…

— Hmm, arrête, elle s'est endormie profondément, m'affirme-t-il en ne cessant d'embrasser mon cou.

— Et, si elle se réveille ?

— Elle est à l'étage, chérie, nous l'entendrons descendre.

Il continue à s'acharner sur mon cou, haletant.

— Et si on ne l'entend pas ?

— Oh, Andie, soupire-t-il. Les escaliers craquent, on l'entendra. Il va falloir être silencieux.

Il ne semble pas près de s'arrêter, je me résigne donc à faire abstraction de cette pensée absurde. Je sens son cœur battre plus fort et il entame soudain des va-et-vient contre moi.

— Et si… je sais pas, on se déshabillait ? proposé-je.

— Tu m'excites dans cette petite robe, grogne-t-il en défaisant d'une main le bouton de sa braguette.

Je ferme alors les yeux, essayant de me concentrer sur la sensation de ses lèvres mouillées contre ma peau et de sa seconde main qui sort un sein de mon décolleté pour le masser grossièrement. Puis, il entre en moi. Pantalon à demi baissé, avant de s'emparer de ma bouche.

Chapitre 13

Je remue mon thé silencieusement en salle de pause, encore perplexe au sujet de la soirée d'hier. Sam m'observe en buvant son café, je sens qu'il trépigne d'impatience que je lui raconte tout mais vu la tête que je fais, il hésite probablement à poser la moindre question. Il prend une dernière gorgée, soupire puis pose sa tasse fermement sur le comptoir.

— Bon, alors, cette discussion ?

— Ah, oui… bah figure-toi qu'elle a été plutôt brève. On est allés au parc puis on a mangé en famille, et après qu'il ait couché Théa, il s'est excusé encore une fois et a reconnu que sa réaction était démesurée. On est vite passés à autre chose, il m'a littéralement culbutée sur le canapé. Je dis « culbutée » parce que c'est vraiment le mot qui décrit le mieux la situation.

— Oh ! s'exclame-t-il. Super ! Une image vaut mieux que mille mots, comme on dit. C'était pas si important que ça, votre engueulade, si ?

— Non, pas vraiment. C'était surtout lié au fait qu'on ne faisait plus rien ces derniers temps.

— Voilà qui est réglé alors ! lance-t-il joyeusement en m'assénant un coup de coude complice.

Je grimace en pensant sourire tandis qu'il s'appuie contre le comptoir.

— Ouh… tu n'as pas l'air ravie. Tu sais, si tu voulais vraiment discuter, il suffisait de le lui dire plutôt que d'écarter les cuisses, ma grande. À moins que… il ne t'a pas forcé, hein ?! s'insurge-t-il en se redressant.

— Qu'est-ce que tu racontes, enfin ? On parle de Stéphane, là. Il ne ferait pas de mal à une mouche, m'exaspéré-je.

— On m'a toujours dit de me méfier de l'eau qui dort. Non, sérieusement, y a plutôt intérêt. Le viol conjugal, ça existe. Qu'il reste à sa place, sinon moi je les lui coupe et je les lui greffe sur le front.

— T'es con, pouffé-je.

— Bon, alors, c'est quoi le problème ? T'as couché avec ton mari, c'est ce que tu voulais alors pourquoi tirer une tête de six pieds de long ?

— Je sais pas trop, soupiré-je. Ce n'était pas vraiment ce à quoi je m'attendais…

— Tu avais ton ensemble rouge ?

— Non, il était au sale et puis c'était un moment spontané, donc, aucune préparation.

— Eh bien, je vois pas où est le problème. C'est super la spontanéité, tu en attendais justement plus, non ?

— Oui, m'agacé-je. T'en as pas marre d'avoir réponse à tout ?

— Franchement, je ne comprends pas ce qu'il t'arrive… tu as ce que tu voulais, tu devrais être contente. Au lieu de ça, tu as l'air complètement blasée. Quoi, c'était nul ? C'est ça ?

Je garde le silence, détournant le regard.

— Andie ?! C'est ça, alors ? Ça allait bien jusque-là, non ? Alors, qu'est-ce qui a changé pour que ce soit si nul ?

— Ne me fais pas dire ce que je n'ai pas dit !

— Qui ne dit rien consent, chérie, explique-t-il.

— La ferme et laisse-moi en placer une, bon sang !

Il étouffe un rire et d'un geste de la main, m'indique de continuer.

— C'était pas nul, reprends-je. Je m'attendais juste à autre chose. Il embrasse bien, il sait où me toucher pour m'exciter et de toute façon, je l'aime, alors… c'est toujours agréable. Simplement, j'aurais voulu qu'on prenne un peu plus notre temps. On ne s'était pas vus nus depuis des semaines, donc, je ne sais pas… on aurait pu apprendre à redécouvrir nos corps. Au lieu de ça, il m'a balancé sur le canapé, il a commencé à se frotter à moi comme un ado, supplément vêtements. Le frotti-frotta peau contre peau j'avoue que niveau sensations, c'est intéressant. Mais là… il a juste sorti un sein de ma robe, baissé son pantalon et hop. Il était déjà dedans. Alors, c'était agréable, vu que de toute façon, j'étais plutôt chaude comme une baraque à frites… mais…

Il manque de s'étouffer pour l'histoire de la baraque à frites puis reprend son sérieux :

— C'était pas le grand frisson. Tu voulais de la sensualité, de la passion. C'est ça ?

— Et un putain d'orgasme à m'en faire monter les larmes aux yeux, merde.

Après quelques courtes secondes, nous rions en chœur. La pression redescend.

— Je vois parfaitement ce que tu veux dire, reprend-il. Mais un petit quickie de temps en temps, c'est sympa aussi ! Et ça peut être très intense.

— C'est sûr ! Je n'ai rien contre les petits coups vite fait, bien fait. Quand, à d'autres moments, tu prends le temps de faire les choses correctement. Enfin moi, j'ai besoin de ça. Là, ça faisait vraiment des semaines donc j'ai été un peu déçue. On aurait vraiment dit un ado en rut qui touchait des seins pour la première fois. Et après, il est juste parti bosser.

— Si ça faisait des semaines, c'est pas étonnant… il était sur le point d'exploser, le petit, rit-il.

— Qui était sur le point d'exploser ? demande Léo en faisant irruption dans la cuisine, suivi de près par Carla.

— Stéphane ! Le mari d'Andie, ils ont passé une nuit de folie, exagère-t-il.

— Sam, putain !

Léo arque un sourcil en faisant couler le café dans son mug tandis que Carla me lance un regard amusé.

— Andie ! Je ne te savais pas si branchée cul ! me taquine-t-elle. Tu fais très sage comme ça, mais en fait, t'es du genre sensuelle et sauvage. J'aurais pas deviné.

— Tu plaisantes ? C'est naturel chez elle, la sensualité, lance Léo le plus simplement du monde.

Un silence gênant s'impose. Amusée, Carla tente de déceler une quelconque réaction chez moi alors que Sam détaille l'expression de Léo. Celui-ci prend une gorgée de café, comme si de rien n'était et je reste stoïque.

— Bah quoi ? J'assume complètement, je le pensais. Sur ce, j'ai du travail. Andie, passe dans mon bureau quand t'auras cinq minutes pour discuter de l'expo.

Sans ajouter un mot, il s'en va avec sa tasse. Nous le regardons s'éloigner, incrédules. Carla nous regarde à tour de rôle puis se dirige vers la porte, elle aussi, nous adressant un bref signe de main. Je ne peux m'empêcher de sourire, et toc. Ma petite victoire n'est que de courte durée quand Sam ouvre à nouveau la bouche :

— C'était quoi, ça ?

— Je suis naturellement sensuelle, apparemment, m'amusé-je en emportant ma tasse pour rejoindre mon bureau.

— Non mais attends, c'est normal qu'il parle comme ça de toi ouvertement ?

— Sam, c'est rien. Il ne m'a pas plaqué contre la baie vitrée et embrassée langoureusement, détends-toi, fais-je en m'engouffrant dans mon bureau et en fermant la porte sans qu'il n'ait le temps de répondre.

— T'aurais bien voulu ! hurle-t-il à travers la vitre.

Les collègues qui passent à ce moment-là se retournent et le regardent comme s'il était fou. Je le vois faire de grands gestes et je lis sur ses lèvres « qu'est-ce que vous avez, vous ? Bande de coincés du cul ! ».

∞

Je suis en train d'avancer sur mon roman quand Mary frappe et entre dans mon bureau.

— Quel article écris-tu avec autant de concentration ?

— Euh… je prépare le terrain pour l'exposition, mens-je.

— Oui, à ce propos, Léo m'a exposé ton idée. Faire un parallèle entre l'art et la séduction, c'est vraiment brillant, je tenais à te féliciter en personne pour tes initiatives. Je te trouvais un peu faiblarde en ce moment… mais entre ça et l'avance que tu prends, je vois que tu te remets en selle. C'est parfait.

— *Mon* idée ? Mais enfin, c'est l'idée de Léo.

— Ne sois pas si modeste, rit-elle. J'espère que l'article sera à la hauteur !

Mary tourne déjà les talons, sans me laisser le temps de lui en expliquer davantage. Je tente le tout pour le tout.

— Mary, attends ! Ce n'est pas…

— On discutera plus tard, me coupe-t-elle. J'ai à faire là, des préparatifs pour la soirée annuelle. Stéphane et toi serez présents, n'est-ce pas ?

— Oui, bien entendu, mais…

— Remets-toi au travail, ordonne-t-elle en fermant la porte derrière elle.

Quelque peu décontenancée par cette discussion aussi furtive que déroutante, je quitte mon antre à la recherche de mon très cher collègue mythomane. Celui-ci est affalé dans son fauteuil et mâchouille un crayon pendant que Carla est — encore une fois — assise sur le bureau. J'aimerais dire qu'elle est ridicule, mais force est de constater qu'elle est attirante.

— Oh, Andie ! s'écrie-t-il en crachant presque son crayon de soulagement. Entre !

— Je peux revenir plus tard, si je dérange.

Carla lance un regard de supplication à Léo qui l'ignore totalement et me fait signe de prendre place.

— Non, t'inquiète, Carla allait partir de toute façon.

Cette dernière lève les yeux au ciel et se dirige vers la sortie, son air déçu fait rapidement place à une moue coquine lorsqu'elle me fait un clin d'œil qui me désarçonne en passant. Ravissante, je disais.

— Ah, soupire-t-il. Merci, je ne savais plus comment me débarrasser d'elle… je n'ai rien contre elle, je la trouve sympa, mais elle passe plus de temps le derrière posé sur mon bureau qu'à travailler dans le sien.

— Comme si ça te dérangeait, plaisanté-je.

— C'est quoi ce sous-entendu ? C'est une belle femme, mais elle ne m'intéresse pas. Et crois-moi, elle le saurait si ça avait été le cas. Pourtant, elle ne lâche pas l'affaire. Enfin bref, assez parlé d'elle. L'expo, toujours partante ? J'ai pu avoir des entrées pour demain soir.

— Il faut que je voie avec Stéphane si c'est OK avec son travail, il m'a dit qu'il m'accompagnerait.

— Stéphane ? s'enquiert-il, surpris.

— Oui, je voulais t'en parler. Je l'ai invité à se joindre à nous et puis, tu devrais emmener quelqu'un aussi. Un rencard, peut-être.

— Oh, d'accord. Je pensais que l'on serait tous les deux, mais pourquoi pas.

— Ça te dérange ? me risqué-je.

— Pas vraiment, je suis un peu surpris. C'est pour le travail.

— Ne me fais pas croire que tu serais resté si professionnel que tu aurais parlé boulot toute la soirée !

— J'essaie d'appliquer tes conseils, tu sais, ne pas mêler le pro et le perso. On dirait que tu as changé d'avis, s'amuse-t-il. Non, peu importe, j'ai prévu une entrevue avec l'artiste. J'espère juste que ton mari ne va pas s'ennuyer pendant ce temps, et ce sera l'occasion de le rencontrer.

— Ton rencard pourra lui tenir compagnie ! Sauf si tu ne sais pas qui inviter ?

— J'ai ma petite idée, t'inquiète, fait-il avec un clin d'œil.

— Voilà qui est réglé, alors. Au fait, pourquoi avoir dit à Mary que c'était mon idée ?

— Je ne sais pas, ça m'est venu comme ça.

— Menteur. Qu'est-ce que tu me caches ? suspecté-je.

— Elle m'a dit qu'elle te trouvait ailleurs en ce moment et que ça se ressentait sur ton travail, j'ai voulu te sauver un peu la mise. Moi, elle m'aime déjà.

— J'ai pas besoin que tu lèches les bottes de la patronne pour moi. N'interviens plus, OK ?

— Comme tu veux, c'était pour t'aider… je te laisserai te débrouiller seule, à l'avenir.

— Bien, réponds-je plus sèchement que je ne l'aurais voulu. Bref, passons. Alors, on va rencontrer l'artiste ?

— Oui, j'ai pu échanger un peu avec lui sur Instagram. Il a aimé certaines de mes photos donc j'en ai profité pour lui glisser un petit mot pour l'exposition. C'est de là qu'est venue l'idée.

— Tu fais de la photo ?

— Tu veux voir ?

J'acquiesce en silence, sourire aux lèvres. Je m'installe dans le fauteuil en face de lui quand il se met à farfouiller dans son ordinateur. Il recommence à mordiller son crayon et la blancheur de ses dents contraste joliment avec le hâle de sa peau.

Le ventilateur souffle et fait virevolter l'encolure de sa chemise, dont les deux premiers boutons sont ouverts. Un de plus et il aurait l'air d'un frimeur. Subtil, juste ce qu'il faut.

Alors que j'ai les yeux rivés sur son torse, je n'entends plus le bruit de son crayon. Ma vision s'élève et je me heurte à un regard si intense que le ventilateur qui balaie la pièce ne suffit plus à me rafraîchir.

Il me fixe, dans l'attente de quelque chose. Je l'imite, retenant mon souffle.

— Alors, tu viens ? Je te montre, déclare-t-il simplement.

J'opine brièvement du chef et me lève, non sans difficulté, pour avancer jusqu'à lui. Il ne me quitte pas du regard le temps que je fasse le tour de son bureau. J'appuie mes mains à quelques centimètres de ses avant-bras et me penche pour observer son art. À ma grande surprise, il n'y a là que des paysages.

— Tu en penses quoi ? demande-t-il en se laissant tomber dans son fauteuil.

— Je suis étonnée, je m'attendais à voir des femmes.

— Eh bien, non. Je photographie la nature, les paysages. Mais si tu veux me servir de modèle, je suis tout à toi.

Je lève les yeux au ciel, faussement exaspérée, puis je tourne légèrement la tête pour le regarder.

— Demande plutôt à Carla, dans le genre mannequin, j'ai bien peur de ne pas avoir le niveau, ricané-je.

Il m'observe, la tête légèrement penchée en arrière. Ça lui donne un air presque hautain. Le sourire en coin qui se dessine sur ses lèvres lui confère une arrogance exquise, c'est alors qu'il porte à nouveau ce fichu crayon à sa bouche et s'arrête juste avant qu'il n'en touche le contour. Il le pointe soudain sur moi :

— Détrompe-toi, tu as toutes tes chances.

Chapitre 14

Je détourne le regard et fais mine d'examiner à nouveau ces magnifiques paysages. Il a du talent, c'est indéniable. Il n'y a pas que son travail qui me chamboule, sentir son regard derrière mon dos, lui laissant tout le loisir de m'observer, me rend fébrile. Heureusement qu'il y a là un bureau en bois massif sur lequel m'appuyer. Mon téléphone vibre et je sursaute telle une gamine prise en pleine bêtise. Je me détourne quelques instants pour y jeter un œil.

Un appel entrant de ma mère.

Et merde, il ne manquait plus que ça pour me mettre au comble du malaise.

— Désolée, je dois filer.

— Tout va bien ? demande-t-il, l'air inquiet.

— Arf, c'est juste ma mère. Je vais la rappeler. On se tient au courant pour samedi soir !

— Andie, ça va avec elle ? Toujours aussi compliqué ?

— On en discutera plus tard, si tu veux bien. Ou pas, d'ailleurs. Je n'ai pas très envie d'en parler.

— C'est toi qui vois. À demain, je t'envoie un message ou je t'appelle.

Un sourire crispé aux lèvres, je rejoins mon bureau, exaspérée par cet appel auquel je n'ai pourtant même pas pris la peine de répondre. Qu'est-ce qu'elle me veut ?

Mon téléphone vibre à nouveau.

Stéphane

Appelle ta mère stp, elle me harcèle. Elle dit que tu ne réponds pas. T'abuses, t'es bien contente quand elle accepte de garder Théa.

aujourd'hui à 11:05

Et double merde. Je sais pertinemment qu'il a raison. Mais je sais aussi qu'il ne fait aucun effort pour comprendre mon point de vue, pourtant il sait mieux que personne dans quel état elle m'a laissée puisque c'est lui qui m'a sauvée. Je ne le remercierai jamais assez pour être entré dans ma vie au bon moment, cependant, ce serait parfois agréable qu'il essaie de se mettre à ma place.

J'avais décidé de couper les ponts avec elle juste avant de rencontrer Stéphane. Je me suis enfuie, j'ai essayé de me débrouiller comme j'ai pu et ça n'a pas toujours été glorieux. J'étais au fond du gouffre lorsqu'il m'a trouvée.

Ce n'est qu'après quelques mois de relation qu'il a finalement réussi à me convaincre qu'elle restait ma mère et que je devais, pour moi, lui pardonner ses erreurs. J'ai fait en sorte de garder tout de même une certaine distance puis, il y a eu Théa. Il était hors de question pour Stéphane que notre fille ne profite pas de sa seule grand-mère vivante, ses deux parents à lui étant décédés dans un tragique accident de la route peu avant la naissance de Théa.

J'inspire un bon coup et clique sur le dernier appel manqué. Ça sonne.

Deuxième sonnerie. Elle a plutôt intérêt à décrocher.

Troisième sonnerie. Il est sûr que je ne ferai pas l'effort de lui courir après si elle ne répond pas maintenant.

— Allô ? Andie ?

— Oui, Laura. J'ai vu que tu m'avais appelé, tout va bien ?

— Quand vas-tu cesser tes enfantillages et arrêter de m'appeler Laura ? s'agace-t-elle.

— C'est bien ton prénom, non ?

— Andie… depuis toutes ces années, quand vas-tu trouver la force de me pardonner ?

— Je te rappelle, déjà. Estime-toi heureuse. Et je te laisse voir ta petite fille. Que veux-tu ?

— Tu me rappelles parce que Stéphane t'a dit de le faire, j'en suis sûre. Tu as le meilleur des hommes, j'espère que tu le sais, me sermonne-t-elle.

— Bon, viens-en au fait, tu veux ?

— Je veux simplement avoir des nouvelles de ma fille ! Je vois plus souvent ton mari que toi, tu ne m'appelles jamais et tu ne déposes jamais Théa.

— Je suis un peu occupée, avec le travail. Je rentre, je m'occupe de Théa, et ensuite, il est un peu tard pour t'appeler. Stéphane m'a dit que tu n'étais pas en forme, c'est vrai ?

— Oh, je commence à me faire vieille… je voulais vous inviter à dîner samedi soir.

— Impossible, nous ne pouvons pas. Nous avons une expo.

— C'est à quelle heure ton truc ?

— Trop tard pour passer après, rétorqué-je.

— Venez dîner avant alors ! Ensuite, vous allez à l'exposition puis vous me laissez Théa pour être tranquilles. Vous viendrez la récupérer le lendemain.

— Je préfère qu'on déjeune chez toi le dimanche midi, dans ce cas. On viendra récupérer Théa puis on restera manger avec toi, si ça te va, soupiré-je.

— Oh, parfait ! Parfait. J'appelle ton homme pour le lui dire !

— Tu devrais songer à l'adopter.

Elle rit, me souhaite une bonne journée et raccroche. Elle a eu ce qu'elle voulait. Ni une ni deux, elle passe à autre chose.

Donc, résumons la situation. Samedi soir, je vais voir une exposition de statues érotiques avec mon mari et mon premier amour, puis j'enchaîne le lendemain midi par un repas chez ma très chère mère. Le week-end ne pourrait pas s'annoncer plus gai.

Prise soudain d'une vague de mélancolie, je m'aventure hors de mon bureau et rejoins mon collègue préféré. Lorsque j'arrive, il est au téléphone avec son époux. Il me fait signe d'entrer et de m'asseoir tout de même, le temps de terminer sa conversation. Il raccroche et soupire.

— Ça te dirait qu'on se barre tous les deux sur une île déserte ?

— Oh, m'en parle pas…

— Ça va pas ?

— Toi d'abord.

— Rien de bien grave, on prépare les huit ans de Maxence, le fils de Chris.

— Oui, je sais qui est Maxence…

— J'ai l'habitude de préciser, pardon, ricane-t-il. Bref, fête déguisée, idée brillante de mon très cher mari.

— Où est le problème ? Les préparatifs t'inquiètent ?

— Il veut se déguiser en princesse pour faire l'animation.

— Oh, à cet âge-là, ce n'est pas très important ! ris-je.

— Non, ce n'est pas Maxence qui veut se déguiser en princesse…

— Chris ? m'étonné-je.

— Bingo.

— Mais… pouffé-je. D'où lui vient cette idée ?

— Bah Max ne veut pas de clown, et je le comprends, c'est flippant les clowns. Il en a peur. Il ne veut ni pompier, ni policier, ni cow-boy. Il veut une princesse. Il est fou amoureux d'Elsa, dans La reine des neiges.

— Si c'est ce que veut Max et que Chris est OK, alors laisse-le se déguiser en princesse. Bien que… bon, il n'aura pas tellement la même allure qu'Elsa, plaisanté-je.

— Je crains la réaction des autres enfants. Et des parents… les petits ne sont pas toujours tendres quand il parle de ses deux papas, alors si l'un d'eux est déguisé en princesse, je t'explique pas le bordel… et leurs parents, je t'en parle même pas. Je suis fatigué de jouer le méchant qui dit non aux choses trop « extravagantes » pour cette société étriquée.

— Alors laisse-les faire. Et, s'il y a un problème, tu m'envoies un petit SOS et je viens tous les virer à coups de karcher. OK ?

— Si c'était aussi simple, rit-il.

— Sinon, on les emmerde et tu n'invites pas les parents.

— Ils viennent déposer leurs gosses, je vais pas les foutre dehors, la moindre des choses est de leur proposer un truc à boire.

— Oui, pas faux… écoute, tu sauras à quoi t'en tenir, ça te permettra de faire un tri. Les enfants, bon, tu ne peux pas tellement les blâmer s'il y a moquerie. Leur expliquer les choses, oui, mais ils ne sont pas responsables de ce que leur enseignent leurs parents… les vieux, en revanche, s'il y a un quelconque jugement, tu sauras que tu peux les rayer de ta liste de gens fréquentables. Cesse d'être le « méchant », si ça t'épuise. Soyez vous-même. Si toi, ça ne te dérange pas et que c'est juste par rapport au regard des gens, alors… on les emmerde.

— Tu n'as pas tort, soupire-t-il. Merci, j'avais besoin de ça.

— À ton service !

— Et toi ? Raconte.

— Je viens d'avoir ma mère au téléphone.

— Aïe.

— Comme tu dis. On lui dépose Théa demain en fin de journée pour aller à cette expo avec Léo et son rencard, puis on la récupère dimanche midi et on déjeune chez elle. Je suis ravie.

— Tu seras tranquille un moment, comme ça. Vois le bon côté des choses, un repas tous les six mois, ce n'est pas la mer à boire. Et puis, elle vous garde Théa si souvent, tu peux bien faire ça pour elle.

— Encore heureux qu'elle s'occupe de sa petite-fille ! Elle se rattrape de ne pas s'être assez occupée de moi, craché-je avec mépris.

— Sans doute qu'il y a un peu de culpabilité là-dessous, oui, mais reconnais que ça t'arrange bien. Et puis, elle essaie de se racheter. Vaut mieux ça que l'inverse… t'as la rancune tenace, non ? hasarde-t-il.

— Peut-être bien, oui… j'essaie, vraiment. J'ai juste du mal à digérer certaines choses. Et je ne serai jamais plus proche d'elle que ça, je n'arrive pas à passer au-dessus de tout ce qu'elle m'a fait subir, et de tout ce qui a pu m'arriver à cause d'elle. Je fais juste un effort pour Théa. Et pour Stéphane.

— Et c'est tout à ton honneur. Personne ne te demande de l'appeler maman chérie ou de la câliner tous les jours, c'est bien que tu la gardes dans ta vie pour que ta fille connaisse sa grand-mère. Tu peux être fière de toi.

— Mouais, si tu le dis…

— Oh, allez ! J'aime pas quand tu es toute raplapla. On va boire un verre avec Mia, ce soir ? Ça te fera le plus grand bien ! C'est vendredi, après tout.

— J'peux pas, Stéphane travaille et on a Théa. Ça aurait été vraiment cool…

— Hmm, je vois. Dommage. On peut toujours s'appeler, si tu veux.

— On verra ce soir, je vais profiter de cette soirée tranquille pour écrire un peu.

— À ce sujet, tu écris à propos de quoi ? Tu fais tout un mystère autour de ce roman comme s'il contenait les secrets du FBI.

— Oh, rien de bien fou, une romance tranquille.

— Un truc à l'eau de rose ?

— Non, on est plutôt sur du spicy.

— Oh ! Ça m'intéresse ! Enfin, le reste aussi mais là, d'autant plus. Tu me feras lire ?

— Tu attendras comme tout le monde qu'il soit édité ! Si tant est qu'il le soit, lancé-je ironiquement. Vu qu'apparemment, je suis trop vieille pour me lancer dans l'écriture.

— Qui est l'âne qui a dit ça ?

— Stéphane, qui d'autre ?!

— Qu'est-ce qu'il peut être couillon parfois, celui-là. J'ai du mal à croire qu'après tant d'années, il te connaisse si peu sur certains points. M'enfin, si t'as besoin de soutien ou de motivation, n'hésite pas à me faire signe.

— T'es un sucre. Bon, je te laisse, j'ai encore du boulot.

— On se tient au courant !

Je retourne me cacher dans mon bureau et ouvre le fichier de mon roman, encore inspirée par l'ouverture du col de sa chemise et par sa peau, là, juste en dessous.

Chapitre 15

Le silence règne dans la cuisine alors que nous mettons la table. Stéphane a l'air étrangement crispé. Ce soir, j'admets ne pas avoir la force d'essayer de jouer aux devinettes ni même d'enclencher une discussion qui ne mènera sans doute à rien.

— T'as appelé ta mère ? demande-t-il soudain.

— Oui, c'est fait. Nous mangeons chez elle dimanche midi, heureux ?

J'aurais pensé que son visage se serait détendu, au lieu de ça, il fronce les sourcils.

— Dimanche midi ? râle-t-il en laissant tomber ses bras le long de son corps. Le seul jour où on peut être à peu près tranquilles ! Pourquoi pas samedi soir, plutôt ?

— Tu le fais exprès ? On va à l'expo samedi soir.

— Ah, ouais… à ce propos, je sais pas si…

— Non, stop. Tu as dit que tu venais, alors tu viens. J'ai déjà demandé à Léo de se trouver un rencard histoire qu'il ne tienne pas la chandelle. Donc, sois gentil, et viens. Sinon, c'est moi qui vais tenir la chandelle.

— Il a pas de copine, ton Léo ?

— Je ne crois pas, à vrai dire, je n'en sais rien. On ne discute pas tellement du perso, c'est mon collègue, tu sais.

— Collègue et ex-copain, vous pourriez tout à fait discuter de vos vies respectives, fait-il en amenant le plat de pâtes à la bolognaise sur la table. Théa, viens manger !

La petite arrive en courant, vêtue de son pyjama fétiche avec des minions partout, je ne peux m'empêcher de sourire face à cette petite puce qui saute dans tous les sens.

— Chouette ! Des spaghettis !

— L'avantage, c'est qu'elle n'est pas difficile, plaisante-t-il. Alors, comment ont été vos journées, femmes de ma vie ?

— Ça va, j'ai joué aux billes avec les garçons. Bah… c'était beaucoup plus amusant que jouer au papa et à la maman, explique Théa le plus sérieusement du monde.

— Je croyais qu'ils étaient nuls, les garçons ?

— Finalement, ça va. Bon, ils parlent de caca et ça les fait rire, moi je trouve ça dégueu.

— Dégueu ? Ce sont eux qui t'apprennent ces vilains mots ? tonné-je.

— Dégoûtant, pardon…

— Moi qui espérais que tu détesterais les garçons jusqu'à ta majorité, soupire son père.

— Que tu es naïf ! Elle va même les trouver très intéressants, tout bientôt, lancé-je joyeusement.

— Arrête ça ! Laisse ma petite chérie en dehors de toutes ces histoires. Ne sois pas comme ta mère, à leur courir après !

— Pardon ?! Non mais ça veut dire quoi, ça ? m'offusqué-je.

— Ça va, je plaisante.

— Il y a toujours un petit fond de vérité derrière toute blague. Alors, je t'en prie, précise ta pensée.

— C'est juste qu'avant qu'on se mette officiellement ensemble, ils te tournaient tous autour et ça t'amusait beaucoup. Tu en jouais, fait-il en haussant les épaules.

— C'est un problème ? C'est plutôt eux qui me couraient après, dans ce cas. Comme tu l'as dit, ils me tournaient autour, pas moi. Si tu avais plus de succès auprès des jeunes filles, tu aurais sans doute apprécié qu'elles le fassent aussi.

— Oh, méchant ça, boude-t-il.

— Quoi qu'il en soit, il n'y en a eu qu'un seul à qui j'ai réellement tenu.

Je marque une pause, consciente que je m'aventure sur une pente dangereuse, devant ma fille, qui plus est. Hier encore, je parlais d'amourette de lycée sans importance. Il quitte son assiette des yeux pour me fixer, attendant sans doute la suite de ma phrase. Je pose mon regard sur notre fille, le sourire aux lèvres, il m'imite et semble comprendre que cette conversation devra attendre.

— Vous êtes fâchés ? s'enquiert timidement l'enfant.

— Non, chérie, pas du tout, la rassuré-je.

— Pourquoi vous vous taisez d'un coup alors ?

— Il y a des conversations qui ne regardent que les grandes personnes.

— Mais je suis grande, maintenant.

— Oui, ris-je, mais ce ne sont pas tes affaires.

— Oh, allez, je veux savoir ! supplie-t-elle.

— Tu vas arrêter d'insister, oui ?! s'énerve Stéphane. On te dit que non, ça ne te regarde pas, tu te tais et tu passes à autre chose, point. D'abord les grossièretés et maintenant ça ? Voilà ce que ça fait de traîner avec des garçons.

Théa et moi restons bouche bée. Elle regarde son père avec de grands yeux ébahis, lui qui ne lève jamais le ton, nous sommes aussi surprises l'une que l'autre. Ses petites lèvres se mettent à trembler et, très vite, un torrent de larmes jaillit de ses grands yeux noisettes rougis par le chagrin. Elle saute de sa chaise pour venir se blottir contre moi.

— Voilà, tu es content ? Tu n'étais pas obligé d'intervenir, déclaré-je à Stéphane. Elle a encore le droit d'essayer de comprendre pourquoi nous ne lui parlons pas de certaines choses. Et, je n'ai pas besoin que tu interviennes pour moi, d'autant plus si c'est pour crier gratuitement.

Chhhht, ma chérie, ce n'est rien. Papa est un peu fatigué, il ne voulait pas te crier dessus.

— Fatigué de rien du tout ! On peut pas avoir une conversation tranquille dans cette fichue baraque.

— Et si tu montais, ma puce ? Je te rejoins dans un instant.

Elle ne se fait pas prier pour rejoindre les escaliers et monter les marches deux à deux. Stéphane commence à débarrasser, la mâchoire contractée. Personne n'a fini son assiette ce soir.

— C'était nécessaire ? me risqué-je.

— Revenons-en à nos moutons. Qu'un seul à qui tu as réellement tenu ?

— Enfin, reprends-je, mis à part toi, bien sûr. Vous avez été mes deux seules relations sérieuses. Et je te ferai remarquer que je n'ai jamais eu aucune relation sans lendemain, contrairement à toi. Donc, le coureur de jupons, c'est plutôt toi.

— Hé, pourquoi ça devient personnel, là ? s'agace-t-il. C'était une vanne, Andie. Je sais pas si t'as passé une mauvaise journée, mais c'est pas à moi d'encaisser.

— Une vanne pourrie devant notre fille. Et puis, c'était pas à elle de prendre non plus pour ta jalousie mal placée.

— Ça va, j'irai m'excuser, je ne l'ai pas traumatisée non plus.

— Elle n'a pas l'habitude que tu élèves la voix.

— Elle s'en remettra. Et vu sa façon de répondre, je devrais peut-être élever la voix plus souvent. Bref, nous n'en avons pas fini. Cet autre à qui tu as réellement tenu, comme tu dis si bien, je peux savoir qui c'était ?

— C'est sans importance, je voulais juste te faire remarquer que je n'ai pas enchaîné les mecs, contrairement à ce que tu sembles penser.

— C'est Léo, n'est-ce pas ?

— On s'en fiche, non ?

— C'est à titre informatif. Que ce soit lui ou un autre, c'est du passé. Alors, c'est lui ?

— Tu comptes insister comme ça encore longtemps ?

— Et toi, tu comptes me prendre pour un con encore longtemps ? crache-t-il en frappant du poing sur la table.

Décontenancée par ce comportement une fois de plus inhabituel, je tente de me ressaisir et de ne surtout pas montrer qu'il m'impressionne. Et pas dans le bon sens du terme. Son regard a viré au noir, je n'aime pas du tout ce que je vois.

— Mais enfin, ça va pas ? m'étonné-je. Oui, je parlais de Léo, tu es content ? Tu te sens mieux ? C'est pas croyable de se mettre dans des états pareils pour si peu. Et après, tu vas me dire que tu n'es pas jaloux !

— Oh, lâche-moi un peu avec ta jalousie, j'vais au travail de toute façon.

Il rassemble ses affaires et s'en va en claquant la porte, sans un dernier mot pour sa fille qui sanglote à l'étage. Je reste muette. Jamais il ne s'était énervé de la sorte, encore moins sur Théa. Il est sûrement bien plus affecté par l'arrivée de Léo qu'il ne veut bien l'admettre.

Théa tremble encore lorsque j'arrive dans sa chambre et la prends dans mes bras. Prostrée contre moi, je lui caresse tendrement les cheveux et lui murmure à l'oreille :

— Papa t'aime fort, ma chérie. C'est contre maman qu'il était énervé, ce n'était pas ta faute. Parfois, on est un peu bêtes et on s'énerve contre des personnes qui ne nous ont rien fait, car c'est plus facile.

Le bruit de la porte retentit, puis Stéphane débarque en trombe dans la pièce. Je retiens mon souffle et Théa aussi. Il ralentit et s'approche doucement de nous, s'abaisse au niveau de Théa, lui attrape la tête et dépose un doux baiser sur son front. Il lui caresse ensuite les cheveux.

— Excuse-moi mon petit ouistiti, je ne voulais pas te crier dessus. Bonne nuit, je t'aime.

Il se lève, me marmonne un « bonne nuit » et retourne à la porte.

— Tu vois, mon ange, murmuré-je.

Elle hoche la tête et renifle bruyamment. Je la tiens serrée contre moi pour me lever et prendre un mouchoir, une fois le gros chagrin passé, nous allons au lit pour lire une histoire. Épuisée par ses propres larmes, elle s'endort en à peine cinq minutes.

∞

Confortablement installée dans mon canapé, l'ordinateur portable sur les cuisses et un verre de vin blanc à la main, je sens mon téléphone vibrer.

Sam

On est devant la porte. Tu nous ouvres ?

aujourd'hui à 21:45

Un sourire immense étire mes lèvres. Je cours jusqu'à la porte et trouve Sam et Mia, une bouteille de rosé chacun à la main, et leur fais signe de ne pas faire de bruit.

— Surpriiiise, chuchotent-ils en chœur.

— Entrez, bande de malades, leur réponds-je en refermant la porte derrière eux tandis qu'ils s'engouffrent dans le salon.

— Tu m'as dit que tu ne pouvais pas sortir boire un coup avec nous, alors, le bar vient à toi ! Oh, mais je vois que tu as pris de l'avance, petite coquine.

— Bah alors la vieille, on picole solo devant l'ordi ? me taquine Mia.

— La vieille ! Je suis d'un an son aîné, pétasse ! s'insurge Sam.

— Oui, mais toi tu es resté jeune dans ta tête.

— C'est vrai, elle est un peu aigrie parfois, tu trouves pas ?

— Hé ! Je suis là, je vous signale.

— Ça va, on plaisante. Alors, tu nous sors des verres ou on boit au goulot ?

— Fais comme chez toi Sam, tu sais où ils sont.

— Qu'est-ce qu'on est mal reçus ici, bougonne-t-il.

Mia s'affale sur le canapé en grognant tandis que Sam récupère deux verres et que moi je finis le mien d'une traite.

— Elles me font un mal de chien, ces chaussures, râle-t-elle en retirant ses talons aiguilles.

— Si tu portais des baskets, comme tout le monde pour aller bosser et que tu cessais de geindre. Morveuse ! l'attaqué-je.

— Plus un pour la vieille, renchérit Sam avant d'esquiver de justesse le coussin que je lui lance.

— Et puis quoi encore ? Elles me font un cul d'enfer !

— Comme si t'avais besoin de ça à ton âge, tout tient encore super bien.

— Dixit la meuf d'à peine vingt-huit piges qui n'en fait que 23 et est ultra bien foutue !

— Faut savoir, je croyais que j'étais vieille, ironisé-je.

— Dans ta tête, ouais, regarde-moi ça. Une vraie mamie, vingt et une heures passées un vendredi soir, elle est pépère sur son canapé.

— Avec du vin, tu noteras tout de même l'effort ! balance Sam en remplissant nos verres.

— Tu comprendras quand t'auras des gosses !

— Bla bla bla, sors donc la vodka, le vin, c'est pour les tapettes ! On se fait un petit shot ? propose-t-elle en tapant joyeusement dans ses mains.

— Pour que je me retrouve la tête à l'envers demain ? Je passe mon tour…

— Andie ! C'est samedi, demain. Fais un effort ! T'es jeune, t'es sexy, fais un truc fou ! Installe une barre de pole dance au milieu de ton salon !

Sam explose de rire tandis que je lève les yeux au ciel, amusée par la bêtise de Mia.

— Non mais tu ne comprends pas, chérie. Il faut être fraîche pour demain soir… elle passe la soirée avec Léo, balance Sam sans aucune hésitation.

— Oh ! s'extasie-t-elle.

— Et avec Stéphane aussi, ajouté-je.

— Oh…

— T'as l'air vachement moins enthousiaste d'un coup ! s'amuse Sam.

— C'est quoi l'objectif ? Tu vises le plan à trois ma cochonne ?

— Pas du tout, sous les conseils avisés de notre cher Sam, j'ai demandé à Stéphane de venir avec moi voir l'expo à laquelle Léo m'a invitée pour le travail. Je lui ai proposé d'emmener quelqu'un, lui aussi.

Mia tire une tête de six pieds de long. Elle se met une grande claque sur le front et regarde Sam avec agacement.

— T'en as d'autres des conseils de merde, comme ça ? Abstiens-toi, la prochaine fois !

— C'est pour lui éviter de faire n'importe quoi.

— Arrête de croire que je vais tout faire foirer, je sais me tenir, quand même ! C'est surtout pour passer un moment avec Stéphane. L'ambiance promet d'être plutôt chaude.

— Justement, bordel ! Non mais je suis folle ou c'est vous qui êtes complètement à côté de la plaque ? Vous avez vu Léo ? Waouh ! Je donnerais cher pour aller voir une expo de cul avec lui, rit-elle. Et, si tu ne te bouges pas, il y en a une autre qui va vite se charger de passer sous la ceinture.

— Qui ça ? Carla ? Ah, c'est vrai qu'elle a chaud aux fesses, celle-ci, acquiesce Sam.

— Elle ne lui plaît pas, il me l'a dit.

— Tu le lui as demandé ? s'étonne-t-il.

— On en a parlé brièvement.

— Il te raconte des bobards. À qui elle ne plairait pas ?

— Andie n'a rien à lui envier, si tu veux mon avis ! affirme Mia en enfonçant littéralement un doigt dans mon sein gauche.

— Ça va ? J'te dérange pas ?

— Ils sont naturels, en plus ! Je tuerais pour en avoir de si beaux. Touche, Sam ! A moins que tu n'aies peur de changer de bord ? le taquine-t-elle.

— Si tu crois que je t'ai attendu pour lui tripoter les loches, ma chérie, tu as dix ans de retard, fait-il en trinquant avec elle.

— Vous me fatiguez déjà, soupiré-je.

— La soirée ne fait que commencer ! rit-elle en se resservant un verre.

Deux bouteilles plus tard, nous sommes déjà tous bien entamés. Le volume de la musique est bas, pour ne pas réveiller Théa qui dort à l'étage, porte fermée. Nous dansons un collé-serré sur un zouk endiablé quand Mia nous abandonne pour aller se servir un autre verre. Celle-ci s'arrête devant mon ordinateur et commence à lire quelques phrases. Le temps que je percute ce qu'elle est en train de faire, elle a déjà attrapé l'ordinateur et poussé un cri d'excitation.

— Mais meuf ! T'écris un porno !

— Quoi ?! Rends-moi ça ! m'écrié-je en me précipitant sur elle.

Sam me devance et vient me bloquer le passage, m'attrapant par la taille pour que je ne puisse pas l'atteindre. Avec son mètre quatre-vingt-dix et sa carrure de rugbyman, c'est peine perdue.

— Lis à voix haute ! ordonne-t-il à Mia.

— Hmm, se racle-t-elle la gorge. Écoute ça : « à mesure que j'avance, complètement trempée par la pluie, je distingue de plus en plus facilement les traits de son visage. Il est crispé, il m'attend de pied ferme. »

— Ferme-la ! objecté-je alors que Sam s'empresse de mettre sa main sur ma bouche.

— … je m'approche alors de lui, ma chemise blanche dégouline d'eau et laisse entrevoir que je ne porte rien en dessous. Il me détaille de la tête aux pieds, abandonnant cet air crispé pour une expression ébahie. Son regard s'arrête sur mes tétons, largement visibles par transparence, fiers et haut perchés par mon excitation grandissante. Il m'attrape fermement par la taille et m'attire contre son torse. Son regard est maintenant bestial, empreint d'un désir au moins aussi fort que le mien à cet instant.

Mia arrête sa lecture ici, puisque je n'ai rien écrit de plus. Elle a la bouche ouverte, les yeux rivés sur l'écran. Sam semble muet, lui aussi. Il retire doucement sa main de ma bouche et desserre son étreinte. J'en profite pour m'enfuir et récupérer mon bien. Un peu honteuse, je garde la tête baissée en faisant mine d'attendre que le PC s'éteigne pour en rabattre l'écran.

— Andie… commence Mia. Waouh, j'ai du mal à aligner deux mots. T'as du talent, c'est vraiment bien écrit. Je pouvais facilement imaginer la scène. La pluie, la chemise blanche, la courbe de ses seins qui se devine en dessous. Un peu plus et je te sautais dessus !

— Ça m'a l'air plutôt intense, en effet, renchérit Sam.

— Mais tu dois être carrément chaude après avoir écrit ça !

Je lève la tête, regardant tantôt l'un, tantôt l'autre. Les yeux grands ouverts, ils attendent visiblement une réponse de ma part.

— Putain ouais, comme la braise ! explosé-je.

Le fou rire qui s'ensuit me donne des crampes abdominales et me fait monter les larmes aux yeux.

∞

Deux heures plus tard, nous sommes tous les trois sur le canapé, presque les uns sur les autres. Mia s'est endormie la tête sur mon ventre tandis que Sam me masse généreusement les pieds avec une huile à la lavande.

— Tu fais ça divinement bien, bordel.

— Ne dis rien à mon mec, il va m'en réclamer tous les soirs, rit-il.

— Ça restera entre nous.

— Dis-moi, maintenant que c'est un peu plus calme… tu m'avais dit que tu étais bloquée, finalement ces derniers temps, j'ai l'impression que tu écris beaucoup. À quoi est-ce dû ?

— Hmm, hésité-je. À quoi, je ne sais pas, mais en tout cas… ça correspond au retour de Léo dans ma vie.

— Andie… fais gaffe, vraiment.

— Il n'y a rien, Sam. Je te promets. Il me dragouille un peu, c'est vrai. Il flirte avec moi, mais ça s'arrête là. Et puis, si ça me permet de retrouver l'inspiration, c'est plutôt une bonne chose, non ?

— Ouais, mais t'es pas insensible à son charme. Je te comprends sur ce point. Le souci, c'est que tu passes plus de temps avec lui qu'avec ton mari, et tu joues avec le feu. Tu dois être un peu maso sur les bords, pour aimer te tenter comme ça.

— Je le vois qu'au bureau, alors ça va, fais-je en haussant les épaules.

— Sauf l'autre fois, où tu es allée manger chez sa sœur, et demain soir, et bientôt pour la soirée annuelle. On finit tous carpette pendant cette soirée, va falloir que tu sois vigilante.

— Demain soir, il y aura Stéphane et il sera probablement présent à la soirée annuelle aussi. Arrête de t'inquiéter, Léo sait que je suis mariée, et il respecte ça.

— T'en es bien sûre ? demande-t-il d'un air réellement dubitatif. Il te complimente et te drague ouvertement.

— Oui, bon… il m'a clairement dit être très attiré par moi, d'accord. Mais il a ajouté qu'il ne se permettrait pas de me mettre dans une situation délicate. Il a le droit de dire ce qu'il pense, après tout.

— Et tu le crois ?

— Je lui fais confiance, oui. Je le connais depuis longtemps. Alors, il peut bien me taquiner un peu s'il ne tente rien, moi, je suis sûre de ne rien amorcer de mon côté. Je n'ai pas l'intention de foutre mon mariage en l'air. C'est déjà assez compliqué comme ça, râlé-je.

— Ça va pas mieux ?

— Bah tiens, pouffé-je, on s'est encore engueulés ce soir.

— À propos de quoi ?

Je garde le silence, bouche pincée et regard fuyant.

— Andie ! Me dis pas que c'est à cause de Léo !

— OK, j'te le dis pas.

— Ne te fais pas plus bête que tu ne l'es, il s'est passé quoi ?

— Pas grand-chose. J'ai peut-être dit qu'il était le seul à qui j'avais réellement tenu alors qu'hier, je criais haut et fort que ce n'était qu'une amourette de lycée sans importance…

— Bon, je retire ce que j'ai dit : t'es carrément bête. Qu'est-ce qui t'a pris de dire ça à ton mari ?

— Il venait d'insinuer que j'étais toujours à courir derrière les garçons, je voulais me défendre en prouvant que je n'avais eu que des relations sérieuses. Et puis, j'avais peut-être envie de le piquer un peu aussi, vas savoir… en fait, je commence à me demander si on est pas encore ensemble plus par habitude qu'autre chose. Ou peut-être qu'avec tout ce qu'il a fait pour moi, j'ai confondu l'amour et la reconnaissance.

— Attends, quoi ?! Tu comptes le quitter ?

— Non, calme-toi. Ce n'est pas ce que j'ai dit. J'ai l'intention d'essayer tout ce qui est en mon pouvoir pour sauver ce qu'il y a à sauver et passer outre cette mauvaise période, mais… s'il n'y avait rien à sauver ?

— Waouh, Andie, tu vas sur une pente glissante, là… soupire-t-il en posant ses mains sur sa tête.

— Je ne sais pas où je vais, je me pose des questions. N'en fais pas tout un plat, OK ? Si je ne peux pas t'en parler à toi, tu veux que j'en parle à qui ?

— Non mais je ne te juge pas, et je serai là quoi que tu décides, toujours. Mais réfléchis bien, surtout.

— On n'en est pas là, de toute façon. Je tente d'arranger les choses, pour le moment. Je m'y prends sans doute comme un manche, mais je peux pas faire le taff toute seule non plus.

— Ça c'est sûr, allez, ça va s'arranger.

Il me lance un sourire compatissant et me caresse le tibia en signe de soutien émotionnel.

— Bon, à part ça, cette histoire d'anniversaire te chagrine toujours autant ?

— Oh, oui. J'en ai discuté avec Chris et comme à son habitude, il est plus relax que jamais. Il dit que si quelqu'un a quelque chose à dire, il n'aura qu'à sortir de chez nous et qu'on s'en tape du regard des gens.

— Il a raison, il est vraiment cool Chris. Si tu pouvais être aussi détendu que lui !

— J'adorerais ça, crois-moi ! On n'a pas du tout le même vécu concernant notre homosexualité. C'est sans doute pour ça que j'ai plus de mal à lâcher prise que lui. Contrairement à moi, il n'a vécu ni harcèlement, ni abandon de certains de ses proches.

Il marque une pause, l'air absent, avant de continuer :

— Pourtant, il a quand même eu Maxence avec une femme puis tout quitté pour moi. Et là encore, ses parents ont été très présents. J'aurais bien voulu avoir droit à tant de bienveillance pour n'avoir rien commis d'autre que simplement être moi-même. Je n'ai brisé le cœur de personne et pourtant, je me suis pris de ces vagues de haine.

— Je sais bien, oui… mais c'est du passé tout ça. Aujourd'hui, tout va mieux avec tes parents et plus personne n'ose t'emmerder. T'es bien trop carré !

— J'espère bien, je ne me tue pas à la salle pour ressembler à un clou, rit-il.

— Trêve de plaisanterie, si Chris est à l'aise avec ça et que c'est ce que veut Max, fais-leur confiance. Et ne te les mets pas à dos pour contenter le reste du monde. Si jamais, je réitère ma proposition. Tu sais, le karcher.

— Ah, je sais pas ce que je ferais sans toi.

Toute sourire, je dépose ma tête contre son épaule.

— Je peux te poser une question ? reprend-il.

— Dis-moi ?

— Ton roman, là… il ne serait pas légèrement inspiré de Léo ?

Je ne peux m'empêcher de sourire tant il me connaît si bien.

— Légèrement.

Chapitre 16

Des lèvres, des mains. Ces mains se posent sur ma peau et la caressent sensuellement. Les lèvres m'embrassent dans le creux de la mâchoire et descendent le long de mon cou. Haletante, je sens mon corps s'embraser. Les mains remontent de ma taille jusqu'à mes seins, et là, j'aperçois le visage de Léo. Je me jette alors à son cou, savourant le contact de sa peau sur la mienne.

Puis, j'ouvre les yeux, réveillée par deux mains qui m'attrapent la poitrine et une bouche qui embrasse mon cou. Pour de vrai, cette fois. Je mets quelques secondes à comprendre que je suis dans mon lit, la tête encore embrumée par le vin d'il y a quelques heures, avant le départ de Sam et Mia. C'est le petit jour, Stéphane vient probablement de rentrer et à en juger par le poteau qu'il me presse contre le dos, il a une idée en tête.

— Bonjour, susurre-t-il à mon oreille.

Je me tourne tant bien que mal pour lui faire face tandis qu'il commence à déboutonner mon chemisier de pyjama en soie. Il découvre ma poitrine et s'y attarde un peu plus que la dernière fois, provoquant chez moi des frissons de plaisir. J'ai encore les images des lèvres de Léo en tête, j'ai l'impression d'être toujours dans mon rêve. Alors, je ferme les yeux, et y retourne quelques instants. Une petite voix dans un coin de ma tête me hurle que c'est mal, que je ne devrais penser qu'à mon mari quand c'est lui qui me touche. La tension qui monte en moi la fait taire bien vite.

Il s'arrête brusquement et me retire ma culotte, il s'engouffre en moi comme s'il allait mourir de faim. Trop tôt. Beaucoup trop tôt. Il avait pourtant si bien commencé. Les yeux grands ouverts, je regarde le plafond pendant qu'il me martèle de coups de reins, on dirait un lapin.

Il s'immobilise et cherche mon regard. Je quitte le plafond et me concentre sur ses yeux, retour à la réalité.

— Qu'y a-t-il ?

— T'as l'air de royalement te faire chier.

— Non… enfin, j'ai la tête ailleurs. Je suis encore à moitié endormie, je me suis couchée tard et j'ai un peu bu hier.

— Et tu ne pouvais pas simplement le dire ? s'agace-t-il en se retirant. Au lieu de faire l'étoile de mer et de regarder le plafond, franchement t'aurais pu te tourner les pouces que ça n'aurait pas été plus vexant.

— Non, mais attends ! supplié-je alors qu'il se lève et attrape son caleçon.

Il ne prend pas la peine de répondre et quitte la chambre. Lorsqu'il revient, un verre d'eau à la main, il a le visage complètement fermé. Il s'allonge à côté de moi et me tourne le dos. Je soupire, consciente que pour le coup, je n'ai pas été fine.

Je me colle à lui dans l'espoir de me rattraper, et fais glisser ma main sur la protubérance de son caleçon. Rien.

— Laisse-moi. J'suis fatigué, j'ai plus envie.

— Comme tu voudras…

∞

Il est dix-huit heures et nous venons de déposer Théa chez ma mère. J'envoie un SMS à Léo pour lui signaler que Théa est chez sa grand-mère cette nuit et qu'on la récupère demain, je n'oublie pas de mentionner ma joie de déjeuner chez elle et termine par lui dire qu'on arrive.

Je ne suis pas descendue de la voiture, j'ai simplement fait un signe et un sourire de loin. Pas très poli, mais je suis suffisamment contrariée pour ne pas en rajouter une couche. Stéphane ne m'a pas adressé un mot de la journée et nous nous dirigeons vers le lieu de rendez-vous pour voir cette fameuse exposition. Je doute sincèrement que ça ne suffise à arranger les choses entre nous, d'autant plus avec Léo au milieu.

Nous nous garons devant la salle et j'aperçois déjà mon collègue, seul. Nous avançons vers lui et lorsqu'il m'aperçoit, je ne vois plus que son sourire. Il me détaille de la tête aux pieds sans prendre garde à Stéphane et ce regard me fait rougir comme une ado. Je me sens soudain un peu idiote d'avoir passé cette longue robe noire en satin, qui voulais-je impressionner ?

— Qu'est-ce qu'il a lui ? À te dévisager comme ça.

— Commence pas, chuchoté-je alors que nous arrivons à son niveau.

— Salut, Andie ! Tu es superbe, fait-il en m'attrapant par la taille pour me faire la bise.

— Merci Léo, je te présente Stéphane.

— Son mari, fait-il sèchement en lui tendant une main ferme.

— J'ai beaucoup entendu parler de toi, rit Léo en lui offrant une poignée chaleureuse. Bon, on y va ? On va faire un tour avant de rencontrer l'artiste.

— Monsieur connaît l'artiste ? lance Stéphane, une pointe de mépris dans la voix.

— Connaître, c'est un grand mot, on a échangé quelques messages sur Instagram. Après toi, fait-il en me tenant la porte.

— On n'attend personne ?

— Non, je suis venu seul.

Je hausse les épaules et pénètre dans la salle. Je découvre avec stupéfaction une décoration tout de rouge et de pourpre, des guirlandes lumineuses installées un peu partout. Une playlist de The Weeknd défile en fond sonore, et j'admets que les morceaux sont très bien choisis.

Léo s'approche de moi et laisse échapper un petit rire.

— Qu'y a-t-il ?

— T'as l'air d'une gosse de cinq ans devant un sapin de Noël.

— Je trouve le décor vraiment sublime, ces jeux de lumière et ces couleurs, ça me parle bien.

— C'est sexy, confirme-t-il.

Je me contente de sourire et Stéphane me surveille du coin de l'œil. Nous faisons le tour de toutes les sculptures, elles sont plus suggestives les unes que les autres. Certaines sont simplement nues, d'autres dans des positions très explicites. Encore frustrée de nos mésaventures de ce matin, il en faut bien peu pour me donner chaud et, ces statues mêlées à cette ambiance de feu fonctionnent à merveille sur moi.

Je tourne légèrement la tête et observe Léo, qui se tient debout à côté de moi pour admirer l'œuvre en face de nous. Je jette tout de même un œil à Stéphane qui se promène aux alentours, lui aussi visiblement happé par les statues. Je reporte alors mon attention sur Léo, il est vêtu d'une chemise en lin blanche, légère et fluide. Le col est un peu ouvert, comme d'habitude, et le contraste avec sa peau est encore une fois parfait. Son jean noir lui va à ravir, laissant deviner ses cuisses et ses mollets musclés sous tout ce tissu.

— Ce sont les statues que tu es censée regarder, plaisante-t-il sans détourner les yeux de la femme de marbre en pleine extase devant nous.

— Je… réfléchissais.

— Ah bon, si tu le dis. Je trouve qu'elle te ressemble, fait-il en la désignant.

Je détaille les traits de son visage, mais c'est difficile à dire sur une statue de marbre. C'est une magnifique création, elle possède un corps que je qualifierais « de rêve » avec de sublimes courbes, ni trop, ni pas assez, selon mes goûts. Pour tout vêtement, l'artiste lui a sculpté une espèce de jupon fluide fendu jusqu'en haut de la cuisse, dévoilant ses longues jambes. Elle ne porte rien en haut.

— Comment peux-tu voir une quelconque ressemblance sur un visage figé ?

— Je ne sais pas, elle dégage quelque chose de spécial… je la trouve très sensuelle.

Je déglutis bruyamment alors qu'il ancre son regard dans le mien, les mains dans les poches. Nous restons ainsi quelques secondes à nous dévorer des yeux.

— Léo ! Salut ! s'exclame un homme en costume blanc d'assez mauvais goût.

— HJ ? s'étonne Léo.

— Et oui ! Le seul et l'unique ! Il n'y a pas beaucoup de selfies de moi sur Instagram, c'est vrai, mais je pensais que tu avais fait le rapprochement.

Léo fait vraiment une drôle de tête, je suis incapable de comprendre l'émotion qui s'affiche au fond de ses yeux. On dirait un mélange de colère, de dégoût et de peur. Je cherche à capter son regard mais il a les yeux rivés sur ce fameux HJ, qui s'empresse de reprendre :

— Excuse-moi, c'est un peu la folie, comme tu t'en doutes. Oh, mais qui est cette sublime créature qui t'accompagne ? s'enquiert-il en attrapant ma main pour y déposer un baiser.

Je rougis de plaisir, c'est la première fois qu'on me baise la main. J'en déduis que c'est l'artiste lui-même qui se tient face à moi. Il a des yeux d'un vert émeraude à tomber par terre et des cheveux mi-longs aussi blonds et soyeux que ceux d'un enfant. Son sourire est charmeur et son regard est rieur.

— Je te présente Andie, ma collègue. Tu sais, nous allons écrire en collaboration au sujet de ton expo.

— Enchanté, Mademoiselle.

— C'est Madame, en fait, ajouté-je en souriant.

— Et où est ton très cher mari, Madame ?

Léo se racle la gorge, il semble mal à l'aise. Avec un sourire encore plus grand, je désigne Stéphane, car celui-ci se dirige vers nous, sûrement alerté par ce deuxième canon qui gravite autour de moi.

— Voilà donc Monsieur ! s'exclame l'artiste. Je ne me suis pas présenté, Henri Junior Chevilly. Mais vous pouvez m'appeler HJ. Je suis l'artiste sculpteur qui a façonné tous ces corps voluptueux. Henri Junior parce que mon père est un mégalo imbu de sa propre personne au possible, il a préféré de m'affubler de son prénom terriblement vieillot plutôt que de m'en donner un à moi. Quel égoïsme !

— Oui, euh, bégaye Stéphane, c'est très bien tout ça. Je suis ravi de vous connaître, et votre expo est top, néanmoins…

— Quoi ? m'enquiers-je, soudainement méfiante.

— Il y a un souci au travail, je dois y aller… il faut que je remplace mon collègue, ils viennent de m'appeler. Désolé.

— Sérieux, je te demande une soirée… oh et puis vas-y, me ravisé-je.

L'ambiance est déjà assez froide entre nous, je ne vais sûrement pas faire une scène en public et ajouter une tension supplémentaire. Je ravale ma déception et affiche un sourire poli.

— Ne t'en fais pas, Stéphane, je la ramènerai après le vernissage, assure Léo.

— Elle sera entre de bonnes mains, de toute façon ! renchérit l'artiste.

Aucune de ces deux promesses ne semblent rassurer mon mari et, comme je le comprends. Il s'apprête à laisser sa femme aux bras de deux hommes beaux comme des dieux grecs et dont l'un semble avoir du mal à se retenir de draguer tout ce qui bouge.

Son regard fait des allers-retours entre mes deux chaperons tandis qu'il se frotte la nuque.

— T'es sûre ? Je peux te déposer maintenant et filer après, me propose-t-il.

— Non, je reste. J'ai un article à écrire.

— OK... et puis, on discutera de tout ça à mon retour demain. Bonne soirée, fait-il en déposant un baiser chaste sur ma joue.

Il s'éloigne, jetant de temps en temps un œil vers nous, il semble hésiter. Le devoir l'appelle, alors il continue sa route malgré tout. Une fois qu'il est sorti de mon champ de vision, je me tourne face aux deux jeunes hommes qui m'escortent. Ils me dévisagent tous deux et je ne peux retenir un rire nerveux.

— Je vais chercher du champagne, restez-là, annonce Henri Junior.

— Ça va, avec Stéphane ? demande Léo, tout bas.

— Hmm, je n'irai pas jusque-là... enfin, nous ne sommes pas ici pour discuter de mon couple, réponds-je entre mes dents dans un sourire crispé alors que HJ se ramène avec trois coupes.

Il m'étudie minutieusement et son regard est presque animal. Je devrais sans doute me liquéfier sur place vu la beauté du type et cette arrogance déstabilisante. Et pourtant, la seule personne qui me donne chaud sans même que j'aie besoin de poser les yeux sur lui se trouve juste à ma gauche, tout près. Son bras frôle le mien et rien que sa présence met tous mes sens en éveil.

— Si tu as besoin que je te ramène plus tôt, n'hésite pas à me le dire.

— C'est gentil mais il travaille de toute façon.

— Tu ne vas tout de même pas nous quitter si tôt ! s'exclame Henri Junior. Nous avons encore tant de choses à faire ensemble.

— Oui, j'ai quelques questions à vous poser pour mon article ! Et Léo aussi.

— Nous parlerons travail une autre fois, viens par ici et raconte-moi un peu d'où tu viens, fait-il en m'attirant dans une espèce de salon.

Léo nous suit, il a l'air méfiant. Soudain, son téléphone sonne. Je commence à discuter avec HJ, mais Léo m'observe, la bouche pincée, puis raccroche. À ce moment-là, l'artiste m'interrompt pour répondre à une admiratrice.

— Léo, ça va ? Si tu as besoin de répondre, ne te gêne pas pour nous.

— Je n'ai pas envie de te laisser seule avec lui, dit-il sèchement.

— Quoi ? Mais pourquoi ? chuchoté-je.

— En fait, on se connaît. Je n'avais juste pas fait le rapprochement sur Instagram. Disons que sa réputation ne vient pas de nulle part, et puis… non, rien, laisse. Je rappellerai, ne t'en fais pas, ça peut attendre.

— Et puis quoi ? Je dois m'inquiéter ? De quelle réputation tu parles ? insisté-je en faisant attention à ce que le concerné ne m'entende pas.

Heureusement, la greluche qui lui tient la jambe piaille si fort qu'il ne risque pas de comprendre un traître mot de notre conversation. L'expression soucieuse de Léo m'inquiète de plus en plus. Je me rapproche pour lui parler à l'oreille.

— Léo, tu me fais peur. Il y a quelque chose de grave à savoir ?

— Écoute, Andie, tu lui plais beaucoup. Quand une femme lui plaît, il ne recule devant rien pour la mettre dans son lit. Voilà, tu es contente ?

Je me recule légèrement pour le regarder dans les yeux puis je ne peux m'empêcher d'exploser de rire. Il fronce très vite les sourcils, observant ma bouche rieuse alors qu'il se tient à quelques centimètres de moi.

— Qu'y a-t-il de si drôle ?

— Oui, il va sans doute me draguer un peu, et alors ? Je suis assez grande pour dire non. Tu t'inquiètes pour mon couple, c'est gentil, mais…

— Tu es loin du compte, m'interrompt-il.

Je le regarde, incrédule. Alors, il m'attrape par la taille pour me rapprocher encore de lui. Ma tête arrive au niveau de sa mâchoire, je peux sentir son parfum ainsi que sa barbe de trois jours qui me chatouille la joue.

— C'est pour toi que je m'inquiète, reprend-il.

— Ce n'est pas le grand méchant loup, non plus.

Je me libère de son étreinte et recule d'un pas.

— Qui était-ce au téléphone ?

— Ma sœur.

— Alors, rappelle-la. C'était peut-être important, je ne bouge pas d'ici.

— Évidemment ! Où voudrais-tu aller ?! s'exclame Henri Junior qui vient de nous rejoindre.

— Nulle part, lui assuré-je, seulement Léo a besoin de passer un coup de téléphone.

— Oh, mais je t'en prie. Je m'occupe de ta chère collègue, ne t'en fais pas.

Il lui lance un regard noir et m'interroge une nouvelle fois, je hoche la tête et me tourne face à notre célébrité.

Il me sourit de toutes ses dents et ne peut s'empêcher de passer une main autour de ma taille, pour m'emmener un peu plus loin ou me montrer une statue. Léo s'éloigne, téléphone à l'oreille, sans cesser de nous guetter. Je devine qu'il n'entend rien avec la musique, il semble contrarié et se bouche l'autre oreille. Il jette un dernier regard vers nous puis capitule et se dirige vers la sortie.

— Alors, commence HJ, tu sembles ailleurs. Qu'y a-t-il entre Léo et toi ?

— Rien, nous sommes de très vieux amis et de bons collègues. Nous travaillons ensemble depuis peu, lui assuré-je en portant ma coupe à mes lèvres.

— Je ne peux pas croire qu'un jeune homme comme Léo soit indifférent à tes charmes, regarde-moi ces lèvres.

Il tend la main vers ma bouche tandis que je recule machinalement.

— Tu es moins farouche avec lui, rit-il, détends-toi.

— Je ne suis pas du genre très tactile.

— Pourtant, il n'y a pas cinq minutes, tu avais presque ta langue dans son oreille, susurre-t-il au creux de la mienne en s'approchant dangereusement.

— Tu as mal vu, me défends-je. Et dans tous les cas, c'est différent, argumenté-je en m'éloignant davantage, je le connais depuis le lycée. Il y a un certain climat de confiance entre nous que je n'ai pas avec vous.

— Oh, mais… se pourrait-il que ce soit toi, la fameuse Andie ?

Chapitre 17

— Il vous a parlé de moi ? m'étonné-je.

— Tu parles ! Il n'avait que ton prénom à la bouche, à cette époque-là.

— Attendez, mais vous vous connaissez depuis quand, au juste ?

— À peu près comme lui et toi. Je l'ai connu lorsqu'il a déménagé d'ici, vous veniez de rompre, fait-il avec un clin d'œil. Tu pourrais arrêter de me vouvoyer ?

— Mais… il m'a dit que…

Je me stoppe net, craignant de dire quelque chose qu'il ne faudrait pas. Je me contente alors de sourire bêtement. Je suis plutôt nulle en improvisation.

— Alors, reprends-je, qu'est-ce qui t'a inspiré pour cette exposition ?

— Suis-moi, je vais te montrer ma favorite.

Il attrape ma main et m'entraîne jusqu'à une imposante statue d'un couple hétérosexuel. La femme semble suspendue dans les airs, la tête en arrière et la bouche grande ouverte. En pleine extase, comme beaucoup ici. L'homme est pratiquement allongé sur elle, les lèvres collées à son cou et la bouche béante, comme s'il la dévorait avec avidité. Il est logé entre ses cuisses que ses mains agrippent. Le tout est si bien représenté que j'ai presque la sensation de lèvres dans mon cou et de mains fermement agrippées à mes cuisses.

HJ se poste derrière moi, m'attirant contre lui par la taille. Surprise, je n'ose pas bouger. Sa tête est dans mon cou, ses lèvres frôlent mon oreille. Une chaleur désagréable se répand dans mon corps : celle de la honte et du dégoût. Je sursaute lorsqu'il prononce ces mots :

— Tu sens cette sensation ? chuchote-t-il.

Je déglutis difficilement alors qu'il remonte légèrement ses mains jusqu'en haut de mon ventre. Je voudrais me retourner et lui en coller une bonne, mais je suis soudain paralysée.

— Imagine que c'est toi, sens les lèvres embrasser ton cou délicieux, susurre-t-il.

Le frisson de dégoût qu'il m'arrache me ramène à la raison, je me dégage alors de son emprise, l'air de rien, la bouche close et le regard perdu et fuyant. Je ressens l'urgent besoin de relancer la conversation pour ne pas m'attarder sur ce rejet qui pourrait le froisser.

— Tu as du talent, c'est une très belle statue.

— Hmm, merci. Mais il semblerait que mes *talents* n'aient aucun effet sur toi.

— Je suis mariée. Je suis venue ici pour le travail. Qui plus est, je vous ai dit ne pas être tactile. J'apprécierais que vous gardiez vos distances, à l'avenir.

Il s'approche une nouvelle fois et m'attrape les épaules. Il est fort ; il faudrait que je me débatte avec plus de fougue pour me dégager de son emprise, cependant je n'ai pas envie de me faire remarquer. Je n'ai pas non plus envie de le contrarier : une lueur étrange dans ses yeux me laisse penser qu'il n'est pas très net et qu'il a du mal à gérer ses émotions.

Aucun instinct, rien du tout. Je reste de marbre, comme ces statues. Mon corps est contracté de la tête aux pieds et je me concentre le plus fort possible pour ne pas lui vomir dessus sous l'effet de l'angoisse.

— Je ne dirai rien. Ni à ton mari, ni à Léo, si c'est ce qui t'inquiète.

Il n'y a bientôt plus d'espace entre nous, malgré ma résistance, je ne peux me défaire de son emprise. Je ne veux pas faire de scandale mais une petite voix en moi hurle de le gifler à mesure que ses lèvres tendent à s'approcher des miennes.

— Lâche-la immédiatement, tonne la voix de Léo.

Enfin.

L'intéressé fait un arrêt sur image puis lève les yeux au ciel. Il me lance un nouveau sourire charmeur avant de reculer.

— Te voilà enfin ! s'écrie-t-il. Quelques minutes de plus et elle demandait le divorce.

Le frisson qui me secoue de la tête aux pieds ne fait qu'accentuer la colère de Léo dont le regard est plus sombre que jamais. Je ne bouge pas, j'ose à peine respirer. Un groupe de jeunes femmes arrive et Henri Junior en profite pour s'éclipser avec elles, sans un regard pour nous. Pour une fois, j'approuve sa décision.

Léo s'approche alors très vite de moi et attrape mon visage délicatement entre ses mains. Ses yeux sont plongés dans les miens, il semble réellement inquiet. Par réflexe, j'ai un sursaut. Bien vite, la chaleur de la peau de Léo sur la mienne me ramène à la réalité et le frisson de dégoût qui recouvrait mon épiderme se dissipe.

— Andie ? Ça va ? Je suis désolé, je ne voulais pas te laisser, je n'aurais pas dû…

— Il semblerait que tu le connaisses depuis longtemps.

Il me lâche le visage et soupire.

— Que t'a-t-il raconté ?

— Pas grand-chose, simplement qu'il avait déjà entendu parler de moi et qu'il t'avait rencontré peu après notre rupture. Tu m'as dit que vous vous connaissiez, je ne savais pas que ça remontait à si loin. Tu savais qu'il agirait ainsi, c'est pour ça que tu ne voulais pas me laisser avec lui, n'est-ce pas ?

— Viens par ici, on va prendre un verre pour se détendre un peu et je vais te raconter, tu veux bien ?

J'acquiesce en silence, désireuse d'en savoir plus et surtout de m'éloigner au maximum de ce pervers prétentieux.

∞

— Alors ? Tu m'expliques ? demandé-je en portant la paille de mon cocktail à ma bouche.

— Je ne t'ai pas menti, on ne se connaît pas très bien. Je l'ai rencontré il y a longtemps, oui. Nous n'avons jamais été proches. Nous ne nous sommes vus que quelques fois et j'ai fait la bêtise de lui présenter ma sœur.

— Que s'est-il passé avec ta sœur ?

— Eh bien, il l'a séduite, a passé la nuit avec elle puis l'a abandonnée lâchement. Du jour au lendemain, sans rien dire. Elle avait le cœur brisé. Puis, elle a rencontré Baptiste, heureusement.

— Bon, OK, c'est pas cool de sa part. Mais… quel jeune homme n'a pas agi ainsi au moins une fois dans sa vie ? Ou jeune femme, d'ailleurs. C'est un séducteur mais il n'y a pas de quoi s'inquiéter non plus. Je l'ai juste trouvé très insistant… trop insistant. Il n'aurait quand même pas osé me sauter dessus en public. Quoique… j'avoue que j'ai de sérieux doutes. Si tu n'étais pas arrivé, j'aurais sans doute été obligée de lui filer une bonne raclée, tenté-je de plaisanter pour dissimuler mon malaise.

— Louise m'a laissé entendre que lors de la nuit qu'ils ont passée ensemble, il n'a pas été… très tendre, disons.

— Comment ça ? Il est du genre… brutal ?

— Je n'en sais rien, à vrai dire, elle n'a pas tellement approfondi le sujet. J'ai pourtant insisté pas mal de fois, j'étais prêt à le tuer de mes propres mains, il ne me fallait qu'un petit indice qu'il avait été violent avec elle. Elle n'avait aucune marque, rien, alors je me suis mis à penser qu'il avait usé de violences psychologiques sur elle, peut-être pour la faire flancher, pour qu'elle accepte de coucher avec lui. Je n'ai jamais vraiment eu le fin mot de l'histoire, je sais juste qu'il y a quelque chose de pas net chez ce type. Quoi qu'il en soit, je ne l'ai jamais revu après tout ça et tu connais la suite, Instagram, l'article… si j'avais su, jamais je ne t'aurais emmenée ici. Il a fait quoi, exactement ? Avant que je n'arrive.

— Hé, calme-toi, fais-je en déposant une main rassurante sur son bras. Tu es arrivé à temps.

— Ça n'aurait jamais dû arriver. Tu avais l'air tellement crispée et mal à l'aise quand je suis revenu, j'ai eu l'impression qu'il tentait de t'embrasser.

— Tu as vu juste… j'ai dû le repousser une ou deux fois. Mais tout va bien, maintenant.

— Je suis trop con… à la minute où j'ai compris que c'était lui, j'aurais dû t'emmener ailleurs.

Il a le regard fuyant et sa jambe bouge frénétiquement.

— Léo ! m'exclamé-je en attrapant son menton pour le forcer à me regarder. Ce n'est rien, OK ? Alors, tu vas arrêter de culpabiliser et on va passer une bonne soirée. Il n'est pas encore trop tard. C'est peut-être un gros con mais ses statues sont sublimes. Le décor est parfait, la musique aussi, il y a de quoi faire un très bon article.

— Un gros con ?! Quel euphémisme. Il a possiblement abusé de ma sœur d'une façon ou d'une autre et il t'a clairement touchée sans ton consentement. Tu pourrais porter plainte pour harcèlement sexuel, Andie.

— N'allons pas jusque-là… tu sais, ce n'est pas si rare les hommes qui se permettent d'être tactiles sans demander la permission avant. Je passe outre.

— Et ça en fait quelque chose de normal, le fait que ce ne soit pas si rare ?

— Des femmes, que tu connais plus ou moins, te touchent souvent lorsque tu les rencontres, non ? Je me trompe ?

— En effet, ça arrive assez fréquemment lors d'une discussion, lorsque je les fais rire. Une main sur l'épaule ou autre. Mais ne compare pas l'incomparable… je suis un homme, je peux me défendre face à une femme trop entreprenante. Et bien souvent, elles sont tactiles, oui, mais elles ne tentent pas de me sauter dessus…

— Je peux me défendre aussi, si vraiment ça va trop loin. Peut-être que les hommes se permettent davantage de choses, oui. Ils sont habitués à être tout-puissants, que veux-tu ? Ce HJ en est l'exemple typique.

— Il vaut mieux qu'on ne le recroise pas.

— Ça suffit, je te demande de ne rien faire du tout. Concernant ta sœur, tu n'as aucune preuve de ce qu'il y a réellement eu, elle ne t'a pas dit clairement les choses. Quant à moi, ça s'est bien terminé. Alors, maintenant, stop.

Au même moment, alors que je ne prêtais plus attention à la musique jusque-là, j'entends les premières notes de *Call out my name*, toujours de The Weeknd. Cette chanson me fait tant d'effet que j'en ai des frissons. J'ai toujours voulu faire l'amour sur cet air en fond sonore, mais Stéphane a trouvé l'idée trop gnangnan.

— Cette chanson est tellement sexy, remarque Léo.

— C'est exactement ce que j'étais en train de me dire.

Un léger sourire s'affiche sur ses lèvres et il ne me lâche pas du regard. Je voudrais détourner les yeux et ne prendre aucun risque mais je suis comme hypnotisée. Ma main est toujours sur son bras et sans m'en rendre compte, j'ai même resserré mon emprise autour de celui-ci. Reprenant mes esprits, je le lâche. Il m'attrape avant que je n'aie le temps de la retirer complètement. Il se lève et m'attire un peu plus près de lui.

— Tu veux danser ?

— Léo, je ne pense pas que ça soit une bonne idée…

— Ce n'est qu'une danse, je ne vais pas te sauter dessus, plaisante-t-il. Une simple danse avec moi ne devrait pas te perturber plus que ça.

— Détrompe-toi, fais-je doucement en retirant ma main de la sienne. Toi, c'est différent.

Un silence s'impose entre nous. Pesant et lourd. Je le sens s'écraser sur ma poitrine et rendre ma respiration difficile. Il m'examine quelques secondes, puis se détend d'un seul coup.

— Très bien, alors laisse-moi t'emmener manger un truc pour me faire pardonner.

— Bonne idée, nous avons fait le tour de toute façon.

Je déguste un savoureux burger tandis que Léo mâchouille la même frite depuis dix bonnes minutes, les yeux perdus dans le vide.

— Bon, Léo. Ça suffit. Arrête un peu de te torturer l'esprit avec ce connard. Il ne mérite pas tant d'attention.

— Je n'aurais pas dû vous laisser seuls. Quel con j'ai été !

— Tu ne pouvais pas deviner ! L'histoire avec ta sœur s'est passée il y a longtemps, il aurait pu évoluer depuis. Si ta sœur avait un problème urgent, il fallait que tu répondes.

— On ne devrait même pas écrire cet article, conclut-il en plantant son regard dans le mien.

— Tu veux que je me fasse pendre par Mary au milieu des bureaux ?

— Elle comprendra, si on le lui explique.

— Je n'ai pas du tout envie de raconter la scène à qui que ce soit. La honte…

— La honte ?! En quel honneur ? s'insurge-t-il.

— Il était là, à promener ses mains de gros porc sur moi et je n'ai pas bougé d'un poil. N'importe qui aurait complètement pété un câble et moi, au lieu de ça, je suis restée pétrifiée comme une gamine, murmuré-je en baissant les yeux.

— Hé, Andie… on ne sait jamais comment on peut réagir face à la peur. Tu étais certainement choquée qu'il ose se comporter ainsi, dans un lieu public bondé, qui plus est. Tu n'as à avoir honte de rien, c'est ce tordu qui devrait avoir du mal à dormir la nuit.

— J'ai bien essayé de reculer deux ou trois fois, j'aurais plutôt dû lui en coller une.

— Il aurait surtout dû garder ses mains dans ses poches. Personne n'a le droit de te toucher de la sorte. Personne ne devrait jamais faire ça à aucune femme, ni à qui que ce soit, d'ailleurs. L'absence de consentement n'a pas forcément besoin d'être exprimé à l'oral, le langage corporel en dit déjà long et quand je suis arrivé, je peux te dire que tu n'avais pas l'air consentante du tout. Pas besoin d'être un grand spécialiste du non-verbal pour le deviner.

— C'est sûr, oui… bref, oublions ça, tu veux bien ?

— Si tu me promets de ne plus jamais dire ou penser que tu as honte de ne pas avoir réagi.

— OK, ça va. Si tu veux bien, j'aimerais que ça reste entre nous. Et je veux écrire cet article. L'expo était fabuleuse et c'est vraiment un bon sujet.

— OK, je me contenterai de dire que l'artiste est un enfoiré de première, même s'il est talentueux. J'ai le droit de faire ça ? pouffe-t-il.

— Hmm, je n'en mettrais pas ma main à couper, ris-je. On peut toutefois trouver un moyen de dissocier l'œuvre de l'artiste, sans aller jusqu'à dire que c'est un trou du cul.

∞

Léo arrête le moteur de sa bécane et retire son casque. Je descends de l'engin et, une fois de plus, j'ai du mal à décrocher le mien.

— Viens là, rit-il. Celui-ci déconne un peu de temps en temps.

Il s'approche et triture l'attache jusqu'à entendre un petit « clic » et me libérer enfin. Je secoue la tête et ébouriffe mes cheveux. Léo ne me quitte pas des yeux, il s'approche alors et remet une mèche derrière mon oreille.

J'arrête de respirer.

— Je suis vraiment désolé pour ce soir, ça ne se reproduira plus. J'espère que tu n'auras pas trop de problèmes avec Stéphane.

— Ne t'en fais pas, ça ne peut pas être pire de toute façon, ironisé-je. Et pour ce soir, j'ai malgré tout passé une bonne soirée. Merci pour le repas, c'était très bon.

Il se retourne, monte sur sa moto, alors que je me dirige vers ma porte d'entrée.

— Ah, Andie ! Après le repas chez ta mère demain, tu veux aller au parc avec les deux petites ? Je vais manger chez Louise demain midi, je peux emmener Léana et vous rejoindre quelque part.

— Oui, ce serait chouette ! J'en ai déjà parlé à Théa, elle était d'accord. Je m'inquiète un peu pour elle, elle n'a pas beaucoup d'amis.

— Eh bien, on se tient au courant alors. Je t'envoie un message.

— Parfait, bonne nuit Léo.

— Bonne nuit.

Il démarre et s'éloigne dans la nuit. Une fois de plus, j'attends de ne plus entendre le vrombissement du moteur pour entrer dans ma demeure.

Je me démaquille et retire cette robe — qui aura décidément fait son petit effet. Je me mets au lit, en sous-vêtements.

Le sommeil a du mal à venir, et pour cause, les images de Chevilly qui tente de me tripoter me restent en tête. Léo a raison, je pourrais porter plainte pour harcèlement sexuel. Peut-être que cet homme n'en est pas à son coup d'essai, si je parlais, je pourrais potentiellement l'empêcher de nuire. Ou alors, il retournerait la situation à son avantage et raconterait les évènements à sa façon. Sa notoriété l'aiderait sûrement à s'en sortir sans problème et les médias s'acharneraient sur moi et sur ma robe beaucoup trop aguicheuse. Dans un monde parfait, les victimes de violences auraient leur mot à dire et ne verraient jamais leur parole remise en doute. Dans un monde parfait.

Envahie par une vague de malaise, je me décide à ne plus penser à tout ça. Au lieu de Chevilly, c'est le souvenir de Léo dans sa chemise en lin qui s'impose à mon esprit. Sa main sur ma taille à plusieurs reprises, son parfum lorsque je lui parlais à l'oreille. Sa barbe de trois jours. Je me mets malgré moi à imaginer la sensation que ça me ferait s'il laissait glisser sa bouche le long de mon ventre, sa barbe me picoterait sans doute, mais quelle délicieuse idée.

Je secoue la tête, espérant chasser cette vision de mon écran mental et pousse un long soupir. Je me retourne dans tous les sens, en quête de confort, c'est là que mon téléphone vibre.

Léo

La fin de soirée a été très agréable, je suis très heureux de faire à nouveau partie de ta vie. Au fait, ta robe m'a laissé rêveur... je pense avoir du mal à trouver le sommeil. Tu dois déjà dormir. Bonne nuit, Andie.

aujourd'hui à 01:35

Oh, Léo. Tu ne m'aides pas du tout.

Chapitre 18

Mon sommeil est interrompu par les ronflements de Stéphane qui n'a apparemment pas daigné se manifester avec un baiser, comme il le fait d'habitude. Le réveil affiche huit heures.

J'ai encore rêvé de Léo, ma libido s'affole ces derniers jours et je comprends pourquoi lorsque je tire le drap pour me lever. Le lit est taché de sang. Je n'ai pourtant rien vu venir, aucun syndrome prémenstruel.

Déjà profondément agacée par cette journée qui commence à peine, je file à la douche et mets mes sous-vêtements à tremper. Je prépare mon thé matinal et m'installe avec celui-ci devant l'ordinateur pour écrire un peu, autant mettre à profit cette humeur lubrique. Je me rends compte que je n'ai pas mon téléphone et qu'il contient des notes dont je vais avoir besoin, je me dirige alors vers la chambre et le trouve sur la table de chevet.

En revenant au salon, je consulte mes messages. Un SMS de Sam qui me demande comment s'est passé la soirée, je lui réponds illico que je lui raconterai tout en détail demain. Trois SMS de Léo.

Trois ?

Léo

Il est tard, je ne vais pas être très frais demain. Mais je tourne et retourne tout ça dans ma tête... je suis vraiment désolé, encore une fois. Ce type est un gros con. J'espère que tu ne m'en veux pas de t'avoir laissée.

aujourd'hui à 02:15

J'espère que tu seras toujours OK pour notre sortie au parc. J'ai hâte de rencontrer ta petite ! Et de passer du temps avec toi... enfin, rien qu'un peu.

aujourd'hui à 02:28

D'ailleurs, je n'ai pas demandé... mais, tu comptes venir avec ton mari ?

aujourd'hui à 02:29

Je jette un œil autour de moi mais Stéphane est toujours au lit. J'inspire un bon coup et entame une réponse.

Je tape quelques lettres, puis quelques mots, et enfin quelques phrases. Pour tout effacer aussitôt. Je recommence encore, puis me ravise. Encore. Ce foutu message est tantôt trop enjoué, tantôt beaucoup trop froid. Trouver un juste milieu ne doit pas être si compliqué, pourtant.

Je m'arrête un instant pour réaliser bêtement qu'il est bien la seule personne au monde pour qui je réfléchis autant avant de taper un simple message. Pourquoi se prendre la tête, finalement ? Énoncer les faits, voilà ce que je vais faire. Point.

Andie

Salut Léo, je vois que ta nuit a été courte... toujours OK pour le parc, Théa sera ravie. Nous viendrons sans Steph, nous sommes toujours en froid. Je ne compte pas m'éterniser chez ma mère, tu sais comment ça se passe. Je te tiens au courant.

aujourd'hui à 09:47

Peut-être était-ce un peu froid ? J'ai envie de lui dire que ses messages me font plaisir, surtout lorsqu'il écrit que ma robe l'a laissé rêveur. Une bien jolie façon de dire qu'il me l'aurait retirée avec plaisir. J'aimerais pouvoir lui dire que sa chemise en lin m'a aussi laissée rêveuse.

Mes pensées se perdent à nouveau entre ses regards et ses mains. Il me faisait déjà cet effet à dix-sept ans mais le fait est que du haut de mes vingt-huit ans, il va falloir que j'arrive à me contenir. Tant pis si ça lui paraît distant, c'est mieux ainsi.

Stéphane se lève enfin, il est bientôt onze heures.

— Pourquoi tu ne m'as pas réveillé ? On va être en retard chez ta mère.

— Bonjour, oui, je vais bien. Merci. Je t'ai fait du café.

— Merci, c'est gentil… pardon, bonjour. Tu sais que je déteste être en retard, s'agace-t-il.

— Elle peut très bien attendre, on y va pour midi d'habitude. Tu as encore une heure, ce n'est pas loin de toute façon.

— J'aimerais bien boire mon café tranquillement, et il faut encore que je me prépare, insiste-t-il.

— Eh bien bois-le, ne te presse pas, haussé-je les épaules. Puis, ce n'est pas comme si tu mettais des heures à te préparer.

Prêt à porter sa tasse à sa bouche, il marque une pause, plisse les yeux et me dévisage.

— Je suis censé le prendre comment ?

— Je n'ai rien dit de spécial, tu ne mets jamais beaucoup de temps à te préparer, c'est la vérité, me défends-je.

— Hmm, ouais. Contrairement à ton Léo, qui est toujours tiré à quatre épingles, c'est ça ? Il faut quoi, que je sorte la chemise tous les jours et que je passe des heures à la salle pour que tu cesses de regarder le plafond quand on baise ?

Je suis bouche bée. Je commets l'erreur une seule et unique fois de ne pas être très concentrée, et voilà que Monsieur me le balance en pleine figure.

— Alors, commencé-je, ça n'a rien à voir avec Léo premièrement. Ensuite, c'est la seule fois que ça arrive alors c'est peut-être pas utile qu'on en fasse toute une histoire.

— Rien à voir avec Léo ? Justement, il débarque à nouveau dans ta vie et tu te mets soudainement à avoir des absences dans des moments peu appropriés. Étrange !

— Arrête, Stéphane.

— Alors, c'est quoi le souci ? Si c'est pas Léo. Dis-moi, exige-t-il.

— Tu te plaignais de ne pas avoir assez de temps, vas te préparer et on en discutera plus tard, OK ? proposé-je le plus gentiment possible.

— Tu évites le sujet. J'en conclus que j'ai raison. J'te connais, Andie.

Il se détourne pour aller à la salle de bain. Je bouillonne.

— Tu commences à me saouler avec Léo ! Si tu ne me faisais pas l'amour comme un marteau-piqueur, peut-être que je te regarderais toi, plutôt que le plafond ! explosé-je.

Il cesse de marcher et reste planté là, quelques secondes. Il lâche un petit rire sarcastique et secoue la tête puis reprend sa route, comme si de rien n'était.

Voilà qui promet une belle journée.

∞

Nous passons à peine le portillon de la maison que Théa se jette dans mes bras, suivie de près par ma mère qui arbore un sourire radieux.

— Coucou mon ange ! lancé-je en la serrant fort contre moi.

— Bonjour mes petits ! Je suis si contente de vous voir ! s'exclame Laura.

Elle s'avance pour m'étreindre tandis que Stéphane embrasse chaleureusement notre fille. Je reste là, les bras ballants. J'attends qu'elle ait fini son petit manège, comme si nous étions si proches que ça.

— Venez, installez-vous, tout est déjà prêt. Vous êtes en retard !

Stéphane me lance un regard furibond que j'ignore complètement pour m'asseoir, attraper ma petite puce et la poser sur mes genoux.

— Alors, tu t'es bien amusée avec mamie Laura ?

— Oui, on a mangé des popcorns et fait une soirée pyjama.

— Maman, râlé-je, les écrans c'est pas plus d'une heure par jour pour Théa…

— Oh, ça va, c'est le week-end… alors, le travail, ça va ? Et votre soirée hier ?

— J'ai dû retourner au boulot remplacer un collègue qui s'est blessé au dernier moment, mais Andie a passé une très bonne soirée, explique Stéphane sur un ton sarcastique.

— Tu es restée seule à l'exposition ?

— Non, j'étais avec un collègue. Théa, tu t'es bien brossé les dents ? tenté-je de noyer le poisson.

— Dis-lui qui c'est, ton fameux collègue, lance Stéphane avec un sourire amer.

Je lève les yeux au ciel et pousse un soupir plus long que mon bras.

— Ma puce, tu peux aller jouer le temps qu'on prenne l'apéro, s'il te plaît.

Théa lève un sourcil mais ne met pas longtemps à comprendre que nous devons discuter entre adultes. Nos disputes ne l'intéressent que peu, elle ne se fait alors pas prier pour sauter de mes genoux et courir partout dans le jardin après les oiseaux.

— Tu veux vraiment qu'on parle de ça ici ? reprends-je.

— S'il y a un problème, les enfants, on change de sujet, propose Laura.

— Non, aucun. Mais tu dois certainement le connaître, ce fameux collègue !

Ma mère me regarde, interloquée. Elle n'ose pas poser plus de questions que ça, mais je sens bien que si je n'explique pas la situation moi-même, Stéphane risque de le faire à sa sauce.

— C'est Léo Cottet.

— Léo ? Ton Léo de terminale ?

— Oui, celui-là. En même temps, je ne connais pas trente-six Léo.

— Comme c'est drôle ! C'est fou que le monde soit si petit. Il est venu pour te reconquérir ? plaisante-t-elle.

— Je serais pas étonné, vu comme il la matait hier.

Ma mère cesse tout à coup de rire, enfin consciente qu'il y a anguille sous roche. Je prends sur moi pour ne pas quitter la table sur-le-champ.

— Tu peux arrêter d'être jaloux comme ça ? Il m'a juste complimenté sur ma tenue, j'avais une belle robe en satin noire que je ne porte que très rarement, détaillé-je à ma mère.

— Tu devais être sublime, me répond-elle.

— Elle l'était, et tout le monde était de cet avis, d'ailleurs. Léo, bien entendu. Sans oublier le fameux Henri machin-chose qui s'est bien rincé l'œil. Et ça n'a pas eu l'air de te déranger plus que ça.

— Bon, Stéphane, stop. Ce n'est ni le lieu ni le moment. On en reparle plus tard.

— Je ne voulais pas causer de problème, c'était qu'une blague sans importance, s'excuse Laura.

— Oui, de toute façon, pas grand-chose n'a d'importance avec toi...

— Ne remets pas la faute sur ta mère, elle n'a rien fait.

— Stéphane, ça suffit. Tu restes en dehors de ça. Et puis je te signale que tu es parti, donc tu ne sais pas comment s'est déroulée la soirée. Tu peux d'ailleurs remercier Léo, qui sait ce qu'il me serait arrivé s'il n'avait pas été là au bon moment pour m'aider à me défaire des sales pattes de ce Henri machin-chose, comme tu dis.

— Comment ça ?! s'étonne-t-il. Il t'a touché contre ton gré ?

— Il a essayé.

Ma mère n'ose plus ouvrir la bouche et Stéphane reste pantois face à mes révélations. Je n'aurais sans doute pas dû parler de tout ça, je n'en avais pas envie, à la base. Néanmoins, c'est le seul moyen que j'ai trouvé pour rabattre le caquet de mon cher mari qui pense que j'ai fait je-ne-sais-quoi avec je-ne-sais-qui.

Au moins, maintenant qu'il pense que la soirée a été désastreuse, il va me lâcher la grappe.

— Désolé chérie, se racle-t-il la gorge. Je savais pas... je vais aller le trouver ce connard à bouclettes blondes. Tu préfères porter plainte ou que je lui pète la gueule ? Et ton Léo, il ne lui a pas mis son poing en pleine face ?

— Quoi ? Tu voudrais qu'il me défende, maintenant ? N'en parlons plus, il n'est rien arrivé de grave. N'interviens pas.

— Quitte à passer la soirée avec ma femme, autant qu'il serve à quelque chose, oui.

Un silence pesant s'ensuit. Stéphane triture maladroitement ses cuticules et n'ose plus me regarder. Ma mère, quant à elle, est complètement livide.

— Vraiment désolée, enchaîne-t-elle. Je trouvais ça amusant que tu travailles avec lui après toutes ces années. Ça a dû te faire bizarre, tu étais vraiment mal en point quand il est parti.

— Mais tu le fais exprès ?! m'énervé-je.

— Ne t'énerve pas ! Pourquoi tu t'en prends à moi ? C'est à lui que tu devrais en vouloir ! Tu as quand même fait une dépression.

— Une dépression ?! s'égosille Stéphane. Tu étais mal en point quand on s'est rencontrés, mais j'ai toujours cru que c'était à cause de... enfin, tu sais.

— T'es quand même gonflée dans ton genre, je te signale que la dépression dont tu parles, tu n'y es pas pour rien. C'est même en majeure partie ta faute ! m'indigné-je en ignorant totalement la remarque de mon mari.

— Ma faute ? Je veux bien croire qu'on a eu des périodes difficiles, mais tu m'as tout remis sur le dos alors que tu étais triste à cause de lui, au départ.

— J'étais triste, oui. Mais bien avant qu'il arrive dans ma vie et surtout parce que j'avais besoin de toi et que tu n'étais pas là. Il est parti, ça a été la goutte d'eau, d'accord ? J'avais besoin de toi, répété-je, et toi... tu faisais n'importe quoi. T'as pas été présente, elle part de là, la dépression.

Stéphane n'a plus le temps d'en placer une tant les répliques s'enchaînent avec violence. Théa a cessé de jouer et ma mère est blême. Les larmes lui montent soudain aux yeux, ça ne m'attendrit même pas un peu.

— Je vais chercher le plat, bafouille-t-elle.

Je m'affale dans ma chaise au moment où elle se lève pour aller pleurer discrètement dans son coin. Quel culot.

— Tu peux peut-être... je sais pas, essayer de calmer le jeu, suggère Stéphane. Théa risque de plutôt mal le vivre.

— Toi, tu ferais mieux de te taire. Qui cherche la merde depuis tout à l'heure, hein ? C'est toi qui as lancé le sujet fâcheux, je te signale. Alors, maintenant, ne viens pas te plaindre. C'est pas à moi de faire un effort alors qu'elle fait exprès de mettre les pieds dans le plat et que tu racontes volontairement nos histoires qui ne concernent que nous, juste pour qu'elle soit de ton côté. Vous cherchez, vous trouvez. J'en ai marre d'être patiente alors que personne ne lève le petit doigt pour que les choses se passent bien.

— Fais-le pour Théa, si ce n'est pas pour ta mère. Ou pour moi…

— Théa est la seule raison pour laquelle je suis encore assise à cette table. Maintenant, sois gentil et laisse-moi un peu tranquille. On discutera plus tard.

Curieusement, il ne relève pas. Je ne suis pas folle, ni hystérique. Je n'ai rien cherché de tout ça. On m'en met plein la figure et lorsque je daigne répondre aux attaques, on me reproche de m'énerver. Décidément, ce week-end n'a rien de reposant.

Je tente tant bien que mal de me calmer pour que le repas se passe à peu près dans la joie et la bonne humeur. Théa fait l'animation et c'est très bien comme ça. Nous réagissons à ce qu'elle dit ou fait sans nous adresser le moindre mot entre nous.

Quel repas charmant.

Stéphane déverrouille la voiture et ouvre la portière pour que Théa s'installe à l'arrière, mais je la retiens par la main.

— En fait, nous allons aller à pied jusqu'au petit parc. Léo et moi avions prévu d'emmener Théa et Léana, sa nièce. Tu sais, je t'en avais parlé.

— Ah, c'est aujourd'hui ?

— C'était pas prévu, ça s'est décidé hier.

— Oh, d'accord… je suppose que tu préfèrerais y aller sans moi.

— Comme tu veux, haussé-je les épaules.

— Je vous laisse profiter entre mère et fille, c'est l'heure de ma sieste, de toute façon.

Il m'adresse un sourire timide et rentre dans la voiture, nous le regardons s'éloigner. Il pique une pointe de vitesse et disparaît aussitôt au bout de la rue.

Je dégaine mon téléphone pour envoyer un message à Léo.

Andie

On vient de finir de manger, on part à pied pour le parc. Rejoins nous quand t'es prêt ! À toute.

aujourd'hui à 15:04

Léo

Nous y sommes déjà. Je vous attends avec impatience.

aujourd'hui à 15:05

Chapitre 19

Nous entrons dans le parc et je peux déjà distinguer Léo, presque allongé sur la pelouse à côté de Léana qui est occupée à préparer une couronne de fleurs. Nous avançons dans leur direction, main dans la main. Je sens soudain une légère résistance et m'arrête pour jeter un œil à ma fille.

— Et, si elle ne m'aime pas ? demande-t-elle timidement.

J'affiche un sourire réconfortant et m'accroupis devant elle, j'observe ce petit visage inquiet et lui caresse tendrement la joue.

— Impossible, ma chérie. Reste toi-même. Vous vous ressemblez plus que tu ne le penses, elle va forcément t'aimer. Et puis, même si elle ne t'aime pas, on s'en fiche. Moi je t'aime.

Elle est si vulnérable à cet instant précis que j'ai envie de la serrer fort contre moi et de l'envelopper d'une bulle d'amour et de protection, pour que jamais rien ne puisse la heurter. Malheureusement, rien de tout ça n'est possible. Il va bien falloir qu'elle vive sa vie, et les déceptions qui vont avec.

À mesure que nous approchons, je sens mon cœur battre un peu plus vite. Il discute avec sa nièce, nonchalamment posé sur l'herbe d'un vert éclatant. Son sourire est radieux, il semble réellement heureux de se trouver ici avec elle, ce qui me réchauffe le cœur et le corps tout entier. Il porte un simple short en jean, accompagné d'un t-shirt noir des plus basiques, mais encore une fois, cette simplicité le rend d'autant plus attirant.

Je tente tant bien que mal d'inspirer un bon coup et de chasser ces pensées de mon esprit avant d'arriver à son niveau. Je ne voudrais pas qu'il me prenne en train de le dévorer des yeux. Je ne sais pas si ce sont les hormones, mais strictement rien ne joue en ma faveur à cet instant précis.

Il détourne les yeux de Léana et son regard se pose sur moi, bienveillant et doux. Son sourire ne perd pas de son éclat dès lors qu'il m'aperçoit, au contraire, il se ravive. Je pourrais presque jurer que c'est là le regard d'un homme amoureux.

— Salut vous deux ! fait-il joyeusement en se levant.

Léana relève la tête et lance un regard inquisiteur à Théa qui se recroqueville lentement derrière moi.

— Théa, je te présente Léo, mon collègue de travail.

— Et aussi son ami ! ajoute-t-il en se mettant au niveau de ma petite timide. C'est donc toi, la fameuse Théa ! Ta maman m'a beaucoup parlé de toi, tu es encore plus jolie en vrai.

— C'est pas important d'être jolie, rétorque-t-elle.

— Oh, peut-être bien, oui. Qu'est-ce qui est le plus important pour toi, alors ? s'amuse-t-il.

— Connaître le plus de choses.

— C'est une réponse bien sage pour une enfant si petite, rit-il. Léana, viens par ici que je te présente la fille d'Andie. Théa, voici ma nièce, Léana, elle a un an de plus que toi.

— Bonjour, répond simplement Léana.

— Salut. Tu fabriquais une couronne de fleurs ?

— Oui, pour ma maman, elle aime bien ça.

— Je peux t'aider ?

Léana jette un œil à Léo qui lui offre un large sourire en guise de réponse. Elle hoche la tête et emmène Théa avec elle un peu plus loin pour ramasser de nouvelles fleurs.

— Tu es consciente que tu vas ressortir de ce parc avec une couronne sur la tête ? plaisante-t-il.

— Ça mettra sans doute mon teint en valeur. Bon, installons-nous, je suis épuisée, soupiré-je en me laissant tomber sur l'herbe fraîche.

— Oh, ça ne s'est pas bien passé avec ta mère ?

Je pousse un énième long soupir alors que Léo ne me lâche pas des yeux. On dirait qu'il tente de sonder mon âme et je dois dire que le prétexte du repas avec ma mère est parfait pour justifier mon évident malaise et éviter qu'il ne se rende compte de ce qui me trotte réellement en tête. Je ne peux pas le laisser deviner que je n'ai qu'une seule envie : lui arracher son t-shirt.

Il s'en amuserait beaucoup trop.

— Andie ?

— Oui, désolée, je repensais à tout ça. Effectivement, ça ne s'est pas super bien passé. M'enfin, personne n'est vraiment surpris d'apprendre ça.

— J'avais espéré que ta relation avec elle s'était améliorée. C'est trop indiscret de te demander ce qui ne va pas entre vous ? Je sais bien que tu ne t'entends pas avec elle, mais tu ne m'as jamais expliqué pourquoi.

— C'est vrai… non, ce n'est pas indiscret, ça ne me gêne pas d'en parler.

— T'es sûre ?

— Oui, je te l'aurais dit si ça avait été le cas.

— C'est vrai que t'as pas vraiment ta langue dans ta poche en général, rit-il.

— Bon, tu veux entendre l'histoire ou passer ton temps à me taquiner ? le défié-je.

Il mime un mouvement de fermeture éclair sur sa propre bouche et me regarde en silence. Je ne peux réprimer un sourire, le voir faire l'imbécile me ramène des années en arrière. Il a pris un peu d'âge, certes, mais ça lui va à ravir et il semble toujours être cet ado un peu fou, dans le fond.

— Bon, comme tu sais, après le décès de mon père, elle a commencé à prendre des médicaments et elle a eu la bonne idée de se mettre à boire en même temps. Elle a fini pas mal de fois à l'hôpital à cause de ça et moi, j'étais au milieu. Elle ne s'en est jamais vraiment remise, finalement.

— Oui, je me souviens lorsqu'on s'est connus que tu devais souvent partir plus tôt du lycée ou écourter nos sorties car elle t'appelait complètement bourrée…

— Ouais, puis de toute façon, elle signait tous mes mots d'absence sans même les lire tant elle était à côté de la plaque, donc je n'avais jamais de problème avec le lycée. Alors, ce petit manège a duré quelques années. Un jour, à force de séjours répétés à l'hôpital, le personnel a commencé à se poser des questions. Ils ont fait venir une assistante sociale, puisque j'étais encore mineure.

— Oh, merde… je ne savais pas tout ça. Ça a dû être difficile à vivre, je suis désolé. C'est arrivé quand ?

— Peu après ton départ, admets-je en me raclant la gorge.

Il hoche la tête en silence, embarrassé, il évite mon regard. Je reprends alors la parole :

— Donc, l'assistante sociale, tout ça. J'ai réussi de justesse à lui sauver les miches et à m'éviter par la même occasion d'aller en famille d'accueil jusqu'à ma majorité. Il ne restait que quelques mois, dans le pire des cas, mais ça ne me tentait pas trop.

— Et je ne peux pas vraiment te blâmer pour ça, plaisante-t-il.

— La suite, c'est que j'ai fêté mes dix-huit ans et je suis partie de chez elle. Je l'ai laissée dans la merde, je l'admets. Elle avait besoin d'aide à ce moment-là, mais qu'est-ce que je pouvais bien y faire ? Quand j'osais faire une remarque sur sa consommation d'alcool, elle jouait les indifférentes et finissait par devenir méchante avec moi. Elle me faisait des reproches sur tout un tas de choses alors que c'était clairement moi qui gérais la maison. Rien n'était jamais grave, y compris ses addictions. J'avais pas des notes assez bonnes, mes rêves d'écriture étaient bidons et de toute façon : « autrice, c'est pas un vrai métier ». Puis, quand toi t'es parti, j'étais au fond du trou. Elle n'a pas été là. Elle a sombré un peu plus profondément, vu que cette fois, je n'étais plus assez forte pour la soutenir. Donc, j'en ai eu marre et je suis partie. Ça faisait presque dix ans qu'elle ne jouait plus son rôle de mère, de toute façon. Je veux bien croire que perdre son mari a été dur, sûrement plus dur que je ne pourrai jamais l'imaginer. Mais… dans cette histoire, j'ai perdu mon père. J'étais une gamine qui avait perdu son père et qui avait besoin de sa mère. Elle a préféré se laisser aller plutôt que de remonter la pente pour moi et avec moi. Je n'étais pas assez importante pour lui donner envie de se battre, pour que l'on surmonte notre deuil ensemble. Puis ça a duré tellement longtemps que j'ai accumulé beaucoup trop de rancœur envers elle. Aujourd'hui, si je la vois encore, c'est uniquement pour Théa. Et c'est parce que Stéphane m'en a convaincu et qu'il insiste beaucoup pour maintenir ce lien.

— Il sait tout ce que vous avez vécu ?

— Oui, en fait, je l'ai rencontré peu après avoir quitté la maison. J'ai vécu un peu à droite, à gauche, comme j'ai pu… puis je suis tombée sur lui. Il m'a probablement sauvé la vie. Je ne sais pas trop ce que je serais devenue s'il ne m'avait pas prise sous son aile à ce moment-là, admets-je avec difficulté.

— Je vois, soupire-t-il.

— Pourquoi j'ai l'impression de capter un sous-entendu dans ce soupir ?

Il pouffe et secoue la tête, il ne semble pas décidé à me répondre et détourne le regard pour surveiller les filles. Elles jouent tranquillement sur l'herbe.

— Alors ? J'attends, renchéris-je.

— Tu l'auras voulu. Disons que vous n'avez pas l'air de vous entendre très bien. Et, de ce que j'ai compris, ça ne date pas d'hier.

— Et alors ? Tous les couples ont des problèmes. On ne vit pas dans un conte de fée. Tu le saurais si tu avais quelqu'un.

— Je refuse de me mettre avec quelqu'un juste parce qu'il faut se caser. Quand je me poserai, ce sera pour de bon. Je veux éviter ce genre de choses, justement. Je veux être sûr.

— On n'est jamais sûrs de rien… c'est bien ça le problème. Si tu n'essaies pas, tu ne sauras jamais si ça peut fonctionner. Qu'est-ce que tu crois ? Que ça a toujours été ainsi entre Steph et moi ? Non, bien sûr que non, au début, c'est tout beau, tout rose. Et les choses évoluent, et ce n'est pas la fin du monde.

— Le prends pas mal, Andie. C'était pas pour te vexer, ni pour dire que ton couple ne tient pas la route… tu n'as pas réfléchi au fait que, peut-être, tu confonds l'amour avec la reconnaissance ?

— Qu'est-ce que tu racontes ?

— Tu m'as dit qu'il t'avait probablement sauvé la vie, peut-être que tu restes avec lui parce que tu as le sentiment de lui devoir quelque chose. J'ai l'impression que tu te plies en quatre pour lui et que ça ne change rien.

— Non mais attends, tu n'as que ma version des faits, ma vérité… tu ne peux pas juger une relation que tu ne connais pas sur un point de vue. Je me suis déjà posé des questions, oui, mais que j'y pense moi c'est une chose. Toi, tu vas un peu loin, là, m'agacé-je. Sam avait raison, finalement. Tu essaies de me monter contre Stéphane. Je devrais peut-être y aller.

Je me lève et commence à m'avancer vers Théa qui rit aux éclats avec Léana. Léo m'attrape doucement le bras.

— Andie, je suis désolé. Je ne voulais vraiment pas t'énerver ni paraître irrespectueux. C'est juste que… enfin, je sais pas… tu n'as pas l'air épanouie. Quand t'es avec nous au bureau, t'es pétillante et drôle. Quand je t'ai vu avec Stéphane, tu semblais éteinte. T'avais le visage fermé. À la seconde où il a quitté les lieux, tu t'es comme… réveillée.

Je cherche à me détourner, mais quelque chose m'en empêche. Mon corps semble ne plus m'obéir. Je ne sais pas quoi dire pour lui prouver qu'il a tort, les mots ne sortent pas. Et son regard plongé dans le mien ne laisse place à rien d'autre que l'envie de lui dévorer les lèvres.

— Andie, reprend-il un peu plus bas. Je tiens à toi, d'accord ? Je n'ai jamais cessé de tenir à toi, et vu ce que nous avons vécu ensemble, ça ne changera jamais. La vie pourra nous séparer, ou Stéphane, ou peu importe, mais j'éprouverai toujours beaucoup de tendresse pour toi. Ça me tient à cœur de te voir heureuse. Et je n'ai pas le sentiment que tu le sois. Tu ne m'as pas demandé mon avis…

— Ça, c'est sûr, le coupé-je.

— C'est le rôle d'un ami de dire franchement les choses, non ?

Sa main est toujours posée sur moi et j'ai l'impression qu'il se rapproche. Ou peut-être que tout devient flou et remuant autour de moi. Je peux sentir les effluves de son parfum qui me montent à la tête. Je m'enivre de lui et, déséquilibrée, je m'accroche à ses avant-bras pour ne pas perdre pied.

— Est-ce que tu es sûr de me parler comme un ami, là ? balbutié-je.

Là, je sens que quelque chose ne va pas. Mon ventre me fait de plus en plus mal, la température de mon corps monte. Je comprends alors que ce sont mes règles qui me jouent des tours, et non pas son parfum qui m'étourdit au point de perdre l'équilibre. Léo blêmit soudain.

— Andie, tout va bien ?!

— Oui, soufflé-je avec difficulté. J'ai un peu chaud, c'est rien, j'ai mes règles, enfin voilà, on va pas épiloguer là-dessus.

— Tes règles sont toujours aussi… abondantes ? demande-t-il doucement en s'écartant un peu plus pour me regarder.

— Comment ? m'étonné-je en portant mes mains à mon entrejambe.

Je baisse la tête et remonte mes mains, elles sont pleines de sang. Je me rends compte que je suis trempée. La douleur s'intensifie et ma tête tourne.

— Léo, j'vais tomber.

Il se précipite pour me rattraper alors que mes jambes me lâchent. Je sens la sueur dégouliner le long de mon dos et de mes tempes, la torture dans mon bas-ventre est telle que je n'arrive plus à articuler un mot. Je suis là sans être là, j'entends Léo appeler les filles comme s'il était à plusieurs mètres de moi alors que je suis contre lui. Son parfum m'enrobe, ses mains me tiennent avec force puis, je ne sens plus rien.

∞

Je me réveille dans une chambre d'hôpital. À ma grande surprise, je n'ai mal nulle part. Lorsque je tourne la tête à droite, j'aperçois ma fille, roulée en boule sur un fauteuil, endormie. Je tends machinalement la main vers elle quand Stéphane pénètre dans la chambre.

— Ah, tu es réveillée. Tu nous as fait peur, chuchote-t-il en se précipitant à mon chevet.

— J'ai fait un malaise ?

— Je vais chercher le médecin, il t'expliquera ça mieux que moi.

— Attends, Léo et Léana vont bien ?

— Oui, t'en fais pas. Je vais aller lui dire que tu es réveillée en allant chercher un docteur.

— Il est encore là ? m'étonné-je.

— Euh, oui. Il a souhaité attendre après t'avoir déposée. Tu… tu voudrais le voir ?

— Non, c'est pas la peine. Remercie-le pour moi et dis-lui que je le verrai demain, au bureau.

— Tu es sur un lit d'hôpital, Andie. Ne pense pas aller travailler demain. Bref, je m'occupe de tout ça et j'arrive.

Lorsque Stéphane quitte la chambre, Théa se réveille. Ses petits yeux encore embrumés, elle se jette sur mon lit.

— Maman ! J'ai cru que t'étais morte, tu répondais plus et y avait une tonne de sang.

— Tout va bien ma chérie, je suis là. J'ai fait un petit malaise, ça arrive. Je me sentais si mal que je n'avais plus la force de rester debout, c'est comme s'endormir sans le vouloir.

Stéphane nous rejoint dans la chambre alors que Théa prend quelques secondes pour réfléchir à ce que je viens de lui dire.

— C'est pour ça que Léo te tenait dans ses bras, alors ? Pour pas que tu tombes ?

— Euh, oui, balbutié-je, sans doute. Je ne me souviens plus très bien, à vrai dire.

— Heureusement qu'il était là, alors ! sourit-elle.

— Oui, heureusement, ajoute Stéphane avec une pointe de sarcasme.

Une femme en blouse blanche fait son entrée dans la chambre. Elle affiche un sourire tendre et désolé, comme si elle souhaitait me préparer à l'annonce d'une mauvaise nouvelle.

— Bonjour, Madame Laurent. Je m'appelle Clémence Bougeon, je suis docteure en gynécologie obstétrique. Comment allez-vous, après ce petit épisode d'inconscience ?

— Ça va mieux, merci. Alors, que s'est-il passé ? J'ai mes règles depuis ce matin mais je n'ai jamais autant saigné, ni même souffert au point de m'évanouir. Tout va bien ? Je dois faire des examens ?

— Chérie, laisse-la parler, m'intime Stéphane.

— En fait, ce ne sont pas vos règles, Madame Laurent. Eva, interpelle-t-elle l'infirmière qui passe devant la porte. Peux-tu emmener la petite Théa chercher un chocolat chaud ?

Eva l'infirmière s'exécute tandis que ma fille la suit aveuglément jusque dans le couloir.

— Eh bien alors, quoi ?! Venez-en au fait.

— Madame Laurent, vous avez fait une fausse couche.

Chapitre 20

— Pardon ? m'étonné-je. C'est une blague ?

— Je n'ai pas pour habitude de blaguer sur des sujets si sensibles, me répond-elle doucement.

— Mais… je ne savais même pas que j'étais enceinte. Je n'ai eu aucun symptôme et mon ventre n'a pas grossi.

— Vous en étiez à un peu moins de deux mois, le ventre s'arrondit en général autour de la dixième semaine. Quant aux symptômes, certaines femmes n'en ont pas. Ou bien vous avez fait un déni de grossesse, c'est possible aussi.

Je reste muette, choquée. Je viens d'apprendre dans le même laps de temps que j'étais enceinte et que le fœtus est mort.

— Chérie, ça va ? s'inquiète Stéphane.

— Euh, oui. J'étais dans mes pensées. Ça fait beaucoup d'un coup.

— C'est normal d'être déboussolée, explique la doctoresse en souriant tendrement. Vous souhaitez que je vous laisse un moment ?

— Non, ça ira. Quelle est la… marche à suivre ? balbutié-je. Dans ce cas de figure, je veux dire. Je vais devoir accoucher d'un fœtus ?

— Ne vous en faites pas, à ce stade de la grossesse, nous procédons à un curetage comme lors d'une IVG. Enfin, c'est seulement dans le cas où vous n'auriez encore pas *tout* expulsé.

— Comment ça, pas *tout* ?

Elle se racle la gorge, elle semble très affectée par la situation. Je regarde mon mari en quête d'un peu de soutien mais il a l'air absent et regarde dans le vide.

— Pardonnez-moi, reprend Madame Bougeon, ce n'est pas très professionnel de ma part, mais j'ai moi-même subi une fausse couche il y a quelques mois et vous êtes la première patiente que je traite depuis. Alors, je suis vraiment désolée si je vous semble très touchée, cependant je connais très bien mon métier alors n'ayez aucune inquiétude.

— Je vous en prie, prenez votre temps. Et je suis désolée pour votre fausse couche.

— Je suis désolée également pour la vôtre. Reprenons, alors. Je souhaiterais tout d'abord effectuer une échographie pour m'assurer que tout va bien, et vérifier si un curetage est nécessaire ou non. Lorsque vous étiez dans la voiture de votre amie, l'hémorragie s'est accentuée. Vu l'état du véhicule, vous avez sans doute expulsé le fœtus ainsi que le placenta, mais nous devons nous assurer qu'il ne reste aucun débris organique.

— L'état du véhicule ? Celui de Léo ? écarquillé-je les yeux.

— J'imagine que c'est votre ami ? Eh bien, il vous a emmenée jusqu'ici alors… oui, il va avoir besoin d'un bon service de nettoyage. Vous êtes prête pour l'échographie ?

— Finalement, j'aimerais avoir une minute pour expliquer à ma fille ce qu'il se passe.

— Bien sûr, faites-moi signe lorsque vous serez prête, déclare-t-elle dans un sourire chaleureux avant de disparaître.

∞

Le retour en voiture se fait dans le calme le plus total. Je file immédiatement à la douche et repense à tout ça.

L'échographie a révélé que, par chance, un curetage ne serait pas nécessaire. Il ne restait aucun tissu embryonnaire dans mon utérus, j'ai donc échappé à une intervention sans doute douloureuse et désagréable à mon grand soulagement.

Une fausse couche, donc.

L'eau ruisselle sur mon corps, je porte mes mains à mon ventre et le caresse. Je ne sais pas ce que je ressens face à cette nouvelle déroutante. Je ne veux pas de deuxième enfant dans l'immédiat, ni même peut-être jamais. Qu'aurais-je fait si j'avais appris cette grossesse plus tôt ? Ou même, plus tard, *trop* tard.

Aurais-je décidé de le garder ? Objectivement, nous avons la situation stable et l'espace nécessaire pour l'arrivée d'un second bébé. Cependant, je peine déjà à faire tenir ce mariage depuis l'arrivée de Théa — aussi réjouissante qu'ait été cette nouvelle — alors, imaginer garder cette famille à flots en gérant un nouveau chamboulement me donne le tournis.

C'est probablement mieux ainsi. Je n'ai pas envie de revivre ça. Être enceinte, lourde, énorme, pendant neuf mois. La fatigue, les maux de dos, les nausées, la rétention d'eau et j'en passe. L'accouchement, les premiers mois post-partum et la dépression qui va avec. À force de réfléchir, je finis par comprendre que je suis plus soulagée qu'autre chose que cette grossesse se soit interrompue d'elle-même. Pas si étonnant, quand on considère l'alcool que j'ai consommé ces derniers jours. Sans parler de la cigarette. Il vaut mieux ça que donner naissance à un enfant mentalement ou physiquement atteint d'une quelconque pathologie par ma faute. J'ai déjà Théa, je préfère ne plus jamais avoir d'enfant que d'offrir une vie si compliquée à un petit être innocent.

Stéphane pénètre dans la salle de bain alors que je sors de la douche pour m'essuyer. Il fait un arrêt sur image et observe mon ventre que je m'empresse de recouvrir d'une serviette.

— Ça va ? me demande-t-il sans oser me regarder dans les yeux.

— Oui, ça va. Je suis pas mourante.

— Oui, je sais, heureusement. Mais tu pourrais te sentir mal, physiquement ou mentalement. Ou les deux.

— Je ne sais pas trop comment je me sens, à vrai dire.

— Je vois, si tu as besoin de quelque chose, n'hésite pas. Des contre-indications médicales ?

— Euh, oui. Pas de rapports ni de bains pendant dix jours.

— Oh.

Il ouvre puis referme la bouche, je sens qu'il ravale une remarque sarcastique et ça m'énerve déjà, sans même savoir ce qu'il en est.

— T'as quelque chose à dire ? Parce que je te préviens, c'est pas tellement le moment. Je n'ai pas envie d'avoir à supporter tes sarcasmes.

— Je comprends. Et que penses-tu d'un thé ?

— Ça, OK.

Il s'éclipse pendant que j'enfile un jogging et un t-shirt ample. J'entends la bouilloire s'exciter au moment où j'entre dans le salon et me dirige vers la porte-fenêtre. Je m'installe sur la terrasse et m'allume une cigarette.

Stéphane me rejoint, dépose le thé sur la table et me lance un regard noir.

— Quoi ? C'est la clope qui te dérange ?

— C'est… ouais. C'est pas forcément la meilleure chose à faire, là tout de suite.

— Pff, soupiré-je, ça peut pas être pire, il est déjà trop tard. La doctoresse ne m'a pas interdit de fumer.

— Tu pourrais te montrer plus… délicate ? chuchote-t-il en jetant un œil par la fenêtre.

— Théa est dans sa chambre et je lui ai déjà tout expliqué. Elle sait que le fœtus est mort. Ça ne sert à rien de lui mentir ou de minimiser.

— C'est bien d'être honnête, tu pourrais juste être un peu plus douce, c'est tout.

— Donc, là, tu vas me faire des reproches alors que je viens d'expulser un fœtus mort de mon utérus ?

— J'essaie simplement d'avoir une conversation avec toi mais c'est pas simple… tu ne me ménages pas non plus, soupire-t-il.

— Te ménager ? À quel sujet ?

— On vient de perdre notre deuxième enfant, Andie ! s'exclame-t-il, effaré. Tu comprends que ça puisse m'attrister ?

— Mais enfin, Stéphane ! On ne le savait même pas !

— Et alors ? Apprendre le même jour que t'es enceinte et finalement qu'il n'y aura pas de bébé, c'est un sacré ascenseur émotionnel ! Surtout qu'avec ça, ton corps est sans doute affaibli et fragilisé. Qui sait combien de temps il faudra attendre avant de tenter à nouveau ?

— Attends… quoi ?

Il marque une pause, incrédule. Si l'incompréhension avait un visage, ce serait certainement celui-là. Je ne sais pas où va nous mener cette conversation mais il y a visiblement des choses à éclaircir.

— Bah… hésite-t-il. On va peut-être se décider à en faire un deuxième, non ? Je veux dire, si on avait su, on l'aurait gardé. Tu crois pas ?

— En fait… je ne sais pas, non. Je suis pas vraiment sûre d'en vouloir un deuxième. Je pense que Théa me suffit.

— Tu parles sérieusement ?

— Oui, Stéphane. C'est mon corps et je n'ai pas envie de revivre tout ça. Puis, on s'en sort à peine à trois, comment veux-tu gérer ça à quatre ?

— Comment ça, on s'en sort à peine ? Tu gagnes bien ta vie et je me tue à la tâche pour participer autant que toi ! Vous ne manquez de rien, Théa et toi. Et il y aurait bien assez pour une personne de plus.

— Je ne parlais pas d'argent…

Je suis soudainement moins sûre de moi, je commence à peine à réaliser que pour lui, tout roule comme sur des roulettes. Son visage se décompose petit à petit.

— Mais Andie… se reprend-il. C'est ça, être parents. On ne fait plus les mêmes choses, on a une famille à gérer, une maison, des factures. On ne peut plus se permettre de se bourrer la gueule toute la nuit et de faire l'amour partout dans la maison. C'est si grave ?

— Tu ne m'apprends rien, là, soupiré-je. Sans parler de l'utopie à laquelle tu fais référence, tu trouves que tout va bien entre nous ?

— Attends, attends. Où tu veux en venir là ? questionne-t-il en ancrant fermement son regard dans le mien et ses pieds dans le sol.

— J'ai l'impression qu'on n'est plus un couple, voilà.

Il ouvre la bouche à nouveau, puis la referme aussi sec. Son regard fuit à présent le mien et se promène sur les pavés de la terrasse. Il hoche la tête frénétiquement, une moue étrange déforme ses lèvres.

— Alors, on en est là.

Je hausse les épaules, la gorge nouée. Je ne veux pas me mettre à pleurer. Je refuse de me mettre à pleurer. Théa pourrait débarquer d'une seconde à l'autre.

Mon téléphone sonne, je jette un œil à l'écran. À en juger par la tête de Stéphane, il a fait comme moi.

— Qu'est-ce qu'il veut encore, celui-là ?

— Je ne sais pas, excuse-moi. Je vais lui répondre.

— Maintenant ?! Tu crois que c'est le moment ? s'énerve-t-il.

— Stéphane, stop. Je te rappelle qu'il m'a emmenée à l'hôpital et que j'ai littéralement détruit sa voiture.

— C'est ça, ouais. Allez, décroche. Pourquoi tu vas pas le voir, carrément ? Il a l'air de s'inquiéter, et visiblement, c'est plus important que de faire le point sur notre couple, balance-t-il en envoyant balader une chaise du salon de jardin.

Je serre mon téléphone contre moi, ahurie par ce spectacle si peu habituel. Stéphane est en train de craquer. Je devrais sans doute éteindre mon téléphone et rassurer mon mari, mais aucun son ne sort de ma bouche et aucun de mes membres n'est décidé à amorcer un quelconque mouvement. Je reste bêtement assise là.

Stéphane s'en va, il s'isole dans la chambre pendant que je cherche à reprendre mes esprits. Le téléphone vibre une seconde fois.

— Oui Léo, articulé-je difficilement.

— Andie ! Tout va bien ? Désolé de te harceler comme ça, je m'attendais à avoir de tes nouvelles après que ton mari m'ait annoncé ton réveil. J'étais super inquiet.

— Euh, soupiré-je, oui ça va à peu près…

— Tu te sens pas bien ? Il s'est passé quoi ?

— Je te raconterai tout ça au travail, OK ? Là, c'est pas vraiment le moment, j'ai quelques soucis à régler avec Stéphane. Mais t'inquiète pas, je vais bien.

— Je vois, pas de problème. On en discutera quand tu auras envie. Je suis là si besoin.

— Merci, c'est gentil.

— À demain alors, bonne soirée.

— À toi aussi.

Je raccroche et inspire un bon coup avant de m'engouffrer dans la maison. Je prépare mon sac à main avec l'idée d'aller rendre une visite surprise à mon meilleur ami et collègue préféré, Sam. Je pose mon téléphone sur le bar pour nouer mon lacet de chaussure et c'est à ce moment-là qu'il vibre. Un message.

Numéro inconnu

Salut ma belle, c'est HJ Chevilly, l'artiste sculpteur... évidemment que tu te souviens ;). J'ai passé une excellente soirée en ta compagnie, j'aimerais que l'on reprenne là où on s'est arrêtés... cette robe, ce parfum. Je ne cesse d'y repenser. Appelle-moi.

aujourd'hui à 19:23

Non mais quel culot ! Pour qui il se prend, celui-là ? Il ne doute vraiment de rien. Comment a-t-il pu avoir mon numéro ? Ce ne serait quand même pas Léo, après tout ce qu'il m'a raconté sur lui… non, impossible.

Je chasse cette idée idiote de ma tête en même temps que le visage de ce porc répugnant et j'attrape les clés de la BM quand Stéphane débarque en trombe, me faisant sursauter au passage.

— Tu vas où ?

— Voir Sam, j'ai besoin de m'aérer un peu après cette journée… je suis désolée pour tout à l'heure, on en parlera à tête reposée, OK ?

Il hoche silencieusement la tête, le regard vide et le visage fermé. Entre ma mère, Léo, la fausse couche et ce connard prétentieux de Henri Junior, je n'ai pas l'énergie de gérer maintenant une conversation si importante. Je prends mon sac et adresse un timide salut de la main à mon mari, avant de quitter le domicile familial.

Je roule tranquillement, la vitesse ne m'attire pas aujourd'hui. Les derniers rayons du soleil s'éteignent lentement et me caressent le bras que je laisse pendre par la fenêtre, cigarette allumée et musique à fond. Au premier feu rouge auquel je m'arrête, je farfouille dans mon sac pour trouver mon smartphone et envoyer un message à Sam.

— Mais où est ce fichu téléphone ?!

Merde. Le bar. Je l'ai laissé sur le bar, en plein milieu de la cuisine. Avec le message de HJ parfaitement en évidence.

Chapitre 21

— Calme-toi, c'est peut-être pas si grave ! m'assure Sam en déposant une tasse de thé devant moi.

— Pas si grave !? Le message de l'autre tordu est suffisamment explicite pour que Stéphane se fasse des films… j'aurais dû faire demi-tour.

— Il n'a peut-être pas regardé ton téléphone ?

— Tu parles… je suis sûre que si. Avec tout ce qui se passe en ce moment, ses crises de jalousie vis-à-vis de Léo et la façon dont HJ m'a regardé juste devant lui, il va forcément fouiner. Après ce que je viens de lui balancer en plus, soupiré-je.

— C'est vrai qu'il ne manque pas d'air celui-là… je sais pas comment t'as pu te retenir de lui foutre ton poing en pleine gueule.

— Franchement, j'étais pétrifiée… il n'avait vraiment pas l'air net, j'ai cru que si je le remballais trop brusquement, il pourrait devenir violent. Et Léo était hors de portée, au téléphone. Puis, dans tous les cas, je ne voulais pas risquer de provoquer une bagarre.

— Je comprends, mais c'est carrément du harcèlement sexuel. Il t'a quand même touchée, comme si c'était normal. On devrait en parler autour de nous, histoire de lui griller son réseau au max. Fais-en un article !

— Surtout pas ! Et n'en parle à personne, s'il te plaît. J'ai assez de problèmes. Je ne t'ai pas raconté tout ça pour que tu ailles tout balancer, le supplié-je.

— Comme tu voudras… mais t'es sûre que t'as envie de le laisser faire ? Imagine que ce ne soit ni la première, ni la dernière fois qu'il se permet des choses de ce genre. Voire pire… et ça coïncide avec la version de Léo.

— J'ai vraiment pas la force de gérer un violeur potentiel, là tout de suite, soupiré-je.

Malgré moi, les larmes commencent à monter. Je sens que je ne vais plus pouvoir les retenir bien longtemps. Je cache alors mon visage entre mes mains et me laisse aller au moment où Sam me serre contre lui.

— Pleure, ma belle. Si ça peut te soulager. Je comprends même pas comment t'as pu encaisser tout ça en un seul week-end et te tenir debout sur tes jambes. T'es super forte mais t'as le droit de craquer aussi.

Un torrent salé inonde mon visage. Ça dure suffisamment longtemps pour que le t-shirt de Sam soit trempé. Je renifle bruyamment et m'écarte en prenant appui sur son torse.

— T'as repris la muscu ? sangloté-je.

— Oui ! Ravi que tu l'aies remarqué, rit-il en essuyant la dernière larme au coin de mon œil.

— T'es vachement plus dur qu'avant, c'est moins confortable, plaisanté-je tant bien que mal.

— Bah voilà, j'offre une épaule réconfortante à ma plus chère amie et elle me remercie en me traitant de bloc de béton ! Cela dit, je le prends bien.

Un fou rire m'échappe et aussitôt, Sam se met à rire aux éclats lui aussi. C'est à ce moment-là que Chris, son époux, fait son entrée, avec Maxence dans les bras. Voir ce grand gaillard de huit ans endormi dans les bras de son père me fait chaud au cœur.

— Chhhh ! fait-il en posant un doigt sur ses lèvres.

Nous portons nos mains à nos bouches respectives, ouvrant de grands yeux, alors qu'il se précipite dans la chambre du petit. Il revient aussitôt et se poste en face de nous. Il nous toise à tour de rôle, une expression étrange sur le visage.

— Vous pleurez de rire ou vous pleurez tout court ?

— C'est une longue histoire ! chantonne Sam en se levant pour embrasser son mari.

— Est-il nécessaire que je l'entende, ou je peux vaquer à mes occupations ?

— Non, je ne vais pas t'embêter avec mes problèmes, t'inquiète, assuré-je en souriant.

— Tu m'embêtes pas, mais je sais que vous aimez bien faire des cachoteries comme deux adolescentes, rit-il.

— C'est très vrai ça, ajoute Sam, alors tu es prié d'aller faire je-ne-sais-quoi sur ton PC pendant qu'on ragote tranquillement.

— À votre service ! lance-t-il joyeusement en quittant la pièce.

Sam revient s'asseoir près de moi et passe un bras autour de mes épaules. Je me pose alors contre lui et relâche la pression un moment, fermant les yeux et profitant de cet instant de tranquillité.

— Alors, pour Stéphane, tu vas faire quoi ? Tu le pensais vraiment quand tu disais que tu ne veux plus d'enfants ?

— Je n'y avais pas vraiment réfléchi avant, mais cette fausse couche m'a prouvé que je n'en ai pas vraiment envie. Je ne ressens rien d'autre que du soulagement, c'est horrible dit comme ça. Il y a plein de couples qui affrontent un parcours du combattant interminable pour avoir un bébé pendant des années, qui essaient sans succès par tous les moyens… et moi, je me réjouis d'avoir échappé à cette seconde grossesse. Je suis un monstre.

— Bon, alors, ma chérie… si on commence à comparer nos vies avec celles du reste du monde, on n'a pas fini de culpabiliser pour un oui ou pour un non. C'est pas parce que d'autres veulent des enfants et n'y parviennent pas, que toi t'es obligée d'être heureuse de tomber enceinte. Tu as le droit de ne pas en vouloir d'autre, comme d'autres ont le droit de ne pas en vouloir du tout. Et vu l'état de notre monde actuellement, crois-moi, je ne jetterai la pierre à personne de penser ainsi… d'autant plus que ce n'est pas comme si tu avais fait exprès de tomber enceinte et de perdre le bébé.

— Je sais tout ça, oui… mais il est mort. Qu'est-ce que ça veut dire de moi, si je m'en réjouis ?

— Vu de l'extérieur, tu n'as pas l'air si enjouée que ça, rassure-toi. Soulagée, peut-être. Et ça ne dit rien de toi. Tu n'avais aucun contrôle sur tout ça, tu réagis comme tu peux. Ça fait beaucoup.

— C'est clair que je n'ai pas envie de danser, c'est triste malgré tout. Mais… j'me sentais vraiment pas d'assumer ça maintenant.

— Et c'est tout à ton honneur de le reconnaître. Puis, Stéphane… tu penses qu'il va s'en remettre ? Tu crois qu'il restera avec toi s'il sait que tu ne veux pas d'autre enfant ?

— J'en sais trop rien. S'il m'aime, il restera, logiquement.

— Et… s'il part ?

— Je m'en remettrai.

Il ouvre de grands yeux, sa bouche est pincée.

— Dis-moi ce que tu penses, déclaré-je.

— Comment dire… je ne pensais pas que tu en étais à ce point-là. J'ai l'impression que ça ne te ferait ni chaud ni froid s'il te quittait ce soir.

— C'est pas le cas, c'est juste que je n'aurais pas d'autre choix que de m'en remettre. Ça m'attristerait forcément, mais peut-être qu'il aurait raison et que ce serait mieux pour nous deux. Je ne sais pas quoi en penser, je suis un peu perdue. Je suppose que si l'on n'imagine pas l'avenir de la même façon, il vaut mieux tout arrêter.

— Promets-moi de ne pas prendre de décision hâtive.

— Jamais sous le coup de l'émotion, bonne ou mauvaise, je sais.

— C'est bien, tu retiens bien mes leçons.

∞

Lorsque j'arrive chez moi, il est quasiment vingt et une heures. La journée a été si longue, mes jambes sont très lourdes. La maison est curieusement silencieuse. Je dépose mes clés sur le bar et j'y trouve un petit mot à côté.

— Fais chier, râlé-je avant même de le lire.

« J'ai déposé Théa chez ta mère, tu es tranquille pour la nuit. Je suis parti travailler, je reviens demain matin comme d'habitude. J'irai récupérer Théa vers midi, puis vers seize heures, ne t'en occupe pas et repose-toi. Je te conseille de prendre ta journée mais j'imagine que tu n'en feras qu'à ta tête comme d'habitude. Prends ce temps pour toi et pour réfléchir, car demain soir, nous allons avoir une discussion. »

Une discussion. En effet, il va y avoir des choses à dire.

Je déverrouille mon téléphone et remarque un message vocal de Léo :

« Je te fais juste un petit vocal pour te souhaiter une bonne nuit, repose-toi bien. Je suis pas mal inquiet pour toi… (il se racle la gorge) oh, et, ne te sens pas obligée de venir travailler demain. Mary comprendra. Elle est déjà au courant que tu étais à l'hôpital aujourd'hui. Prends soin de toi. »

Ni une ni deux, je l'appelle.

— Oui, Andie ? Ça va ?

— Comment ça, Mary est au courant ? Tu lui as dit ?

— Euh… hésite-t-il. En fait, je t'avais dit que je mangeais chez ma sœur ce midi, je suis donc parti de là-bas pour te rejoindre au parc. J'étais à moto, à la base…

— Mais non, t'étais en voiture, puisque tu m'as emmené à l'hôpital !

— Oui… j'ai emprunté la voiture de Mary pour venir au parc. Elle était chez ma sœur, elle aussi.

— Oh, merde… j'ai donc complètement ruiné la voiture de ma boss. Super. Manquait plus que ça.

— C'est rien ! Elle ne t'en veut pas du tout.

— Tu parles… quelle horreur. Ça devait être une vraie scène de crime là-dedans.

— C'était pas beau à voir, pour dire la vérité.

— Tu fais quoi là ?

— Rien de spécial, pourquoi ?

— Je suis seule, Théa est chez ma mère et Stéphane travaille. Tu veux passer ? Je n'ai pas franchement envie de m'isoler ce soir… si ça ne te dérange pas.

Il marque une pause. Peut-être que mes paroles prêtent à confusion et le laissent imaginer certaines choses. Peu importe, je n'affronterai pas cette soirée à ruminer mes problèmes dans le silence de ma maison.

— OK, j'arrive.

Chapitre 22

Léo prend le temps de digérer les informations pendant que je remplis nos verres. Il est pâle, il semble réellement affecté par tout ça.

— Donc, finalement, reprend-il, tu ne le vis pas si mal, si je comprends bien ?

— Oui, c'est ça… tu me trouves monstrueuse ?

— Pas du tout, premièrement, rien de tout ça n'est ta faute. Tu ne savais pas. Ensuite, t'as parfaitement le droit d'être pleinement satisfaite de n'avoir que Théa. Qui suis-je pour juger ? Pas d'utérus, pas d'avis, fait-il en haussant les épaules.

— Si tous les hommes pouvaient penser comme toi…

— Il en pense quoi, Stéphane ? Si c'est pas indiscret.

Je soupire, fatiguée de devoir encore réexpliquer la même chose.

— Désolé, ajoute-t-il, ça ne me regarde pas.

— Non, c'est pas ça, c'est juste que j'en ai déjà parlé avec Sam et j'en ai marre de ressasser encore cette histoire. Je ne sais pas où ça en est, on doit en discuter demain. Pour le reste, il fallait que je t'en parle. C'est quand même toi qui m'as emmenée à l'hôpital. Merci pour ça, d'ailleurs.

— C'est normal, je n'allais pas te laisser te vider de ton sang devant ta fille en plein milieu d'un parc. D'ailleurs, Théa, elle va bien avec tout ça ?

— Elle a eu un peu de mal à comprendre comment et pourquoi un bébé peut mourir avant même de naître. Elle a eu peur, aussi. Mais ça a l'air d'aller. On verra dans les prochains jours. Oh, et Léana ? Elle a dû flipper aussi ! Je suis désolée.

— Un peu, rit-il, mais c'est une dure à cuire ! Comme sa mère. Louise m'a demandé de tes nouvelles, à ce sujet.

— Tu l'as dit à tout le monde ?!

— C'est ma sœur, c'est pas tout le monde. Et puis il fallait bien que j'explique ça un peu mieux, Léana n'a pas tout compris, elle non plus.

— Oui, pas faux... mais bon, Mary, Elena, ça fait du monde. Quoi que pour Mary, tu n'avais pas vraiment le choix non plus. Oh merde, sa voiture... qu'est-ce que je vais faire ?

— Arrête de te torturer avec ça, je te promets qu'elle ne t'en veut pas. Si quelqu'un peut comprendre, c'est bien elle.

— Comment ça ?

— Mince... j'en ai trop dit. Tu verras ça avec elle, si elle veut t'en parler.

J'acquiesce en silence, j'imagine que Mary a dû vivre une expérience similaire. IVG ou fausse couche, qui sait. Je n'insiste pas, évitant de le mettre dans une situation encore plus inconfortable. Il avale une gorgée et plante son regard dans le mien. Malgré moi, mes yeux s'attardent sur ses lèvres. Je me réprimande intérieurement pour oser fantasmer sur ces lèvres dans un moment pareil. Elles sont si joliment dessinées, elles semblent avoir été taillées dans du marbre à l'image des statues de l'exposition de ce connard de Chevilly. Mes pensées vont alors toutes au même endroit : le SMS.

— Au fait ! lancé-je pour changer de sujet. Je trouverais ça étrange, mais tu as donné mon numéro à Chevilly ?

— Ton numéro ? Tu plaisantes ? Pourquoi j'aurais fait ça ? Il t'a contacté ? Fais voir !

Je lui montre mon téléphone et observe ses mâchoires se serrer à mesure qu'il déchiffre le message. Il soupire d'énervement et lorsqu'il reporte son attention sur moi, son regard s'est assombri.

— Je vais l'appeler et lui remettre les idées en place à cet enfoiré.

Je pose une main sur la sienne, l'empêchant de porter le téléphone à son oreille et raccroche aussitôt de l'autre main. Il me lance un regard furibond.

— Laisse-moi faire, il ne te lâchera jamais si on ne lui fait pas comprendre tout de suite.

— Calme-toi, c'est pas la peine. Je vais l'ignorer et s'il insiste, je le bloquerai. Rends-moi mon téléphone, demandé-je doucement.

Ma main est toujours sur la sienne, je le scrute, l'implorant silencieusement de se détendre. Je n'ai pas besoin de gérer cette crise-là non plus. Il doit deviner ma détresse, car il se radoucit et relâche le smartphone.

— S'il s'approche de toi ou te contacte d'une façon ou d'une autre, tu auras beau dire ce que tu veux, je m'en mêlerai. C'est la dernière fois que je te fais la faveur de ne pas réagir, tu es prévenue.

— Léo, tout va bien. S'il tente quoi que ce soit, j'irai déposer plainte pour harcèlement sexuel. Il m'a touchée sans mon consentement et j'ai ce message comme preuve.

— Ce message ne prouvera rien aux yeux des autorités, mais je témoignerai en ta faveur, assure-t-il en gardant ma main dans la sienne. Je dirai que j'ai tout vu, je suis prêt à en rajouter même, s'il le faut.

— Ce ne sera sans doute pas utile, ris-je.

Une ébauche de grimace se dessine au coin de ses lèvres et donne finalement naissance à un sourire. Nous restons là, quelques secondes, à nous regarder dans les yeux en souriant bêtement. Petit à petit, son regard se promène sur mon visage puis s'arrête sur ma bouche. Il tient toujours ma main et la tension monte dangereusement entre nous. Je me racle la gorge et m'apprête à récupérer mes doigts lorsqu'il resserre son emprise sur ceux-ci.

— Andie… je voulais te dire. Je suis vraiment désolé de ne pas avoir été là pour toi.

— Mais tu es là, réponds-je, confuse.

— Non, mais… je veux dire, au lycée, balbutie-t-il. Quand je suis parti, j'aurais dû être présent pour toi, même à distance. Ça n'a sûrement pas été facile pour toi avec ta mère et mon départ. Tu m'as raconté que tu étais au fond du trou.

Il baisse la tête, fixant son propre pouce qui caresse mes doigts. Je ne sais pas où il veut en venir, mais mon pouls accélère dangereusement. Je sens ma poitrine se soulever un peu plus fort qu'à l'accoutumée et il s'en rend compte aussi.

— Léo, commencé-je, c'est du passé tout ça. T'as pas à t'excuser. C'était pas ta faute, ce déménagement, je sais que tu ne serais pas parti si tu avais eu le choix. Je m'en suis sortie, ce n'était pas si terrible !

— J'aurais pu appeler, envoyer un message, quelque chose.

— C'est pas grave, j'te dis ! fais-je en retirant ma main l'air de rien.

Je me recule dans mon assise, attrapant mon verre et souriant innocemment. Il se laisse tomber lui aussi contre le canapé et regarde droit devant lui, l'air abattu.

— J'aurais voulu que tu m'appelles, finit-il par admettre.

— Comment ça ?

— J'aurais voulu savoir tout ça, les histoires avec ta mère. Si j'avais su, j'aurais été là pour toi. Je serais revenu, je sais pas comment, mais je sais que je serais revenu.

— Dis pas de bêtises. Et je le répète : tu n'as pas à t'en vouloir.

— Je m'en veux pour tellement de choses, si tu savais.

Je ne l'avais jamais vu si vulnérable, regard au sol, l'air penaud. Au-delà d'une attirance dévastatrice, voilà que maintenant, je suis attendrie. J'ai très envie de le serrer dans mes bras.

— Et pourquoi tu t'en veux ? Tu n'as rien fait de mal ? hasardé-je pour retrouver mes esprits.

— Pour ne pas t'avoir appelée. J'étais tellement mal d'être parti loin de toi comme ça, du jour au lendemain. Je me voyais vraiment construire quelque chose avec toi, même si j'étais jeune et que je ne connaissais rien à l'amour. J'en savais suffisamment pour savoir que j'étais fou de toi. Et tout ce que je connais de l'amour véritable encore à l'heure actuelle, je l'ai appris avec toi. Jamais je n'avais connu quelqu'un comme toi, jamais je n'avais eu une telle connexion, énumère-t-il en regardant dans le vide. Et jusqu'à aujourd'hui, je n'ai jamais retrouvé ça. Je m'en veux de ne pas t'avoir dit tout ça plus tôt. Je m'en veux de ne pas t'avoir dit à quel point je t'aimais. Parce que ouais… j'étais fou amoureux de toi, Andie.

Lentement, il relève la tête et me fixe, dans l'attente d'une réaction. Je me liquéfie sur place. J'ai attendu ces mots si longtemps, et des années après, il les prononce enfin. L'adolescente de dix-sept ans qui sommeille en moi en est toute émoustillée.

— C'est pas tout, reprend-il. J'ai attendu tes appels, tes messages, mais pas une seule fois je n'ai eu le courage de te contacter moi-même. J'avais trop peur de souffrir encore plus, je me disais que couper les ponts, c'était peut-être le mieux. Et pour ça, je m'en veux. Parce que t'as dû traverser ça toute seule, puis finalement… tu as rencontré Stéphane. Aujourd'hui, vous êtes mariés. Si j'avais été plus courageux… tu serais ma femme. J'en suis sûr.

— Léo… avec des « si »…

— Non, t'en fais pas, tout va bien, me coupe-t-il. Je ne suis pas en train de te supplier de quitter ton mari pour moi, rit-il. Je ne suis pas non plus en train de te dire que je suis super malheureux sans toi. Ni que j'ai retenu mon souffle jusqu'au moment où tu serais à nouveau en face de moi.

— Ça y ressemble pourtant, déglutis-je avec difficulté.

— Nan, j'avais juste envie d'être honnête et transparent. J'ai déjà parlé de tout ça, vaguement, par message. Mais le dire en face, c'est autre chose. Et depuis que je travaille avec toi, ça me trotte en tête. Fallait que ça sorte. Alors, je te demande pardon de façon officielle, un peu tard. Pour avoir été absent dans tous les sens du terme et pour avoir été lâche.

— Comme je disais, c'est du passé. Je ne t'en veux pas, jamais. Le fait que tu sois là ce soir, c'est déjà énorme.

— C'est ce qu'on fait entre amis, non ? sourit-il.

— Est-ce qu'on est vraiment amis, Léo ? me risqué-je. Enfin, ce que je veux dire par là… c'est plutôt, est-ce que tu es capable d'être juste mon ami ?

— Ai-je vraiment le choix ? fait-il avec un clin d'œil.

Après un bref silence, il affiche un grand sourire et je me mets à rire.

— En effet, tu n'as pas vraiment le choix.

— Et toi, Andie, fait-il en retrouvant son sérieux. T'en es capable ?

— D'être ton amie ? Bien sûr ! C'est toi qui viens de me faire une déclaration, n'inverse pas les rôles !

— Oh, ça y est… je vais en entendre parler pendant des lustres. C'était pas une déclaration, OK ? Juste une… mise au point.

— Sur les plus belles images de ta vie ? lancé-je en riant.

— La ferme !

Il me pince la taille et je bondis, manquant de tomber du canapé.

— Commence pas, je suis pas super en forme je te rappelle !

— Ah ouais, c'est vrai, excuse-moi. On ne dirait pas que tu sors de l'hôpital. Mais d'ailleurs, comment ça se fait qu'ils t'aient laissé t'en aller aussi vite ?

— Pas de curetage alors, prescription d'antidouleurs au cas où, une tonne de méga protections hygiéniques pour les restes de sang et deux ou trois contre-indications.

— Lesquelles ?

— Pas de bain, ni de sexe pendant dix jours.

— Oh.

— C'est marrant, mon mari a eu la même réaction, ironisé-je.

Il fait une drôle de grimace, visiblement embarrassé. Je lui tapote amicalement l'épaule.

— Enfin bref, si on passait sur un sujet un peu plus léger ?

— Ouais, justement ! Ton roman. J'aimerais le lire.

— Il est loin d'être fini. Et, je suis pas sûre que ce soit une très bonne idée.

— En quel honneur ? Allez, en souvenir du bon vieux temps. Ça parle de quoi ?

— T'aimerais savoir, hein ? ris-je.

— Tu penses ! J'ai toujours été ton premier fan, j'aimerais le rester.

— Bon alors, c'est une romance.

— Étonnant.

— Tu veux en savoir plus, oui ou non ?

— Je me tais ! Raconte.

— C'est au sujet d'une femme dans la trentaine, carriériste qui n'a pas pris le temps de fonder une famille. Ça commence à lui manquer, bien sûr. Un jour, elle tombe par hasard sur son premier amour, qu'elle a perdu de vue depuis des années. Il se trouve que lui aussi, il n'a pensé qu'à son boulot et n'a ni femme, ni enfants. Ils sont obligés de travailler ensemble, par un heureux concours de circonstances. Leur boîte interdit toute relation entre collègues, donc, ils font tout pour lutter contre leur attirance. Parce que, bien sûr, ils se plaisent toujours autant… sinon, c'est pas drôle. Tu devines la suite.

Il me regarde, stupéfait. Il pose son coude sur son genou et se frotte le menton, une lueur malicieuse dans les yeux.

— Tu écris sur nous ?

— Non, c'est pas pareil.

— Oh, arrête. La différence est minime. Tu écris sur nous !

— Bon, ris-je, j'admets que notre histoire m'a peut-être un peu inspirée.

Il se met à rire, un rire spontané et délicieusement communicatif. Je l'imite alors puis lui envoie une tape dans l'épaule.

— Te moque pas !

— J'me moque pas, et toi, arrête de me frapper. Ça fait déjà deux fois, Mademoiselle Barrau. Je vais finir par te les rendre.

— C'est Madame Laurent, Barrau, c'est mon nom de jeune fille.

— C'est vrai, tu es restée la même jeune femme de dix-sept ans, à mes yeux. Et visiblement, je t'ai beaucoup plus chamboulé que tu ne veux bien l'admettre. On parle de ma déclaration, mais je n'en écris pas un roman. Si ce n'en est pas une, faut m'expliquer ! Un roman, quand même.

— Ça suffit ! Tu sais ce que c'est, en tant qu'auteur, on s'inspire de tout ce qui nous fait vibrer.

— Ah, donc maintenant, je te fais vibrer ! s'amuse-t-il.

— Non, je parlais de l'amour en général ! Bon, tu me gaves, là. On change de sujet !

— Pas si vite, je voudrais vraiment le lire, reprend-il plus calmement. Surtout si ça parle de nous, *indirectement*, ajoute-t-il alors que j'ouvre la bouche pour le rembarrer.

— Ah… je sais pas. C'est un peu chaud, en fait.

— Chaud ? L'histoire, tu veux dire ?

Je détourne les yeux, honteuse d'avoir avoué cette partie-là. Le vin y est sans doute pour quelque chose.

— Attends… t'écris un roman érotique sur nous deux ?! s'émerveille-t-il. Raison de plus pour que je le lise !

— Je ne suis pas sûre que ce soit une idée de génie, admets-je.

— Hmm, tu n'as peut-être pas tort, pour le coup, réfléchit-il. J'ai pas besoin de ça pour t'imaginer dans ta petite tenue en dentelle rouge, alors si j'ai ton point de vue en plus…

Je ne sais plus où me mettre. Ces montagnes russes ne se finiront-elles jamais ? Quelle idée j'ai eu de le faire venir ici ce soir, ce n'était certainement pas le moment de ressasser autant de vieux souvenirs. Mes hormones sont toujours en folie et ce mélange de fatigue et de vin ne font pas bon ménage.

— Ça va, détends-toi, je plaisante. Tout compte fait, je le lirai quand il sortira.

— S'il sort un jour.

— Si tu écris aussi bien qu'à l'époque, ça ne fait aucun doute. L'érotique marche super bien en ce moment, en plus.

∞

Je me réveille allongée sur le canapé, couverte d'un plaid. Les verres ne sont plus sur la table basse et il fait nuit noire. Je tâtonne pour trouver mon téléphone. Il affiche 04h06. Stéphane ne va plus tarder, les yeux à moitié fermés, je sens un post-it collé au dos de l'appareil.

« Tu tombais de fatigue, je t'ai laissé dormir. J'aurais voulu être là à ton réveil mais j'ai préféré rentrer, ton mari n'aurait sans doute pas apprécié de me trouver ici. J'ai claqué la porte en sortant. »

Je pousse un grognement de frustration. Si ma vie n'était pas ce qu'elle est, si je n'avais pas Stéphane, et si Léo n'était pas parti. Avec des « si », on refait le monde, paraît-il.

Je me traîne avec peine jusqu'à mon lit et me laisse tomber dessus, aussitôt happée par un sommeil de plomb.

Chapitre 23

J'arrive à la bourre au travail, le réveil a été plutôt laborieux. J'ai encore quelques douleurs dans le bas-ventre, mais rien de plus que mes crampes de règles habituelles. Je ne prends pas le temps de saluer mes collègues et file directement voir Mary. Elle est dans son bureau, concentrée devant son écran. Lorsqu'elle me voit à travers la baie vitrée, elle me fait signe d'entrer.

— Bonjour Mary, je suis vraiment désolée pour ta voiture ! Je te rembourserai le nettoyage.

— Bonjour Andie, comment ça va ?

— Pas trop mal, merci, mais ta voiture…

— Arrête un peu, c'est rien. Elle avait besoin d'un bon coup de propre, de toute façon, rit-elle. J'te raconte pas la tronche du gars qui s'en est occupé. Il a dû penser que j'avais commis un meurtre !

Elle explose de rire tandis que je me tortille maladroitement sur mes jambes. Je ne sais pas où me mettre.

— Ne reste pas debout, voyons. Assieds-toi, fait-elle en désignant le fauteuil installé devant son bureau. Alors, que s'est-il passé ?

— Je pensais que Léo t'avait raconté… il m'a laissé entendre que tu savais.

— Il m'a dit qu'il avait dû te transporter à l'hôpital, d'ailleurs je ne m'attendais pas à te voir aujourd'hui. Rien de grave ?

— Tout dépend comment on voit les choses, j'imagine… en fait, j'ai fait une fausse couche.

— Oh… je suis désolée. Sincèrement.

— T'en fais pas, c'est rien. Enfin… c'était douloureux. Mais je ne savais pas que j'étais enceinte et ce n'était pas une grossesse volontaire. Ni désirée.

— Ça peut rendre les choses un peu moins difficiles, effectivement.

J'ai envie de la questionner à propos des informations qu'a lâchées Léo sans le vouloir, mais la discrétion et la bienséance me font fermer ma bouche. Nous ne sommes pas assez proches pour que je m'immisce ainsi dans sa vie personnelle, bien que je vienne tout juste de lui révéler quelques détails tout aussi personnels.

— Alors, que fais-tu ici ? Tu aurais pu tout aussi bien télétravailler ou carrément prendre un jour.

— Ça me fait du bien de voir du monde, je ne veux pas ruminer chez moi.

— Je vois, en parlant de ça, j'en connais une qui a hâte de te voir, déclare-t-elle en désignant Mia qui sourit bêtement derrière la vitre.

Je ne peux m'empêcher de l'imiter et me dirige vers la sortie quand Mary m'interpelle une dernière fois :

— Tu peux partir quand tu veux, Andie. Si tu souhaites rester, libre à toi, mais je te conseille quand même de ne pas faire une journée complète. Profite de ta petite famille et sois en forme pour ce samedi, j'ai avancé la date de la soirée annuelle.

— Oh, OK. Merci.

∞

— Putain, sérieux ?! Tout ça, en seulement deux jours ? Comment ça se fait qu'à ton âge, ta vie soit plus trépidante que la mienne ?

— Trépidante, je ne sais pas si c'est le mot…

— Disons que t'as pas le temps de t'ennuyer. Bon, et ce Chevilly, on lui règle son compte quand ? trépigne Mia.

— Jamais, enfin pas s'il me laisse tranquille. J'ai pas vraiment envie de me prendre la tête avec ça, j'ai assez de problèmes avec Stéphane.

— Roh mais arrête de te casser la tête, Andie. Largue-le une bonne fois pour toutes et va assouvir tous tes fantasmes avec le sexy Léo ! Enfin, dans dix jours, du coup…

— T'es vraiment infernale, je parle sérieusement.

— Mais moi aussi. T'es encore jeune, t'es sublime, tu vas pas te faire chier avec un mec qui n'a plus la même vision de la vie que toi.

— Qu'est-ce qui te fait dire ça ?

— Vous n'avez plus l'air d'être sur la même longueur d'ondes, pour un paquet de choses. Vous faites que vous rater, sans arrêt. Tu prévois une soirée romantique, il se barre se saouler avec ses potes, tu finis la soirée avec Léo. Tu fais une fausse couche, il te reproche de ne plus vouloir d'enfants et te laisse broyer du noir seule, tu finis encore avec Léo. Tu vois, il est la clé de tout, assure-t-elle en hochant la tête.

— Tu mélanges tout.

— Non, mais sérieusement. Tu crois que tu vas aller où si Steph et toi, vous ne voulez pas la même chose ? Dans le meilleur des cas, il va accepter de ne pas avoir d'autre enfant pour rester avec toi et il va finir frustré et malheureux. Dans le pire des cas, tu vas céder sous sa pression, et c'est toi qui vas finir malheureuse. Ça ne peut juste pas matcher.

— Tu vas pas un peu loin, là ? C'est quoi cette manie de tout voir en noir ?

— Génération de pessimistes, que veux-tu ? Nan mais pour de vrai, va falloir que tu te poses les bonnes questions. Oublions Léo deux minutes, je t'embête avec ça mais c'est pas vraiment la priorité. Même sans compter Léo, donc, à ta place… j'aurais déjà fui. Depuis quand on peut plus disposer de son propre corps comme on veut ?

— Il n'a pas dit ça, mais ça nécessite une discussion et c'est normal. Nous sommes un couple et nous avons déjà un enfant, c'est dans l'ordre des choses pour lui d'en avoir un deuxième. Nous n'en avions jamais parlé, il devait penser que c'était évident pour moi aussi. On a besoin d'une mise au point. Et, pardonne-moi, mais les conseils matrimoniaux d'une gosse de vingt-et-un ans célibataire depuis toujours, je m'en passerais bien !

— Eh ! Je te permets pas ! boude-t-elle. Puisque c'est ça, je vais travailler.

— T'as raison, ça changera, plaisanté-je.

Elle me tire la langue et passe la porte de la cuisine, puis revient quasi immédiatement sur ses pas.

— Au fait, la soirée de samedi, tu seras là ? Rassure-moi.

— Bien sûr ! Avec Stéphane, si tout va bien.

— Roh. OK, je ferai avec, lance-t-elle avec une moue dédaigneuse.

Sacrée Mia.

∞

Un peu après le déjeuner, je quitte le travail. Je suis particulièrement fatiguée et mon ventre recommence à me faire souffrir. Il est peut-être temps de prendre Mary au mot et de rentrer me reposer. Je me hâte de rejoindre la BMW sur le parking, espérant ne pas croiser Léo, que je me suis appliquée à éviter toute la matinée.

Lorsque j'arrive à la maison, Stéphane est là. Il bouquine sur le canapé. Il n'a jamais voulu lire quoi que ce soit que j'ai pu écrire, et le voilà qui bouquine. Je réprime un rire sarcastique.

— Salut, fais-je en déposant mes affaires.

— Tu rentres tôt, je n'y croyais pas.

— Mary m'a donné ma journée alors, j'ai avancé un peu ce matin et j'ai décidé de rentrer. Je suis pas très en forme.

— Logique, entre ton séjour à l'hôpital et les verres que tu t'es enfilée hier, lâche-t-il sans lever les yeux de son livre.

— Les verres ?

— Ils sont dans l'évier, il y en a deux. Je présume que tu n'étais pas seule, tu es rentrée avec Sam ?

Je marque un temps d'arrêt.

Une seconde d'hésitation. Si je mens, il risque de le savoir samedi à la soirée annuelle. Si je préviens Sam qu'il doit me couvrir, il va me harceler de questions et me surveiller toute la journée. Si je dis la vérité, je m'expose à une potentielle nouvelle crise de jalousie.

Néanmoins, aurait-il vraiment tort d'être jaloux ? L'idée même de lui mentir au sujet de Léo est bien la preuve que notre relation n'est pas normale.

Tant pis, j'ai bien des défauts, mais le mensonge n'en fait pas partie.

— Non, lâché-je simplement.

— Alors, j'imagine que c'était ce Henri machin-chose.

— Pardon ?

— J'ai vu le message. Plutôt explicite.

Il ferme son ouvrage calmement, beaucoup trop calmement. Il le dépose sur la table basse et plante son regard dans le mien. J'inspire profondément pour ne pas exploser sur place et viens m'asseoir sur le canapé avec lui.

— Tu as fouillé dans mon téléphone, alors.

— Pas vraiment, j'ai vu que tu l'avais laissé alors je l'ai pris pour te le ramener lorsque tu as quitté la maison. Du coup, l'écran s'est allumé et j'ai pu voir le message, un peu malgré moi. Tu peux me croire si je te dis que j'aurais préféré être aveugle à ce moment-là.

— Je t'ai expliqué qu'il avait été irrespectueux envers moi, pourquoi je le ferais venir ici ?

— J'en sais rien, Andie… en fait, je m'en tape de ce message. Il y a d'autres choses…

— C'était Léo, hier soir.

— Comment ? souffle-t-il, abasourdi.

— J'ai appelé Léo. Il m'a envoyé un message pour prendre de mes nouvelles, alors je lui ai proposé d'en discuter ici de vive voix. Je me sentais seule et je n'avais pas envie de déprimer dans mon coin, vu que tu as pris la liberté d'emmener notre fille chez ma mère.

— C'était pour que tu puisses te poser ! Que tu n'aies rien à t'occuper d'autre que toi-même. Excuse-moi de penser à ton bien-être. C'est pas une raison pour te jeter sur le premier venu ! s'exclame-t-il en se levant d'un bond.

— Tu aurais pu me demander mon avis, au lieu d'en déduire je ne sais quoi. Comme pour les enfants, ça. Et pour info, je ne me suis pas jetée sur lui. J'ai discuté avec un ami, d'accord ?

Il secoue la tête, comme s'il ne pouvait pas croire un traître mot de ce que je lui dis. Puis, ignorant ma remarque sur les enfants, il reprend :

— Tu as dormi avec lui ?

— Bien sûr que non, je me suis endormie sur le canapé et il est parti. Je me suis réveillée dans la nuit, très mal installée, et je suis allée au lit. Voilà tout.

Il fulmine en silence tandis que je suis pétrifiée sur le sofa. Je n'ai pas l'habitude de le voir se mettre en colère de la sorte et j'ai du mal à savoir comment je dois réagir.

— Pourquoi tu ne m'as pas appelé, moi ? Si tu te sentais seule.

— Tu travaillais, je ne voulais pas te déranger. Et puis… tu avais raison sur un point, j'avais besoin de réfléchir.

— Et alors ? T'en es où ?

— J'ai pas avancé.

— Donc, si je résume : tu penses que nous ne sommes plus un couple et tu ne sais pas si tu veux rester avec moi ou pas, lâche-t-il en se rasseyant.

— Pas tout à fait. Je trouve qu'on s'est éloignés, oui. On est beaucoup moins complices et physiquement, il ne se passe plus grand-chose. Mais je n'ai pas envie de te quitter. Il y a aussi Théa.

— Je ne veux pas que tu restes avec moi juste pour Théa, Andie. J'ai envie que tu restes avec moi parce que tu m'aimes et que tu penses qu'on peut surmonter tout ça, admet-il en me regardant dans les yeux.

— Si on s'en donne les moyens, on doit pouvoir y arriver.

— Alors, comment on fait ?

— Je sais pas, j'ai pas de solution miracle.

Il se tait quelques instants, sans doute le temps de réfléchir. J'espère qu'il ne va pas me demander si je l'aime toujours parce que je ne suis pas d'humeur à lui répondre par la positive et encore moins à lui faire une déclaration.

— OK alors, on va faire comme d'habitude. On va continuer notre vie et voir où ça nous mène, affirme-t-il.

— Je vois que toi non plus, tu n'as pas de solution miracle…

— Non. On va continuer comme avant, mais en fournissant certains efforts supplémentaires. De quoi as-tu besoin ?

— Ce qui me manque le plus, c'est notre complicité et la proximité, on ne se touche plus. On ne s'embrasse même plus.

— Oui, mais avec ton accident, on peut pas vraiment se projeter de ce côté-là…

— Qui t'a parlé de sexe ? Je te parle d'affection, de baisers, de caresses. Des câlins ! Tout ce qui mène finalement au désir. Il faut commencer par ça, si on veut attiser de nouveau la flamme. Et ces dix jours d'abstinence seront l'occasion de faire renaître tout ça.

— À part de la frustration, je vois pas bien ce que ça va faire naître, s'exaspère-t-il.

— Ce serait sympa si tu pouvais jouer le jeu…

— Pas si je vais finir frustré.

— Mais enfin, il y a d'autres choses que je peux faire, tu sais… tout ne tourne pas autour de la pénétration.

— C'est pas pareil ! s'exclame-t-il en se levant. J'ai pas envie de jouer à ça, Andie. C'est moi qui vais rester sur le carreau, à la fin. Ça m'amuse pas.

— OK, j'ai compris, ça va… c'est pas un jeu fait pour tout le monde. Tu ne veux pas qu'on se titille, bien. Ça ne change rien au fait que j'ai besoin de plus d'attention et d'affection de ta part.

— Si c'est que ça, c'est pas insurmontable. Moi, j'aimerais que tu m'inclues un peu plus dans ta vie.

— De quelle façon ?

— Je sais pas… que tu me racontes plus de choses. Je suis prêt à parier que Léo et Sam connaissent la moindre de tes pensées. J'aimerais que tu m'en fasses part aussi. Tes envies, tes projets, un peu tout.

— Hmm, je vois… m'enfin, mes projets d'écriture ne t'ont jamais intéressé.

— Tu veux plus d'attention, je vais t'en donner. Je vais m'intéresser plus à ce que tu aimes, promet-il.

— Tu es sûr que c'est bien naturel, tout ça ? Enfin, sur le long terme, ça a des chances de tenir ?

— Comment savoir si on n'essaie pas ?

— Tu n'as pas tort. Alors, on fait comme ça. Si tu n'as pas d'autre revendication, on va chercher la puce ensemble, tout à l'heure ? Je vais m'allonger un moment.

— Ça lui fera plaisir, oui. Je viendrai te réveiller.

Je me dirige lentement vers la chambre, un peu déçue que cette tentative d'approche n'ait abouti à rien. Avant de quitter le salon, je me retourne et reprends la parole :

— Au fait, la soirée de la boîte a été avancée à ce samedi. J'ai dit qu'on y allait, c'est bon pour toi ?

— Bah, je t'ai dit que je venais. Alors j'ai pas tellement le choix, râle-t-il.

— Quel enthousiasme…

— Je ferai mieux samedi, t'en fais pas.

Je ris jaune. C'est bien beau de promettre de fournir des efforts, mais si ça semble être une torture ça n'aura sûrement pas l'effet escompté. Je ne sais pas si c'est moi qui n'y mets aucune bonne volonté ou si c'est simplement le charme qui est rompu entre nous.

Chapitre 24

Il est bientôt dix-neuf heures et je tape frénétiquement sur le clavier de mon ordinateur. J'emploie le peu de forces qu'il me reste après cette semaine stressante pour tenter de rédiger ce foutu article sur l'exposition de Monsieur Connard Junior.

Léo a d'ores et déjà terminé le sien.

Je ne fais que songer à la soirée de demain et j'appréhende. Ce n'est pas la première soirée de boîte à laquelle j'assiste et en général, l'ambiance est au rendez-vous. Cependant, tout est différent cette fois. Je suis en froid avec Stéphane et je rêve secrètement de mon collègue et ex-petit ami. J'ai vraiment le chic pour me fourrer dans des situations rocambolesques.

Cette pensée m'arrache un sourire amer.

— Le repas va être prêt, j'aimerais qu'on mange tôt ce soir, je commence une heure plus tôt, déclare Stéphane.

— Comme tu veux, oui. Tu te souviens que demain soir…

— La soirée de ta boîte, me coupe-t-il. Ouais, j'me souviens. J'ai pas franchement hâte.

— T'es pas obligé de venir, si ça t'embête tant que ça.

— Tout le monde va te poser des questions si je suis absent.

— Depuis quand j'en ai quelque chose à foutre de l'opinion de « tout le monde » ?

— C'est déjà pas la joie entre nous alors, j'aimerais qu'on essaie de faire bonne figure devant les autres. Pour moi, ça compte.

— Ce serait peut-être plus approprié d'essayer d'arranger les choses entre nous plutôt que de chercher à faire bonne figure à tout prix, lâché-je sèchement en fermant mon ordinateur.

— En parlant de ça, tu vas sans doute pas apprécier mais il faut que tu appelles ta mère. Elle s'inquiète.

— Pourquoi ?

Stéphane me regarde, muet. Théa arrive à ce moment-là et vient s'asseoir à table.

— J'ai faim ! Qu'est-ce qu'on mange ?

— Une minute ma puce, Steph, pourquoi elle s'inquiète ? Et pourquoi t'as la tronche d'un gosse qui a fait une bêtise ?

Il se frotte la nuque, beaucoup moins sûr de lui à cet instant précis.

— T'as pas fait ça ?!

— Andie… c'est ta mère, elle m'a appelé quand tu étais à l'hôpital alors j'ai pas eu tellement le choix.

— Putain, Stéphane !

— Maman ! Alerte gros mot !

— Théa, file dans ta chambre un moment, il faut que je discute avec papa, ordonné-je.

Elle fronce les sourcils et croise les bras, décidée à faire sa tête de mule. Il suffit que je lui lance un seul regard pour qu'elle se décide à m'obéir.

— On peut pas en discuter plus tard ? Je t'ai dit que je voulais manger tôt.

— Il n'y en a pas pour une heure. T'avais pas le droit de lui en parler, c'était à moi de choisir. Elle ne va plus me lâcher, maintenant. Elle va m'en reparler à chaque fois et tenter de me convaincre.

— C’est normal, c’est ta mère ! Tu peux pas lui reprocher de s’inquiéter pour toi. Elle aurait raison d’essayer de te convaincre, c’est pas à cinquante ans quand tu seras ménopausée qu’il faudra regretter.

— C’est un peu facile de s’inquiéter maintenant, maintenant qu’elle n’a plus aucune raison de le faire ! Elle était où quand je dormais dans la rue ? Elle était où quand je pleurais la perte de mon père ? Bah je vais te le dire : la tête dans les chiottes à gerber ses tripes après une énième cuite.

— Andie, faut passer à autre chose et savoir pardonner…

— Ça non plus, c’est pas ton choix. C’est le mien. Et je n’ai pas envie de lui pardonner et de lui refaire confiance. Tout ce qu’elle va réussir à faire c’est me décevoir une fois de plus. Et c’est certainement la dernière personne qui devrait convaincre qui que ce soit d’avoir un enfant.

— De toute façon, on s’est mis d’accord, alors…

— À quel sujet ?

— Bah, tu sais, lundi, quand tu es rentrée. On s’est dit qu’on ferait des efforts.

— Quel rapport avec tout ça ? m’exaspéré-je.

— Comme tu l’as demandé, je vais faire en sorte d’être plus proche de toi. Et toi, tu réfléchis à l’idée d’avoir un autre enfant.

— Attends, l’arrêté-je. C’est marrant, mais j’ai pas du tout le même souvenir que toi de cette conversation. Je t’ai dit ce que je voulais mais toi, tu n’as rien ajouté d’autre que le fait de t’inclure un peu plus dans ma vie.

— Tu sais déjà ce que je veux : une grande famille. Enfin, je me contenterai de deux enfants. Je suis prêt à faire ce compromis pour toi.

— Je crois que tu ne m’as pas bien comprise, Stéphane… je ne veux *pas* de deuxième enfant. Et ce n’est pas un compromis acceptable pour moi d’en avoir un autre juste parce que toi, tu le veux.

— Alors faudrait que moi je fasse des efforts, mais toi non ? rit-il. C'est la meilleure ça.

— J'ai pas dit ça, je suis prête à faire beaucoup d'efforts. Mais ça, non. C'est trop me demander. On ne parle pas là de te raconter mes journées, de prendre du temps pour nous ou de mettre de la lingerie sexy. On parle d'une vie, là. C'est non.

Il secoue la tête avec un sourire qui tient plus de la grimace de dégoût.

— Je croyais qu'on voyait le même avenir, qu'on voulait les mêmes choses.

— Je le pensais aussi, admets-je.

Il marque une pause, le regard dans le vide. Après quelques secondes, il lève les yeux vers moi, plus aucune trace de sourire sur son visage, et il reprend :

— Tu peux me dire ce qu'on fout ensemble ?

J'ouvre la bouche, mais aucun son ne sort. Plus je me pose la question, moins je n'ai de réponse. Tout semble nous éloigner un peu plus chaque jour.

— Maman ? demande timidement Théa en passant sa petite tête dans l'encadrement de la porte.

— Oui, ma chérie ? articulé-je avec difficulté.

— Pourquoi vous criez ?

— C'est rien, on n'est pas toujours d'accord avec ton père.

— C'est rien de le dire, ironise-t-il.

Il se détourne et fait mine de s'occuper du repas alors que tout est déjà prêt. Je ne lui fais pas le plaisir de relever la remarque et préfère câliner ma fille. Nous nous installons à table tous les trois, dans le silence le plus total.

Je fume une cigarette sur la terrasse quand Stéphane vient s'appuyer contre la porte-fenêtre.

— Tu veux toujours que je vienne demain ? Pas sûr que ce soit une bonne idée.

— Ça peut peut-être nous changer les idées ? proposé-je.

— Si tu le dis, je sais pas, franchement. Je te dirai dans la journée si je viens ou pas. Tu y vas directement en sortant du boulot ?

— Non, je vais sans doute rentrer me changer, on pourrait y aller ensemble. Enfin… si tu décides de venir.

— On verra. Je t'envoie un message dans la journée.

Il n'y a rien à ajouter alors je me tais et regarde ma clope se consumer entre mes doigts. Il soupire et se retire, je lève les yeux et le vois prendre ses affaires puis claquer la porte d'entrée. Théa est en train de se brosser les dents, je suis censée la rejoindre pour lui lire son histoire habituelle mais je ne m'en sens pas le courage.

Mon téléphone vibre.

Léo

Salut Andie, t'en es où dans ton article ?
Ce serait bien si on pouvait tout boucler demain, on aurait une bonne nouvelle à annoncer à Mary lors de la soirée.

aujourd'hui à 20:08

Andie

Salut Léo, ça avance bien. Je pense le finir ce soir.

aujourd'hui à 20:09

Léo

Ah, super. Pendant que je te tiens… tu m'évites ? Je t'ai pas vue de la semaine.

aujourd'hui à 20:10

C'est à cause de tout ce que je t'ai dit ?
Ou de ton roman érotique ? ;)

aujourd'hui à 20:12

Merde. Qu'est-ce que je suis censée répondre à ça ? Oui, je t'évite. Il y aurait un tas de raisons que je pourrais lui fournir pour qu'il comprenne, mais ce serait mentir. Les minutes défilent.

Que dire ? Qu'il aurait mieux fait de ne pas me raconter tout ça ? Non, je n'aimerais pas qu'il se sente coupable ou mal à l'aise à l'idée de s'être dévoilé autant. J'ai envie qu'il puisse se sentir en confiance et me parler de ce qu'il veut quand bon lui semble.

Mais je ne peux décemment pas lui expliquer qu'il m'est de plus en plus difficile de faire abstraction de cette folle envie que j'ai de goûter ses lèvres. Ont-elles toujours le même goût ?

Je me ressaisis difficilement et décide de choisir la dernière option qui s'offre à moi.

Dire la vérité.

Andie

J'avoue, je t'évite un peu... je suis gênée pour cette histoire de roman. Mais ça va passer.

aujourd'hui à 20:17

Léo

Oh, ça va, je te taquine. J'arrête alors, si ça te met mal à l'aise. C'est pas le but. Je te vois demain à la soirée ?

aujourd'hui à 20:18

Oui, mais je passerai à ton bureau dans la journée pour te faire lire l'article. Bonne nuit.

aujourd'hui à 20:19

Il me répond par un GIF de Brad Pitt qui nous fait une sorte de… danse de la joie ? Je ne peux m'empêcher de pouffer tant l'image est à la fois ridicule et attendrissante.

— Maman, on y va ? m'interrompt Théa.
— Oui, j'arrive ma chérie.

∞

Ce premier jet avance à toute vitesse. J'ai stagné pendant si longtemps que de voir tous ces mots se débloquer d'un coup me donne presque le tournis.

Pas peu fière d'avoir écrit déjà plus de deux mille mots en deux heures, je me dirige vers la cuisine et me sers un verre de vin, le sourire aux lèvres.

Vient le moment fatidique où je dois écrire la première scène d'amour entre mes deux protagonistes. Je m'installe à nouveau face au PC, prends une gorgée et inspire un bon coup avant de recommencer à taper.

La scène s'impose à moi avec une facilité déconcertante. Tout est fluide, naturel. C'est une évidence. Je ne peux m'empêcher d'imaginer mes personnages à notre image. Il a le visage de Léo, elle a le mien. La scène est si réaliste que j'en ai des bouffées de chaleur. Il n'y aura rien à réécrire dans celle-ci.

∞

Le réveil en ce vendredi matin n'est pas des plus sereins, un poids pèse sur mon estomac. La soirée, Stéphane, tout ça ne m'aide pas à me relaxer. Pour couronner le tout, je dois aller m'occuper de cette histoire d'article avec Léo.

Je frappe à la porte vitrée de son bureau et il m'accueille avec un immense sourire. J'entre, silencieuse, et m'installe directement dans l'un des fauteuils puis dégaine mon ordinateur. J'ouvre le fichier de l'article et lui tends l'appareil, toujours sans un mot. Il fronce les sourcils, l'air de ne rien comprendre à ce qu'il se passe, attrape le PC et s'enfonce un peu plus dans son siège.

Ses yeux balaient les lignes de l'article que je juge plutôt médiocre malgré le nombre d'heures que j'y ai passées. Il fait une grimace étrange. Il lève les yeux vers moi, perplexe.

— Je savais que c'était nul à chier, râlé-je.

— Qu'est-ce qui te fait dire ça ?

— La tronche que tu tires ! Et le fait que j'y ai passé presque toute ma nuit pour pondre à peine quatre paragraphes minables. Sans compter le fait que je n'étais pas inspirée du tout et très distraite.

— Bah écoute, Andie… c'est franchement génial.

— Pardon ? m'exclamé-je.

— Sincèrement oui. C'est frais, drôle, pétillant, léger. Je ne pensais pas qu'après une soirée aussi merdique, tu parviendrais à en tirer le meilleur. Et, Chevilly est un gros con, oui, mais… il faut bien admettre que, d'un point de vue artistique, il sait ce qu'il fait.

— Exactement. Le décor était fabuleux, la playlist parfaite, les statues magistrales.

— J'en déduis que ça va mieux avec ton mari, alors. Vu la qualité de ton article ! me félicite-t-il.

— Détrompe-toi, ris-je. Je ne fais que me projeter, comme si j'écrivais un roman, en somme.

— Oh… désolé. Il va venir ce soir ?

— Je ne pense pas. On s'est disputés hier, encore. Il n'a pas envie de faire semblant et moi non plus, il doit me tenir au courant, mais ça m'étonnerait qu'il vienne.

— T'inquiète, Sam, Mia et moi, on te tiendra compagnie.

Carla toque à la porte et n'attend pas d'obtenir une réponse pour entrer.

— Hé ! Vous m'aviez pas dit qu'il était super canon !

— Qui ça ? répondons-nous en chœur.

— L'artiste ! Henri Junior ! Je l'ai trouvé très charmant, on a fini la soirée ensemble, si vous voyez ce que je veux dire…

— On voit très bien, oui, la coupé-je.

— La prochaine fois, prévenez-moi ! Histoire que je m'apprête un peu plus. Bon, vous me direz, ça ne l'a pas vraiment arrêté, rit-elle.

— En fait, je ne te l'aurais pas recommandé si tu m'avais demandé mon avis. Et je pense qu'Andie non plus.

— Ah ouais ? Pourquoi ça ?

J'ouvre de gros yeux, suppliant Léo de ne pas aller plus loin dans son explication.

— On ne l'a pas trouvé très sympathique, m'enfin, c'est notre avis…

— Vous ne lui avez sûrement pas tapé dans l'œil, voilà tout ! s'amuse-t-elle. J'étais venue pour vous dire que vous m'en devez une, tous les deux.

— En quel honneur ? m'indigné-je.

— Pour ne pas m'avoir invitée à cette soirée travail. J'étais censée prendre les photos pour l'article.

Incrédule, je regarde Léo. Son malaise apparent me fait aussitôt comprendre qu'il ne voulait pas que je l'apprenne.

— Mais finalement, je ne vous en veux pas. Si vous aviez été là, je n'aurais probablement pas passé la soirée avec HJ. Alors, merci les gars ! jubile-t-elle en s'éclipsant.

Un silence pesant s'installe dans le bureau. Léo évite mon regard tandis que j'attends une explication.

— Alors ? Qu'as-tu à dire pour ta défense ?

— J'ai complètement zappé de lui dire que c'était ce jour-là.

— À d'autres.

— Je te jure, je n'avais pas dans l'idée d'être seul avec toi, je te rappelle que ton mari devait venir, à la base.

Il marque un point. J'acquiesce silencieusement, à demi convaincue, et récupère mon ordinateur avant d'aller dans mon bureau. Il me regarde sortir, le sourire aux lèvres ; et m'adresse un signe de la main amical lorsque je m'avance dans le couloir.

Chapitre 25

Je suis déjà à mon troisième mojito bien chargé et il est à peine vingt et une heures. Sam et Mia sont bien éméchés, eux aussi, nous rions aux éclats tous les trois en plein milieu du pub privatisé par Mary pour notre soirée. Elle est un peu plus loin avec d'autres employés, et elle n'est pas en reste quant au nombre de verres au compteur. L'ambiance est au rendez-vous, encore une fois. Les groupes rigolent, dansent et la bonne humeur générale qui plane dans l'atmosphère me fait du bien.

Je porte une robe bustier vert sapin, qui s'arrête un peu au-dessus du genou. Elle met parfaitement en valeur mon teint et mes cheveux bruns, d'autant plus que sa coupe est très classe.

— Alors, commence Sam, je veux pas casser l'ambiance, mais t'as des nouvelles de ton homme ?

— Nan, j'en conclus qu'il n'a pas envie de venir. Je suis passée me changer après le boulot, il n'était pas là. Il a dû sortir avec Théa.

— Désolée, ma belle.

— Ne le sois pas, ça me va. J'ai pas envie de me prendre la tête, je veux profiter de la soirée. Et surtout me rincer l'œil sans crainte de me faire choper quand Monsieur Léo daignera ramener son petit cul, admets-je dans un hoquet alcoolisé.

— Andie ! s'offusque Sam pendant que Mia ricane.

— Quoi ? J'en ai marre de ces conneries ! Et puis, j'ai seulement le droit de regarder, alors… autant en profiter. Non ?

— Ça c'est ma collègue préférée ! Sexy Andie est de sortie ! chantonne Mia.

— T'as vu, j'ai fait un effort ! Et je porte un super string bordeaux sous ma petite robe, il ferait rougir une prostituée.

Mia est hilare, Sam tente de rester raisonnable et de faire bonne figure, mais la petite danse sexy que j'effectue pour illustrer mes dires a raison de lui et il cède au fou-rire.

— Oh, merde ! Regardez-moi ça, chuchote Mia.

Sam et moi faisons volte-face en même temps et restons muets face au spectacle qui se joue devant nous.

Léo.

Il débarque dans le bar, vêtu d'un sublime costume bleu nuit, enfilé par-dessus une chemise blanche. Il perce la foule d'un pas décidé, irradiant toute la confiance dont il déborde, tout simplement éblouissant. Le monde se pousse à son arrivée. La scène est digne d'un film.

Son regard glisse dans la pièce, slalomant entre les invités pour finalement se poser sur moi. Il m'aperçoit enfin et son expression est indescriptible. À mesure qu'il avance, un sourire se dessine sur ses lèvres, ce sourire ravageur qui me donne l'impression de décoller du sol.

— Tu baves, meuf, m'interpelle Mia.

— Il est vraiment trop canon, balbutié-je.

— Ouais, bah détends-toi ma grande, chuchote Sam. Et ressaisis-toi. Je peux sentir d'ici l'odeur de ta…

— Ne finis pas ta phrase, le coupé-je.

Je me redresse, tente de reprendre mes esprits et un semblant de posture avant qu'il ne parvienne à ma hauteur. Ce moment semble durer une éternité, comme dans ces séries à l'eau de rose où le héros s'avance au ralenti vers sa belle.

Cependant, dans le cas présent, la belle est mariée et légèrement bourrée.

— Salut vous trois, fait-il en ne regardant que moi.

— Hé ! Léo ! Alors, que penses-tu de la robe que porte Andie ? questionne innocemment Mia avant de se prendre un coup de coude dans les côtes.

— Vous êtes tous les trois très élégants, répond-il dans un sourire charmeur.

— Sam, et si nous allions chercher à boire ? propose Mia.

— Quoi ? Maintenant ?

— Oui, maintenant, le presse-t-elle.

— Bah si vous y tenez, je veux bien un autre verre, demandé-je.

— T'inquiète bichette, je ramène un plateau carrément, Léo a l'air desséché ! prétexte Mia. Du coup, je vais avoir besoin d'aide pour le porter. Sam.

Léo se met à rire alors que mes deux compagnons s'éloignent, non sans un regard plein de regrets de la part de Sam. Mia le tire par le bras alors qu'il se met à me faire de gros yeux, des appels de phares n'auraient pas été plus efficaces.

— Alors, vous êtes déjà tous bourrés ? J'ai manqué la fête, je suis déçu.

— Rassure-toi, elle ne fait que commencer.

— Ah ! soupire-t-il. J'ai eu peur de devoir m'enfiler cinq shots d'affilée pour rattraper mon retard. Au fait, Mia a raison. Cette robe est sublime et tu la portes divinement bien.

Je manque de m'étouffer avec la dernière gorgée de mon mojito très — trop — chargé. Léo passe un bras autour de ma taille pour me retenir car mon équilibre laisse à désirer.

— Ça va ? Je ne pensais pas qu'un petit compliment te ferait cet effet-là, rit-il.

— Non, j'ai avalé de travers. Merci, c'est gentil. Tu es très beau, toi aussi.

— Merci, j'ai fait de mon mieux.

— Genre… *vraiment* très beau, insisté-je. M'enfin, ça change pas de d'habitude, t'es toujours super sexy. Au travail, en chemise, t'es époustouflant. Avec ces muscles qui menacent de faire exploser le tissu à tout moment. Mais alors, curieusement, ce que je préfère… c'est quand t'es en t-shirt et en jean. Sur ta moto. Un vrai cliché. Mais ! Les clichés fonctionnent.

— Eh bien… Andie, tu te lâches, fait-il en m'attirant un peu plus contre lui. Ça va t'inspirer pour ta prochaine scène ? chuchote-t-il à mon oreille.

— Ça se pourrait bien, admets-je en m'écartant légèrement de lui pour planter mon regard dans le sien.

Et reprendre un peu mon souffle, accessoirement.

— C'est l'alcool qui te confère autant d'audace, ce soir ?

— Ça s'pourrait bien, ça aussi.

— Je m'en voudrais de profiter de ce moment d'égarement mais j'admets que c'est très plaisant de t'entendre me dire tout ça.

Sa main est toujours dans mon dos et son pouce caresse le tissu soyeux de ma robe.

— Tu t'es livré à moi alors c'est à mon tour de t'en dire un peu aussi. Ce serait injuste, sinon. Et la justice me tient à cœur. C'est uniquement pour cette raison que je te dis tout ça.

— Oui, probablement. C'est pas parce que tu crèves d'envie de me le dire depuis des semaines, rit-il.

Ses yeux sombres me fixent de façon si intense que tout semble disparaître autour de nous. Je ne sens plus que son bras autour de ma taille et les battements de mon cœur qui s'intensifient.

Il ouvre la bouche, lorsqu'une voix nasillarde nous interrompt. Carla.

— Ah ! Vous voilà tous les deux ! Regardez qui j'amène !

Je m'écarte de Léo et détourne les yeux avec agacement vers cette collègue que je n'avais pas du tout envie de voir à cet instant précis. Je n'arrive pas à croire ce que je vois, manquait plus que lui.

— Vous ici, tiens donc ! Quel plaisir de vous revoir, lance joyeusement Henri Junior sans manquer de me faire un clin d'œil douteux.

— HJ, rétorque sèchement Léo, la mâchoire serrée.

— Bonsoir, soufflé-je.

— Alors, le vernissage de la semaine passée s'est bien terminé pour vous ?

— Très bien, Andie est rentrée saine et sauve, si c'est ce qui t'inquiète.

— Ça aurait été plutôt regrettable que ça se finisse mal après ce début de soirée pour le moins délicieux. Vous avez apprécié le spectacle ? Nous n'avons pas vraiment eu le temps d'en discuter.

— Il est vrai que tu as fui assez rapidement, déclare Léo.

— Tout à fait, je m'en excuse. J'étais vraiment pris ce soir-là, beaucoup de monde et très peu de temps. Au fait, vous m'aviez caché cette petite merveille ! s'exclame-t-il en passant un bras autour des épaules de Carla qui glousse comme une adolescente.

Voir ce bras autoritaire refermé autour de sa proie me provoque un frisson de dégoût qui me secoue de la tête aux pieds.

— Je vais nous chercher des verres, je vous laisse vous occuper de lui pendant ce temps, nous glisse-t-elle en se dirigeant vers le bar.

— Alors, s'empresse-t-il d'ajouter, tu ignores mes messages ? Je te savais farouche, mais je suis plutôt déçu.

— Comment tu as eu mon numéro ?

— Un prédateur ne dévoile ni son plan d'attaque, ni ses sources, plaisante-t-il.

— Prédateur, c'est cocasse que tu emploies ce terme. Il est plutôt bien choisi, s'échauffe Léo en s'approchant.

— Du calme, Monsieur le mâle Alpha. Ta copine n'a pas eu l'air de détester quand je la tenais serrée contre moi en caressant son cou.

Léo se rapproche dangereusement de lui, HJ ne bouge pas d'un poil, un sourire malsain sur les lèvres. Je reste pétrifiée, la sensation des mains de l'artiste autour de ma taille et de son souffle chaud contre mon oreille réapparait d'un coup sur ma peau et m'ébranle sérieusement.

— Si tu poses encore tes mains sur elle, je te promets que je te démonte. Devant tout le monde, j'en ai rien à foutre.

— Oh, ne t'en fais pas, je te la laisse. Carla m'amuse plus, crache-t-il en prenant un pas de recul alors que l'intéressée nous rejoint.

— Tout va bien ? s'enquiert-elle en se collant contre HJ. De loin, j'étais incapable de dire si vous vous faisiez des câlins ou si vous étiez sur le point de vous battre, hasarde-t-elle.

— Tu n'as rien raté, ce ne sont pas des morceaux de choix. Allons plus loin, ces gens m'ennuient, dit-il d'un ton méprisant en attrapant le verre qu'elle lui tend.

Dans un rire de pouffiasse insupportable, Carla nous fait un signe de la main et s'éclipse avec son nouveau prétendant. Quel morceau *de choix.*

Léo se tourne illico face à moi, toujours pétrifiée dans mon coin. Il attrape mon visage entre ses mains, il est tellement proche que sa bouche frôle mon front.

— Ça va ? Je suis désolé… j'ose espérer qu'il ne t'embêtera plus.

— Oui… ça va. Je crois. Je suis un peu déboussolée. J'ai revu ses mains calleuses m'attraper par la taille et resserrer leur étreinte quand j'ai voulu m'en dégager…

— N'y pense plus, fait-il en caressant ma joue.

Je n'ai qu'une envie à cet instant précis, me blottir contre son torse robuste et rassurant. Ses caresses sur ma joue éveillent tous mes sens et le malaise d'il y a quelques secondes s'estompe. La douceur de sa peau me rappelle à quel point je le désire, à quel point je meurs d'envie de la sentir partout sur mon corps, explorant les moindres recoins de mon anatomie.

Il s'éloigne légèrement pour me regarder, alors je lève les yeux, le souffle court. J'essaie de soutenir son regard, mais il m'est impossible de ne pas fixer ses lèvres. Sans m'en rendre compte, j'ai agrippé sa chemise. Il me suffirait d'un geste discret pour en défaire quelques boutons.

— Eh ! Enlève tes mains de ma femme ! avertit une voix plus que familière.

Dans un sursaut, je me retourne et romps tout contact avec Léo qui s'écarte lui aussi. Stéphane avance vers nous d'un pas décidé.

Chapitre 26

— Stéphane ? Qu'est-ce que tu fais là ? m'étonné-je en m'approchant de mon mari.

— Je te rappelle que tu m'as invité, gronde-t-il en passant à côté de moi sans s'arrêter.

Le pas lourd, il se dirige vers Léo qui lui lance un regard interloqué.

— Qu'est-ce que tu faisais à ma femme, toi ? Monsieur parfait rien qui dépasse.

— Je…

— En fait, les interrompt-je, il vient de m'aider à dépasser une petite crise d'angoisse.

Je me poste entre eux deux, l'air de rien. L'alcool ne fait soudain plus tant effet sur moi.

— C'est ça ouais, t'avais pas l'air très perturbée.

— Si tu étais arrivé cinq secondes plus tôt, tu aurais vu que…

— Et si j'étais arrivé cinq secondes plus tard ?

— Ce qu'elle ne te dira pas parce qu'elle est trop fière, enchaîne Léo, c'est que nous avons été gentiment interpelés par Chevilly il n'y a pas cinq minutes.

— Me dis pas comment est ma femme, toi, je la connais. Alors, il est là lui aussi ? Il est où ce fumier ? Je vais lui refaire le portrait, ça lui apprendra à poser ses sales pattes sur ma femme. Et toi, t'es le prochain, vocifère-t-il en pointant Léo du doigt.

— Stéphane, t'es ivre ?

— Ouais, un peu. J'ai bu quelques coups avec mon pote Joe avant de venir. J'avais besoin de me détendre.

— Tu n'as pas vraiment l'air détendu… attends, où est Théa ? Tu as pris le volant dans cet état avec ma fille dans la voiture ?!

Léo a la discrétion de s'écarter légèrement ou peut-être est-ce de la gêne. Le fait que je hausse la voix interpelle les gens autour. Ils interrompent leurs conversations pour jeter un œil à l'embrouille qui s'annonce. Sam et Mia font enfin leur apparition mais restent en retrait pour observer la scène.

— Quelle voiture ? T'es partie avec la nôtre pour venir à ta soirée bidon. J'suis pas complètement con, Joe nous a déposé chez ta mère et ensuite ici.

— Et Joe ? Il avait bu ?!

— Un peu, ouais. Mais t'inquiète, il a l'habitude ! Il conduit mieux bourré que sobre, pouffe-t-il en titubant.

— Ça me fait vraiment pas rire.

— Oh, allez, amusons-nous un peu, glousse-t-il en m'attrapant par la taille.

Je le repousse une première fois, verte de rage qu'il se donne en spectacle de la sorte et qu'il ait osé faire monter Théa dans la voiture d'un type ivre.

— Non. On rentre.

— Tu veux pas danser avec ton cher mari ? La danse, c'est comme les préliminaires, non ? Tu voulais jouer, chuchote-t-il d'une voix rauque en m'attirant avec force contre lui.

— Lâche-moi, tu pues l'alcool et tu me fais mal, m'émoussé-je.

— Oh, quoi ? Il faut porter un costard bleu nuit pour que tu sois trempée, c'est ça ? Des muscles dessinés, des yeux sombres, c'est ça que tu veux ? Pour *t'y perdre et te consumer de désir au contact de sa peau délicieusement hâlée.*

Je marque une pause et m'écarte pour le jauger. Il vient de citer une phrase de mon roman. Celui que j'écris actuellement. Celui qui est largement inspiré de Léo et de ce qu'il me fait ressentir.

— T'as fouillé dans mon ordinateur ? demandé-je en tentant de rester calme.

— J'me demandais ce que tu pouvais bien planquer comme ça, à fermer ton PC à chaque fois que j'arrive dans la pièce, tu travailles un peu tard le soir pour n'écrire que des histoires de gosses. En fait, tu fantasmes sur ton collègue. Remarque, pas besoin d'être Einstein pour le deviner, je suis même plutôt débile de n'avoir rien remarqué plus tôt.

— Ça suffit. Tu te donnes en spectacle, là. Toi qui voulais faire bonne figure, ironisé-je.

— Oh, Andie ! Je croyais qu'on s'en tapait royalement de l'avis de tout le monde ! Allez, viens là ma chérie, rigole-t-il en me tirant de nouveau contre lui.

Je me débats, mais il est fort. Et l'alcool qu'il a ingurgité lui fait oublier la potentielle douleur que mes protestations pourraient lui infliger. Il n'a que faire de mes gesticulations ridicules et rigole bêtement en essayant d'approcher sa bouche pâteuse de mon visage.

Une poigne de fer me saisit par la taille et me tire en arrière tandis qu'une autre le pousse à l'opposé.

— Steph ! tonne Sam en posant ses deux mains sur le torse de mon mari. Qu'est-ce que tu fous ?

— Lâche-moi, la tantouse, va donc t'occuper de ton homme ! raille-t-il en s'essuyant maladroitement la bouche.

— Je vais mettre ça sur le compte de l'alcool parce que je t'apprécie, mec, mais maintenant, tu vas rentrer chez toi et aller décuver. Léo, aide-moi.

L'intéressé me lâche doucement, dans une caresse de soutien, avant de se diriger vers mon mari ivre mort. Sam et lui l'attrapent chacun par un bras pour le sortir du pub.

Je suis complètement choquée par la scène qui vient de se produire. Jamais je n'aurais cru Stéphane capable d'une telle violence. Lui qui, d'ordinaire, ne boit qu'avec modération, et n'a jamais un mot plus haut que l'autre. À l'exception de quelques rares fois, ces derniers temps.

Une main réconfortante se pose sur mon épaule, me faisant sursauter. Mary m'attrape avec délicatesse et m'attire plus loin vers le bar.

— Tout va bien ? C'était un tableau pour le moins déconcertant…

— Je suis un peu secouée.

— Ça se comprend. Andie, ça arrive souvent ce genre de choses ?

— Non, jamais. C'est la première fois. Je sais que ça ressemble fortement à ce que dirait une femme battue qui tente de protéger son mari, mais c'est la vérité. Je ne l'ai jamais vu aussi ivre, ni aussi énervé. C'est quelqu'un qui se contient, d'habitude. Je crois qu'on est arrivés à un point de non-retour…

— Je suis désolée, je ne savais pas que ça allait si mal entre vous. J'ai bien entendu quelques bruits de couloir, mais ce sont des rumeurs, tu sais. Je n'y accorde que peu de crédit. Si tu as besoin de parler, je suis là, propose-t-elle en glissant son shot de tequila sur le bar jusqu'à moi.

— Après tout, ça ne peut pas être pire.

Je m'enfile le shot d'une traite et fais une grimace qui lui arrache un rire attendri.

— C'est bête qu'on attende toujours ces soirées pour boire un coup ensemble, Mary ! T'es plutôt cool en dehors du travail, sans vouloir te vexer pour… bah, le travail quoi.

— Je suis la patronne, Andie, rit-elle. Si je me comporte pas en harpie, qui va vous faire travailler ? Vous ne bougeriez pas vos culs si je n'étais pas derrière pour vous les botter.

— Pas faux, haussé-je les épaules.

— J'ai été mariée, il y a quelques années. Il a été violent.

— Il ? Mais je croyais que tu aimais les femmes ?

— Maintenant, oui. Enfin, ça a probablement toujours été le cas, mais il m'a fallu du temps pour m'en rendre compte. Et un mari violent. Après cette relation chaotique où j'ai enchaîné fausse couche sur fausse couche, puis où j'ai essuyé les coups de mon adorable époux lorsqu'il était en colère ou frustré, je me suis tournée un peu par dépit vers les femmes. C'est con, je sais. Mais ça a été la plus belle connerie de ma vie ! Et ces fausses-couches ont été une véritable bénédiction, elles aussi. C'est affreux, dit comme ça... mais si j'avais eu ces enfants, j'aurais été liée pour toujours à ce monstre.

— Je suis désolée, j'étais bien loin de me douter de tout ce que tu as pu vivre.

Je lâche un hoquet qui me fait porter ma main à ma bouche. Elle sourit et reprend :

— Si je te dis ça, c'est parce que je sais à peu près ce que tu traverses en ce moment. Et vraiment, je tiens à le redire, s'il arrive que Stéphane soit violent...

— Ne t'inquiète pas, c'était la première fois, je te le promets. Il s'en voudra tellement quand il aura décuvé demain, je suis sûre que ça ne se reproduira pas. Et, tu n'as jamais voulu réessayer d'avoir un enfant depuis ?

— Pff, soupire-t-elle, non. Je suis tombée enceinte trois fois par accident et ça s'est soldé par trois fausses couches. J'ai pris ça pour un signe de l'univers. Je ne suis pas faite pour avoir des enfants et ça ne me manque pas, à vrai dire.

— Si toutes les personnes qui sont dans le même cas pouvaient s'en rendre compte, lancé-je sarcastiquement.

— De mauvaises relations avec tes parents ?

— Avec ma mère, mon père est mort lorsque j'étais plus jeune.

— Eh bien… ça en fait. Un autre shot, pour faire passer tout ça ?

— Volontiers !

Pendant que nous trinquons à ces tristes évènements et à nos passés difficiles, je me rends compte que jusque-là, je n'ai jamais pris le temps de connaître Mary. Pourtant, je travaille avec elle depuis quelques années maintenant. Plus j'en apprends sur elle, plus elle me paraît intéressante. Bon, l'alcool n'y est sans doute pas pour rien.

Quelques shots plus tard, Sam et Léo sont de retour.

— Tout va bien ? m'enquiers-je. Je suis désolée, vraiment !

— Oh, il a essayé de coller son poing au visage de Léo, explique Sam pendant que je me décompose. Il l'a esquivé, donc Steph a perdu l'équilibre et s'est lamentablement étalé sur le sol. Après, il a vomi. On a attendu un taxi avec lui puis on l'a fourré dedans en espérant qu'il arrive à destination.

— Oh, merde, pardon… merci à vous deux et encore désolée. Je sais vraiment plus où me mettre. Les insultes, les coups… pardon.

— T'en fais pas, il était saoul, je sais qu'il n'en pensait pas un mot, m'assure Sam.

— Quant à moi, je ne peux pas en dire autant ! rit Léo. Il avait envie de me cogner depuis un bon moment, je crois.

Je cache mon visage entre mes mains tandis qu'ils rient tous ensemble. Visiblement, Stéphane et moi avons été l'attraction principale de la soirée.

— Andie ! m'interpelle Mia. Il faut que je te parle.

— Ça peut attendre demain ? J'ai envie de me mettre une bonne cuite et d'oublier ce moment.

— Non, faut que je te dise, maintenant. Après, je n'en aurais plus le courage.

— Bon, accouche, soupiré-je.

— C'est pas une très bonne nouvelle, admet-elle en triturant ses doigts.

— Ça peut pas être pire ! Dis-moi.

— Tu préfères pas qu'on s'isole un peu ?

— Non, je m'en tape. De toute façon, tout le monde est au courant de ma vie privée, maintenant. Je t'écoute.

— Sam a croisé quelqu'un en route quand on est allés chercher à boire, donc je me suis retrouvée seule au bar. Quand Stéphane est arrivé, il est pas venu tout de suite te voir. On a bu un petit verre ensemble car il avait l'air super stressé, alors j'ai voulu être cool, vu que je sais qu'il ne m'aime pas trop… puis, je me suis dit que ça te laisserait le temps de t'éloigner un peu de Léo, enfin tu vois quoi, fait-elle en lançant un regard gêné à l'intéressé qui se racle la gorge.

— Viens-en au fait.

— Bah… au fil de la discussion, il a carrément commencé à me faire du rentre-dedans. Il m'a dit qu'il faisait semblant de ne pas m'apprécier pour que tu ne te doutes de rien mais qu'en réalité, il fantasme sur moi « comme un dingue », ce sont ses mots. Et puis…

Elle marque une pause, plus mal à l'aise que jamais. Je sens bien que m'avouer tout ça n'est pas simple pour elle, mais je fulmine intérieurement en espérant de toutes mes forces que de la fumée ne sorte pas de mes oreilles.

Manquait plus que ça. Je reste bouche bée comme une idiote face à ma jeune collègue d'à peine vingt-et-un an qui vient de se faire draguer par mon pochtron de mari. Du haut de ses trente-huit ans, il se comporte encore comme un gamin. Il me harcèle avec ma collègue soi-disant immature depuis des mois à qui je devrais cesser d'accorder tant d'attention alors qu'en réalité, il se touche probablement sous la douche en pensant à elle.

C'est le pompon.

Chapitre 27

— Et puis quoi ? Finis, maintenant que t'as commencé ! haussé-je le ton.

— Andie, c'est pas ma faute, j'ai rien cherché de tout ça. Alors arrête de me crier dessus, je comprends que tu sois…

— Qu'est-ce qu'il a fait ensuite ? m'impatienté-je en m'approchant d'elle.

Je titube légèrement et tente de garder contenance.

— OK, on se calme ! s'interpose Sam. Andie, t'es bouleversée, d'accord. Mais Mia n'a rien fait.

— Si elle était pas aussi exubérante sans arrêt, peut-être qu'on la remarquerait moins !

— Eh, stop, tonne-t-il. Tu vas trop loin.

Je regarde autour de moi, Mia n'est pas très fière et Sam me toise d'un air désapprobateur. Léo ne semble pas vraiment à son aise non plus tandis que Mary, elle, a complètement disparu. Plus personne ne nous regarde.

En y réfléchissant, Mia n'est certainement pas la fautive dans cette histoire. Ce serait comme dire que j'avais cherché à ce que Chevilly pose ses mains baladeuses sur moi sous prétexte que j'avais une belle robe, c'est absurde. À l'instar de ma réaction.

Je baisse la tête, honteuse.

— Désolée, Mia. J'ai dépassé les bornes, je raconte n'importe quoi. Bien sûr que tu n'y es pour rien… je suis juste, enfin… tu vois. J'ai sans doute trop bu.

— T'inquiète, c'est oublié, m'assure-t-elle dans un sourire compatissant.

— Alors… qu'est-ce qu'il a fait ?

— T'es sûre que c'est vraiment utile d'en parler maintenant ? On peut voir ça plus tard, à tête reposée.

— Non, je veux avoir toutes les cartes en main quand je lui dirai ses quatre vérités demain.

— Il a essayé de m'embrasser. Enfin, pendant un quart de seconde, il a réussi. Ça s'est passé si vite, il a collé ses lèvres aux miennes, j'ai à peine eu le temps de le pousser. Je suis désolée…

— Il était bourré, Andie, ce n'était sans doute pas calculé, me rassure Sam.

— Sans doute. Mais ça veut dire quoi ? Qu'à chaque fois qu'il sort avec ses potes et qu'il boit, il embrasse d'autres femmes ? Comment tu veux que je lui fasse confiance s'il a le culot de tenter ça avec l'une de mes amies ? Il devait bien se douter qu'elle viendrait me le dire !

— Ouais, enfin… quand on est rond comme une queue de pelle, on ne réfléchit pas si loin. Puis, s'il a pensé lui plaire pour une raison ou pour une autre, il s'est peut-être dit que ça resterait entre eux ?

— Eh ! Pourquoi il aurait pensé ça ?! s'énerve Mia. Tu insinues quoi ?

— Rien du tout ! J'essaye de me mettre à sa place et de lui trouver des excuses.

— C'est inutile. Je vais rentrer chez moi, conclus-je.

— Hors de question que tu prennes le volant avec tout ce que tu as bu, éructe Sam. Tu vas attendre que Chris arrive, il doit passer me prendre d'ici un peu plus d'une heure.

— Non, je veux rentrer maintenant, exigé-je en attrapant mon sac à main tant bien que mal.

— Andie, c'est non !

Léo se rapproche soudain et pose sa main sur mon bras.

— Je vais la ramener, je suis en voiture ce soir et je n'ai encore rien bu.

— T'es sûr ? suspecte Sam.

— Oui, je peux partir. Profite de ta soirée tranquillement avec ton chéri quand il arrivera.

— OK… c'est très gentil de ta part. Bon, ma chérie, tu m'appelles s'il y a quoi que ce soit ce week-end. Tu n'hésites pas à débarquer à l'improviste non plus. Chris est toujours heureux de te voir et Max aussi.

Il me serre très fort contre lui et dépose un baiser presque paternel sur mon front au moment de me relâcher. Il envoie une tape amicale dans l'épaule de Léo et entraîne Mia un peu plus loin alors que nous entamons le trajet vers la sortie du pub.

— T'étais pas obligé.

— T'inquiète, y a aucun souci. J'avais pas spécialement envie de rester, de toute façon. Regarder Carla rire comme une bécasse au bras de ce connard, très peu pour moi, peste-t-il.

Léo roule dans la ville encore animée, il n'est pas encore minuit et les rues sont remplies de bandes d'amis éméchés ou de couples amoureux. J'essaie de toutes mes forces de garder les yeux rivés sur la route. Ils sont cependant attirés toutes les deux secondes par le moindre de ses mouvements.

Las de réprimer mes envies alors que mon mari ne se donne pas tant de mal, je m'autorise à l'observer quelques secondes. Il est concentré sur la route, le bras gauche posé sur le rebord de la fenêtre, la main posée nonchalamment sur le volant, tandis que sa main droite repose sur le pommeau.

Je détaille ses mains. Malgré leur robustesse et leur force apparente, elles semblent douces. Tout le contraire des mains abîmées de l'artiste. Les veines qui naissent sur leur dos et remontent le long de ses poignets me fascinent toujours autant. Elles sont particulièrement visibles ce soir, signe d'une certaine contraction. Rien d'étonnant, quand on pense à cette soirée.

Les manches de sa chemise sont remontées au-dessus de ses coudes. J'arrive à hauteur de ses épaules, larges et solides, puis remonte le long de son cou. J'aimerais tant pouvoir y déposer mes lèvres, sentir ce parfum d'encore plus près jusqu'à en imprégner ma peau.

Sa mâchoire. Saillante, carrée. Parfaitement dessinée, comme le reste de son visage et de son corps. Cet homme correspond en tout point à ma vision de la perfection.

Il détourne lentement la tête de sa trajectoire et affiche une mine amusée. Par réflexe, je fuis aussitôt son regard. Un rire m'échappe, consciente du ridicule de la situation. Je recommence alors à l'observer, ses yeux rieurs me fixent toujours.

— Tu veux bien regarder la route, s'il te plaît ?

— Tu as tout le loisir de me détailler comme bon te semble, mais moi non ?

— Pas quand tu conduis. Si tu veux, on s'arrête et j'te laisse même prendre des photos.

— La Andie bourrée et vachement plus drôle que celle qui est sobre !

— Hé, je te permets pas.

— Je t'embête. Tu me fais rire tout le temps, même sobre.

— J'ai super faim.

— Une pizza, ça te tente ?

— Tu lis dans mes pensées ! T'es vraiment parfait, décidément.

Je me rends compte de ce que je viens de dire lorsqu'il est trop tard et que j'ai effectivement prononcé ces mots à voix haute. Il ne peut s'empêcher de rire, secouant la tête de droite à gauche, comme pour se convaincre que je raconte des bêtises parce que je suis saoule comme la bourrique à Robespierre.

Il se gare devant un camion à pizza et se penche de mon côté, surprise, je me plaque contre le siège. Je ne respire plus. Ses mains frôlent mes genoux pour aller ouvrir la boîte à gants. Il attrape son portefeuille, non sans un sourire, mais il ne pipe mot.

— Tu m'attends ici, je vais chercher la pizza puis on ira se poser près du lac.

— OK, chef.

Il sort du véhicule et se dirige vers le camion. Il s'arrête net et opère un demi-tour express pour venir s'accouder à la fenêtre côté passager. Son regard me transperce et ça doit se voir sur ma tête étant donné le sourire incontrôlable qui étire mes joues.

— T'aimes pas les champignons, c'est ça ? quête-t-il après quelques secondes de silence.

— Sauf s'ils sont hallucinogènes !

— T'es pas possible, Andie, rit-il. Que du blabla !

— C'est un défi ?

— Jamais tu ferais ça.

— Tu veux parier ? Me chauffe pas ! Je suis en roue libre ce soir, maronné-je d'un air joueur.

— Je vais chercher la pizza avant que tu ne te mettes encore dans de beaux draps.

La voiture est garée sur un pont avec vue sur le fabuleux lac d'Annecy. Léo a posé la pizza sur le capot du véhicule et s'est appuyé contre la barrière. Je suis accoudée à cette dernière et je regarde au loin, bercée par le doux bruissement de l'eau du lac qui remue au rythme du vent alors que j'ai l'estomac plein d'une savoureuse pizza quatre fromages. Quel instant parfait.

— Tu vas t'endormir sur la rambarde, si ça continue. Viens, je te ramène, m'intime doucement Léo en passant un bras derrière mon dos.

— Non, je veux rester encore. Je suis bien ici, j'ai pas envie de rentrer maintenant.

— Il va bien falloir que tu rentres faire face à tes problèmes, ça ne peut pas durer éternellement.

— Je sais oui, justement, laisse-moi profiter encore un peu de ce calme. Et de toi.

Je me tourne pour être face à lui, il m'entoure de ses bras et attrape la barrière derrière mon dos.

— Je ne compte pas partir, Andie. Je suis là pour un bon moment, donc prépare-toi à m'avoir dans les pattes encore quelques temps.

— Parfait, je ne demande que ça.

Je ne le quitte pas des yeux. Tout en moi me crie de cesser ce petit jeu tout de suite mais la sensation est délicieuse.

Pour la première fois, je le sens désarçonné. Il cesse de soutenir mon regard et s'écarte, mâchoire serrée.

— Ça va pas ? m'enquiers-je.

— Si, tout va bien. Je commence à fatiguer, moi aussi. Il serait sage de rentrer, je ne veux pas conduire en somnolant.

Il fait demi-tour et marche en direction de la voiture. Je me lance à sa poursuite et lorsque nous arrivons à hauteur du capot, j'attrape son épaule. Il se tourne, dos à la voiture. Dans un geste lent, je m'approche et m'appuie légèrement sur son ventre. Il ne résiste pas et se laisse glisser. Il est désormais assis sur le capot, le regard plein d'incompréhension. Je m'avance au maximum, jusqu'à venir me loger entre ses jambes. Je suis un poil plus haute que lui, il lève alors la tête et plonge dans mes yeux. Ses iris sombres me font l'effet d'une décharge électrique dans tout le corps.

Je remonte ma première main jusque sur son torse et y ajoute la deuxième avec délicatesse. Il déglutit bruyamment et petit à petit, il baisse la garde. Ses mains se décrispent et viennent entourer mes hanches. Son regard se fait de plus en plus profond, son souffle accélère. J'entrouvre les lèvres, haletante. La chaleur de son corps me renvoie celle du mien qui ne fait que monter. Les secondes défilent et je me presse davantage contre lui, lovée contre son torse musclé. Les battements de son cœur se font si forts qu'ils me soulèvent au même rythme que sa poitrine. Je décèle une certaine souffrance dans son regard et pourtant je n'ai envie de me poser aucune question, là, tout de suite.

La tension est à son comble, s'il ne me tenait pas, je pourrais tomber.

J'approche encore, nos lèvres sont à quelques centimètres à peine. Je peux sentir son souffle brûlant.

— Andie, stop…

— Pourquoi ? soupiré-je.

Il enlève ses mains de mes hanches et s'appuie contre le véhicule pour se redresser, me repoussant doucement en arrière par la même occasion.

Retour à la réalité, je chancèle, sur le point d'exploser. Il baisse la tête et se frotte la nuque avant de pousser un long soupir. Il met ses mains dans ses poches et lève la tête dans ma direction.

— Allez, viens. Je te ramène maintenant.

Il se gare devant chez moi et sort de la voiture. Je n'ai pas dit un mot du trajet, partagée entre la culpabilité du comportement que j'ai eu ce soir et la déception de ne pas avoir été plus loin. Penaude, je triture mes cuticules, tête en bas. Lui non plus n'a pas ouvert la bouche une seule fois.

Il ouvre alors ma portière et me tend une main que j'attrape avec beaucoup de retenue. Une fois sortie, je m'avance vers ma porte d'entrée. Il claque la portière et me rejoint.

— Bon, alors… bonne nuit. J'espère que la journée de demain ne sera pas trop difficile. Bois beaucoup d'eau avant de te coucher.

— L'espoir fait vivre, ironisé-je. Pour l'eau, je peux au moins arranger ça, oui.

Il me lance un sourire crispé et se tourne, prêt à retourner dans la voiture.

— Léo ! Attends ! le hélé-je.

— Oui ?

— Pourquoi m'avoir repoussée, ce soir ? Je croyais que… enfin tu sais, que je te plaisais toujours.

Il regarde en l'air quelques secondes, visiblement importuné par ma question. Le long soupir qui s'ensuit me fait me sentir minable.

— Laisse, me ravisé-je. J'comprends si ce que t'as vu ce soir ne t'a pas plu, n'en parlons plus. Bonne nuit.

— Andie.

J'attends ma sentence. Il regarde au sol, il ne sait visiblement pas comment me dire les choses. J'imagine une tirade chevaleresque sur le fait que je suis une femme mariée et que je devrais avoir honte de me jeter sur un autre homme sous prétexte que mon mariage bat de l'aile.

Il garde le silence ce qui me semble être une éternité. Enfin, il lève la tête, son expression est telle que je suis sûre et certaine que personne ne m'a jamais regardée comme ça avant lui.

D'un coup, il se précipite contre moi et attrape mon visage entre ses mains. Son regard fait des allers-retours entre mes deux yeux. Pour qui se prend-il ? Il se croit dans un film ? Je dois admettre que ça fait son petit effet.

Il s'approche, si près que je sens la chaleur de sa peau qui irradie au moins autant que la mienne. Dans une caresse, il dirige lentement sa bouche jusqu'à mon oreille.

— Tu me rends fou, Andie. Quand il se passera quelque chose entre nous, et sois sûre que ça arrivera, je veux que tu sois en pleine possession de tes moyens. Et en accord avec toi-même. Je ne te toucherai pas tant que tu ne me supplieras pas de le faire.

— Te supplier ? Et puis quoi encore ? tenté-je de plaisanter.

— Tu le feras.

Sans un mot de plus, il s'écarte aussi brusquement qu'il s'était approché et remonte dans sa voiture. Il démarre et s'en va, me laissant seule sur le pas de ma porte, complètement désemparée et incapable de reprendre mon souffle.

Chapitre 28

Je pousse un grognement au moment de me mettre sur le dos, alors je suis affalée sur le ventre telle une épave à la dérive, bavant sur le coussin. En rentrant hier — ou plutôt tout à l'heure — j'ai constaté avec soulagement que Stéphane avait au moins eu la délicatesse d'aller dormir sur le canapé. Après la scène de la veille, c'était la moindre des choses.

Je jette un œil à ma chambre, c'est un bordel sans nom. Exactement à l'image de ce qu'il se passe dans ma tête en ce moment.

Un gros gros bordel.

Une vague de mélancolie m'assaille, je me sens soudain découragée par la journée à laquelle je m'apprête à faire face. Il est indéniable que je vais devoir m'occuper de ranger ce foutoir, aussi bien à l'intérieur de ma maison que dans mon propre intérieur. Il va falloir que j'affronte mon très cher mari et que j'aille voir ma mère pour récupérer ma progéniture.

J'aimerais pouvoir dire que je fais un blackout total à cause de l'alcool, néanmoins je me rappelle chaque détail de la soirée. J'espère que Stéphane a oublié ma proximité avec Léo… oh, merde. Léo. Comment vais-je bien pouvoir me comporter normalement avec lui après tout ça ?

Un bruit sourd me tire de mes réflexions alors, nauséeuse et chancelante, je m'aventure hors de mon antre.

Je descends les escaliers qui craquent sous mon pas lourd et me retrouve en plein milieu du salon, lorgnant Stéphane, allongé par terre devant le canapé. Il a l'air estomaqué, à en juger par ses yeux pleins d'incompréhension et sa bouche ridiculement béante.

— J'crois que je viens de tomber du canapé, déclare-t-il.

— Tu crois ? ironisé-je en me dirigeant vers ma très chère amie bouilloire. Café ?

— Non, non, surtout pas… je vais vomir si je bois une seule goutte de café. Des litres de thé, ça ira bien.

Je reste muette, m'affairant à préparer une dose surhumaine de thé pour résister à cette journée. Je ne sais pas par où commencer et, à mon humble avis, il ne va pas démarrer la discussion de lui-même.

— Alors, euh… balbutie-t-il. Je suppose que tu m'en veux.

Mauvaise langue, Andie. Mauvaise langue.

— Tu crois ? ironisé-je de nouveau.

— Andie, j'ai franchement pas l'énergie pour tes sarcasmes… parle-moi en toute honnêteté. Sans passer par quatre chemins.

— OK, alors oui, je t'en veux.

Il soupire alors que je me joins à lui sur le divan, deux tasses fumantes à la main. Je m'installe et me tourne légèrement face à lui pour le regarder dans les yeux. Il a la tête baissée, honteux de son comportement de la veille.

— C'est inadmissible ce que tu as fait hier. Ton comportement, ta façon de t'adresser aux gens. T'as manqué de respect à tout le monde, tu m'as collé la honte de ma vie et une trouille d'enfer.

— Je t'ai fait peur ?! Désolé, c'était pas le but… j'étais bouleversé par tout ce qu'il se passe en ce moment. J'ai lu quelques extraits de ton roman et j'ai retourné ça dans tous les sens. Quand je suis allé chez Joe pour me détendre, il n'a fait qu'appuyer là où ça fait mal alors, je me suis un peu monté le crâne tout seul en buvant des bières. Et le fait que lorsque j'arrive, sans t'avoir prévenu avant, tu sois collé à ce Léo…

— Commence pas, c'est pas le sujet, m'agacé-je.

— Si, bien sûr que si, ça en fait partie. Il faut qu'on en parle, on peut pas esquiver tout ce qui te met mal à l'aise. Parce que oui, j'ai déconné hier, je le conçois. J'avoue, pardon. Mais t'y es pas pour rien, toi non plus. Comment tu expliques la position dans laquelle tu te trouvais quand je suis arrivé ?

— Je te l'ai dit, il me réconfortait après la scène de Chevilly.

— Certes… c'est gentil à lui de prendre soin de toi. Mais ça n'avait rien d'amical. Et je pense que tu le sais, ce mec a des sentiments pour toi. Du moins, il a envie de te mettre dans son lit si ce n'est pas de l'amour.

— Je ne suis pas responsable de ce que ressentent les autres pour moi.

— C'est sûr, mais t'es responsable de la façon dont tu te comportes avec eux. Et être là à te tortiller contre lui, yeux dans les yeux, c'est pas vraiment lui faire comprendre que t'es mariée et amoureuse de ton mari.

Je détourne lâchement le regard, confuse par ce discours criant de vérité. Je ne m'attendais certainement pas à tant de perspicacité venant de Stéphane un lendemain de cuite. Je me rends compte que je l'ai vraiment pris pour un idiot.

— À moins que, reprend-il, tu ne sois plus amoureuse de moi ? Auquel cas, j'aimerais le savoir.

— Tu voulais que je te parle franchement ?

— Oui, n'aie pas peur de me faire du mal. Dis-moi ce que tu as à dire.

— OK, alors, je suis pas sûre d'être encore vraiment amoureuse de toi. Il est possible que je confonde la reconnaissance que j'ai pour toi avec de l'amour depuis quelques temps maintenant. Je ne sais plus où j'en suis.

— La reconnaissance ? insiste-t-il.

— Tu m'as sauvée, Stéphane. T'es arrivé quand j'étais au plus bas et que j'avais besoin qu'on me tende une main. C'est exactement ce que tu as fait. Et je ne te remercierai jamais assez pour tout ça, je n'aurai jamais les mots pour, je ne pourrai jamais t'offrir quoi que ce soit qui soit à la hauteur de ce que tu as fait pour moi.

— Tu te trompes. Théa, c'est le plus beau des cadeaux que tu aurais pu me faire. J'ai commis beaucoup d'erreurs ces derniers temps. Je t'ai pas écouté, j'ai pas entendu les appels que tu me lançais. Pourtant, je savais bien que tu ne demandais pas grand-chose d'autre que de la tendresse et de l'affection… j'ai quand même une question.

— Je t'écoute.

— Si j'avais fait tout ce que tu me demandais, si j'avais été plus démonstratif avec toi. Si j'avais fait en sorte que tu me désires toujours autant en attisant un peu la flamme chaque jour… est-ce que ça aurait vraiment fait la différence ?

— J'imagine que oui, enfin, je n'en sais rien… tout est possible. Quand tu demandes depuis des années sans jamais obtenir, à un moment, tu te lasses. Tu arrêtes d'attendre et de demander. J'en suis là.

— Tu penses qu'il est trop tard pour changer ?

— Stéphane, le problème, et je viens de le comprendre, c'est que tu n'es pas comme ça. T'es pas du genre affectueux. Alors quoi, tu vas te forcer une ou deux fois de temps en temps, quand tu y penseras ? Chassez le naturel et il revient au galop. Combien de temps faudra-t-il avant que tu ne reprennes tes habitudes ?

— C'est idiot, soupire-t-il. On va pas simplement divorcer parce que tu trouves que je te fais pas assez de câlins !

— On n'en est pas là, calme-toi. Et ce n'est pas l'unique problème. Tu ne me soutiens en rien quand je prends une décision, tu préfères passer du temps avec tes potes plutôt qu'avec moi. Je suis pour une certaine indépendance, mais tu pousses un peu trop loin. Sans parler du fait que tu me mens depuis longtemps.

— À quel propos ?! s'égosille-t-il.

— Mia.

— Ah, elle…

Il se laisse tomber en arrière, stoppé par le dossier du canapé. Mon téléphone se met à vibrer, ma mère tente de m'appeler. Je raccroche, ce n'est définitivement pas le bon moment.

— Ouais, pour ça aussi, j'ai merdé, reprend-il. C'est la première fois que ce genre de chose arrive, je peux te le promettre.

— Peut-être, mais je ne sais pas si je dois te croire. Ça fait des années que tu me bassines avec tout ce que tu détestes soi-disant chez elle pour que finalement, je découvre que tu n'as qu'une envie, c'est te la faire. Et le pire, c'est que tu t'es pas contenté de lui faire des avances, tu l'as carrément embrassée.

— J'ai fait ça ?! s'écrie-t-il en portant une main désemparée à son front.

— Je ne sais pas si tu fais semblant d'avoir oublié… que tu te le rappelles ou pas, le problème est le même.

— OK, oui, j'ai sérieusement déconné. C'est vrai. Mais honnêtement… si j'étais arrivé quelques minutes plus tard, il se serait passé quoi avec Léo ?

— Je ne suis pas sûre, admets-je.

— Je sais ce dont moi j'avais envie, mais je sais aussi qu'il a des valeurs et qu'il est respectueux de certaines institutions. Le mariage en fait partie.

— Donc, quoi ? Toi t'avais envie d'aller plus loin mais tu penses qu'il ne t'aurait pas laissé faire ? ricane-t-il.

J'acquiesce d'un hochement de tête timide, blême de honte. Je me mordille la lèvre et n'ose plus le regarder dans les yeux. Je n'ai jamais été aussi sincère avec qui que ce soit.

— Perso, j'y crois pas. Impossible qu'il te repousse, tu te fais des idées. Mais bref, ce n'est pas tellement le sujet. Tu ressens quoi pour lui exactement ?

— C'est difficile à dire, je t'avoue que j'ai essayé d'occulter cette partie-là au maximum et de ne pas trop me poser de questions.

— Bah moi, je te demande de savoir. Tant que tu ne sauras pas, on ne peut pas vraiment décider ce qu'il adviendra de nous deux. Il nous faut des solutions, peu importe leur nature.

— À quoi tu penses ?

— Je sais pas, là comme ça, j'ai pas vraiment d'idée. Faut qu'on en discute et qu'on réfléchisse.

— Comme… une relation libre ? hésité-je.

— Hors de question. Je refuse de te partager. Ça va pas ou quoi ?! Tu oublies ça tout de suite.

Je hoche une nouvelle fois la tête et lorsque je croise son regard, celui-ci est plein d'interrogations.

— Attends… ça veut dire que toi t'es prête à envisager une relation libre ? Coucher avec d'autres ?

— Je n'y avais jamais réfléchi avant mais pourquoi pas, finalement ?

— Wow… Andie, je veux pas de ça. J'en suis sûr, pas besoin d'y réfléchir.

— OK, alors n'en parlons plus. Ce n'était qu'une hypothèse.

— Donc, si on résume, tu ne me fais plus confiance et réciproquement. Je vais avoir du mal à te laisser aller travailler sans imaginer mille choses. Je t'ai déçu sur plusieurs points, tandis que moi, je ne te comprends plus et j'ai le sentiment de ne plus te connaître.

— Ajoute à ça l'infidélité.

— La tienne ou la mienne ? me défie-t-il. Nan, parce que, selon les limites qu'on avait plus jeunes… le fait de cacher des choses et d'être physiquement proche de quelqu'un, c'est aussi de la tromperie. Avant d'embrasser ou de coucher, il y a quand même tout un tas d'étapes.

— Alors, les deux. Je n'ai embrassé personne mais j'admets avoir eu envie de le faire.

Il grimace lors de cette dernière phrase. Mes mots sont probablement durs mais on se ment depuis bien trop longtemps. On tient encore assez l'un à l'autre pour s'offrir ce présent : l'honnêteté. Pure et sans détour.

Ma gorge se serre à mesure que les secondes défilent, attendant le verdict final. Chacun sait ce qu'il se passe mais personne ne veut le formuler à voix haute. Il regarde au sol et hoche la tête, comme pour se donner du courage.

Mon téléphone vibre à nouveau, c'est encore elle. Je soupire et fais signe à Stéphane de patienter.

— Oui maman ?

— Coucou ma puce, je voulais discuter avec toi de…

— Je suis assez occupée là, Théa va bien ?

— Oui, elle va bien, elle joue. En fait si…

— OK, alors on en parle plus tard, là c'est pas vraiment le moment. Je te rappelle pour te dire quand nous viendrons la chercher.

— Oh, OK…

— À tout à l'heure.

Je raccroche immédiatement.

— Prends un moment pour lui parler, si tu veux. Je suis pas pressé. Elle m'a harcelé toute la semaine pour que tu la rappelles.

— Elle peut attendre quelques heures de plus, rétorqué-je.

— D'accord, alors… avec tout ça, je pense que la meilleure solution, dans l'immédiat serait d'envisager un break.

— Un break ?

— Oui ? Ça te convient pas ?

— Euh, si… enfin je ne sais pas, ouais. J'imagine que c'est la meilleure chose à faire.

— Tu t'attendais à autre chose ? Genre, rupture immédiate ? s'inquiète-t-il.

— Possible, oui. Mais ça me va de tenter une pause. Ce serait assez surréaliste de décider comme ça, d'un coup, de simplement divorcer. Laissons-nous du temps.

— Oui, et pendant ce temps-là, j'aimerais que tu t'emploies à y voir clair dans tes sentiments vis-à-vis de Léo. Et bien sûr, vis-à-vis de moi. On verra si on se manque.

— Hmm, oui, donc… on fait comment ?

— Je vais aller m'installer chez Joe quelques temps. Dès aujourd'hui, ça me semble bien. Je vais faire mes affaires et aller les déposer chez lui. Ensuite, j'irai chercher Théa pour lui expliquer. Je te la ramène après le repas. C'est bon ? fait-il en se levant.

— Tu préfères pas qu'on lui parle ensemble ?

— Non, je pense que c'est mieux de ne pas lui annoncer ça comme si c'était quelque chose de grave. Je vais juste passer un moment avec elle et lui dire que je vais chez mon ami Joe quelques temps. Je continuerai à déjeuner avec elle le midi et à la récupérer à seize heures. Elle me verra tout autant, je la déposerai ici avant de partir au travail, propose-t-il en se dirigeant vers la chambre.

Alors qu'il monte pour préparer une valise, je le suis de très près.

— Mais Stéphane, si jamais ça devient définitif, ça va sortir de nulle part pour elle. Ça risque de lui faire un choc.

— J'ai pas envie de l'inquiéter tout de suite alors qu'il y a une chance que l'on décide de rester ensemble. Elle est très intelligente, elle comprendra le moment venu si on divorce vraiment, se racle-t-il la gorge.

— Bon, OK. Essayons comme ça. Mais je préfère te prévenir que si elle me pose des questions, je ne lui mentirai pas.

— Ça me semble équitable.

Je le regarde entasser des vêtements au hasard dans son sac, les larmes me montent aux yeux et ma gorge se noue. Je ne sais pas si ce que nous faisons là est la bonne solution, mais j'ai le sentiment qu'une partie de ma vie s'effrite, et c'est douloureux.

Il boucle sa valise, se redresse et soupire. Lorsque ses yeux croisent les miens, les larmes coulent toutes seules. J'ai beau me détourner et tenter de me cacher, il s'approche et me prend dans ses bras ;

— Pleure pas, ma chérie. C'est pas la fin du monde, on va y arriver. D'une façon ou d'une autre, on va s'en sortir. On finira peut-être pas ensemble, mais tu es la mère de ma fille et le premier amour de ma vie alors, je te promets d'être toujours là pour toi. Quoi qu'il arrive.

Les pleurs redoublent en intensité, je manque de m'étouffer, collée contre son torse et secouée par mes propres sanglots. La douceur dont il fait preuve à ce moment-là est aux antipodes du comportement qu'il a eu la veille, c'est de cet homme-là dont je suis tombée amoureuse. Force est de constater qu'il est toujours là, quelque part. C'était peut-être juste moi qui ne voulais plus le voir.

Chapitre 29

Complètement seule et désemparée sur mon canapé, je viens d'envoyer un « SOS » à Sam, qui va probablement débarquer ici d'une minute à l'autre.

Stéphane est parti depuis une bonne vingtaine de minutes maintenant et je n'ai pas cessé de pleurer depuis. Je n'avais pas conscience d'avoir autant de liquide lacrymal dans mon corps.

J'entends la porte s'ouvrir et un pas pressé parcourir le couloir, lorsque je lève la tête, Sam est là. À l'entrée de mon salon, les bras ballants et le regard désolé.

— Ma chérie, raconte-moi tout, requiert-il en s'asseyant près de moi

— J'ai fait n'importe quoi, Sam. On a décidé de faire un break, mais je ne connais aucun couple qui ne s'est pas séparé après ça, sangloté-je.

— Eh, attends ! Ne panique pas, ça va peut-être vous permettre de vous retrouver ?

— Je lui ai balancé que je n'étais plus sûre de mes sentiments envers lui.

— Et c'est la vérité ? s'enquiert-il en replaçant une mèche derrière mon oreille.

— Oui.

— Alors, c'est bien que tu le lui aies dit. Il mérite de connaître la vérité. Et… si jamais tu ne l'aimes plus, il faut le laisser partir. Vous méritez tous les deux de vivre avec quelqu'un qui vous aime pleinement.

— Ma vie s'effondre complètement… désespéré-je.

— Ne dis pas ça, Stéphane n'est pas du genre à tout quitter comme ça, de toute façon. Je suis sûr que ça va aller, même si vous vous séparez définitivement, je sais qu'il ne te laissera pas tomber avec la petite. C'est pas si terrible, regarde Chris et son ex. Chacun est plus heureux en ayant refait sa vie de son côté et Max le vit très bien. Théa préférera sûrement elle aussi voir ses parents heureux, même si c'est séparément. Je m'attendais à pire que ça en recevant ton SOS… à vrai dire, l'histoire de cette pause ne me surprend pas, vu tout ce qui s'est passé hier.

— Tu croyais quoi ? Qu'on s'était entretués ? plaisanté-je.

— Possible, oui. Nan, sérieusement, je m'attendais plutôt à ce que tu me dises que t'as passé la nuit avec Léo. Ça avait l'air d'être chaud, hier soir. Si j'avais pu te ramener tout de suite, je l'aurais fait. J'avais peur qu'il ne tente de te séduire.

— En fait, me raclé-je la gorge, ça a plutôt été l'inverse.

— Quoi ?! Andie, bordel !

— Quand je t'ai dit que j'avais fait n'importe quoi… c'était pas une blague.

— Attends, mais raconte ! C'est quoi cette histoire ?

— Pour faire court, je lui ai clairement avoué qu'il m'attirait énormément et j'ai tenté plusieurs rapprochements physiques, admets-je avec honte.

— Et ?!

— Et rien ! Il m'a gentiment repoussée. Il m'a dit qu'il ne se passerait rien entre nous tant que je ne serais pas au clair avec moi-même, et probablement avec Stéphane. Sam, si t'avais été là, la scène était digne d'un film… il s'est collé à moi et a pris mon visage entre ses mains pour me chuchoter à l'oreille qu'il ne me touchera pas tant que je ne l'aurais pas supplié de le faire.

À mesure que j'avance dans mon récit, il écarquille un peu plus les yeux. Lorsque je me tais enfin, il pousse un long soupir et s'ébouriffe les cheveux, comme pour se remettre de ses émotions.

— OK, c'est super sexy. J'avoue. Et je suis plutôt surpris par son comportement.

— Je te l'avais dit, c'est un homme respectueux.

— Pour le coup, j'aurais pensé qu'il profiterait de la situation. Bon, on va pas se mentir, il a tout de même cherché à te laisser une trace, c'était calculé cette petite phrase de fin. Mais il est réglo quand même. Enfin, un peu plus que toi en tout cas… malgré tout, il fait quand même des avances à une femme mariée. Alors quoi ? Tu comptes essayer quelque chose avec lui ?

— Je n'en suis pas là du tout, je sais même pas encore ce que je veux faire avec Stéphane alors, je t'avoue que me projeter avec Léo, ce n'est pas vraiment ma priorité.

— Va falloir que tu y songes, votre relation va forcément changer après cette soirée.

— C'est bien ce qui me fait peur, oui. Je ne sais pas ce qu'il attend de moi.

— Que tu lui donnes le feu vert, évidemment ! Oh Léo, m'imite-t-il, prend-moi sur ton bureau, je t'en supplie…

— Arrête ! ordonné-je en riant. J'ai pas du tout cette voix-là !

— Je te l'accorde, l'imitation était plutôt médiocre, rit-il. Mais admets que t'y as pensé !

— De quoi tu parles ?

— Fais pas l'innocente ! Le fantasme du collègue au bureau, c'est bien connu.

— J'ai pas du tout envie de penser à ça maintenant. J'aviserai quand je l'aurai en face de moi. Je verrai bien comment est l'ambiance entre nous. Là, ce qu'il faut, c'est que je me calme. Stéphane va me ramener Théa dans la soirée, faut pas que j'aie l'air trop chamboulée.

— Vous allez lui dire quoi ?

— Qu'il va vivre chez son pote Joe un moment, elle va sûrement demander pourquoi alors je lui expliquerai qu'on a besoin de s'éloigner un peu pour voir si on est toujours amoureux. En espérant qu'elle ne pose pas tant de questions.

— Tu crois vraiment qu'elle va poser zéro question ? pouffe-t-il.

— Non, je sais bien que non… cette petite fouine est trop curieuse.

— Comme sa mère ! Vous vous êtes donné un délai ?

— Absolument pas. On plonge dans l'inconnu le plus total.

— Et, au niveau des règles ?

— Quelles règles ? m'étonné-je.

— Ça me semble important d'établir des règles, non ? Aucun contact entre vous ? Messages ? Appels ? Fréquentations ?

— Avec Théa, on est bien obligés de rester en contact. Comment ça, fréquentations ?

— Vous vous accordez le droit de voir d'autres personnes ?

— D'autres rencards ? Wow, non ! m'exclamé-je. J'ai émis l'idée d'une relation libre, il a fait une de ces tronches, t'aurais vu ça. Je pense que c'est exclu donc de voir d'autres personnes.

— Une relation libre ? Carrément ? s'esclaffe-t-il. T'as vraiment la dalle toi !

— C'est pas ça, mais bon, ça se fait de plus en plus. Je ne suis pas quelqu'un de jaloux alors, je pense que je pourrais m'y faire.

— Et tu pourrais clairement te faire à l'idée aussi de te taper ce cher Léo sans culpabiliser ensuite.

— Je crois bien que ce n'est pas uniquement physique, Sam…

— Hmm, alors là, t'es dans une belle merde, conclut-il.

— Merci de ton soutien !

— Je t'en prie, je suis là pour ça, rit-il.

— Stéphane m'a demandé de prendre le temps d'essayer d'y voir plus clair, sur mes sentiments pour lui, et pour Léo.

— Il a raison, tant que tu ne sais pas ce que tu veux, ça va être compliqué de décider dans quelle direction aller. Mais… à t'entendre, j'ai l'impression que tu sais déjà ce qu'il en est, tu as seulement peur de prendre une décision ferme et définitive. Et je comprends… tu dois absolument être sûre de toi avant toute chose.

— Exactement, oui. J'ai besoin de temps pour me calmer et penser à la suite. Ce n'est pas rien ce que nous envisageons, la vie de Théa en dépend aussi. Il faut que nous soyons sûrs. Je suis heureuse que tu me comprennes, je m'attendais à ce que tu m'engueules puis que tu essayes de me convaincre de rester avec Stéphane coûte que coûte.

— À quoi bon te prendre la tête ? Tu es déjà assez mal, et tu le fais déjà super bien toute seule, soupire-t-il. Pour ce qui est de ta relation avec Stéphane, j'ai déjà tenté jusque-là de te mettre en garde, pour que tu ne fasses pas n'importe quoi. Je crois qu'il est temps de lâcher prise. Tu sais, mes grands discours n'étaient pas faits pour te convaincre de rester absolument avec lui si tes sentiments ne sont plus les mêmes, je voulais juste que tu fasses attention à ne rien faire que tu pourrais regretter. Quand on ne fait pas les choses correctement, dans le bon ordre, on a tendance à culpabiliser après et à ne plus pouvoir se regarder en face. C'est l'une des pires sensations qui existent. Je ne voulais pas que tu en passes par là. Semblerait-il que, parfois, ça soit nécessaire. Tout ça pour dire que, lui ou un autre, moi je m'en fiche, tant que tu es heureuse. Et visiblement, tu ne l'es plus avec lui…

c'est dommage pour Théa et votre famille, mais je vous crois tous les deux suffisamment attachés l'un à l'autre et à elle pour faire en sorte que ça aille, même si vous n'êtes plus un couple. Et avec Chris comme exemple, je ne peux qu'être convaincu que ça peut fonctionner.

Je suis impressionnée et émue, c'était ce dont j'avais besoin. Les larmes se mettent à nouveau à couler, et je ne cherche pas à les retenir, il faut qu'elles sortent. Sam affiche un sourire compatissant et m'attire contre lui. C'est si rassurant de se sentir comprise.

— Alors, reprend-il doucement, je te propose de t'aider à remettre ta jolie maison en ordre avant l'arrivée de la petite. On peut aussi cuisiner ensemble, sauf si tu préfères être seule.

— Je n'ai pas très envie de ruminer solo, non… mais je ne veux pas déranger, Chris et Max vont peut-être t'attendre.

— T'inquiète, j'ai montré le « SOS » à Chris, puis je le tiens régulièrement au courant de tes petites aventures alors il sait à quoi s'en tenir.

— Super, merci, qu'est-ce qu'il va penser, maintenant ?

— Ce n'est plus un secret pour personne que t'es une folle doublée d'une éternelle indécise.

— Rassurant, pouffé-je. Néanmoins, si tu pouvais éviter de raconter ma vie à tout le monde…

— Tout le monde ?! Non ! Chris, c'est une extension de moi-même, ce que je sais, il finit par le savoir. C'est un problème ?

— Non, Chris, c'est OK. Mais c'est tout !

— Qui d'autre veux-tu que ça intéresse ? ricane-t-il.

— Pas faux.

∞

Théa et moi avons partagé le repas avec Sam, ce qui m'aura permis de repousser au maximum la discussion au sujet de son père. Nous sommes toutes les deux allongées l'une contre l'autre dans son lit, sa tête repose sur ma poitrine et je lui caresse tendrement les cheveux.

— Maman, il revient quand papa ?

— Je ne sais pas, ma chérie.

— Pourquoi il est parti voir Joe ?

— Il ne t'a pas expliqué ?

— Non, il m'a dit « tu demanderas à maman ».

Je refoule un rire sarcastique. Il se donne le beau rôle, super. On avait décidé d'un commun accord de ne pas lui mentir si elle posait des questions, et voilà que Monsieur retourne la situation à son avantage.

— Eh bien… comment t'expliquer ? Parfois, les grandes personnes qui s'aiment depuis longtemps en ont un peu marre de se voir tous les jours.

— Vous vous aimez plus ?

— On ne sait pas trop. C'est pour ça qu'on a décidé de ne plus être ensemble pendant quelques temps, pour savoir si on a envie de se revoir tous les jours ou non. Tu comprends ?

— C'est comme quand j'en ai marre des filles et que je vais jouer avec les garçons, explique-t-elle simplement.

— Hmm, oui, ris-je, on peut dire ça.

— Mais maman… si vous vous aimez plus, comment on va faire ? s'inquiète-t-elle.

— On fera comme d'habitude, presque rien ne va changer. Ton papa sera toujours là pour s'occuper de toi pendant la journée et je m'occuperai de toi le soir. La seule différence, c'est qu'il ne dormira plus ici, avec nous. Il aura sa propre maison.

— Ou celle de Joe ? J'aime pas aller chez Joe, ça sent pas bon, rechigne-t-elle.

— Je sais oui, ris-je à nouveau, mais ça ne durera pas très longtemps. D'ici quelques jours, il reviendra à la maison si on décide qu'on s'aime encore ou alors il aura sa maison à lui tout seul.

— S'il est tout seul et que toi t'es toute seule, vous allez être tristes ?

— Il ne sera tout seul que quand tu seras à l'école et moi, je ne serai seule que quand tu seras avec lui. Pendant la journée, j'ai tous mes collègues et amis, alors ne t'inquiète pas.

— Comme Léo ?

— Oui, comme Léo. Et Sam, puis Mia, et d'autres que tu ne connais pas. D'ailleurs, on n'a pas pris le temps d'en parler, c'était comment avec Léana ?

— C'était bien. Elle joue pas au papa et à la maman comme les autres filles, elle fabrique des trucs. Et elle m'a appris des trucs, aussi.

— Oh, tiens donc ! m'exclamé-je. Et qu'est-ce qu'elle t'a appris d'intéressant ?

— Elle m'a parlé des abeilles qui font pousser les fleurs. Elles vont sur une fleur prendre le truc jaune, elles le déposent ailleurs pour faire d'autres fleurs, rigole-t-elle.

— Le pollen, tu veux dire ?

— Oui, je me rappelle pas bien, elle dit beaucoup de choses.

— Tu sais que tu es vraiment une petite fille très intelligente ? demandé-je rhétoriquement en la serrant un peu plus contre moi. Tu aimerais la revoir ?

— Oh oui ! s'écrie-t-elle. Léo aussi, il est gentil. Elle dit que c'est le plus gentil et le plus drôle.

J'aurai du mal à la contredire. Sur ces mots, je l'embrasse une énième fois sur le front et pose ma tête sur la sienne. Sans même que je ne m'en rende compte, mes paupières se font lourdes. Nous nous endormons toutes les deux, enrobées dans le silence réconfortant de sa petite chambre.

Chapitre 30

La réunion n'a pas encore débuté que j'en ai déjà marre. Mia est absorbée par son téléphone, à scroller sur je ne sais quelle application, elle est un peu distante depuis la dernière soirée et je peux parfaitement la comprendre. Je décide de ne pas la brusquer et de la laisser revenir vers moi à son rythme. Sam tapote frénétiquement son stylo sur la table et je dois dire que ce cliquetis incessant commence à m'agacer. D'une main, je plaque énergiquement l'objet bruyant contre le bois du meuble.

— Eh, ça va pas ?! Si t'es mal lunée, c'est pas la faute de mon stylo ! plaisante-t-il.

— Qu'est-ce qu'elle fout, Mary ? l'ignoré-je.

Je suis effectivement mal lunée.

Avant même que Sam n'ait le temps de répondre, la voilà qui franchit le seuil de la salle de réunion, suivie par Léo. Tout le monde se tait et s'apprête à se mettre au travail tandis que je fais mon maximum pour éviter son regard.

— Fais pas la gamine, chuchote Sam qui a compris mon petit manège.

Je lui lance une œillade incendiaire, néanmoins il n'a pas tort. Je rassemble tout mon courage pour oser relever le museau et regarder brièvement Léo. Il me sourit tout à fait normalement, comme si aucun malaise ne subsistait entre nous. Pour lui, peut-être. Moi, c'est une autre histoire. Je lui rends timidement son sourire et reporte aussitôt mon attention sur Mary qui sort quelques papiers d'une chemise.

— Alors… séminaire rédaction et médias sociaux, mes chers collègues, commence-t-elle. Vous le savez, comme chaque année, le comité nous accorde un budget formation grâce auquel nous pouvons participer à un stage, un genre de séminaire de quelques jours. Pour faire quelques petits… rappels, parfois nécessaires. Souvent, nécessaires. D'ordinaire, c'est sur base de volontariat. Le budget étant légèrement restreint cette année, oui, c'est la crise partout, j'ai dû sélectionner des personnes qui pourront en bénéficier pour cette fois. Je vous annonce d'ores et déjà que je n'ai que trois places et que je sais déjà qui sont les heureux élus.

— J'espère vraiment que je n'en fait pas partie, chuchote Sam, c'est tellement barbant ces conneries.

— Un commentaire, Sam ?

— Je disais que c'est une chance folle ! exagère-t-il tandis que je me retiens de rire.

— Oui, oui, c'est ça, à d'autres ! Bon, revenons-en à nos moutons. Il me semble évident que les derniers arrivés doivent être impérativement les premiers formés.

— Aïe, chuchote Sam, Léo et Carla vont partir en séminaire ensemble.

— Sam, veux-tu bien la boucler une bonne fois pour toutes ? Merci d'avance, tu me fais perdre mon temps. Et pour info, je t'entends très bien d'ici, dédaigne-t-elle. Tu as vu juste : Léo, Carla, vous êtes les premiers sélectionnés.

Sam me fait passer un papier sur lequel il a griffonné : « elle, elle va passer à l'attaque ! ». Je le froisse et le cache bien au fond de ma poche en levant les yeux au ciel.

— Super ! Ça dure combien de temps, ce séminaire ? questionne Carla tout en glissant un regard mielleux à Léo.

— Trois jours. Vu que vous êtes fraîchement débarqués, j'ai jugé important de vous envoyer là-bas avec une personne plus expérimentée dans le webzine qui aurait… besoin d'une piqûre de rappel.

Je ferme les yeux et prie tous les dieux que je connais et de toutes mes forces pour qu'elle ne prononce pas mon prénom.

— Andie, reprend-elle. Tu iras avec eux.

Et merde.

Comme une mauvaise nouvelle n'arrive jamais seule, un SMS de ma mère s'affiche sur mon téléphone. J'aperçois rapidement, sans l'ouvrir, qu'elle veut me parler. Encore. Mince ! J'ai complètement oublié de la rappeler.

— Andie ? m'interpelle Mary.

— Oui ! Excuse-moi, ma mère a semble-t-il quelques soucis. Tu me demandes si je suis d'accord ou ce n'est pas une proposition ?

— Ça n'en est pas une. Mais je voulais m'assurer que tu avais entendu.

— Oui, c'est noté.

Je ne peux m'empêcher de glisser un regard à Léo qui me fait un petit sourire en coin. J'ai envie de m'enfoncer dans ma chaise et de disparaître.

Après la soirée que nous avons vécue, voilà que je m'apprête à passer trois jours consécutifs avec lui. J'aurais eu tendance à penser qu'heureusement, nous ne serons pas seuls, or, l'idée que la tierce personne soit Carla ne m'enchante pas davantage que d'aller me faire épiler le maillot à la cire.

— Parfait, vous partirez lundi prochain et rentrerez mercredi. Vous dormirez tous les trois à l'hôtel *L'Escale Oceania* qui est, je le rappelle : notre hôtel partenaire lorsque nous descendons en formation à Aix-en-Provence. Autrement dit : pas de bêtises. Et, je ne vous envoie pas non plus là-bas pour lézarder au bord de la piscine, aussi agréable soit-elle. Vous disposerez d'une chambre simple chacun, on n'a pas fait dans le luxe non plus hein, ne vous attendez pas à une suite. Néanmoins, vous bénéficierez de tout le confort nécessaire et les repas sont inclus. Des questions ?

Nous remuons tous les trois la tête.

— Bien, j'aime quand on est aussi efficaces. Concernant le transport, on peut soit vous rembourser les billets de train, soit le carburant ainsi que le prix des péages. Pas de voiture de loc. Privilégiez le covoiturage, s'il vous plaît, la planète et le portefeuille du webzine vous en remercieront.

Après que nous ayons tous les trois opiné du chef, elle passe directement au sujet suivant que je ne prends pas la peine d'écouter puisque je suis trop occupée à chercher un moyen d'éviter ce séminaire.

— Il me faut une idée, chuchoté-je à l'intention de Sam, et sois plus créatif que pour la diarrhée…

— Oh arrête, ça avait super bien marché. Désolé, mais là je pense que tu n'y couperas pas. Si tu refuses, elle va t'avoir dans le collimateur.

— Si je pouvais me casser une jambe.

— Tu vas te porter la poisse, tais-toi donc, fait-il en me tapant discrètement dans le bras. Nan, mais ça va aller, tu verras.

∞

Avant de quitter les locaux, je décide d'aller trouver Mary dans son bureau.

— Andie ! Que me vaut ce plaisir ?

— Tu risques de changer vite de discours, plaisanté-je.

— Ouh. Que se passe-t-il ?

— Je sais que c'est plutôt culotté de demander ça au vu de mes piètres performances ces derniers temps, mais… vois ça comme une faveur que je pourrai te rendre quand tu veux.

— Vas droit au but, je t'en prie, je n'ai pas toute la journée. Et si c'est au sujet du séminaire, ce n'est pas négociable.

— Mais Mary… ce n'est pas du tout le bon moment. Stéphane et moi avons décidé hier de faire un break, je sais que ça ne te regarde pas, mais il vit chez un ami à lui en attendant que nous éclaircissions tout ça. Donc avec Théa, c'est un peu compliqué. M'absenter trois jours complets, ça ne m'arrange pas…

— Je suis désolée, j'imagine que ça fait suite à la soirée. Ça m'embête sincèrement pour toi mais je ne peux rien y faire. Le comité me demande mon avis mais c'est simplement pour me faire croire que j'ai un quelconque pouvoir. La liste est claire : Carla, Léo et toi. Je ne peux pas franchement leur en vouloir, tu as bien besoin d'une petite remise à niveau. Il y aura des exercices d'écriture, des ateliers sur les tendances du moment, les accroches aux lecteurs… ça va être sympa. Profites-en pour déconnecter et te reconcentrer.

— Je sais que j'ai pas été au mieux de ma forme et que ça se ressent dans mes articles, mais je peux faire mieux.

— Ça, je le sais très bien. Tu nous as habitué à mieux. Cependant, tu tiens ce même discours depuis des semaines. Au vu de ta situation personnelle, je doute que tu arrives seule à te remettre dans le bain. Un petit séminaire loin d'ici et de ta vie peut t'aider à te voir plus clair et à te recentrer sur l'essentiel, tu ne penses pas ?

— Peut-être, oui… ce n'est pas tant le séminaire qui me dérange, partir me ferait certainement du bien. C'est le timing.

— C'est uniquement à cause de ta fille que tu ne veux pas y aller ? s'enquiert-elle en arquant un sourcil.

— Oui, pour quelles autres raisons ?

— Je ne sais pas, je sais que tu n'apprécies pas particulièrement Carla et entre Léo et toi ça semble plutôt tendu. Je ne sais pas à quoi vous jouez tous les deux, mais…

— Il n'y a rien qui mérites que tu t'en inquiètes, réponds-je fermement.

— Hmm, bien. Tant que ça ne change rien à vos relations professionnelles, je veux bien fermer les yeux. En parlant de lui, il te cherche, ajoute-t-elle avec une mine amusée.

— Ouais, bah, plus tard, je dois filer.

Je lui adresse un signe de main poli et me précipite vers l'ascenseur. Par chance, personne n'est là.

∞

Le dîner est prêt, je n'attends plus que Théa pour manger. Mon ventre crie famine, grondant comme le tonnerre un soir d'été.

Soudain, j'entends la porte claquer. Un bruit de sac qui s'écrase au sol, des pas qui accourent dans ma direction.

— Coucou maman ! s'écrie-t-elle en me sautant dans les bras.

— Salut ma chérie, m'enthousiasmé-je en la serrant fort contre moi. Où est ton père ?

— Il m'a déposé devant la maison et il est parti.

— Si vite ? Je voulais lui parler.

— Il a dit d'envoyer un message si besoin.

— Bien évidemment, c'est facile, marmonné-je en dégainant mon téléphone.

En cherchant la conversation avec mon mari, je me rends compte que je n'ai pas répondu au SMS de ma mère plus tôt dans la journée. Je verrai ça plus tard, quand j'aurai cinq minutes. En attendant, j'envoie à Stéphane :

Andie

Dis donc... je croyais qu'on s'était mis d'accord pour ne pas mentir à Théa ? T'es gonflé de l'envoyer vers moi pour répondre à toutes les questions pourries. Comme ça, t'as le beau rôle. Bref, je voulais te voir ce soir. Je dois partir en séminaire pour 3 jours lundi prochain, je reviens mercredi. Faut voir comment on s'arrange.

aujourd'hui à 19:25

Excédée, je pose de façon bruyante le téléphone sur le plan de travail et commence à mettre la table pour mon petit ogre qui meurt de faim, elle aussi.

— Ma puce, je vais devoir partir trois jours pour le travail, la semaine prochaine.

— Je vais aller où, moi ? Je peux venir ?

— Euh, non, ris-je. Tu as école, et puis tu t'ennuierais. Je ne sais pas encore comment on va s'arranger avec papa, peut-être que tu iras chez mamie pour dormir.

— Oh, chouette !

Mon téléphone vibre, la réponse de Stéphane.

Stéphane

Non, tu avais dit que tu refusais de lui mentir si elle te questionnait. Moi, j'ai dit que c'était OK mais ça n'engageait que toi. Tu vas encore dire que je joue sur les mots... mais tu es bien plus douée que moi pour parler de tout ça. Je suis sûr que tu t'en es bien sortie. Je déposerai Théa chez Laura dimanche soir. Et bordel ! Pour la 100e fois : APPELLE TA MERE ! J'en ai plein le dos qu'elle me harcèle quand tu ne réponds pas. Ah... au fait. Ce séminaire, c'est avec Léo ?

aujourd'hui à 19:32

Je soupire d’agacement et décide de m’occuper de ça plus tard, j’ai un repas à partager avec ma fille.

Chapitre 31

Pensive, je remue mon thé depuis un bon moment maintenant. Les collègues défilent un à un dans la cuisine en quête d'une boisson énergisante ou réconfortante pour commencer cette journée. J'ai déjà croisé tout le monde, sauf Léo. Je mentirais si je disais que ça ne me convient pas, mais il va tout de même falloir que je discute avec lui avant ces trois jours de séminaire. J'aimerais éviter un malaise, déjà qu'avec Carla dans les pattes, l'ambiance risque de ne pas être au beau fixe.

Je repars en direction de mon bureau, le regard dans le vide et l'esprit ailleurs quand je percute une personne et lui renverse le contenu de ma tasse dessus.

— Et merde ! Ça brûle ! se plaint Léo.

— Je suis désolée ! Je ne regardais pas où j'allais, c'est ma faute.

— Avoue plutôt que tu avais une dent contre ma chemise, plaisante-t-il en s'essuyant avec un mouchoir en papier sorti de sa poche.

— Je n'osais pas le dire !

— C'est pas grave, te gêne pas surtout, rit-il. Andie, j'aimerais qu'on discute… tu as un moment à m'accorder ?

— Je rejoignais mon bureau, tu n'as qu'à me suivre.

Je ne lui laisse pas le temps de répondre et je poursuis ma route, il m'emboîte le pas aussitôt. Mon cœur palpite déjà alors que nous ne sommes même pas arrivés.

Je m'installe sur mon siège et lui fait signe de prendre place. Il ferme alors la porte derrière lui avant de s'installer en face de moi, un léger sourire sur les lèvres.

— Alors, commence-t-il. Comment s'est terminé ton week-end ?

— Pas très bien, en fait. La discussion avec Stéphane a été un peu houleuse et on a fini par décider de se séparer, d'un commun accord.

— Mince… vous allez divorcer ?

— Pour le moment, non. On fait un break et on verra où ça nous mène.

— Mouais, grimace-t-il.

— Quoi ?

— Oh, rien, vous verrez bien. Personnellement, je ne crois pas aux pauses. Je vois ça comme une façon de dire « j'ai le droit d'aller voir ailleurs puisqu'on est séparés » puis de revenir ensuite avec encore plus de rancœur accumulée et de problèmes. Mais ça se tente, si vous le faites pour les bonnes raisons.

— Nous verrons bien. Je n'ai jamais essayé, je ne peux pas dire que je n'y crois pas.

Il marque un silence, lèvre pincée. Il évite mon regard.

— Je suis désolé, Andie, admet-il finalement. Loin de moi l'idée de te causer autant de tort.

— On ne peut pas vraiment dire que ce soit ta faute, le rassuré-je. Ça fait un bon moment que ça ne va plus entre nous, je me voile la face depuis trop longtemps. Je fournis des efforts dans le vide, je lui tends des perches qu'il ne saisit pas. Enfin, tout n'est pas sa faute non plus. J'ai commis quelques erreurs de mon côté. J'ai cherché à sauver à tout prix un mariage qui n'a peut-être plus de raison d'être.

— Si je n'avais pas débarqué dans ta vie du jour au lendemain, les choses seraient-elles allées aussi loin entre vous deux ?

— Ne te donne pas tant d'importance ! rié-je. Non, plus sérieusement, c'est assez difficile à dire. Je pense honnêtement que le déclin avait commencé avant ton apparition. Disons que… ta présence m'a aidée à ouvrir les yeux sur certaines choses un peu plus tôt que prévu, me raclé-je la gorge.

— Qu'est-ce que tu veux dire ?

— Ce n'est pas anodin le fait que je sois autant… attirée par toi, admets-je avec difficulté. Il y a quelques années de ça, ça ne m'aurait même pas traversé l'esprit. Ou du moins, ça ne m'aurait pas autant préoccupée. Puis, ce que tu m'as dit l'autre jour concernant le fait de confondre amour et reconnaissance, même si je l'ai mal pris sur le moment, ça a résonné en moi.

— C'est tout à fait normal d'être attiré par quelqu'un d'autre que son ou sa partenaire parfois. T'es humaine, c'est tout. Absolument personne au monde ne peut se vanter de n'avoir jamais désiré quelqu'un d'autre, surtout en étant en couple depuis des années.

— Trouver quelqu'un d'autre attirant, oui, c'est normal. Mais être attirée *à ce point…*

Je marque une pause, je ne sais pas si je fais bien de tout lui déballer ainsi, mais il est temps d'arrêter de mentir à tout le monde, et surtout à moi-même. Son regard se fait de plus en plus insistant, mais la façon dont il bouge frénétiquement la jambe le trahit. Il est déstabilisé. Ça change, d'habitude, c'est moi qui le suis.

— D'ailleurs, reprends-je tant que je suis encore capable d'articuler, je voudrais te remercier pour ton comportement de samedi soir. Tu aurais pu en profiter, ou simplement ne pas me repousser. Au lieu de ça, tu m'as empêché de faire quelque chose que j'aurais regretté le lendemain. Alors, merci.

— Honnêtement, je ne l'ai pas fait pour toi. Je me protège aussi, en quelque sorte. Si tu n'en avais pas vraiment envie, tu l'aurais regretté, oui. Et je ne veux pas qu'on s'intéresse à moi par dépit, annonce-t-il fermement.

— Par dépit ? m'étonné-je.

— Oui, Andie. T'étais bourrée et bouleversée par la scène avec ton mari, mais aussi par ce qui s'est passé avec Chevilly. T'avais besoin de réconfort. Amicalement, je veux bien te l'offrir. Mais je ne veux pas que tu te jettes dans mes bras parce que tu n'as que moi sous la main. Et parce que t'es ivre. J'ai mes limites.

— Tu fais complètement fausse route, là. Je ne parlais pas de regrets dans ce sens-là.

— Alors explique-moi, parce que là, je suis perdu.

— Je n'aurais pas regretté de t'avoir embrassé ou que sais-je par manque d'envie, tu peux me croire, j'en avais *très* envie, admets-je en rougissant.

Il se retient de sourire et détourne les yeux.

— Le problème, reprends-je, c'est que le lendemain, j'aurais eu du mal à regarder Stéphane dans les yeux. J'aurais été accablée par la culpabilité et, en me repoussant, c'est ça que tu m'as évité. Tu m'as aidé à rester droite dans mes baskets. Enfin, à peu près.

Il affiche une moue dubitative et se met soudain à rire.

— Oui, reprends-je, on est d'accord, « à peu près » est probablement un euphémisme… je suis désolée pour mon comportement. Je n'aurais pas dû être si insistante et te draguer ouvertement comme ça.

— Oh, ne t'excuses pas, c'était agréable, fait-il avec un clin d'œil. M'enfin bon, ne réitère pas trop souvent l'expérience, car je ne te garantis pas d'être toujours aussi sage.

— Justement, c'est pour ça que je m'excuse. Tu as été clair sur tes sentiments… ce n'était pas juste de ma part de te mettre dans cette situation. J'ai été égoïste… j'ai perdu le contrôle. Entre la folie de cette soirée, l'alcool, tout ce qui a pu se passer ces dernières semaines… j'ai lâché prise et j'ai arrêté de refouler tout ce que je me tue à combattre depuis que t'as mis les pieds dans ce bureau.

— Et… qu'est-ce que tu essaies si ardemment de combattre ? se risque-t-il.

— Toi. Toi, moi, le souvenir que j'ai de nous deux. Toutes ces émotions qui me traversent l'esprit et ces sensations qui bousculent mon corps tout entier quand tu te tiens à côté de moi. Ce sentiment d'inachevé que j'ai depuis tant d'années. Ce n'est pas que de l'attirance, Léo. Je tiens toujours à toi et je pense que ça ne changera pas tant que subsistera cette connexion entre nous.

— Tu veux un scoop ?

— Dis-moi ?

— Cette connexion, elle ne partira jamais. Il y a des gens qui sont liés, quoi qu'il arrive, quoi qu'ils fassent, où qu'ils aillent, fait-il très sérieusement. Je ne pourrai pas l'expliquer, mais je me suis senti proche de toi, même à des kilomètres, et sans aucun contact. Nous sommes liés, Andie. Je suis heureux que tu commences à t'en rendre compte.

Je suis pétrifiée sur ma chaise, déjà fébrile après tout ce que j'ai osé lui avouer, mais cet aplomb dont il fait preuve ne cesse de me désarçonner.

— Bon, reprend-il, je vais te laisser travailler avant que tu ne te liquéfies sur ton fauteuil, rit-il. On aura tout le temps de discuter de ça plus tard, je voulais juste m'assurer que tout était OK avant qu'on parte ensemble en séminaire.

Je hoche la tête, incapable de prononcer le moindre mot. Il m'offre un sourire enjôleur avant de s'éclipser de mon bureau. Si j'avais été un poil plus téméraire, j'aurais tout envoyé balader sur ce bureau et me serais jetée sur lui. La femme de mon roman l'aurait fait, elle. Heureusement pour ma conscience, je ne suis pas cette femme-là.

Mon téléphone vibre, me ramenant à la réalité amère.

Stéphane

Salut... ta mère n'arrête pas d'appeler et de me laisser des messages. Appelle la stp. J'aimerais qu'on discute toi et moi, à propos des conditions de ce break...

aujourd'hui à 10:06

Je pousse un grognement, j'ai oublié d'appeler ma mère. Je n'ai pas envie d'avoir à supporter ses remontrances. Elle adore Stéphane, elle va me bassiner avec le fait que je fais n'importe quoi et que j'ai de la chance d'avoir un homme en or auprès de moi. Elle donnerait tout pour retrouver mon père. Je ne peux pas lui en vouloir de penser ainsi, après tout, elle a perdu l'amour de sa vie. Il serait normal qu'elle me conseille de chercher à préserver le mien. Et si tout compte fait, Stéphane n'était pas l'amour de ma vie ?

∞

Je pianote depuis deux bonnes heures, profitant d'un élan d'inspiration pour rédiger plusieurs articles d'avance. À ce moment-là, l'écran de mon PC se met à grésiller.

— Rah non ! Tu vas pas me faire ça ! grogné-je en tapant le côté de l'écran, comme si ça allait miraculeusement résoudre le problème.

Pouf. Plus rien.

— Génial…

L'ordinateur ne réagit plus du tout, il faut se rendre à l'évidence : il est foutu. Au même moment, Mary traverse le couloir à toute allure. Je me lève d'un coup sec pour tenter de l'interpeller et dans la précipitation, je m'emmêle les pieds dans les fils du matériel électronique et m'étale par terre.

Alertée par le bruit, Mary s'arrête net et revient sur ses pas.

— Tout va bien ? s'enquiert-elle en passant sa tête par la porte.

— Oui, ris-je, j'ai trébuché. Je voulais te voir justement ! Mon ordi vient de lâcher, le mien est chez moi, il faudrait que je passe le chercher en attendant d'en commander un nouveau, mais…

— Laisse tomber, me coupe-t-elle, j'ai pas prévu de passer une commande dans l'immédiat. Viens avec moi, je vais te donner la CB de l'entreprise et tu vas aller en acheter un nouveau dès maintenant. Même budget que pour celui-là.

— Euh, OK. J'y vais tout de suite ?

— Oui, Andie ! Suis-moi, se hâte-t-elle, je suis pressée.

Je ressors du magasin avec mon PC flambant neuf sous le bras et en profite pour jeter un œil autour de moi. Il fait un temps magnifique, les rues sont bondées, les terrasses de cafés pleines d'étudiants et de jeunes travailleurs venus faire une pause.

— Andie ! s'écrie la sœur aînée de Léo en s'arrêtant devant moi.

— Oh, salut Louise !

— Ça me fait plaisir de te voir ! Tu fais quoi dans le coin ?

— Je viens d'acquérir un nouveau petit bijou de technologie, fais-je en lui montrant fièrement le carton. Et toi ?

— Je suis en repos, je fais quelques emplettes. T'as un moment pour un café ?

— Je ne sais pas trop, je suis censée retourner au webzine, là, hésité-je. Oh, puis je peux bien prendre une demi-heure avec toi, après tout Mary est ton amie, tu lui diras que c'est ta faute si je suis en retard.

— Avec plaisir, rit-elle.

Nous nous installons donc en terrasse et commandons des boissons fraîches. Je retrouve dans ses yeux la même petite étincelle de malice qui me fait tant chavirer chez Léo.

— Alors, comment tu vas ? s'enquiert-elle.

— Pas trop mal ! Et toi ?

— Moi ça va super, Léana a bien aimé ta petite Théa, elle ne fait que demander quand est-ce qu'elle aura l'occasion de la revoir. Je ne suis pas étonnée, avec une mère comme toi, elle ne peut être qu'adorable, me flatte-t-elle.

— Arrête, tu vas me faire rougir. Théa a beaucoup apprécié ce moment avec ta fille, elle aussi. Je ne sais pas trop quand est-ce qu'on pourra prévoir une autre rencontre, le cadre familial est un peu difficile en ce moment.

— Oui, Léo m'a dit qu'entre ton mari et toi, ce n'est pas la joie…

— Eh bien on a décidé de se séparer. Enfin, on fait un break.

— Je suis désolée d'apprendre ça… il y a une possibilité que ça s'arrange, tu penses ?

— À vrai dire, je ne sais pas trop. Je ne suis sûre de rien. Il y a quelques jours, je t'aurais sûrement dit qu'on prend juste un peu de recul histoire de souffler un peu, mais plus les jours passent, plus j'ai le sentiment que j'essaie de repousser depuis bien trop longtemps l'inévitable. Ça m'effraie.

— C'est une réaction normale. Tu as construit une vie avec cet homme, ainsi qu'une famille. C'est logique d'avoir peur de tout plaquer et de tout recommencer. Mais parfois, c'est la meilleure des solutions, assure-t-elle. Enfin, je vous souhaite tout de même que ça s'arrange, pour Théa, et si c'est ce que vous voulez. Cependant, si tu penses que ton bonheur est ailleurs qu'avec lui, il ne faut pas que tu craignes d'aller vers ce que tu mérites.

— T'as raison, oui, je le sais. Disons que rien n'est encore sûr.

— Je peux te poser une question indiscrète ? tente-t-elle.

— On se connaît depuis suffisamment longtemps pour ne pas prendre de pincettes entre nous, n'est-ce pas ? ris-je.

— C'est pas faux, sourit-elle. Du coup, je ne vais pas y aller par quatre chemins. Léo a-t-il un rapport avec ça ?

— Ah... je me doutais un peu que tu allais poser la question mais j'espérais secrètement que tu n'oserais pas.

— Désolée, ça ne me regarde peut-être pas... mais c'est mon petit frère. J'étais obligée de demander.

— Je vais te répondre étant donné que j'en ai déjà parlé avec lui pas plus tard que ce matin, et pour être honnête, son retour dans ma vie est l'un des facteurs qui m'ont aidé à réaliser certaines choses. Je n'en dirai pas plus.

— Je vois... tu sais qu'il est fou de toi, n'est-ce pas ?

— Il me l'a laissé entendre, oui, admets-je.

— Et toi, tu ressens quoi pour lui ?

Face à mon silence lourd de sens, elle se met à rire.

— Oh pardon, reprend-elle en riant. Je ne peux pas m'en empêcher. Je ne devrais pas te dire tout ça, mais ça me brise le cœur de voir mon petit frère seul alors qu'il a tant d'amour à donner.

— Doucement, Louise. Je suis à peine séparée de mon mari et on est encore loin d'être divorcés. Je pense que tu ne veux pas d'une simple place d'amant pour Léo...

— C'est sûr, oui. Je ne te disais pas de te jeter sur lui à la moindre occasion, mais simplement de bien réfléchir à ce que tu veux. Si son retour dans ta vie t'a autant perturbé, je dis juste que ce n'est sûrement pas pour rien.

Elle accompagne cette dernière phrase d'un sourire maternel et réconfortant, comme elle sait si bien le faire. Comment lui en vouloir ?

— Ne t'en fais pas, conclus-je. Je prendrai les décisions qui s'imposent quand ce sera le moment.

Chapitre 32

Après avoir déposé Théa chez ma mère, Stéphane m'annonce par SMS qu'il va passer un moment pour discuter. Angoissée comme si c'était notre premier rendez-vous, j'hésite entre me pomponner rapidement ou rester vêtue de mon pantalon large et du petit débardeur en dentelle qui l'accompagne. Il pourrait se méprendre sur mes intentions si je m'apprête.

Je décide de rester en version détente et d'éviter de trop me prendre la tête. À quoi bon me torturer à tenter de deviner ce qu'il va me dire alors que d'ici dix minutes, je saurai tout ? Nous sommes officiellement séparés depuis à peine une semaine. Se pourrait-il qu'il veuille déjà faire le point ?

Alors que je me triture bêtement l'esprit contrairement à ce que j'avais décidé trois minutes avant, je l'entends ouvrir la porte et pénétrer dans la maison.

— Salut, me lance-t-il nonchalamment tout en posant ses affaires sur le bar. Comment ça va ?

— Pas trop mal, et toi ?

— Ça va, merci. Alors, quoi de neuf ?

— Pas grand-chose.

— OK… tu pars demain, c'est bien ça ?

— Oui. Tu veux boire un truc ?

— Nan, merci, je ne vais pas rester longtemps. Avant toute chose, ta mère n'avait pas l'air très en forme ce soir, elle me bassine pour que tu l'appelles. Tu ne l'as toujours pas fait ?

— J'ai oublié, admets-je. Entre le boulot et tout ça, j'ai autre chose en tête.

— Je comprends, mais tu abuses. Elle a peur de trop insister auprès de toi, alors, elle se rattrape avec moi. C'est agaçant à la longue. Pourquoi tu refuses de l'appeler ?

— Je te l'ai dit, j'ai oublié.

— Arrête, j'te connais, tu l'évites. C'est à cause de nous deux ? Je lui ai déjà expliqué.

— Oui, mais toi, elle t'aime assez pour ne pas te bourrer le crâne de tous ces reproches déguisés en conseils. J'ai pas franchement envie qu'elle passe deux heures à me prouver par A plus B combien j'ai tort de te laisser partir.

— Tu ne me laisses pas partir, on décide d'un commun accord de prendre du recul. Enfin bon, tu fais bien comme tu veux, mais ne viens pas te plaindre si la prochaine fois qu'elle m'appelle je lui dis gentiment d'aller se faire voir.

— Et tu aurais bien raison, c'est idiot qu'elle te harcèle.

— Elle se sent seule, Andie, soupire-t-il.

— T'es venu pour me parler de ma mère ou tu avais autre chose en tête ?

— Bien, capitule-t-il. N'en parlons plus. Je voulais parler de nous.

— Stéphane, ça fait à peine une semaine, c'est encore…

— C'est pas ce que tu crois, me coupe-t-il. J'aimerais qu'on précise un peu certains points concernant ce fameux break. Tu as l'intention de voir d'autres personnes ?

— Euh… pas vraiment, enfin, je n'ai rien planifié en tout cas. Pourquoi ?

— J'y ai réfléchi, en fait… et ça m'emmerde de l'admettre, mais le meilleur moyen pour toi de savoir ce que tu ressens vraiment pour ce Léo, ce serait sans doute d'essayer.

Je n'en crois pas mes oreilles. Mon propre mari est en train de suggérer l'impensable.

— T'es sérieux là ? finis-je par demander après quelques secondes.

— Oui, Andie. C'est pas sans effort pour moi de te proposer ça, mais si tu coches cette case une bonne fois pour toutes, peut-être que tu n'auras plus l'esprit pollué par tout ça et que tu pourras te concentrer à nouveau sur nous. T'en penses quoi ?

— J'en sais trop rien, Stéphane… c'est quand même super risqué. Tu me demandes quoi, concrètement ? De coucher avec lui pour essayer ou d'avoir une véritable liaison ?

— Comme tu le sens, fait-il en haussant les épaules. Je préférerais ne pas connaître tous les détails, à vrai dire. C'est à toi de voir. Et, de mon côté… si je voyais d'autres femmes, je pourrais plus facilement me rendre compte de…

— Nous y voilà, le coupé-je.

— Quoi ?

— Je croyais que toi, tu étais sûr de tes sentiments ? Cette pause était censé *me* servir à y voir plus clair, m'agacé-je.

— Pas que, Andie. Après tout ce que tu m'as balancé, forcément ça fait réfléchir. Moi aussi, j'ai besoin de repenser à tout ça, maintenant. Tu croyais quoi ? Que tu pouvais simplement me dire que t'es plus sûre de ton amour pour moi sans que ça ne remette quoi que ce soit en question de mon côté ? Et puis quoi encore ? Je vais pas rester là bêtement à patienter que tu juges si oui ou non, je suis toujours digne de toi, lâche-t-il sèchement.

— C'est pas ce que je t'ai demandé… en fait, j'ai la très nette impression que tu veux en profiter pour t'amuser un peu. Je me trompe ?

— Roh écoute, prends-le comme tu veux, je m'en fiche. Sache que si tu veux explorer tes horizons, tu as mon accord.

— Et, par extension, je ne dois te faire aucun reproche si d'aventure tu avais une liaison de ton côté. N'est-ce pas ?

— Ce serait logique, oui.

Face à mon expression renfrognée, il soupire et lève les yeux au ciel.

— Mais enfin, Andie ! Qu'est-ce que tu veux de plus ? Je te donne la permission d'aller t'envoyer en l'air avec ton ex et de revenir vers moi ensuite si c'est ce que tu veux ! N'importe qui serait ravi à ta place. C'est une belle preuve d'amour de te laisser expérimenter avant de faire ton choix, se défend-il.

— Tu ne me prendrais pas pour une idiote ? Tu essaies de me faire croire que tu fais tout ça pour moi, grand Seigneur que tu es ! T'as juste envie de profiter de ta vie de célibataire avec ton pote Joe.

— Si je peux m'amuser un peu moi aussi, pendant que tu me fous à la porte de ma propre maison, je vais pas m'en priver.

— Sérieusement ?! m'énervé-je. C'est toi qui as proposé de prendre tes distances et d'aller vivre ailleurs, je te signale !

— Vu la scène que t'es en train de me faire, je commence à me dire que c'est la meilleure idée que j'ai eue cette année, raille-t-il. Bordel, je sais plus comment agir avec toi !

Je ne réponds pas, j'ai toujours préféré me taire lorsque je suis en colère plutôt que d'avoir un mot plus haut que l'autre. Mon mutisme a le don de l'agacer encore plus, il rougit de colère et inspire profondément. Les muscles de son bras se contractent en même temps que sa mâchoire. Il menace d'exploser à tout moment et tout ce qui me vient à l'esprit est un magistral :

— T'es ridicule.

C'est la phrase de trop.

Les yeux écarquillés, il envoie valser ses affaires posées sur le bar et écrase son poing contre le mur. Pétrifiée, je n'ose plus bouger un cil.

Il regarde au sol, haletant. Je rassemble ma bravoure et d'une voix, la plus sèche possible, j'articule :

— Sors d'ici.

— Ça vaut mieux, oui. Bon séminaire, surtout, crache-t-il.

Sans demander son reste, il récupère ses affaires et s'en va en claquant la porte. J'ai l'impression de vivre une caméra cachée. Quelqu'un me fait une blague de très mauvais goût. Je commence à imaginer tout un tas de choses. Peut-être avait-il déjà cette idée derrière la tête lorsqu'il m'a proposé cette brillante idée. Il essaie de me culpabiliser pour mon honnêteté envers lui, mais à côté de ça il ne se gêne pas pour me dire qu'il aurait bien envie d'aller passer du bon temps avec d'autres que moi. Légèrement hypocrite après avoir refusé ma proposition de relation libre.

Pas de quoi s'étonner, on récolte ce que l'on sème. Je fricote avec Léo depuis des semaines. Même s'il ne s'est rien passé, j'ai franchi mes propres limites depuis bien longtemps. Jusque-là, sa réaction me paraissait étrangement mesurée. Voilà le retour de flamme.

Même si je peux comprendre que je ne peux m'en prendre qu'à moi-même et que j'ai quasiment cherché ce qui arrive maintenant, ces accès de colère me préoccupent de plus en plus. Toujours debout au milieu de la pièce, j'observe la petite fissure dans le mur. Comment cette violence et cette colère ont-elles pu sommeiller en lui depuis tout ce temps, sans que je ne remarque jamais rien ?

Chapitre 33

Je roule tranquillement sur l'A7 en direction d'Aix-en-Provence, clim en route et un album d'Aerosmith en fond sonore. Nous avons pris la route à cinq heures pour être à l'hôtel à neuf heures et assister à la première formation qui débute une demi-heure plus tard. Encore tous ensommeillés, personne n'ose ouvrir la bouche et ce n'est pas pour me déplaire.

— Andie ? me fait mentir Carla, sur la banquette arrière.

J'ai parlé trop vite.

— Oui ?

— Tu pourrais changer la musique ? J'me fais chier, le trajet va être long.

— Tu n'aimes pas Aerosmith ?! s'étonne Léo en me lançant un regard en biais.

— Parce que t'aimes ça, toi ?

— Carrément ! Tu écoutes quoi d'habitude ?

— Je suis plus du genre pop. Tout ce qui est rock et métal, ça me déprime.

Je lève les yeux au ciel tandis qu'il me lance une œillade complice.

— Tu n'as pas écouté les bons groupes, alors. Tiens, je vais en mettre une, tu devrais aimer.

Il prend mon téléphone et accède à ma bibliothèque musicale, gardant tout son sérieux le temps de scroller et de trouver le petit bijou, comme s'il s'apprêtait à prendre la décision la plus importante de sa vie.

— Qu'est-ce que tu cherches ? Je n'ai peut-être pas…

— Je sais que si, c'est une de tes chansons favorites, sourit-il. Tu l'écoutais déjà à l'époque.

Les premières notes du morceau me font automatiquement des frissons, je lance alors un regard entendu à Léo qui me répond d'un clin d'œil et remet ses lunettes de soleil puis se laisse aller contre l'appui-tête. *Creep*, célèbre chanson de Radiohead, commence lentement. Dès les premières notes, je sens mon cœur se réchauffer.

Dans ma vision périphérique, je distingue les doigts de Léo, posés sur sa cuisse gauche, qui battent le rythme. Je me mets à chantonner, il pose alors son regard sur moi et les mouvements de sa tête suivent la mélodie tandis que ses doigts imitent toujours le tempo des percussions. Il finit par m'accompagner et en moins de trente secondes, nous sommes en train de chanter à tue-tête pendant que Carla rumine à l'arrière. Le fou-rire qui s'ensuit me fait monter les larmes aux yeux. Ce moment est une réelle bouffée d'air frais dans cet océan étouffant.

— Oh bordel, enfin ! s'extasie Carla en s'étirant les jambes. J'ai cru que je n'allais pas survivre à ce trajet ! Pas de karaoké sur le retour, sinon je prends le train.

— Oh, ça va, rigole Léo. Je te promets qu'on te mettra du Aya Nakamura en rentrant.

— Pitié, non ! Ma voiture, ma musique, protesté-je.

Elle me répond d'un sourire parfaitement ironique.

Nous venons de nous garer devant l'hôtel, qui est un bâtiment impressionnant par son standing. Nous sortons les bagages de la voiture et nous dirigeons vers l'accueil, les yeux incapables de se fixer quelque part.

— Andie, toi qui as déjà fait ça, on va s'amuser un peu quand même ?

— Les formations ne sont pas toutes intéressantes, certaines oui, d'autres moins… après, c'est chacun ses goûts.

— D'accord, mais ça, c'est la partie chiante. Je parlais plutôt des deux soirées qui nous attendent !

— Si tu veux tirer quelque chose de ces formations, il faudra éviter de trop abuser, la mets-je en garde. Le rythme est plutôt soutenu durant la journée.

— Oh, arrête. Une cuite, deux ou trois heures de sommeil, deux litres d'eau et c'est reparti. Après la formation, on va se reposer un moment au bord de la piscine, on dîne tranquille et puis on file en boîte !

— Je n'ai plus vingt ans, pour ma part.

— Ça va ! T'as pas soixante-dix ans non plus ! Quelle tristesse, se moque-t-elle.

— On peut au moins aller boire un verre, tempère Léo.

— Je n'ai pas dit qu'on ne ferait rien, on peut même en boire deux ou trois, mais je ne compte pas me taper une nuit blanche et enchaîner avec les séminaires sans avoir décuvé, préviens-je. Après, vous êtes libres.

— Non, alors, c'était pas l'objectif de base, t'as rien écouté, s'agace Carla. Comme tu dis, on est libres, chacun fera ce qu'il veut de toute façon.

Nous arrivons à hauteur d'une charmante hôtesse qui nous dévoile la blancheur de ses dents.

— Mesdames, Monsieur, bienvenue. Vous avez une réservation ?

— Oui, nous venons pour le séminaire rédaction et médias sociaux, commencé-je.

— Oh, bien sûr. C'est à quel nom ?

— Nos trois noms respectifs, sans doute : Andie Laurent, Carla David et Léo Cottet.

La demoiselle pianote rapidement sur son clavier puis fait une grimace embêtée.

— Hmm, je n'ai aucune réservation à ces noms-là... pour quelle entreprise travaillez-vous ?

— Un webzine du nom de *L'art de vivre*. Je ne sais pas si vous connaissez.

— Moi non, plaisante-t-elle, mais la base de données le devrait.

Elle tapote une nouvelle fois sur les touches et lève les yeux vers moi, les lèvres pincées.

— Je suis désolée, je n'ai rien non plus. Peut-être le nom de votre responsable ?

— Essayez Mary Bolton, s'agace Carla, et ne me forcez pas à lui téléphoner.

Visiblement mal à l'aise, la jeune femme se remet à fouiner dans son PC. À en juger par le temps que ça prend, je la soupçonne de n'avoir toujours rien trouvé et de repousser le moment au maximum.

— Alors, reprend-elle. Il doit y avoir eu un problème avec la réservation des chambres, car j'ai bien vos trois comptes à vos noms respectifs pour les repas.

— Et pour les chambres alors, on fait quoi ? rétorque Carla avec amertume.

— Calme-toi, Mademoiselle va sans doute trouver une solution, tempère une nouvelle fois Léo.

— Je ne sais pas trop ce que j'ai le droit de faire ou non, je débute, s'excuse-t-elle en essayant tant bien que mal de rendre son sourire à Léo.

— Eh bien, si vous commenciez par vous sortir les doigts de là où je pense pour aller chercher un responsable ? Il est hors de question qu'on paye une chambre de notre poche alors que tout est déjà réglé par l'entreprise, crache Carla.

La jeune femme hoche la tête et se lève, nous priant de l'excuser un instant. Je me tourne vers Carla, furieuse.

— T'es obligée de lui parler comme ça ? Elle n'est pas suffisamment mal à l'aise à ton goût ?

— Faut pas déconner non plus, c'est son job. Si elle est pas prête à se faire hurler dessus par de vieilles aigries pleines aux as, qu'elle change immédiatement de boulot.

— Pas besoin d'être vieille, ni pleine aux as, pour être aigrie apparemment.

— Me cherche pas, OK ? Vous m'avez tendue avec vos musiques de vieux, j'ai envie de me relaxer. Je ne vais pas faire son travail à sa place, non plus.

— Vous voulez bien vous calmer ? Un responsable va venir s'occuper de nous et tout va s'arranger.

Au même moment, un homme d'âge mûr vêtu d'un costume sombre s'approche de nous, suivi de près par la jeune employée. Elle n'ose même plus nous regarder et je la comprends.

— Mesdames, Monsieur, veuillez nous pardonner pour la gêne occasionnée. Il semble que vos chambres n'aient pas été enregistrées.

— Vous avez une solution à nous proposer ? La facture a déjà été réglée et nous devons impérativement assister à ce séminaire, argumenté-je.

— Naturellement, me répond-il. Nous traitons souvent avec votre entreprise et souhaitons continuer à jouir de ce partenariat durable et fort agréable d'ordinaire, pour cette raison, je me suis permis de vous surclasser. Vous avez de la chance, l'hôtel n'est pas complet cette semaine. J'ai donc deux suites doubles à vous offrir.

— Des suites ? Génial ! s'exclame Carla.

— Deux suites doubles, vous dites ? s'enquiert Léo.

— Tout à fait, Monsieur Cottet. C'est le petit inconvénient. Si cette solution vous convient, il faudra décider entre vous de la répartition dans les chambres.

— Il ne vous reste pas une seule chambre simple ? tenté-je.

— Je crains bien que non, vous imaginez bien que si ça avait été le cas, je vous aurais accordé une troisième chambre. Je suis navré.

— C’est parfait, répond Carla. Nous allons nous en accommoder, ne vous tracassez pas !

— Tiens, quand ça t’arrange, tu sais être aimable et polie, marmonné-je.

Le responsable nous offre un sourire courtois et demande à l’un de ses employés de prendre nos bagages pendant que l’hôtesse d’accueil nous remet nos badges.

— Je propose qu’on décide chaque soir de qui dort avec qui, déclare Carla en appelant l’ascenseur.

Je lui lance un regard interloqué alors que les portes s’ouvrent, Léo s’engouffre dedans sans attendre.

— Pourquoi ne pas faire un choix maintenant et s’y tenir ?

— Parce que, commence-t-elle en appuyant sur le bouton du deuxième étage, si tu me le demandes maintenant, je te répondrais que j’ai bien envie de partager la chambre de Léo, rit-elle. Mais si tu me redemandes ce soir, tout dépend des rencontres que j’aurai faites.

— Oh.

— Bah ouais, celui ou celle qui ramène quelqu’un pour la nuit a droit à la suite solo, les deux autres partagent la seconde. Ça vous va ?

Je hausse les épaules, il est évident que je ne vais rencontrer personne ni ce soir, ni demain. Je ne serais pas étonnée que Carla ne ramène plus d’une personne, quant à Léo, je ne peux m’éviter d’être déçue et légèrement jalouse en l’imaginant rentrer aux bras d’une charmante créature à l’image de la belle hôtesse d’accueil.

— Si ça vous convient pas, on peut toujours dormir tous les trois, propose Carla en riant.

— On te laisse une suite pour toi toute seule, déclare fermement Léo alors que l’ascenseur approche lentement du second.

— Comment ça ? s’étonne-t-elle. Tu comptes dormir avec Andie ?

— Je vais dormir dans mon lit, et elle dans le sien. Il est évident qu'elle ne compte inviter personne et je n'y tiens pas non plus. Comme ça, tu es libre de faire ce que tu veux et de rentrer à l'heure que tu veux.

Elle hausse les épaules et croise les bras, levant le menton d'un air dédaigneux.

— Enfin, bien sûr, si ça te va, fait-il doucement à mon intention.

— Oui, c'est peut-être le mieux à faire, déclaré-je en essayant de rester la plus neutre possible.

L'ascenseur s'ouvre enfin et nous nous dirigeons vers nos appartements en silence. Carla ouvre sa suite à l'aide du badge électronique et Léo fait de même avec la nôtre. Il maintient la porte ouverte d'un bras et me fait signe d'entrer de l'autre.

Je ne peux m'empêcher de penser à ma dernière conversation avec Stéphane, il serait ravi d'apprendre que je vais dormir deux nuits à côté de l'homme qui représente aujourd'hui mon plus grand fantasme.

Chapitre 34

— T'es sûre que c'est bon pour toi ? s'enquiert Léo en ouvrant sa valise.

— Oui, ne t'en fais pas. Je ne m'imaginais pas partager la chambre avec Carla, à vrai dire.

— Je me demande bien pourquoi ! rit-il en enlevant son t-shirt.

— Eh ! m'exclamé-je en lui tournant le dos. Qu'est-ce que tu fous ?

— Oh, désolé, je ne suis pas du genre pudique. J'avais envie d'enfiler un truc plus propre après le trajet.

— On a une salle de bain pour ça.

Il pouffe. Je tourne légèrement la tête, espérant malgré moi distinguer un bout de peau dans ma vision périphérique. Voilà où j'en suis.

En levant les yeux, je remarque son reflet dans l'écran de télévision. Je ne peux voir qu'une partie de son dos et son flanc. D'une façon floue et beaucoup moins précisément que dans un miroir, certes. Tout de même assez pour distinguer les reliefs de sa peau mis en évidence par les rayons qui s'infiltrent à travers la fenêtre.

— C'est bon, tu peux te tourner, je suis présentable, s'amuse-t-il. On y va ?

— Je te suis. Au fait, Léo. Vu que tu te déshabilles assez facilement, le taquiné-je, je me permets de poser une condition pour cette nuit.

— T'es vache ! Mais je t'en prie, tout ce que tu veux.

— Promets-moi de ne pas me sauter dessus ce soir, exigé-je en tentant de garder mon sérieux.

— T'es sérieuse ?

Je laisse un blanc de quelques secondes. Je peux presque lire, dans ses yeux, les mille questions qu'il se pose.

— Non, je plaisante, admets-je. Je sais bien que tu ne ferais jamais ça, c'était de l'humour.

— De l'humour, oui… moi, j'ai plutôt l'impression que tu flirtes avec moi. Et selon mon expérience de notre dernière soirée, c'est plutôt moi qui devrais faire attention à ce que tu ne me sautes pas dessus, lance-t-il avec un clin d'œil.

J'ouvre la bouche et la referme aussitôt, je préfère me taire plutôt que de m'enfoncer. Il secoue la tête, sourit et s'engouffre dans le couloir. Effectivement, si quelqu'un s'est montré un peu trop entreprenant, c'est bien moi.

∞

Je fulmine dans le hall de l'hôtel. Carla nous met officiellement en retard, j'ai déjà envoyé trois SMS et aucun signe d'elle. Je fais les cent pas, bras croisés, mine renfrognée, alors que Léo me regarde en souriant.

— Qu'est-ce qui te fait sourire ? maugréé-je.

— Toi. Tu sais que t'es plutôt sexy quand t'es énervée ?

— La ferme.

Je concentre absolument toutes mes forces pour ne pas sourire à cet instant précis. Je conserve mon air agacé.

— Quoi ? Toi t'as le droit de flirter avec moi et de me mater dans le reflet de la télé, mais moi je dois rester professionnel ? me défie-t-il.

Je fais un arrêt sur image. Pour la discrétion, on repassera. Mes joues deviennent aussi rouges que le bouquet d'amaryllis posé sur le comptoir.

— Fais pas cette tête ! enchaîne-t-il. Tu pensais que je ne te voyais pas ?

— C'était là tout l'intérêt, en effet. Pourquoi n'avoir rien dit ?

— Je trouvais ça amusant de te le ressortir plus tard, rit-il. Je ne me suis pas trompé, ton expression valait bien d'attendre un peu. Et… en fait, c'était assez agréable de savoir que tu me regardais.

Le feu me monte aux joues, ce qui ne fait qu'agrandir un peu plus son sourire. Je me détourne maladroitement, espérant très vite passer à autre chose. Je n'ai jamais joué les vierges effarouchées avec Stéphane. Bien au contraire, j'étais souvent l'instigatrice de nos petits jeux coquins. Séduire mon propre mari, c'est simple. Ça ne me posait aucun problème, jusque-là. C'était même dans l'ordre des choses.

Cependant, commencer ce petit jeu avec Léo me rend fébrile. J'aurais envie d'être moi-même et de lui montrer quelle femme je peux être mais c'est plus fort que moi. Je retourne à mes dix-sept ans.

Carla débarque à ce moment-là. Maquillée et habillée comme si elle s'apprêtait à faire un shooting, ce qui m'aurait agacé au plus haut point si je n'étais pas si soulagée de la voir apparaître à cet instant précis.

— Bon, on y va alors ? s'impatiente-t-elle.

Je pousse un grognement. Faut pas abuser.

— Je te déconseille d'énerver la bête, lui chuchote Léo.

Il est presque dix-neuf heures, nous sortons à peine de cette interminable journée. Il a fait chaud à en mourir, je n'ai qu'une seule envie : profiter de la piscine.

— Je monte mettre mon maillot de bain, il faut que j'aille nager un peu, déclaré-je.

— OK, je file nous prendre trois cocktails au bar ! s'enthousiasme Carla.

— Quant à moi, je vais réserver trois transats.

Lorsque j'arrive face à ma valise, deux options s'offrent à moi. L'une est un deux pièces rouge passion, constitué d'un haut à balconnet tout ce qu'il y a de plus classique et d'un tanga. L'autre est un une pièce, légèrement plissé sur les hanches, et ajouré juste sous la poitrine. S'il n'était pas noir, il pourrait paraître vulgaire.

Je l'enfile et m'observe dans la glace, on devine le dessous de mes seins. Le tatouage qui les souligne est, quant à lui, parfaitement visible. Je n'ai qu'un seul tatouage, il est fin et féminin à souhait. Subtil, mais efficace.

Je prends une grande inspiration et décide d'oser. De toute façon, c'est ça ou laisser voir à tout le monde la moitié de mon cul. Qu'est-ce qui m'a pris de n'emporter aucun maillot safe.

Je redescends par l'ascenseur, un paréo lilas légèrement transparent nonchalamment noué autour de mes hanches. Il flotte au rythme de mes pas, épousant parfaitement mes courbes tant son tissu est fluide. Je m'arrête à l'entrée de la piscine et promène mon regard autour de celle-ci. Les voilà.

Trois transats sont installés côte à côte, Léo occupe celui du milieu. Carla est assise à sa droite, le bout d'une paille dans la bouche et un cocktail rouge à l'autre extrémité. Sans ciller, je mets un pied devant l'autre de la façon la plus assurée possible. Lorsque Carla lève les yeux et tombe sur moi, je fais mine de regarder autour, un léger sourire aux lèvres. Je vois bien quelques têtes se tourner discrètement et les regards m'effleurer. Ce n'est pas déplaisant. Si ces gens-là savaient qu'en réalité, je me concentre si fort pour ne pas me casser la margoulette.

Ils sont à l'autre bout de la piscine, il faut que j'en fasse le tour sans me prendre le pied dans une serviette ou une tong. Focus, Andie.

Je jette à nouveau un œil vers eux et Carla a la bouche ouverte, les yeux rivés sur moi. De loin, je crois lire sur ses lèvres un « waouh » extatique. À ce moment précis, alerté par l'onomatopée de Carla, Léo lève les yeux vers elle puis suit son regard dans ma direction. C'est cet instant que je choisis pour dénouer lentement mon paréo et regarder à l'horizon. Non mais pour qui je me prends ?

J'arrive enfin à leur niveau et m'installe l'air de rien sur le dernier transat. Léo ne m'a pas quitté des yeux, il relève ses lunettes de soleil et me dévoile un regard très sérieux. Trop sérieux. Pas un sourire. Pour la traduction, j'hésite entre « j'ai envie de te tuer », ou « j'ai envie de te bouffer ».

— Andie, ton maillot est ca-non ! Et tu le porte super bien. T'es bien foutue sous tes fringues, en fait. Et ce tatouage ! C'est ultra sexy. J'hésitais à m'en faire un au même endroit, ça fait mal ?

— Je n'ai que celui-là donc, pour comparer, c'est difficile… en tout cas, moi j'ai souffert. Tout le monde m'avait déconseillé de commencer par là. Pour se faire une idée, il paraît qu'il vaut mieux commencer par le bras. T'en penses quoi, Léo ?

— J'en pense que ce maillot est sublime sur toi et ce tatouage encore plus, lâche-t-il d'une traite sans détourner le regard.

— Non, je… je parlais du meilleur endroit pour se faire un premier tatouage.

— Oh. Je sais pas trop. Ça dépend des gens, j'imagine. Je n'en ai qu'un sur l'avant-bras et un juste au-dessus du coude alors on ne peut pas vraiment dire que je sois un expert. J'ai eu vachement plus mal pour celui au-dessus du coude, pour l'autre, je n'ai quasiment rien senti.

— Mouais, OK, passons. Je vous ai ramené un *sex on the beach* à chacun. Ça vous donnera peut-être des idées. Enfin, vu la tête de Léo… pas sûre qu'il ait besoin d'aide pour avoir des idées. Et sur ces belles paroles, je vais aller discuter avec le type qui me sourit au bar.

— Déjà ?! m'exclamé-je en jetant un œil au molosse en costard à la *Men in black* qui la zieute depuis son tabouret.

— T'inquiète, Andie. Léo ne va pas te manger, rit-elle en s'éloignant.

— C'est elle qui l'a dit. Je n'ai rien promis.

Je lui lance un regard incendiaire et secoue la tête.

— Alors, reprend-il. Si on picolait un peu ? On est dans le sud, au bord d'une piscine magnifique, il fait beau et chaud. Et je suis en charmante compagnie, en plus de ça.

— Si on n'oublie pas de dîner, je suis pour.

— Très bien, je vais aller piquer une tête avant toute chose. Je vais enlever mon t-shirt, pas besoin de te retourner cette fois, je t'autorise à jeter un œil.

— Arrête de te foutre de moi ! T'aurais fait pareil.

— Absolument pas.

— Menteur.

— Non, moi je ne me serais pas retourné pour te regarder honteusement dans le reflet de la télé, rit-il.

Je lève les yeux une nouvelle fois. Il pose son t-shirt sur le transat et s'approche de l'eau. J'ai tout le temps de détailler la musculature de son dos. Lorsque j'arrive à ses fesses, je ne peux m'empêcher de prendre une grande inspiration pour contrôler l'afflux sanguin soudain qui martèle mes tempes. Il effectue un plongeon presque digne des plus grands athlètes et atterrit dans l'eau quasiment sans un remous. Il fait une longueur d'une seule traite et sort à l'opposé.

Il revient en marchant et je peux voir que les têtes ne se tournent pas uniquement sur moi. Femmes et hommes l'observent et je ne peux pas leur en vouloir.

Le corps ruisselant, il s'approche et ne me quitte pas des yeux.

Ma bouche est si sèche que je déglutis avec difficulté, promenant mon regard sans aucune gêne sur ce corps sensationnel. Tant pis pour la discrétion.

— Tu devrais aller nager un peu, tu as l'air d'avoir chaud, sourit-il en essuyant une petite goutte de sueur sur ma clavicule.

— Je vais y aller, j'attends juste de retrouver l'usage de mes jambes, plaisanté-je.

— Oh ! s'étonne-t-il en s'asseyant. Voilà de l'attirance parfaitement assumée, nous en sommes là, alors.

— À quoi bon faire comme si de rien n'était ? Avec tout ce que j'ai déballé la dernière fois, mes tentatives de rapprochement ajoutées à mon manque cruel de discrétion ce matin… je pense que tu avais déjà tout compris.

— C'est vrai, toutefois, c'est très agréable d'avoir affaire à une femme entreprenante. C'est mignon ce petit côté ado déstabilisée, mais t'entendre assumer tes pensées : c'est carrément sexy.

Avant qu'il n'en dise davantage, j'aspire une gorgée du liquide rouge et sucré puis me lève et me jette à l'eau sans l'ombre d'une hésitation.

∞

Il est presque vingt et une heures et nous sommes toujours au bord de l'eau, à rire aux éclats entre deux cocktails.

— Et cette vieille chouette, là, notre prof de français, tu te souviens d'elle ?

— Comment l'oublier ? rit-il. Son profil faisait penser à un croissant de lune.

— Ce qui lui a valu le surnom « face de lune ». Original.

— Oh merde, sérieux ? Quelle bande de petits cons… tu m'étonnes qu'elle nous détestait.

— On était jeunes et bêtes. Et puis, l'idée ne venait pas de toi. C'était parti de ton copain là, comment il s'appelait ? Ce petit con arrogant.

— Arthur ! Il était loin d'être con et encore moins arrogant, le défend-il.

— Ça va, il y a prescription, tu peux arrêter d'assurer ses arrières.

— Non, mais c'est vrai. Il était très sensible, il écrivait de la poésie et jouait de la guitare. Tu ne le connaissais pas comme moi. Et j'admets qu'avec toi, il se montrait arrogant.

— Il était jaloux parce que je t'accaparais !

— Il était jaloux, en effet. Mais pas pour les raisons que tu t'imagines. Il en pinçait pour toi ! Il aurait tellement voulu être à ma place.

— Sérieux ?

— Qu'est-ce qu'il y a de si étonnant ?

— Je n'intéressais pas à grand monde à l'époque, à part toi, et ça me suffisait.

— Détrompe-toi. J'en connais deux ou trois qui auraient donné n'importe quoi pour être à ma place. T'étais dans le top trois de tous les classements, mais il n'y a que moi à l'époque qui ait eu le courage de t'approcher. T'étais un peu solitaire, ça faisait peur, l'indépendance. Les autres se cachaient derrière des blagues débiles et grossières. C'est ça les garçons, plus on t'embête, plus on t'apprécie.

— Je ne peux pas le croire ! Ils se fichaient toujours de moi parce que j'étais souvent seule, à lire ou à écrire dans mon coin. J'étais la fille bizarre.

— Bizarre, mais sacrément mignonne, rit-il. Nan puis, j'admets avoir chanté tes louanges pas mal de fois. Ça les a rendus encore plus curieux qu'ils ne l'étaient déjà à la base.

— Waouh ! Je suis choquée. Moi qui pensais passer inaperçue en dehors des moments où on se fichait de moi.

— Eh bien, non. On ne sait jamais vraiment comment nous perçoivent les autres. Le fait que tu choisisses d'être seule, ça plaisait et ça forçait l'admiration. Tu n'étais pas rejetée, au contraire, les gens t'appréciaient. Mais toi, tu t'auto-exilais lorsque tu en avais assez de te montrer sociable.

En réalité, c'est ce que tout le monde a envie de faire, oser se retirer quand c'est trop. Toi, même à dix-sept ans, tu ne te gênais pas pour le faire.

— Pourquoi se forcer ? On devient désagréable à force, en plus.

— Je suis bien d'accord avec toi, j'étais comme ça aussi.

— Ouais, sauf que pour un mec, ça n'a jamais posé problème. Un gars qui s'isole, on se dit qu'il a envie d'être tranquille et on ne vient pas l'embêter. Pour une fille, on se dit aussitôt qu'elle est bizarre et que personne ne veut traîner avec elle. C'est pas juste.

— C'est pour ça que je vous admire, vous les femmes. Vous supportez tellement de jugements au quotidien, des remarques sans cesse sur votre façon de vous vêtir ou de vous maquiller.

— Sans oublier les remarques le jour où on n'est pas maquillées : bah alors, t'es malade ?

— Sans blague ! Tout le monde se permet tout le temps de donner son avis sur vos actes, vos paroles, votre apparence. Alors que nous — AKA la grande congrégation des connards misogynes et à fond sur le patriarcat — on peut presque dire ou faire ce qu'on veut. Nous ne sommes que des hommes, après tout !

— Heureusement que vous n'êtes pas tous des connards misogynes ! À vrai dire, je n'en connais pas tant.

— Non mais bien sûr, heureusement. J'exagère parce que c'est drôle. N'empêche que je trouve qu'on vous met sur un piédestal, qu'on vous en demande beaucoup, tout le temps… tout en vous traitant régulièrement comme des êtres inférieurs. C'est à n'y rien comprendre.

— Je ne te savais pas si féministe, rigolé-je. Tu l'es même sûrement plus que moi.

— J'admire ma mère ainsi que ma sœur. Elles sont toutes les deux pour moi des modèles de force et d'indépendance. Quand je vois l'exemple de mon père qui a fui toutes ses responsabilités, comme tant d'autres, c'est affligeant. Je ne dis pas que les hommes sont tous des merdes, puisque moi-même j'essaie de ne pas en être une. Mais vous, les femmes, ah… c'est autre chose. Vous souffrez en silence, vous ne demandez rien, vous encaissez les coups et vous vous relevez.

— Beaucoup d'hommes sont comme ça aussi. Le souci, c'est que les autres font plus parler d'eux.

— Arrête de jouer la modeste, je suis convaincu que vous êtes les plus fortes d'entre nous. Et les plus intègres. On dit à tort qu'il faut apprendre aux petites filles à se protéger, à ne pas se faire remarquer. Je pense qu'il vaudrait mieux éduquer les petits garçons et leur apprendre le respect ainsi que le consentement et la considération.

Je reste littéralement muette devant son discours. C'est exactement comme ça que je vois les choses. J'en viens à me demander dans quelle mesure il pense ce qu'il dit.

J'ai toujours essayé d'apprendre à ma fille à faire ce qu'elle voulait dans la limite du raisonnable et sans faire de tort aux autres. Dire ce qu'elle pense haut et fort et ne pas s'excuser d'avoir une opinion. Elle tombera sûrement sur des cons — ou des connes — qui tenteront de la faire taire, de brider son imagination et son droit à la parole. Il ne faut pas se laisser abattre, se relever et recommencer. Toujours.

— C'est vraiment ce que tu penses ? Ou tu essaies de marquer des points ? reprends-je.

— C'est vraiment ce que je pense. J'y ai peut-être mis… un peu plus de conviction et de passion qu'habituellement, admet-il en ricanant. Mais dans le fond, je suis du côté des femmes. Quoi qu'il arrive. Bien que ce ne soit pas une guerre ! On travaille mieux en équipe.

— Tu ne vas pas avoir un seul putain de défaut à la fin ?! J'en ai marre de chercher la faille sans arrêt, m'exaspéré-je.

— J'ai des défauts, ne t'en fais. Mais tu pourrais bien les aimer aussi. Et si tu arrêtais d'essayer ? Qu'est-ce que tu risques à m'apprécier pleinement ?

— Des problèmes.

— Alors, la solution, c'est quoi ?

— Je n'en ai pas. Le mal est fait.

— S'il n'y a pas de solution, c'est qu'il n'y a pas de problème ! lance-t-il en haussant les épaules.

— Léo ! Je suis sérieuse !

— Moi aussi. Ecoute, fait-il en prenant mes mains. Andie, arrête de te torturer l'esprit, d'accord ? Essaie de te détendre, profite de ce qui nous est offert aujourd'hui. Tu ne passes pas un bon moment ?

— Bien sûr que si, mais…

— Alors, c'est tout ce que tu dois retenir maintenant. Considère ça comme une parenthèse, tu auras tout le temps de te triturer l'esprit avec tes interrogations incessantes et tes incertitudes quand on rentrera.

— D'accord, à une condition.

— Laquelle ?

— Je veux une liste de tes pires défauts, là tout de suite.

Il explose de rire, sa tête bascule en arrière. C'est un rire si vrai, qui résonne en moi et me fait du bien.

— OK, se reprend-il. Alors… je suis têtu comme une mule. Je suis lunatique, je peux changer d'humeur en un claquement de doigts. Je suis assez égoïste, parfois. Et j'ai bien du mal à me refreiner quand je veux quelque chose ou à me montrer patient. Je veux tout, tout de suite.

— Hmm, un peu capricieux.

— Beaucoup. Ça va mieux ?

— Un peu. Pour le moment, ça suffira.

— Allez, je t'invite à dîner. Allons prendre une douche.

J'écarquille les yeux involontairement. Une fraction de seconde passe, il lève les yeux au ciel.

— Séparée, la douche.

Chapitre 35

Nous sommes assis à table, l'un en face de l'autre. Il porte une élégante chemise satinée grise. Le tissu fluide tombe parfaitement sur son torse et lui donne une allure raffinée. Sans même nous concerter, nous avons opté pour du satin tous les deux.

Ma longue robe bleu roi ne semble pas le laisser de marbre, puisqu'il ne cesse d'observer la fente qui laisse entrevoir l'une de mes jambes.

— Alors, que vas-tu prendre ? s'enquiert-il.

— Je suis très tentée par les cuisses de grenouilles, mais si je m'en fiche partout, ça va clairement dénoter avec la classe de cette robe, plaisanté-je.

— Qui s'en préoccupe ?

— Moi ?

— Tu ne devrais pas. Allez, tu sais quoi ? J'en prends aussi, je n'en ai pas mangé depuis une éternité et comme ça, on sera crades tous les deux.

J'esquisse un sourire et commande donc deux plats de cuisses de grenouilles au serveur qui nous amène un *Château Fonroque* de 2018, et nous verse le liquide à la robe bordeaux et profonde dans deux verres en cristal.

— Hmm, il sent terriblement bon, s'extasie Léo en remuant le verre sous son nez.

Je l'imite tandis qu'il le porte à ses lèvres en plongeant son regard dans le mien. Comment peut-on être aussi sexy rien qu'en goûtant du vin ?

— Légère pointe de cacao, j'aime beaucoup. Qu'en penses-tu ?

— Il est très fruité, j'aime beaucoup aussi, renchéris-je.

— Très bien, je vous apporte vos plats dès que possible.

Le serveur s'incline légèrement alors que nous le gratifions d'un sourire chaleureux. Il se retire ensuite avec grâce. Je ne peux m'empêcher de pouffer.

— Tu crois qu'il va revenir nous servir quand on aura fini nos verres ou on peut se siffler la bouteille tranquille ?

— Il est censé revenir nous servir, mais si ça te gêne, on peut lui demander de nous laisser manger en paix et de ne revenir que lorsqu'on l'appellera.

— Je t'avoue que je suis pas super à l'aise à l'idée que le serveur reste dans le coin et guette nos moindres faits et gestes. Comme dans les restaurants chinois, tu as remarqué ? Les serveurs viennent te demander toutes les deux minutes si tout va bien et ils restent à côté de la table.

— Ce qui est fou, c'est qu'en Chine, ça ne se passe pas comme ça.

— C'est vrai que tu as beaucoup voyagé ! Raconte-moi, comment sont les restos là-bas ?

— Eh bien, ça dépend des villes, sans doute, je ne suis pas allé partout. Les restaurants de rue s'apparentent beaucoup à nos fastfoods, tandis que les restaurants un peu plus « sérieux » ont des pratiques très différentes des nôtres. Déjà, quand tu arrives et que les couverts sont installés, c'est que tu as affaire à un restaurant, pas à un fastfood.

— Oui, comme chez nous, finalement.

— Exact. Il y a plusieurs types de serveurs avec des uniformes différents. Ceux qui prennent les commandes, ils sont un peu mieux habillés que ceux qui amènent les plats, par exemple. Comme si ceux qui amènent les plats devaient se rendre invisibles. Ensuite, on te demande quel thé tu veux boire.

— Ah, pas d'apéro ? rigolé-je.

— C'est possible, bien sûr. Mais si tu veux te fondre dans la masse et profiter de l'expérience à fond, le but est de te plier aux us et coutumes. Dans certains restaurants, tu rinces même tes couverts dans du thé. Étrange non ?

— Attends, on te sert des couverts sales ? grimacé-je.

— Bien sûr que non, rit-il. Mais tout le monde rince quand même ses couverts ainsi que son petit bol. C'est pas plus mal, quand on y pense. Cela étant, on commande les plats et seulement une fois qu'ils sont arrivés : on commande le riz. Il n'y a rien de fou, en soi. Ils ont leurs codes comme nous avons les nôtres. Il faut éviter de dire merci trop souvent, ils ont un geste pour ne pas se répéter. On tapote sur la table avec le bout des doigts.

— C'est curieux, m'amusé-je. Est-ce qu'il y a des choses à ne pas faire ? Comme le fait de croiser les couverts, chez nous.

— Oui, il est très malpoli de planter ses couverts ou ses baguettes dans le bol. Il vaut mieux les poser à côté.

— C'est bon à savoir, si un jour je me rends en Chine !

— C'est un pays magnifique, avec une gastronomie exceptionnelle. Enfin, ce ne sont que mes goûts… je pourrais t'y emmener, si tu le souhaites.

— Euh, je ne suis pas sûre que…

— Andie, détends-toi. On peut y aller en collègues, ou encore en amis. Nous avons l'embarras du choix. C'est une idée comme ça, ça peut ne pas se faire demain ou dans un futur très proche. Et puis, cesse de tout prendre au pied de la lettre.

Je le sens tendu, comme si le fait que je ne sache pas où me positionner et que mon attitude soit différente d'une minute à l'autre soit en train de l'agacer. Je peux comprendre que ce soit désarçonnant, mais je suis sans doute la plus déstabilisée des deux. Je passe une excellente soirée avec cet homme extrêmement charmant qui est, de surcroît, très intéressant et dont les manières galantes et raffinées n'ont d'égal que son aisance naturelle.

Puis, à côté de tout ça, j'ai en tête le discours de mon mari de qui je suis actuellement séparée, qui m'a clairement donné le feu vert pour réaliser mes fantasmes.

∞

Je suis enfermée dans la salle de bain, je me démaquille et m'apprête à me mettre en pyjama. Pensant dormir seule, je n'en ai amené aucun. Je me retrouve donc en sous-vêtements, couverte du peignoir de l'hôtel.

Lorsque je sors enfin de la chambre, propre et démaquillée, Léo est allongé sur le lit. Une main ramenée derrière sa tête, laissant apparaître le tatouage situé au-dessus de son coude, à l'envers. Il m'observe déambuler jusqu'à mon lit, légèrement chancelante. Je le vois sourire du coin de l'œil lorsque je commence à dénouer mon peignoir. Je marque une pause pendant laquelle il détourne les yeux vers l'écran de télévision.

— J'ai oublié de prendre un pyjama, OK ? Je pensais dormir seule, argumenté-je.

— Tu n'as pas besoin de te justifier. C'est ton allure si mal à l'aise qui me fait rire.

— Je ne veux pas que tu penses que j'essaie de t'allumer.

— Avec cet air maladroit, ça m'étonnerait, rit-il. Tout à l'heure au bord de la piscine, avec ta démarche assurée et ce sourire en coin… là, tu essayais de m'allumer. Ou bien, c'était destiné aux inconnus au bord de l'eau ?

Je lève les yeux au ciel et laisse tomber le peignoir à mes chevilles, tirant les couvertures pour me glisser dessous en vitesse. Je sens le regard de Léo, aucun doute, il s'est bien rincé l'œil.

Je remonte la couverture jusqu'à mon cou, je suffoque déjà. Malgré la fenêtre ouverte et la ventilation, il fait trop chaud pour se couvrir. Je soupire avec agacement, baisse la couverture jusqu'à mon ventre et sors une jambe sur le côté.

Bon, Andie, c'est comme si tu étais en maillot de bain, pas de quoi fouetter un chat.

Tandis que je me redresse légèrement pour me concentrer sur la télé. Léo se racle la gorge et baisse lui aussi sa couverture, dévoilant un torse harmonieusement dessiné. Ni trop, ni trop peu. Un caleçon blanc tout ce qu'il y a de plus basique.

— Tu as promis de ne pas me sauter dessus, déclaré-je fermement.

— Faux, fait-il en lorgnant le plafond. Cependant, j'ai promis d'attendre que tu me supplies de le faire.

Il tourne la tête dans ma direction. Pas une trace de sourire. Il n'y a là aucun humour. Son regard est sérieux, presque assombri par ses traits déterminés. Je me rends compte que j'ai une nouvelle fois arrêté de respirer. Je tourne alors le visage face à la télé et reprends mes esprits.

— Tu veux bien éteindre la lumière ? Je vais essayer de dormir, maintenant. Tu peux laisser la télé, si tu veux, énoncé-je.

— Je vais essayer de dormir aussi, une longue journée nous attend. Bonne nuit.

— À toi aussi.

Sur ces mots, il éteint la télévision ainsi que sa lampe de chevet. Je fixe le plafond, la lumière de la lune s'invite dans la chambre. J'entends le bruit de sa peau qui frotte sur les draps, il vient de se tourner face à mon lit.

Après quelques secondes, je pivote légèrement la tête pour l'observer. La lune éclaire son visage ainsi que son torse. Ses yeux sont ouverts, il me scrute. Il a plié son bras sur l'oreiller pour poser sa tête dessus, l'autre bras posé sur le matelas.

Je voudrais détourner les yeux à cet instant précis, mais à quoi bon ? Il m'a vue, de toute façon, et c'est sans doute ce qu'il cherche. Je reste alors ainsi, la tête tournée face à lui, les yeux ancrés dans les siens.

Sans que je n'y puisse rien, mon souffle s'accélère et ma poitrine se soulève plus vite et plus fort. Il s'en rend compte et pousse lui-même un soupir sans doute destiné à se calmer. Sa pomme d'Adam ne tient pas en place, il déglutit avec difficulté. A-t-il la gorge aussi sèche que moi à cet instant ?

Je me tourne face à lui, adoptant la même position. Ses yeux descendent légèrement, s'arrêtent quelques secondes sur ma bouche avant de continuer le long de mon cou. Ils caressent ma poitrine et se laissent glisser sur mon ventre pour s'échouer sur mes hanches. Il inspire profondément et se concentre à nouveau sur mes yeux.

Je ne sais plus respirer.

Je me redresse et m'assieds sur ce grand lit, le souffle court. Le désir est si fort qu'il me prend à la gorge, m'empêchant de reprendre haleine convenablement. À peu de choses près, ça ressemble à une crise d'angoisse.

Léo se lève et vient s'installer à côté de moi, l'air inquiet.

— Andie, ça va ? T'es toute pâle…

Je prends mon temps pour lui répondre, m'affairant à retrouver un semblant de respiration normale. J'inspire et expire si fort qu'il doit croire que je fais une crise d'asthme.

— J'ai besoin que tu me touches, soupiré-je.

— Comment ça ? Tu trembles.

— Je n'en peux plus.

— Comment je peux t'aider ? Tu me fais peur, là.

— Je te *supplie* de me toucher.

Les sourcils d'abord froncés d'incompréhension, il lui faut un court laps de temps pour réaliser ce que je viens de dire. Tout son visage se relâche et une lueur étrange brille au fond de ses yeux. Sa bouche est entrouverte par la surprise. Il a compris.

Chapitre 36

Avec douceur, il attrape mon visage entre ses mains et s'approche si près que nos respirations s'entremêlent. Je ferme les yeux, bouche entrouverte et souffle court, guettant le moment tant attendu où ses lèvres rencontreront enfin les miennes.

Enfin.

Il m'embrasse avec passion, sa langue se fraye un délicieux chemin jusqu'à la mienne. Plus notre baiser se fait profond et fougueux, plus je sens mon cœur s'affoler. Ses mains descendent alors jusqu'à ma taille et je m'agrippe à sa nuque, avide de contact avec cet homme pour qui je brûle de l'intérieur. Mon cœur est en feu, bientôt imité par tout mon corps. Je tremble comme une feuille.

Ses mains glissent jusqu'à mes cuisses et les attrapent pour me poser à califourchon sur lui. Je l'embrasse avec tant d'ardeur qu'il finit par se laisser tomber en arrière sur le lit, rendant les armes. Je sens qu'il ralentit, alors je redouble d'efforts et me tortille sensuellement sur lui. Ses mains remontent jusqu'à ma mâchoire qu'il attrape et tente de calmer. Pensant qu'il veut que je l'embrasse ailleurs, je descends dans son cou, mais il me retient avec force et cherche mon regard.

— Andie, chuchote-t-il. Une minute… je ne suis pas sûr que ce soit une bonne idée.

Incrédule, je me redresse et m'assieds sur le lit, juste à côté. Il prend une profonde inspiration puis m'imite et attrape mes mains en les observant. Il caresse mes doigts et se met à triturer mon alliance.

Je retire aussitôt ma main.

— Andie, reprend-il, tu n'es séparée que depuis quelques jours. Je sais que je t'attire beaucoup, je n'ai aucun doute là-dessus, mais tu vois, c'est pas de ça dont j'ai envie… tant que tu es mariée, rien n'est encore fini avec Stéphane. Je crains que tu ne regrettes cette nuit si on décide d'aller plus loin.

— Mais tu voulais que ce soit moi qui te le demandes. Je l'ai fait.

— Et tu peux me croire, jamais une simple phrase ne m'a excitée aussi rapidement. Mais je t'ai aussi dit que je voulais que tu sois au clair avec Stéphane et surtout avec toi-même.

— Si c'est Stéphane qui t'inquiète, j'ai son accord, dis-je sans réfléchir.

— Comment ça ?

— Hmm… je me rends compte en le disant à voix haute que tu risques de ne pas très bien le prendre. Je peux retirer ça ?

— Certainement pas. Tu commences, tu finis. Je t'écoute, ordonne-t-il en s'écartant pour me scruter.

— Disons qu'il m'a donné l'autorisation de faire ce que je voulais avec toi, dans la mesure où ça pourrait m'aider à définir ce que je ressens pour toi et par extension si j'ai encore envie d'être avec lui.

Il me détaille, les sourcils froncés. Quelque chose se passe, il lève les yeux au plafond une minute puis se met à rire. Il se lève et retourne dans son lit.

— Donc, reprend-il. Tout ça, c'est un test. Je suis un putain de test.

— Non, Léo… ne le prends pas comme ça. C'est pas…

— Je vois très bien ce que c'est. Tu couches avec moi, puis si jamais ça ne te plaît pas ou si ça t'en passe l'envie tout simplement, une fois que tu auras assouvi ton petit fantasme d'adolescente, tu retournes à ta petite vie de famille. Auprès de ta fille, dans ta maison, avec ton petit mari. T'auras vécu ta petite aventure sympathique avant, dans tous les cas, de retourner vers ton cher mari. J'ai bon ?

— Pas du tout, Léo, écoute-moi. Si j'essayais à ce point — jusque-là — de réfréner mes envies, c'était justement pour éviter d'atteindre un point de non-retour. Maintenant, tout est fini, oui. Je ne peux plus retourner vers lui après t'avoir embrassé.

— Et je suis censé te croire ? Tu as tout à perdre dans cette histoire. Tu vas tout risquer pour un amour de lycée ?

— Ce n'était pas que ça, tu le sais bien.

— Andie, je ne sais pas à quoi tu joues, mais je ne veux pas me retrouver au milieu de tes embrouilles. J'ai craqué, j'aurais pas dû. J'ai pas pu te dire non. J'ai mes faiblesses, moi aussi. Il ne peut plus rien se passer tant que tu ne sais pas ce que tu veux vraiment. Et si tu penses ne pas pouvoir retourner avec ton mec parce qu'on s'est embrassés cinq secondes, t'inquiète, je t'en donne l'autorisation, lâche-t-il sur un ton sarcastique. Tu m'excuses, je suis fatigué. Je vais dormir.

Sur ces paroles, il s'allonge et me tourne le dos. Je reste bêtement assise là à faire défiler ces dernières minutes pour tenter de comprendre comment ça a pu merder aussi vite.

Si on résume, je viens de tromper mon mari. Malgré le fait que j'aie son autorisation, ça n'en fait pas moins de moi une femme mariée et infidèle. Pour couronner le tout, je viens de blesser dans son égo l'homme à qui je pense depuis tout ce temps qui, maintenant, croit que je le prends pour un con. Génial.

∞

Cette seconde journée de formation se finit enfin, il n'en reste plus qu'une. La nuit a été terrible, rongée par la culpabilité, j'ai enchaîné les cauchemars. À mon réveil, Léo n'était plus dans la chambre. Il m'a soigneusement évité à chaque fois qu'il a pu, et lorsqu'il était à côté de moi ne m'a pas décroché un seul mot, pas même un regard.

De retour dans le hall de l'hôtel, je préviens mes deux collègues que je vais aller passer un coup de fil à ma mère pour prendre des nouvelles de Théa. Ils s'en vont donc au bord de la piscine pendant que j'appelle Laura.

— Allô, Andie ? Tu vas bien ? Comment ça se passe ?

— Oui ça va, maman. Et Théa ? Enfin, vous deux ?

— La petite va très bien, elle dit que tu lui manques. Mais elle passe la journée avec Stéphane et moi avant qu'il ne parte au travail alors ne t'en fais pas pour elle.

— Parfait.

— Tu me rappelles enfin, j'essaie de te joindre depuis des jours…

— Oui, d'ailleurs, à ce sujet, si tu pouvais arrêter de harceler Stéphane. Et puis, si c'est pour me parler de lui, ce n'est pas la peine…

— Oh non, vous faites bien comme vous voulez. Tant que vous continuez à vous entendre pour le bien de ma petite fille, le reste ne me regarde pas. Enfin bref, je voulais te dire que j'ai vu mon médecin il y a quelques temps de ça et il a trouvé une grosseur dans mon sein gauche.

— Une grosseur ? Un kyste ?

— Potentiellement, il doit faire des analyses pour savoir ce que c'est exactement. Je vais passer toute une batterie d'examens pour vérifier que tout va bien.

— Je vois… désolée, si j'avais su, je ne t'aurais pas laissé Théa pendant trois jours complets. Tu dois être fatiguée…

— Et comment l'aurais-tu su ? Tu m'évites comme la peste.

— Je ne t'évite pas, maman. Je suis occupée. Mais tu aurais pu me dire par SMS, j'aurais fait en sorte de te rappeler plus vite.

— Ce n'est pas tellement le genre de nouvelle que l'on a envie d'annoncer par message. Même si je n'en sais encore rien, ça pourrait être un cancer du sein. Ma grand-mère en est morte.

Un silence gênant s'installe. Je me sens soudain si bête d'employer tant d'énergie à la repousser sans arrêt. Je lui en veux, certes. Mais la vie ne tient parfois qu'à un fil, tandis que mon égo, lui, est solidement attaché. Il faut que je dise quelque chose. Que je lui montre que cette nouvelle m'affecte. Au fond, je n'en ai pas envie. Je prends sur moi, mets de côté cette fierté inutile et reprends maladroitement :

— Hmm, oui… je comprends, soupiré-je. Tu auras des nouvelles quand ?

— Dans la semaine, sans doute. Je t'appellerai. Tâche de répondre, cette fois, s'il te plaît.

— Promis, j'attends ton appel.

— OK, ça me fait plaisir. Si j'avais su que pour te radoucir, il fallait que je sois à l'article de la mort ! ricane-t-elle.

— Arrête ! Ce n'est pas drôle.

— Je te taquine, ce n'est sûrement rien. Je ne t'embête pas plus longtemps, profite bien de ta dernière soirée. Fais attention à toi.

— Toi aussi, maman.

Maman. Ce mot qui paraît si naturel dans la bouche des autres, qui pourtant écorche la mienne à chaque fois que je le prononce.

∞

J'arrive à hauteur de Carla au bord de l'eau, mais je ne vois pas Léo. Je suis encore un peu sous le choc de ce que je viens d'apprendre, j'essaie de ne pas m'inquiéter plus que nécessaire tant que les résultats officiels ne sont pas tombés. Ce n'est peut-être rien. Il faut que je me change les idées, je n'aime pas du tout cette ambiance maussade qui envahit mon esprit.

— T'en fais une de ces têtes ! m'interrompt Carla.

— Ma mère est malade. Enfin, peut-être.

— Aïe. C'est grave ?

— Possible, je n'en sais trop rien pour le moment.

— Si t'as besoin d'en parler, propose-t-elle.

— Pourquoi je t'en parlerais à toi ?

— Eh, relax ! Je proposais pour être gentille. C'est ce qu'on fait d'habitude.

— Ne fais pas semblant d'être mon amie, je déteste ça.

— Bon, tu as l'air d'être de très mauvais poil, ça partait d'une bonne intention…

— Tu sais ce qu'on dit des bonnes intentions. Et oui, je suis de mauvais poil effectivement. Je ne sais pas quoi faire de cette nouvelle de merde et j'ai besoin de me changer les idées. Et toi, qui d'habitude en a rien à foutre de tout, tu me proposes de parler, aujourd'hui, comme par hasard !

— C'est bon, j'ai compris le message, on ne se rapprochera pas émotionnellement, marmonne-t-elle. En même temps, c'était par pure politesse. Amusons-nous un peu, alors, je suis plus douée pour ça.

— Où est Léo ?

— Il est monté. Il a dit qu'il se ferait livrer à manger et qu'il n'avait pas l'énergie pour passer la soirée dehors. On sera toutes les deux, alors ! s'exclame-t-elle.

— Et le type d'hier ?

— Hier, c'était hier. Dis-moi, il s'est passé quelque chose entre Léo et toi ? Il avait l'air ailleurs toute la journée.

— J'ai merdé, ouais, admets-je.

— Ah bon ? s'étonne-t-elle. Comment ça ?

— Disons que j'ai dit un truc que je n'aurais pas dû dire alors que nous étions dans une situation… délicate.

Elle m'observe, dubitative, tandis que je me racle la gorge et évite son regard.

— Tu lui as balancé un « je t'aime » en plein milieu d'une partie de jambes en l'air ?

— Mais non, m'agacé-je.

— Désolée, ça a l'air d'être ton style. Alors quoi ? Tu lui as dit qu'il en avait une petite ? pouffe-t-elle.

— T'es vraiment beauf au possible, râlé-je. C'est sérieux, des discussions de grandes personnes qui te dépassent de loin, apparemment. Je n'en dirai pas plus, ça ne te regarde pas.

— Oh ça va, rabat-joie… alors, viens. On va lui remonter le moral. Rien n'est irréparable.

J'admire la légèreté dont elle fait preuve malgré les piques que je lui envoie à travers la face. On peut lui concéder qu'elle n'est pas susceptible. Ou simplement bête. Je ne sais pas encore.

— Qu'est-ce que tu racontes ?

— Je raconte qu'on va monter dans votre chambre et lui remonter le moral ! fait-elle en se levant. Ça te changera les idées au passage.

Ça ne me dit rien qui vaille, mais je ne vais certainement pas la laisser monter seule dans la chambre où se trouve Léo.

∞

Elle m'arrache presque mon badge des mains et déverrouille la porte. Elle pénètre dans la pièce, tape au mur et annonce : « room service » !

Léo se redresse en vitesse dans le lit et ouvre de grands yeux face à Carla puis se renfrogne en me voyant la suivre.

— Alors mon cher Léo, laisse-moi te dire que tu es bien trop canon pour te morfondre le soir seul dans ta chambre, minaude-t-elle en s'asseyant à côté de lui. Andie, viens t'asseoir avec nous. Papotons un peu.

Sans trop savoir pourquoi, je m'exécute et m'installe sur le lit, toute proche de Léo. Je remarque une bouteille de vin vide à côté du lit.

— Non mais ça va, faut pas vous inquiéter pour moi. J'ai juste envie d'être un peu seul, ça arrive.

— C'est du gâchis, rétorque-t-elle. Andie, au boulot.

— Comment ça ? rigolé-je.

— Tu as, semble-t-il, quelque chose à te faire pardonner, ma très chère collègue. Et j'ai bien vu ce petit jeu entre vous deux. Tout le monde a bien compris que vous creviez d'envie de vous sauter dessus. Je vais vous donner une bonne excuse pour le faire. Andie, je veux que tu embrasses Léo dans le cou.

Je secoue la tête et me mets à rire. Face à son sourire narquois et aux sourcils arqués de Léo, je comprends que ce n'est pas une blague.

— C'est quoi ce plan, Carla ?

— Allez, Andie, fais pas ta coincée. Regarde, je te montre. Tu permets ?

Elle interroge Léo qui semble aussi surpris que moi et n'attend pas la réponse pour coller son corps au sien. Elle caresse d'abord sa mâchoire saillante du bout de son nez, puis dépose un premier baiser tendre dans son cou. Léo a un petit mouvement de recul par réflexe, mais ne proteste pas clairement. Je me lève alors en trombe et m'écarte quand la main de Carla me retient fermement par le poignet. Elle me tire sur le lit mais je résiste, tandis qu'elle s'enfonce un peu plus dans le cou de Léo.

Cette vision insupportable m'insuffle une force qui me permet de tirer mon bras d'un coup sec. Je sors de la pièce et claque la porte derrière moi.

Chapitre 37

La dernière formation a duré toute la matinée. Nous avons pris la route juste après pour ne pas arriver trop tard. La tension est palpable dans la voiture. Personne n'a décroché un mot, un silence aussi gênant que pesant règne dans l'habitacle. Je suis allée dormir dans la chambre de Carla, priant pour ne pas entendre leurs ébats toute la nuit. Fort heureusement, je n'ai rien remarqué. Peut-être ont-ils eu la décence de rester discrets.

— Tu peux t'arrêter sur la prochaine aire ? demande Carla. J'ai envie de pisser.

Je ne prends pas la peine de répondre et guette le prochain panneau d'aire de repos.

— Pas la peine de faire la gueule, Andie. Il s'est rien passé, si c'est ça le problème. Et désolée d'avoir été si brute, je pensais que ça pourrait être amusant. Si tu veux tout savoir, j'ai vidé le mini-bar pendant qu'il dormait après m'avoir repoussée comme une malpropre. Heureuse ?

Je reste muette et lance un regard glacial à travers le rétroviseur intérieur. Elle lève les yeux au ciel et se tourne face à la fenêtre. La prochaine aire est à moins de deux kilomètres et Léo n'a toujours pas ouvert la bouche.

∞

Carla est aux toilettes, lui et moi n'avons pas bougé de la voiture.

— Léo, je suis désolée, je n'aurais pas dû fuir comme ça…

— Je peux comprendre que ça t'ait mise mal à l'aise.

— Ouais, mais si tu avais été une femme, jamais je ne t'aurais laissé seule et bourré avec un type très entreprenant. J'aurais dû réfléchir de la même façon.

— J'étais pas bourré. J'ai juste fini la bouteille de la veille, il restait à peine deux verres et j'étais fatigué. Quand j'ai entendu que tu avais claqué la porte, je me suis repris et j'ai tout stoppé. J'ai pensé pendant un quart de seconde, le temps que tu prennes la fuite, que c'était une chouette idée. Avec n'importe qui, ça aurait été cool, mais certainement pas vous deux.

— Et pourquoi ça ? le défié-je.

— Parce qu'elle ne m'attire pas et que je ne l'apprécie que moyennement. Quant à toi, je serais trop impliqué émotionnellement, alors tu vois. J'aurais sans doute du mal à te partager, fait-il en me lançant un regard froid.

— Tu m'en veux ?

— Pas vraiment, soupire-t-il. Enfin, peut-être un peu. Je suis blessé, en fait. Mais c'est à moi que j'en veux le plus. À quoi est-ce que je m'attendais ? Ce n'est jamais une bonne idée de se jeter sur une femme qui vient à peine de quitter le père de sa fille, même si c'est elle qui vous supplie. J'avais fixé des règles que je n'ai moi-même pas suivies. Ça m'apprendra à baisser la garde.

— J'ai peut-être un peu poussé, aussi…

— Un peu ? ricane-t-il. Non mais tu as été honnête, au moins. Même si j'ai eu un peu de mal à digérer que tu veuilles « m'essayer », grimace-t-il.

— C'étaient les termes de Stéphane, d'accord ? Pas les miens. Moi, j'y ai juste vu une occasion d'enfin céder à mes envies. Et tu sais aussi bien que moi que ce n'est pas uniquement physique, me défends-je.

— J'ai compris, Andie. Mais ça ne change rien au fond du problème. Il y a Stéphane et tu dois savoir ce qu'il adviendra de vous avant qu'il ne se passe quoi que ce soit entre nous.

— Bien, mais j'aimerais que notre relation ne change pas après tout ça.

— Je vais faire de mon mieux, je ne promets rien. Tout ça commence à être compliqué.

Je hoche la tête, un peu déçue. Je n'ai pas envie de le voir s'éloigner, même si je l'ai bien cherché.

∞

— Merci de m'avoir déposée, Andie. Malgré tout, c'était cool ce petit séjour. On oublie tout ça ? demande Carla avant de descendre de la voiture.

— T'en fais pas, la rassure Léo.

Dans un sourire étincelant, elle s'éclipse et récupère son sac dans le coffre. À peine l'a-t-elle fermé que je démarre au quart de tour.

— Tu ne l'aimais déjà pas beaucoup, pouffe-t-il. C'est encore pire là, non ?

— Tu crois ?

— C'est une opportuniste. Faut pas lui en vouloir. Elle est très jeune, comme Mia. Elle ne voit pas l'intérêt de prendre la vie ou les gens au sérieux. En plus, elle ne sait pas vraiment ce qu'il se passe entre nous alors tu ne peux pas lui en vouloir d'avoir tenté sa chance.

— Non mais elle espérait quoi ? Qu'on allait faire l'amour comme ça tous les trois ? Ou peut-être, chacune à son tour ?

— Ah, non ! s'exclame-t-il. Si tu veux mon avis, elle ne t'aurait pas laissé dans ton coin et ne se serait pas contentée de regarder non plus.

— Je ne me vois pas du tout faire quoi que ce soit avec elle. Sérieux, t'imagines ?

— Oh oui, moi, j'imagine assez bien, rit-il.

Mon agacement s'envole et je me mets soudain à rire face au ridicule de la situation. Finalement, tout est bien qui finit bien, même si je vais avoir du mal à oublier ce baiser.

Je m'arrête devant chez sa sœur puisque c'est là qu'il a laissé sa moto il y a trois jours. Il descend et fait le tour pour venir de mon côté.

— T'es sûre que tu ne veux pas entrer boire un café ou manger un bout ? propose-t-il en s'accoudant à la portière.

— Non, t'en fais pas. Je veux pas déranger et j'ai envie d'une longue douche chaude.

— Ça peut se faire, ça aussi.

— Léo…

— Ça va, je plaisante. Tu as dit que tu voulais que rien ne change, non ?

— C'est vrai, souris-je. Alors, ne change pas.

Il me fait un rapide signe de main accompagné d'un sourire un tantinet crispé et s'en va vers la porte de la petite maison. Je m'enfonce dans mon siège et pousse un soupir de frustration, l'idée d'une longue douche chaude avec Léo m'enchante un peu plus que de rentrer chez moi.

Je coupe le contact et sors ma valise du coffre, la voiture de ma mère est garée devant la maison. Curieux, c'est Stéphane qui devait ramener Théa. Peut-être a-t-il eu un contretemps ?

J'avance et mets la clé dans la serrure quand je me rends compte que la porte n'est pas verrouillée. J'entre et dépose mon sac à côté de l'entrée. Je retire mes chaussures et avance à pas de loup. Je distingue très vite les sanglots de ma fille, elle pleure à chaudes larmes.

Je me précipite dans le salon et trouve Théa, seule sur le canapé, la tête dans les mains.

— Ma chérie ! Tout va bien ? m'inquiété-je en la serrant contre moi. Où est papa ? Et mamie ?

— Maman ! geint-elle.

— Andie, enfin ! s'écrie Stéphane en revenant de la terrasse. J'ai essayé de t'appeler au moins dix fois depuis ce matin !

— J'ai perdu mon chargeur, je n'ai plus de batterie, mais enfin… qu'est-ce qu'il se passe ?

— C'est ta mère, Andie… elle est morte ce matin. Je suis désolé.

Chapitre 38

Le silence qui règne dans la voiture est écrasant, au moins autant que le poids de toute cette culpabilité qui m'assaille depuis une semaine. Plus rien ne sera jamais comme avant.

— Sam, je te dépose chez toi ? propose Stéphane.

— Andie, tu veux que je reste un moment ou je vous laisse en famille ? s'enquiert-il tendrement, une main posée sur mon épaule.

— Tu peux rentrer, Chris et Max t'attendent probablement. C'est gentil d'être venu nous soutenir.

— Tu parles, c'est normal… c'était une très belle cérémonie.

J'acquiesce en silence, au bord des larmes. Si je prononce un mot de plus, j'ai peur de m'effondrer. Théa est déjà dans tous ses états, inutile d'en rajouter une couche.

Stéphane s'arrête devant chez Sam, celui-ci descend et me rappelle que je peux le joindre à tout moment si j'ai besoin de quelque chose. J'entends vaguement sa voix, mais je suis déjà loin. Nous rentrons à la maison, toujours aussi silencieux. Théa a tant pleuré qu'elle s'est endormie à l'arrière.

Stéphane la prend dans ses bras et monte la mettre au lit, il n'est que dix-sept heures, mais la semaine a été très difficile et les nuits d'autant plus. Je me laisse tomber sur le canapé, le regard dans le vide quand Stéphane me rejoint et s'installe à côté de moi. Il attrape mes mains.

— Je ne sais pas si elle va faire la nuit complète, tu devrais en profiter pour dormir, toi aussi. Je m'occupe de tout, si tu veux aller prendre une douche ou je sais pas, écrire un peu peut-être. Essaie de faire quelque chose qui te fait du bien.

— J'ai pas la force de quoi que ce soit, balbutié-je.

— C'est normal, tu viens de perdre ta mère. Tu veux que j'appelle Mary ? Elle te donnera sans doute encore quelques jours.

— J'en ai déjà pris quatre. Je n'en ai droit qu'à trois normalement.

— On s'en fiche de ça et Mary aussi s'en fiche. Tu as la chance d'avoir une patronne compréhensive et de qui tu es assez proche, profites-en.

— Pour rester à ruminer à la maison ? Quel intérêt ?

— Ton comportement m'inquiète, Andie. Je sais bien que chacun vit son deuil différemment… mais je ne t'ai pas vu pleurer une seule fois de toute la semaine. Je pensais que pendant l'enterrement, tu relâcherais enfin tout ça et ça n'a pas été le cas.

— Je dois rester forte, Théa est assez chamboulée comme ça, elle n'a pas besoin de me voir au fond du trou en plus.

— Il y a une nette différence entre être au fond du trou et s'autoriser à être triste. Ta fille peut comprendre que tu pleures, c'était ta maman. Un repère, un pilier. Et lui montrer que les adultes aussi peuvent être affectés n'est pas une mauvaise chose, argumente-t-il.

— Le problème, c'est que je suis pas sûre d'être vraiment triste, admets-je. Je ressens de la colère, de la culpabilité.

— Pourquoi tu te sentirais coupable ? C'est absurde.

— Parce que je n'ai pas cessé de lui en vouloir pour tout ce qu'elle a fait, alors que c'était simplement le résultat d'une souffrance immense… je ne l'ai jamais pardonnée. Tout ce que j'ai fait, c'est lui faire payer ses erreurs au lieu de passer à autre chose et de profiter d'elle tant qu'elle était encore là. En revanche, profiter de sa présence pour faire garder Théa, ça, j'ai su faire.

— Elle t'en a fait baver, Andie… c'est difficile de pardonner et de passer à autre chose, tu ne pouvais pas deviner.

— J'ai esquivé ses appels tellement de fois, elle avait peut-être un cancer et elle essayait de me le dire depuis des jours. Si j'avais répondu avant…

— Impossible, me coupe-t-il. Je refuse que tu te mettes à penser qu'elle est morte par ta faute. On ne sait même pas si elle avait vraiment un cancer, finalement. C'est une rupture d'anévrisme qui l'a tuée, tu le sais aussi bien que moi. Tu as entendu le médecin, les symptômes sont rares et parfois même inexistants. La mort est presque inévitable si l'anévrisme n'est pas détecté avant de se rompre, et sans symptômes, comment aurait-on pu s'en apercevoir ?

— Elle devait faire des examens, si je l'avais su avant, j'aurais pu l'y emmener moi-même plus tôt.

— Andie, ça suffit. Avec des « si », on refait le monde. C'est trop tard. Si tu as besoin de parler de tout ça, je comprends, mais cesse de t'accuser. Tu n'y pouvais rien, comme moi, ni personne d'autre.

— Hmm.

— Tu veux un thé ?

J'opine du chef. À vrai dire, je n'ai pas envie d'en discuter. Je me force à lui répondre car, après tout, il s'entendait bien avec elle et il vient de perdre un membre de sa famille aussi. Je n'ai pas envie d'être avec lui à cet instant précis, je le sens.

Mon téléphone vibre, c'est probablement un énième message de condoléances.

Léo

Salut, Andie... j'espère que tu vas bien, enfin, dans la mesure du possible... je ne sais pas si tu as eu mes messages précédents, j'imagine que oui mais que tu n'as pas la tête à répondre. Je comprends. Je veux juste que tu saches que si tu as besoin de quoi que ce soit... pour parler, ou quoi que ce soit d'autre. On n'est même pas obligés de parler, d'ailleurs. Je suis là. Tu me manques.

aujourd'hui à 17:43

Les larmes me montent aux yeux. Incroyable. Je passe la semaine complète sans pleurer une seule fois, j'assiste à l'enterrement de ma mère sans la moindre larme et il suffit d'un message de Léo pour que tout remonte à la surface. C'est sans doute vache de ma part de ne pas lui répondre, mais je ne saurais même pas quoi lui dire. Je n'ai pas envie de discuter, comme il l'a bien deviné. Mais plus j'y pense et plus j'ai simplement envie d'être blottie contre lui et de me laisser aller.

Stéphane revient avec une tasse fumante et reprend place à côté de moi, il passe son bras autour de mes épaules. Par réflexe, je m'écarte et me libère de son emprise.

— Désolée, marmonné-je. Je n'ai pas spécialement envie que tu me touches… j'ai pas très envie de discuter non plus. C'est gentil tout ce que tu fais, mais j'ai envie d'être seule.

— T'as envie d'être seule ou c'est mon réconfort qui ne te fait pas envie ?

— Tu veux vraiment parler de ça maintenant ?

— Tu m'as dit toi-même que tu n'étais pas triste, de toute façon, tu ne vas pas digérer tout ça en quelques heures alors oui, je pense qu'on peut discuter. Ça fait une semaine que tu es rentrée et je ne sais toujours pas ce qui s'est passé pendant ce séminaire. Je sais que tu viens de perdre ta mère mais ce n'est pas une raison pour me laisser ainsi dans le flou.

— C'est pas le moment du tout, Stéphane, m'agacé-je.

— C'est jamais le moment avec toi ! hausse-t-il le ton.

Je lève les yeux vers lui, subjuguée qu'il se mette encore à crier, alors que Théa n'est pas loin et que je viens d'enterrer ma mère. Sa respiration se fait plus intense, sa mâchoire est serrée et ses poings sont contractés. Il contient visiblement une grande colère qui menace d'exploser à tout moment.

Ces crises de nerf sont de plus en plus fréquentes et je m'interroge sur le comportement qu'il pourrait avoir avec notre fille en mon absence. Je veux bien croire que la situation est difficile, elle l'est pour moi aussi, mais je ne tape pas dans les murs pour autant. J'observe l'impact de son poing dans le mur derrière lui et me résigne à tenter de calmer le jeu.

— Ce n'est pas *jamais* le moment, je viens seulement de perdre ma mère et notre petite fille est à l'étage, inconsolable. J'aimerais donc que tu cesses de crier, articulé-je avec un calme olympien.

Alors qu'il ouvre la bouche, la petite apparaît dans le coin de la pièce, son doudou collé contre elle et les yeux rougis par les larmes.

J'affiche une moue désolée et tends les bras dans sa direction, elle ne se fait pas prier pour venir se blottir contre moi. Après quelques secondes, je l'installe entre nous deux et lui caresse les cheveux tandis que Stéphane lui tient la main.

— Je dois aller à l'école demain ? demande-t-elle d'une voix tremblante.

— Tu n'es pas obligée si tu es encore très triste, la rassure Stéphane. Il ne reste que deux jours d'école, tu y retourneras lundi. J'ai pris des congés jusqu'à lundi soir, moi aussi.

— Maman, toi aussi, tu restes à la maison ?

— Non ma puce, je retourne au travail demain. J'ai besoin de me changer un peu les idées. Mais si tu as envie de me parler, demande à papa qu'il m'appelle n'importe quand dans la journée, autant de fois que tu en auras besoin. Je garderai mon téléphone près de moi.

Quand je nous vois ainsi, tous les trois blottis sur le canapé, je me demande par quel moyen je pourrais me permettre de détruire cette famille. Prendre le risque de perdre tout ça. Même s'il est vrai que je n'ai pour le moment pas envie d'être proche de Stéphane, peut-être que ça peut évoluer ? Énormément de choses se mélangent dans ma tête. Ma dernière conversation avec Stéphane, le baiser avec Léo, la mort de ma mère. Je n'y vois pas plus clair qu'il y a une semaine.

Après avoir mangé un petit bout, je propose à Théa de lui donner un bain. Elle accepte sans grande conviction, mais ne rechigne pas. Je m'assieds à côté de la baignoire et m'accoude à celle-ci pendant qu'elle joue avec la mousse d'un air pensif.

— Maman ?

— Oui ma chérie ?

— Papa revient à la maison ?

— Pour l'instant, oui. Il a du chagrin, lui aussi. Alors, nous restons tous les trois le temps que ça aille mieux.

— Pour toujours ?

— Je ne sais pas, il faut que j'en discute avec lui. Nous n'avons pas encore pris de décision.

— Mais qui va me garder quand papa travaille et que toi, tu sors ?

— T'en fais pas, on s'arrangera. Je ne sors pas si souvent que ça, en plus, ris-je.

Elle me sourit enfin, c'est la première fois depuis une semaine. Je n'aimais pas beaucoup ma mère, mais Théa et elle étaient très proches. Elle a été une grand-mère irréprochable à défaut d'avoir été une bonne mère.

S'il y a bien une raison pour laquelle j'aurais certainement dû lui accorder plus de temps et d'attention, c'est celle-ci. Elle n'a pas été présente pour moi lorsque j'en ai eu le plus besoin, lui accorder mon pardon pour ça était bien trop dur. En revanche, elle a clairement cherché à se rattraper en s'occupant si bien de ma petite Théa. Pour ça, j'aurais dû être plus présente.

J'aurais dû rappeler.

J'aurais même dû commencer par décrocher plus souvent. Les premières larmes pointent enfin le bout de leur nez.

— Tu pleures ? T'es triste, maman ? demande Théa en observant les perles brillantes rouler sur mes joues.

— Pas vraiment, enfin, un peu… je suis dévastée de te voir si malheureuse. Je m'en veux, et je suis en colère.

— Pourquoi tu pleures alors, si t'es en colère ?

— Il n'y a pas que la tristesse qui fait pleurer, mon ange. On peut pleurer de joie, de rage, de peur… c'est une façon que ton corps a d'extérioriser. Quand c'est trop à l'intérieur, ça déborde à l'extérieur.

— Extérioriser ?

— Laisser sortir les choses. Si tu gardes trop souvent des émotions enfouies en toi, ce n'est pas bon. Il faut nous dire ce que tu as dans la tête et dans le cœur. Et si tu as besoin de pleurer, surtout, n'hésite pas.

— Et toi, qu'est-ce que tu as dans la tête et dans le cœur ? demande-t-elle de façon si innocente que je me remets à pleurer.

— J'ai l'impression que j'aurais pu être plus gentille avec ta mamie… par égard pour toi et pour la remercier de si bien s'occuper de toi.

— Elle serait toujours vivante si t'avais été plus gentille ?

— Probablement pas, non. Mais elle aurait eu une vie sans doute un peu plus heureuse.

— Et pourquoi t'étais pas gentille avec elle ? Tu l'aimais pas ?

— C'est un peu compliqué à expliquer à une petite fille de ton âge, ma chérie. Je ne l'aimais pas beaucoup, oui, parce qu'elle ne s'est pas toujours très bien occupée de moi lorsque j'étais plus jeune. Au moins, je suis heureuse qu'elle se soit bien occupée de toi. Donc, ne pense pas à tout ça et souviens-toi de ta grand-mère comme l'une des personnes qui t'aimait le plus au monde.

Elle m'offre un grand sourire, hoche la tête et retourne à sa mousse. Je caresse ses cheveux mouillés et j'observe ce joli petit minois un peu plus détendu qu'il y a quelques minutes. Ce bain était une bonne idée.

∞

— Théa est au lit, elle attend que tu viennes lui souhaiter bonne nuit. Je vais aller me coucher, moi aussi.

— Ça marche, j'y vais. Andie ? m'interpelle-t-il alors que je tourne les talons.

— Oui ?

— Je peux rester cette nuit ou tu veux que je rentre ?

— Non, tu peux rester. Il faudra bien que quelqu'un s'occupe de Théa, de toute façon.

— J'aurais pu venir la récupérer ou passer la journée avec elle ici demain, si tu voulais que je m'en aille.

— T'embête pas, tu peux rester.

— OK, c'est cool. J'imagine que c'est culotté de te demander si je peux regagner notre chambre ?

Je suppose que mon expression est suffisamment parlante, car il se ravise immédiatement. Il est difficile à suivre, celui-là. Il me hurle dessus et frappe dans les murs, puis il pense comme par magie que je vais le laisser dormir dans notre lit.

— OK, OK, j'aurais essayé. Tu me trouveras sur le canapé alors, si besoin. Bonne nuit.

∞

J'ouvre difficilement les yeux, encore secouée par les cauchemars que j'ai faits cette nuit. Je n'ai pas beaucoup dormi, mon réveil n'a pas encore sonné. J'entends des voix au rez-de-chaussée, c'est probablement ce qui m'a tirée de mon sommeil quoique très léger.

Deux voix masculines. Stéphane… et Léo ?

Je saute hors de mon lit et enfile mon déshabillé noir qui traîne par là avant de dévaler les marches à toute vitesse. Je me retrouve face à Stéphane, en caleçon, qui vient d'ouvrir la porte à Léo. Tous deux me toisent d'un air étrange.

— Salut, Andie, prend-il la parole. Je voulais m'assurer que tout allait bien avant d'aller au webzine, vu que je n'ai pas de nouvelles de toi. J'ai l'impression que ça va, je ne vous dérange pas plus longtemps, annonce-t-il en faisant demi-tour.

— C'est ça, bonne journée, réplique sèchement Stéphane.

— Léo, attends ! m'écrié-je en me lançant à sa poursuite, aussitôt retenue par la poigne de fer de mon mari.

— Laisse-le, il s'en remettra. Je t'ai fait couler du thé.

— Lâche-moi, je dois lui parler.

— Que je te lâche ? Et puis quoi, encore ? Tu veux pas que je lui déroule le tapis rouge aussi ?

Il resserre son étreinte autour de mon bras et me tire contre lui avec force.

— Tu me fais mal !

Alors que je grimace, Léo se précipite vers nous. Stéphane me lâche enfin, sans un regard pour moi. Il n'en a que pour Léo qui m'attire derrière lui.

— Si tu la touches encore contre sa volonté…

— Tu vas me casser la gueule ? ricane Stéphane. Comme pour l'autre enfoiré de sculpteur de merde ? T'es une grande gueule, c'est tout.

Léo fait un pas vers Stéphane, je me remets entre eux, une main sur le torse de chacun.

— Est-ce qu'on peut se comporter en adultes ? Ça suffit. Théa est là, vous arrêtez vos conneries. Ce sera sans moi, votre combat de coqs.

— Laisse, Andie, s'amuse Stéphane. Ton petit-ami veut jouer à qui a la plus grosse.

— C'est un mec qui ose lever la main sur sa propre femme qui me balance ça ?

Le regard de mon mari vire au noir, il amorce un mouvement en direction de Léo mais je le repousse de toutes mes forces.

— S'il te plaît, rentre. Je vais lui dire deux mots.

Il inspire profondément pour avaler la colère qui lui déforme le visage. Après quelques secondes, il me lance un regard plein de mépris, et fait demi-tour. Il claque la porte derrière lui. Je me tourne face à Léo, il a le visage sombre.

— C'était quoi ça ? Ça arrive souvent ?

— Non… enfin, avant, non. Ces derniers temps un peu plus.

— Tu as dit à Mary que c'était la première fois, lors de la soirée annuelle.

— C'était le cas. Attends, vous en avez parlé ?

— On s'inquiète pour toi.

— C'est inutile, je suis une grande fille. Je peux me débrouiller.

— Oh, oui, visiblement. Personne n'a aucune nouvelle de toi et je trouve Stéphane presque nu au petit matin qui m'ouvre la porte alors que vous êtes censés être séparés et qu'il est potentiellement violent. J'ai été plutôt étonné, mais en fin de compte, c'est logique.

— Si t'es venu me faire une leçon de morale après l'enterrement de ma mère, merci mais non merci. Mêle-toi de ce qui te regarde.

— Oh, très bien. Je te laisse te débrouiller comme une « grande fille », alors, lâche-t-il sèchement en retournant à sa moto.

— On va vraiment s'engueuler aujourd'hui ? soupiré-je. Je suis fatiguée… je comprends que tu sois surpris, ou peut-être vexé, je ne sais pas… mais laisse-moi t'expliquer, il n'y a vraiment rien de fou.

— C'est inutile, me coupe-t-il. Tu n'as aucun compte à me rendre, tu viens de perdre ta mère et c'est tout à fait normal que tu veuilles te retrouver en famille.

— C'est surtout pour Théa, tu sais. Un peu pour Stéphane aussi, moi, je préférerais être seule en fait, admets-je.

— OK, message reçu. Je vais travailler.

— Léo, soupiré-je, c'est pas toi qui me demandait d'arrêter de tout prendre au pied de la lettre ? Applique tes propres conseils. Et on se voit au bureau, de toute façon. J'ai besoin de me changer les idées.

— Andie, je suis sérieux. Je comprends que tu aies besoin d'être en famille. Après tout ça, c'est sûr que j'ai ressenti un léger pincement au cœur en trouvant Stéphane en caleçon chez vous, mais… tu as raison, tu es grande et tu ne me dois rien. Profite de ta famille et fais en sorte de te reposer. Fais attention à toi.

Il m'adresse un sourire plus que gêné et enfile son casque. Je le regarde disparaître au coin de la rue. Il ne manquait plus que ça. Que va-t-il penser, maintenant ?

Chapitre 31

Lorsque j'arrive vers mon bureau après avoir traversé les couloirs pleins de collègues aux regards de chiens battus, je m'aperçois que Sam et Mia m'y attendent. J'entre avec le sourire, heureuse d'être accueillie par mes deux amis et trois tasses d'un bon thé bien chaud.

— Vous n'étiez pas obligés de faire ça, leur assuré-je pendant une accolade collective.

— On voulait s'assurer que tout allait bien avant que tu ne reprennes.

— C'est gentil, Mia, je…

— Non, me coupe-t-elle, Andie… je te dois des excuses. Tout d'abord, je t'adresse mes plus sincères condoléances pour la perte de ta maman. Je n'ai pas osé venir à l'enterrement, j'ai pensé que tu ne voudrais peut-être pas me voir dans ces circonstances après… tout ça.

— Ça m'aurait fait plaisir que tu sois là, je n'ai aucun problème avec toi. Si je ne t'ai pas reparlé depuis la soirée, c'est que je te sentais mal à l'aise donc j'ai préféré te laisser revenir par toi-même.

— C'est très délicat de ta part et idiot de la mienne de t'éviter comme ça, tu n'y es pour rien concernant les agissements de ton mari.

— C'est sûr, mais je n'aurais pas dû te parler comme je l'ai fait.

— Bon ! nous interrompt Sam. C'est mignon, vous êtes désolées, bla-bla-bla, on a compris. On peut passer à autre chose ?

Nous explosons de rire face à son expression blasée.

— Super ! s'exclame-t-il. J'en avais franchement plein le cul de devoir écouter tes âneries tout seul.

— Enfoiré ! pouffe Mia. T'étais bien content d'écouter mes âneries, comme tu dis, quand tu t'es disputé avec Chris. Ça t'a bien changé les idées.

— Ça ne va pas bien avec ton mari ? m'étonné-je.

— Merci, Mia… ne t'en fais pas, ma belle, ce n'était rien.

— Ce n'est pas parce que ma mère est morte que je ne sais plus écouter, je suis toujours votre amie. Et puis, au contraire, ce serait réconfortant de savoir qu'il n'y a pas que ma vie qui est merdique, plaisanté-je.

— Charmant, ironise-t-il. On en discutera plus tard, dans un moment plus calme.

— Non, mais dis-moi !

— Mais il n'y a rien de fou ! Une petite dispute au sujet de Max qui ne range pas sa chambre. Je t'assure que ça peut attendre !

— Bon, comme tu veux…

— Moi, j'ai surtout envie d'en savoir plus sur ce séminaire, ajoute Mia. Léo ? Carla ?

— Je commence par quoi ? Stéphane qui me donne son feu vert pour coucher avec Léo, Carla qui suggère un plan à trois ou bien le fait que j'aie supplié Léo de se jeter sur moi ?

Sous leurs grands yeux ébahis, j'éclate d'un rire sincère qui fait du bien. Je savais pertinemment que leurs têtes vaudraient le détour, je ne suis pas déçue.

— Le coup du plan à trois, commence Mia, je suis pas étonnée. Cette garce savait qu'elle ne l'aurait pas pour elle seule, elle a tenté le tout pour le tout. Par contre, Stéphane, à quoi il joue ? Et toi ?! Tu l'as supplié ? Oh bordel ! J'adore !

— Et… il l'a fait ? s'enquiert prudemment Sam.

— Oui, admets-je. Mais ça n'a duré que quelques secondes.

— Oh, s'attriste Mia. Tu sais après, c'est pas une fatalité, ça peut se travailler ces choses-là… avec quelques idées originales, des efforts et…

— Non, ris-je, c'est pas ce que tu crois. Nous ne sommes pas allés plus loin qu'un baiser. Il m'a d'abord sauté dessus comme je le lui avais demandé. Mais il s'est vite ravisé.

Je décris alors en détails la fameuse scène dans la chambre, et rien que d'en reparler, je sens à nouveau cette sensation de décharge dans tout mon corps. Ces petits papillons qui me transportaient dans une autre dimension lorsque j'avais dix-sept ans. Mia se frotte les mains tandis que Sam semble un peu plus dépité de minute en minute.

— Enfin ! jubile-t-elle.

— Et Stéphane ? Il en pense quoi ? m'interroge-t-il.

— Je ne lui en ai pas encore parlé. Mais avant que je parte, il m'a dit que si je devais aller plus loin avec Léo pour comprendre mes sentiments envers lui, j'avais son feu vert.

— Je ne peux pas le croire.

— C'est pourtant vrai. Je pense que s'il m'a dit ça, c'est pour pouvoir vivre comme un célibataire, sans culpabiliser.

— Tu penses qu'il s'est servi de Léo et de tes sentiments envers lui comme une excuse pour aller voir ailleurs ? s'égosille Mia.

— Ouaip.

— Et tu le vis bien ? s'étonne Sam.

— Sur le coup, j'étais un peu énervée. Mais avec le recul et tout ce qui s'est passé entre temps, ça ne me touche plus. Je me prépare surtout à ce qu'il me le renvoie en pleine tronche à notre prochaine discussion, malgré son soi-disant accord… je ne lui apporte plus ce dont il a besoin, et lui non plus, de toute évidence. On se débat avec tout ça depuis des mois maintenant, et j'en suis fatiguée. La mort de ma mère a remis pas mal de choses en question. Je crois qu'il faut que j'en profite pour prendre un nouveau départ.

— Tu comptes pas déménager, au moins ? gronde Mia.

— T'inquiète, ris-je. J'aime beaucoup trop cette ville. Mais il est temps que je me concentre sur moi et que je me rende heureuse.

— Et Léo, quelle est sa place dans tout ça ? ajoute Sam.

— Celle qu'il voudra occuper, en tant qu'ami, ou presque… je n'en suis pas encore au point de vouloir construire quelque chose avec lui maintenant. Je dois d'abord régler mes histoires avec Stéphane, il a été très clair à ce sujet et il a raison. Et puis, là tout de suite, Léo n'a sans doute pas très envie de me voir. Ah ! soupiré-je, quel bordel. Je dois vraiment m'occuper de tout ça… d'ailleurs, il faut que j'en parle à Mary, mais je pense travailler à mi-temps.

— Tant que tu ne démissionnes pas complètement… attends, pourquoi Léo ne voudrait pas te voir ? s'étonne Sam.

— Je vous expliquerai ça plus tard, je n'ai pas tellement la tête à parler de ça maintenant. Pour le boulot, il me faut une rentrée d'argent sûre et régulière, donc impossible de démissionner. Mais j'aurais plus de temps à consacrer à Théa ainsi qu'à mes romans. Je veux écrire, et pas uniquement des articles bidons pour un webzine. Il est temps que je me lance.

— C'est génial ! s'extasie Mia.

— Yes girl ! On est avec toi, se réjouit Sam. Bon, vu que tout va bien, on va peut-être aller se mettre au travail.

— Oh, non…

— Lève tes jolies fesses de ce fauteuil et suis-moi, laissons-la s'y remettre tranquille.

Ils quittent mon bureau et me laissent songeuse. Cette perspective me parle beaucoup. Vivre pour moi, m'occuper plus souvent de ma merveilleuse petite fille, avoir du temps pour écrire… recommencer quelque chose de solide avec Léo. Je m'emballe peut-être un peu. Rien n'est encore résolu.

Je secoue la tête, amusée par ma propre bêtise. Incorrigible Balance romantique, à peine sortie d'une histoire — pas officiellement qui plus est — et déjà en train de penser à la suivante.

∞

Je rentre enfin chez moi, épuisée. J'ai tout donné aujourd'hui, Mary ne pourra pas se plaindre de mon retard puisque j'ai absolument tout rattrapé. Et, pour une fois, je suis plutôt satisfaite de ce que j'ai écrit. J'ai également eu le temps d'avancer quelques courts chapitres de mon roman, je n'ai pas envie d'attendre pour m'y remettre. Puisque je suis incapable de pleurer la mort de ma mère, autant transformer cette colère et cette culpabilité en énergie utile.

Lorsque je pénètre dans le salon, Théa fait tranquillement un dessin sur la table et Stéphane s'occupe du dîner. J'embrasse ma fille avec tendresse et l'observe en train de gribouiller une espèce de licorne à deux têtes, c'est une enfant très intelligente, mais elle n'est manifestement pas très douée pour le dessin.

— Théa, monte dans ta chambre, ordonne Stéphane.

— J'ai pas fini mon dessin !

— Je dois parler à ta maman de choses de grandes personnes. Alors monte, s'il te plaît.

— Mais enfin, je viens d'arriver, j'aimerais passer un moment avec ma fille, me plains-je.

— Et moi, je veux qu'on discute. Ça prendra pas longtemps.

Son ton est déjà empreint de colère, comme s'il avait passé la journée à ruminer. Penaude, Théa prend ses affaires et monte à l'étage. Les bras croisés et les sourcils froncés, je me plante devant mon mari et j'attends la suite.

— Alors, ce séminaire ? C'était instructif ?

— Tu n'en démordras pas, hein ?

— Vu la façon dont tu as couru après lui comme un petit toutou, j'imagine qu'il s'est passé des choses.

— Je lui devais bien une explication, il pensait que tu ne vivais plus ici. J'aurais été un peu confuse à sa place, qu'est-ce qu'il t'a pris d'aller lui ouvrir en caleçon ?

— Premièrement, je ne pouvais pas deviner qu'il oserait venir frapper chez moi si tôt. Deuxièmement, je n'ai pas réfléchi à mon accoutrement, j'ai ouvert à moitié dans le coltar. Troisièmement, j'en ai rien à cirer de ses états d'âme, pauvre bichette. Qu'est-ce qui s'est passé durant ce séminaire ?

— Rien de plus qu'un simple baiser, admets-je.

Il soupire et secoue la tête, un sourire ironique sur les lèvres.

— J'en étais sûr, toi qui avais l'air si choquée par ma proposition, tu t'es pas gênée pour profiter de l'occasion. Quoi que je sois surpris que tu ne te sois pas fait sauter.

— Sur un autre ton, Stéphane. Tu vas me faire une scène alors que tu m'as quasiment poussée dans ses bras ? Je n'avais rien prévu, en fait. Mais les choses se sont passées comme ça et je ne peux rien y changer. Et je ne veux rien y changer, à vrai dire.

— Tu t'es pas dit que ça pouvait être un test, justement ?

— T'es complètement tordu. Tu essaies de retourner la situation. Je me demande bien pourquoi… une demoiselle d'à peine vingt ans, comme Mia, a refusé tes avances donc tu l'as mauvaise ? Et tu rejettes la faute sur moi.

— Tu ne me crois pas capable de séduire ?

— Oh, si. Je suis tombée dans le panneau, il y a quelques années, ironisé-je.

— Tu étais bien contente que je te sorte de la merde, il y a quelques années. Soudain, je ne suis plus assez bien pour toi ? Tu me fais rire, Andie, crache-t-il. Alors, qu'est-ce qui a fait que tu te sois arrêtée à un simple baiser ? Ta conscience s'est finalement réveillée ?

— Figure-toi que c'est Léo qui a tout stoppé.

— Celui-là, il est encore plus con que je ne l'imaginais. N'importe qui en aurait profité, il n'avait rien à perdre, lui.

— C'est là toute la différence entre lui et n'importe qui, rétorqué-je.

— Ah, alors quoi ? Il est l'homme idéal maintenant ? Ça suffit, j'en ai assez entendu. Voilà qui est clair, inutile de réfléchir davantage. Le divorce risque de te coûter cher.

— Tu me menaces, maintenant ? On en est là ? Tu m'as bien prise pour une conne avec tes beaux discours de mec relax et compréhensif.

— Tu me rends dingue ! explose-t-il en tapant dans la casserole sur le feu.

Je reste muette face à lui, rouge de colère et haletant. Le récipient est au sol et toute la nourriture étalée par terre.

— Calme-toi, reprends-je. Théa est à l'étage.

— Justement, en parlant de Théa. Tu crois que si je fais mention de ton adultère, j'aurais la garde complète ?

J'ouvre puis referme la bouche, interdite. Je secoue la tête comme pour repousser cette idée sortie de nulle part. Je ne peux pas croire ce que j'entends.

— Tu ne vas pas me faire ça. Et à elle non plus.

— C'est un défi ?

— Tu parles sous le coup de la colère, Stéphane. Redescends sur terre. Ce n'est pas ce que tu veux pour notre fille, deux parents qui se déchirent. Et moi non plus. Tu as été un père exemplaire jusque-là, ne gâche pas tout.

Il me regarde avec mépris, son visage est distordu par la rage. Alors que je le sens prêt à exploser, je n'ose plus amorcer le moindre mouvement. Pourtant, il attrape son paquet de cigarettes et s'installe sur la terrasse.

Je m'approche à pas feutrés et m'appuie contre la porte-fenêtre, méfiante. Il faut que je calme le jeu, encore une fois.

— Je vais aller faire un tour, déclaré-je, on va prendre le temps de se calmer chacun de notre côté. On discutera de tout ça à tête reposée. Je suis désolée pour tout et je suis prête à faire en sorte que les choses se passent bien entre nous, mais si tu prévois de m'enlever ma fille, je ne me laisserai pas faire.

Sur ces mots, j'attrape les clés de la BM ainsi que mon sac à main et quitte la maison.

∞

Je roule sans but précis, depuis un bon moment. Le crépuscule inonde le ciel d'un orangé doux. Une foule d'émotions se bouscule en moi, je ne veux pas céder à la panique, mais je me sens si submergée que mes nerfs menacent de lâcher à tout moment. Il faut que je me calme, et il me faut le soutien d'un ami.

J'arrive en bas de chez Sam, je ne prends pas la peine de m'annoncer et vais directement sonner. La porte s'ouvre, je prends l'ascenseur et me retrouve face à lui, appuyé contre l'encadrement de sa porte.

Je dois être en piteux état car il m'ouvre ses bras, affublé d'une moue désolée.

∞

Il regarde dans le vide, remuant son verre, le temps de digérer les dernières révélations. Chris est là, lui aussi. Quand il a entendu le début de la conversation, il a jugé nécessaire de rester. Il frotte sa barbe, en pleine réflexion.

— Tu devrais porter plainte, finit-il par dire.

— Je vais lui casser la gueule, surtout, annonce Sam.

— Personne ne va casser la gueule à personne, rit Chris. Tu es toujours dans l'abus, toi ! Non, ce qu'il faut faire, c'est monter un dossier contre lui. D'autant plus s'il veut demander la garde de Théa. Bon, entre nous, je ne pense pas qu'il l'aura… on retire rarement un enfant à sa mère, sauf en cas d'urgence, d'extrême négligence ou de violence avérée. Même dans ces cas-là, c'est souvent super long. Il bosse de nuit, en plus. Jamais il n'aura la garde. Et encore moins si tu portes plainte contre lui pour violence conjugale.

— Il ne m'a pas touchée. Enfin, pas frappée, du moins.

— Pas encore, m'avertit Sam.

— Je ne suis pas sûre de vouloir aller jusque-là. Ce sont quelques évènements isolés, sous le coup de la colère. Et il frappe les murs, pas moi.

— Ils ne sont plus si isolés que ça ! me contre Sam. L'autre soir, il t'embrasse presque de force, devant une foule de témoins. Il t'arrache presque le bras devant Léo, il fait un trou dans le mur… méfie-toi, Andie. Ça commence souvent comme ça, ces choses-là vont vite. On croit connaître les gens…

— Je suis quand même plutôt étonné, nous confie Chris. Je n'aurais pas imaginé Stéphane de cette façon.

— Moi non plus, soufflé-je.

— Les gens changent ! Ou se révèlent avec le temps. On voit son vrai visage. C'est dans les épreuves qu'on finit par vraiment connaître les personnes qui nous entourent.

— En même temps, si je me mets à sa place…

— Ça suffit, Andie. Stop. Rien ne justifie un tel comportement, arrête d'être si empathique envers lui. Ouvre les yeux. Tu attends quoi ? Qu'il t'en colle une ? Ou qu'il s'en prenne à Théa ?

— Je suis sûre que ça n'arrivera pas, impossible.

— Je ne pense pas non plus, me rassure Chris. Il a bien trop à perdre.

Mon téléphone vibre, je regarde l'écran et vois apparaître le nom de Louise. Louise ?

— Excusez-moi, les mecs, il faut que je décroche.

Je m'éclipse à l'autre bout du balcon pendant que Sam et Chris continuent le débat.

— Allô, Louise ?

— Andie ? J'étais plus sûre que ce soit le bon numéro ! J'ai demandé confirmation à Léo, mais il ne m'a pas répondu.

— Oh, disons qu'il fait peut-être un peu la tête… tout va bien ?

— Oui, moi ça va. Et toi ?

— On fait aller. Que me vaut le plaisir de ton appel ?

— Oh, arrête, tu me flattes, rit-elle. En fait, ce n'est pas super joyeux, ce que j'ai à te dire.

— Que se passe-t-il ? Je ne sais pas si je vais supporter une mauvaise nouvelle de plus, râlé-je.

— Il n'y a pas de quoi s'alerter, mais en sachant ce que je sais, je ne peux pas le garder pour moi.

— C'est-à-dire ?

— Voilà… ne le prend pas mal, Léo et moi avons discuté de ta situation. D'où le fait que je ne te demande pas pourquoi vous êtes un peu en froid, je suis au courant. Bref… tu vas me demander pour qui je me prends… mais je ne pouvais pas laisser faire ça sans agir.

— Faire quoi ? m'inquiété-je.

— Ton mari est de plus en plus violent, à ce que j'ai compris.

— Non, non, arrêtez, enfin. Cessez tous de vous inquiéter, il était un peu en colère, c'est tout. Et ça me semble assez normal, à vrai dire…

— Il n'y a rien de normal dans le fait de tenter de t'embrasser de force, ou te retenir contre ton gré. Être ton mari ne lui donne pas tous les droits. Bref, laisse-moi finir. J'ai un ami qui est consultant pour la police, il a accès à quelques renseignements… il a une relation avec une personne assez influente, enfin bref, je te passe les détails. Le casier de Stéphane est vierge, mais il a failli ne pas l'être. Il a trouvé un article au sujet de potentielles violences « conjugales » qui mentionnerait Stéphane. Une jeune fille de dix-sept ans, qui était sa copine à ce moment-là aurait porté plainte pour coups et blessures. La plainte allait être classée sans suite, faute de preuves. La jeune fille n'aurait pas fait constater ses blessures par un médecin. Ensuite, elle s'est tout bonnement ravisée, comme par magie. On ne sait pas comment, ni pourquoi. Peut-être qu'elle mentait depuis le départ, peut-être qu'elle a eu peur. Peut-être qu'il lui a fait peur, pour qu'elle retire sa plainte. On ne le saura jamais. Je n'ai pas le nom de cette jeune fille pour mener l'enquête plus loin. Ne m'en veux pas, s'il te plaît... je suis inquiète, Léo l'est encore plus que moi.

— Elle avait dix-sept ans, tu dis ? Et lui ?

— Dix-sept aussi. C'était quelques années avant votre rencontre.

— D'accord, mais... on est sûrs de rien.

— Oui, comme je te le disais, j'extrapole. On peut émettre tout un tas d'hypothèses, je veux juste que tu fasses attention à toi. Il a peut-être un passé violent, et d'autres choses dont il n'y a aucune trace. On peut tout imaginer à partir de là. Alors, reste sur tes gardes et fais attention, s'il te plaît. Pour ce qui est de Léo, je ne veux pas me mêler de ce qui ne me regarde pas, mais...

— Mais un peu quand même, rigolé-je.

— En effet, un peu quand même, admet-elle avec aplomb. Il vient de rentrer chez lui, si jamais. Je dis ça, je dis rien.

— C'est noté, ris-je. Merci Louise, et ne t'inquiètes pas pour moi, vraiment.

— Cause toujours ! Bisous ma belle.

Je raccroche, le sourire aux lèvres pendant une demi-seconde. Il s'efface aussitôt. Je jette un œil en direction de Sam et Chris, en grande discussion. J'espère avoir été assez discrète. Il n'est pas question que j'ajoute cette information au dossier contre Stéphane pour le moment. J'ai besoin de mettre de l'ordre dans ma tête.

— Alors, elle voulait quoi ?

— Me parler de Léo, il fait la gueule. Je vais aller m'expliquer avec lui. Vous m'en voulez pas si je vous laisse ?

— Non, t'inquiète, répond Chris. Je vais préparer le dîner, de toute façon.

— Andie, t'es sûre que c'est une bonne idée ?

— Ne commence pas, m'agacé-je. Je fais encore ce que je veux. On doit parler correctement, pas entre deux portes. C'est important pour moi.

— Je n'en doute pas… mais prends garde à ce que tu fais. Stéphane menace de t'enlever Théa, méfie-toi qu'il ne se serve pas de ton histoire avec Léo contre toi. D'autant plus qu'il sait pas mal de choses.

— Je vais là-bas pour avoir une vraie discussion, tu préfères peut-être que je retourne auprès de mon adorable mari ? le défié-je.

— Hmm, marmonne-t-il. OK, file, petite gazelle. Tu n'hésites pas à revenir au moindre souci, on a une chambre pour toi, si jamais.

Je dépose un gros bisou sur sa joue et fait volte-face, il me tape une fesse en riant et me regarde disparaître.

À la moindre pensée que je m'apprête à rejoindre Léo chez lui, mon cœur commence à s'emballer.

∞

Je n'ai eu qu'à dire que j'avais besoin de lui parler pour qu'il me réponde aussitôt par une adresse. Je me remets alors en route et réalise que je n'ai jamais mis un pied chez lui.

J'arrive en bas d'un petit immeuble de trois étages plutôt moderne, de grands balcons font le tour complet des appartements et, accoudé à l'un d'eux, je le vois. Au deuxième étage, appuyé contre la rambarde de la terrasse, il m'observe.

Sans le quitter des yeux, je sors de ma voiture et m'avance jusqu'à la porte d'entrée. Avant que je n'aie le temps de sonner, il m'envoie un code par SMS. Je le tape et me dirige vers l'ascenseur.

Deuxième étage. Le trajet me semble durer une éternité, je regarde mes pieds et tente de calmer mon rythme cardiaque.

Les portes s'ouvrent, je relève la tête.

Il est là, juste en face de moi.

Chapitre 40

Les petites rides entre ses sourcils témoignent de son inquiétude. Il s'humidifie les lèvres avant de commencer :

— Andie, tu…

— Non, tu vas me laisser parler. Je suis désolée pour tout, mais il faut qu'on parle. Je reviens de chez Sam, je suis sortie un moment pour m'aérer l'esprit, enfin bref… j'ai eu ta sœur au téléphone lorsque j'étais là-bas.

— Ma sœur ? Elle ne t'a pas appelé pour te parler de moi, quand même ? s'agace-t-il.

— Oui et non… enfin, elle m'a clairement dit que tu étais contrarié mais ça, je le savais déjà, admets-je dans un sourire gêné.

— Bon, attends, se racle-t-il la gorge. Entre, on ne va pas parler sur le palier comme des sauvages.

Je ne me fais pas prier pour passer le pas de la porte. L'appartement est de taille moyenne, décoré de façon épurée et minimaliste. J'imaginais des photos partout, et sans doute un peu de bazar, mais tout est net et rien ne dépasse.

Il me fait signe de prendre place sur le canapé en tissu côtelé beige, lui s'installe sur un fauteuil couleur rouille juste en face.

— Andie ? m'interpelle-t-il alors que je scrute l'environnement.

— Oui, pardon, c'est que… je m'attendais à autre chose. C'est très joli.

— Tu pensais que j'avais mauvais goût ? ricane-t-il.

— Non, loin de là, mais je trouve cet appart presque féminin, en fait. Je m'attendais à une déco plus chargée, moins neutre au niveau des couleurs. Bref, je ne suis pas venue pour parler déco, désolée.

— Dis-moi tout.

— Louise m'a appelée pour me parler de Stéphane. Tu lui as tout raconté, apparemment.

— Ah, ça…

Il se frotte la nuque, bouche pincée.

— Désolé, reprend-il. Loin de moi l'idée de déballer ta vie à tout le monde, c'est juste qu'après la scène devant chez toi, j'ai filé directement chez elle pour me calmer. J'ai failli faire demi-tour au moins une douzaine de fois. Ce mec a vraiment l'air de ne plus savoir se contrôler, Andie. Il faut que tu fasses attention. Elle voulait te mettre en garde aussi ?

— Oui.

— Pardon, j'imagine que tu n'as pas besoin que tout le monde s'en mêle. Elle est inquiète pour toi, c'est tout.

— Je n'ai pas fini.

— Excuse-moi, raconte.

— Elle a fouillé dans son passé par le biais de je-ne-sais quel ami qui travaille en lien étroit avec la police. Il a un casier vierge, mais il a failli ne pas l'être. Une plainte avait été déposée contre lui de la part d'une jeune femme d'environ dix-sept ans à ce moment-là, quelques années avant notre rencontre.

— Une plainte pour ?

— Violences conjugales. La plainte allait être classée sans suite car faute de preuves et d'un coup, on ne sait pas pourquoi, la jeune femme s'est ravisée.

— OK… donc tu as potentiellement un mari avec des antécédents de violence.

— On n'est sûrs de rien, Léo. Peut-être qu'elle mentait et que c'est ce qui l'a poussée à retirer sa plainte.

— Ou peut-être qu'il y a eu intimidation. Depuis quand tu ne te ranges pas du côté des victimes ?

— Depuis que l'on parle de mon mari et du père de ma fille. Je suis obligée de lui laisser le bénéfice du doute. D'autant qu'il m'a menacé ce soir… admets-je difficilement.

— Pardon ?! Physiquement ?

— Non… il m'a menacé de me retirer la garde de Théa.

— Il est désespéré, il tente le tout pour le tout, se radoucit-il. Il ne peut pas faire ça, tu t'es toujours occupée de ta fille, ta situation est stable. La justice n'aurait aucune raison d'enlever une fille à sa mère pour si peu.

— Sauf s'il se sert de mon « adultère ».

— Un adultère peut servir à exiger des choses durant le divorce mais il ne réussira pas à t'enlever Théa pour ça. Surtout qu'on parle d'un « adultère » entre gros guillemets pour lequel il avait donné son accord, qui n'en est donc plus un. Et puis, excuse-moi, mais pour un simple baiser ! s'effare-t-il. Ce n'est plus de l'adultère, dans ta situation. Il faut préparer une défense au cas où il irait jusqu'au bout, mais si tu veux mon avis, elle est déjà toute faite. Pourquoi il t'a menacé ?

— Nous avons parlé de toi. Il tenait à savoir ce qui s'est passé durant le séminaire. Je lui ai avoué notre baiser, il était hors de lui. Il a complètement retourné la situation en me faisant croire que ce n'était qu'un test pour voir si j'allais tomber dans le panneau et me jeter dans tes bras. Bref, c'est de la jalousie et de la possessivité, tout simplement. Il m'a balancé tout ça sous le coup de la colère, j'en suis persuadée.

— Vraiment ?

— Je le connais, tout de même.

— Tu penses le connaître si bien ? Il y a des mois de ça, tu n'aurais jamais soupçonné une telle violence.

— Colère, plutôt. Il est colérique, pas violent.

— Colérique, si tu veux, lève-t-il les yeux au ciel. Tu n'aurais jamais pensé non plus qu'il aurait pu avoir des soucis avec la justice, plus jeune. Tu sais, c'est en cas de problème que l'on finit par connaître vraiment les gens... leurs réactions en disent long.

— Je sais. J'ai eu droit au même speech de Sam. Je préfère croire pour le moment qu'il ne nous fera jamais une telle chose. Il n'a aucune garantie de gagner, qui plus est.

— Ce qui n'empêche pas de se préparer, au cas où.

— Oui, je vais me renseigner, t'en fais pas. Et... à part ça, tu m'en veux ?

— N'en parlons plus, il y a plus urgent. Comment ça va, avec tout ça ?

— Je ne sais pas trop, soupiré-je.

Il se lève, se dirige vers un joli buffet en bois clair et sort deux verres à vin. Il nous sert une dose plus généreuse que dans les bars.

Il ouvre la baie vitrée et m'invite silencieusement à le rejoindre sur le balcon. La nuit est quasiment tombée, les étoiles ne sont pas encore visibles et un bout de soleil se bat à l'horizon pour irradier encore un peu.

— Tu as une très jolie vue.

— Je préférerais voir le lac, rit-il. Mais oui, c'est déjà pas mal. Plutôt apaisant.

Accoudés à la rambarde, les yeux vers l'horizon, nos deux corps sont à peine à quelques centimètres l'un de l'autre. Je meurs d'envie de me rapprocher de lui.

— Tu as l'intention de rentrer chez toi ce soir ? s'enquiert-il.

— Non. Je n'en ai pas très envie.

— Je peux te laisser mon lit et prendre le canapé, si tu veux.

— Ou tu peux dormir dans ton lit, avec moi, suggéré-je le plus sérieusement du monde.

Je laisse tomber ma tête sur son épaule et je sens son corps se raidir. Il se retire doucement et s'éloigne vers la porte fenêtre.

— Andie, ce n'est pas raisonnable.

— J'en ai assez d'être raisonnable. Tout part en vrille, j'ai besoin de lâcher prise.

— Pense à Théa, et aux menaces de Stéphane, me met-il en garde alors que je m'approche de lui.

— Il ne me fait pas peur, assuré-je en posant nos deux verres sur la table du balcon.

— Je ne veux pas que tu aies des problèmes à cause de moi, encore une fois.

— Je suis chez Sam, ce soir.

— Il ne te croira jamais si…

Je ne le laisse pas finir sa phrase et me colle doucement à lui, mes lèvres trouvent les siennes et s'y abandonnent dans un baiser timide. Il s'écarte une première fois, attrape mes épaules avec fermeté et plante son regard dans le mien :

— Andie, je n'en peux plus de te repousser.

— Alors arrête, supplié-je, je t'en prie.

Ma voix est tremblante, mon corps sous pression. Il me regarde quelques secondes puis baisse les armes, lui aussi. Je le vois dans ses yeux. Hésitant, il finit tout de même par m'enlacer. Il détaille mes lèvres puis il ne lui faut qu'un court instant pour me rendre mon baiser avec passion. Il me serre contre lui et manque de tomber alors que le mordant dont je fais preuve le déséquilibre. Emmêlés dans nos propres pas, nous nous retrouvons bientôt contre la baie vitrée.

Il tente de me diriger à l'intérieur, mais je m'emballe tellement et l'agrippe si fort qu'il est obligé de me soulever pour que mon corps décolle du sol. Nous cognons la porte, puis les murs et nous retrouvons au milieu du salon. Il la claque et me plaque contre celle-ci.

Il s'écarte légèrement, dans une tentative désespérée, j'avance à nouveau mes lèvres vers les siennes mais il me maintient collée à la porte vitrée d'une main puissante. Les yeux fermés, il tente de reprendre son souffle. Lorsqu'il les ouvre, son regard est toujours si méfiant.

— T'es sûre que c'est ce que tu veux ?

— Je n'ai jamais été aussi sûre.

Il soupire bruyamment puis relâche son emprise et recule, s'adossant au mur du salon. Son regard est sombre et torturé, il ne plaisante pas lorsqu'il dit qu'il en a marre.

Je m'approche en douceur et pose mes deux mains sur son torse, mon regard ancré dans le sien. Je vois sa souffrance et je pense qu'il ressent aussi la mienne.

Je m'attaque au premier bouton de sa chemise, avec délicatesse, comme si je redoutais de le briser. Il attrape ma main et secoue la tête. Quelle tête de mule.

— J'ai besoin de toi, Léo… maintenant. Je n'en peux plus de refouler mes émotions. J'ai besoin d'aller bien, ne serait-ce que quelques minutes, quelques heures. Je veux sentir ta peau, il n'y a qu'elle qui m'appelle. Ne me laisse pas tomber maintenant, tu pourras me détester après, si c'est ce que tu veux, mais aime-moi ce soir.

Il laisse tomber sa tête en arrière, contre le mur, et pousse un énième soupir. Sa main ne tente plus de repousser la mienne, il vient au contraire accompagner mes gestes. Je continue alors à défaire ses boutons, un à un, je prends le temps de dévoiler petit à petit ce buste splendide recouvert de frissons. J'y dépose quelques baisers en descendant le long de ses abdominaux légèrement sculptés jusqu'à trouver le V qui structure son bas-ventre et en suivre les pourtours avec mes doigts.

Je lève la tête pour lui lancer un regard, il m'admire avec une fièvre palpable et passe une main dans mes cheveux. Je défais le bouton de son jean et le fais glisser jusqu'à ses chevilles.

Je dépose mes mains sur ses pectoraux et descends au ralenti jusqu'à son caleçon, duquel j'attrape l'élastique pour enfin le lui retirer. Je relève les yeux et croise son regard, fou de désir, il m'observe abaisser le bout de tissu en prenant le temps de caresser ses cuisses taillées, ses genoux puis ses mollets.

J'approche, mon souffle sur sa peau provoque en lui un soubresaut qui ne fait que m'exciter plus encore. Je promène ma bouche sur son bas-ventre, sur ses cuisses, partout autour de son sexe sans jamais m'y attarder vraiment. Je le frôle à peine. Il tressaille à chaque fois que je l'effleure. La pression de ses doigts dans mes cheveux se fait irrégulière, il lâche un petit rire au moment où je donne un bref coup de langue puis me retire aussitôt, m'affairant à embrasser chaque centimètre de ses cuisses.

— Tu vas me rendre fou si tu continues ainsi, souffle-t-il.

— Moi aussi, je veux que tu me supplies.

Il pousse un long soupir, suivi d'un autre rire. Un rire rauque et grave. Un rire qui me secoue toute entière et me fait brûler d'impatience de l'entendre gémir.

— J'en peux plus, Andie…

Il ne m'en faut pas plus pour passer à l'action. Je sens son corps se contracter de plaisir, ses soupirs se font plus fréquents et je mets tant de cœur à l'ouvrage que, très vite, il laisse échapper un grognement éraillé terriblement érotique.

Il finit par m'attraper par les épaules et me relever. Il dévore ma bouche et me soulève de terre, si bien que j'enroule mes jambes autour de lui pendant qu'il traverse l'appartement, s'arrêtant tantôt contre un mur pour m'embrasser, tantôt sur un meuble pour caresser mes cuisses, mes hanches et couvrir mon cou de baisers.

Nous atteignons enfin la chambre et il me jette sur le lit. Il a éparpillé mes vêtements partout sur notre trajet, ne me laissant qu'une petite culotte en dentelle noire.

Je suis allongée sur le dos, les jambes écartées face à lui alors qu'il vient s'asseoir devant moi. Son regard parcourt chaque parcelle de peau que je lui offre en spectacle et le sourire qui se dessine sur ses lèvres me fait rougir. Il se penche sur mon corps et vient frôler mon cou avec sa langue, le frisson qui m'électrifie m'arrache un gémissement incontrôlable qui ne fait qu'accentuer son sourire.

Ses mains caressent mes épaules, mes bras. Elles remontent jusqu'à mon cou pendant que sa langue se fraye un chemin jusqu'à mon lobe. Il n'appuie pas son poids sur moi, comme s'il craignait de m'écraser. Sa peau touche à peine la mienne et je meurs d'impatience de le sentir enfin contre moi.

Au moment où il laisse glisser lentement sa main jusqu'à mes seins, je l'attire avec force contre moi, il grogne de nouveau et je m'affole encore. Ses lèvres rejoignent bientôt sa main et s'affairent à titiller si doucement mon téton qu'une nouvelle secousse délicieuse fend mon être en deux.

Je me sens partir, les sensations qu'il éveille dans mon corps m'étaient inconnues jusque-là. La magie opère, je ne sais pas exactement ce qu'il fait avec sa langue mais c'est insensé. Jamais je n'avais ressenti autant de plaisir et d'excitation sans même que l'on approche mon sexe une seule fois.

Léo prend tout son temps pour descendre le long de mes côtes, il sourit de plus belle à chaque fois que je ne parviens pas à contrôler mes tremblements.

Il arrive entre mes jambes et marque un arrêt qui me fait geindre de frustration. Je sens qu'il a posé son regard sur moi, mais je n'ose plus bouger. Il retire lentement ma culotte puis passe doucement ses mains sous mes fesses et dépose un baiser si doux sur mon clitoris qu'il me fait littéralement bondir.

— Laisse-toi aller, Andie. Je veux te voir perdre le contrôle, chuchote-t-il.

Sans prévenir, il exerce une pression à la fois ferme et douce de sa langue sur mon sexe puis entame une série de mouvements circulaires, irréguliers et désordonnés qui me donnent l'impression de me fondre dans le matelas.

À mesure que je me laisse glisser dans les méandres fabuleux de la délectation, je ne réponds plus de mon corps, mes mains se cramponnent à ses draps et l'extase n'est plus très loin.

— Tu permets que je me touche aussi ? Je veux jouir en même temps que toi.

— Fais tout ce que tu veux, lâché-je dans un soupir.

Les secondes défilent à toute vitesse, ses mouvements s'intensifient et je me cambre à outrance, ne sachant plus comment me tenir pour ne pas exploser si vite.

Je le sens se contracter, il gémit et se laisse aller, la tête entre mes cuisses et provoque en moi des spasmes dignes d'un raz-de-marée, qui prennent fin dans un cri d'exaltation. Nos voix fusionnent dans un dernier râle surpuissant.

∞

Allongés au milieu du lit, nus comme des vers, nos doigts s'entremêlent et ma tête bouge au rythme des lentes respirations qui soulèvent son torse. Les rayons de la lune éclairent sa peau hâlée et rendent cet instant presque magique.

— Ça va ? chuchote-t-il en m'embrassant sur le front.

— Oui. Désolée, avec cette histoire de fausse couche, je suis un peu limitée dans mes actions… et au fait, merci.

— Tu me remercies d'avoir presque couché avec toi ? pouffe-t-il. Tu comptes me payer, aussi ?

— N'importe quoi ! Je te remercie d'être encore là après tout ça, je t'en fais baver.

— Je suis un grand garçon, tu sais. Considère ça comme… une petite parenthèse. Comme pour le séminaire. Tu prendras la direction que tu voudras après cette nuit, je ne t'en voudrais pas. Après tout, j'en avais au moins autant envie que toi. Si ce n'est plus. Et puis… je n'apprends visiblement pas de mes erreurs, je suis incapable de te repousser.

— J'ai pas fait ça juste pour calmer mes envies, je tiens à toi depuis toujours, assuré-je. Mais je ne vais pas te faire de promesses ce soir. Tu verras avec le temps que tu peux avoir confiance.

— Andie, soupire-t-il, tu ne trouves pas que tu t'avances un peu trop ?

— Non, Léo. Je sais ce que je dis, répliqué-je en me redressant pour le regarder. Tout est fini avec Stéphane, on se l'est dit officiellement. Les papiers ne sont pas signés, c'est sûr, mais c'est la prochaine étape.

— Oh, je ne savais pas…

Je prends une profonde inspiration quand je sens les larmes pointer le bout de leur nez, il grogne d'énervement et remet mes cheveux derrière mon oreille.

— Je déteste te voir comme ça.

— C'est vraiment une situation de merde.

— Je sais. Tu n'es pas seule, Sam et moi, on est là. On ne te laissera pas traverser ça toute seule, et tout va s'arranger. Tu verras.

Chapitre 41

Mia remue son thé, assise en face de moi sur la terrasse du petit café en face du bureau. Curieusement, elle ne dit rien. Je pensais qu'elle serait la première à sauter de joie en m'écoutant raconter ma nuit d'amour avec Léo. Après quelques secondes, elle prend enfin la parole :

— Tu crois qu'il dit vrai ? S'il affirme que tu l'as trompé, il peut obtenir la garde de votre fille ?

— Je n'en sais rien, je n'y connais rien… je ne pense même pas qu'il était sérieux, à vrai dire. Il était hors de lui et ce n'est pas son genre.

— Peut-être que tu ne le connais pas aussi bien que tu le penses, suggère-t-elle. Ce serait quand même gonflé de sa part, après t'avoir donné l'autorisation de coucher avec Léo. C'est plus vraiment de la tromperie, du coup. Ça peut jouer en ta faveur s'il va jusqu'au bout. Ou alors, faudrait que toi aussi, tu aies des arguments pour le contrer…

— Oh, il a certainement dû s'amuser un peu de son côté. Je pense que l'idée de base, c'était ça, pouvoir draguer sans culpabiliser. Mais je n'ai pas envie de me lancer là-dedans. Je ne veux pas entrer en guerre contre lui.

— Tu l'as revu depuis ?

— Pas encore, je suis passée en coup de vent ce matin pour embrasser ma fille, prendre une douche et me changer avant de t'appeler.

— Pourquoi m'avoir appelé moi, d'ailleurs ? Et pas Sam ? Ça me fait super plaisir, hein. Mais c'est lui ton meilleur ami, à la base.

— Il va me passer un sacré savon… j'étais pas prête, ris-je. Je devais juste aller m'expliquer avec Léo, à la base. Enfin, c'est ce que j'ai dit à Sam.

— Alors que tu avais déjà ton idée en tête, petite coquine ! ricane-t-elle. Donc, tu vas voir Stéphane ce soir ?

— Oui, en espérant qu'il se soit détendu. J'aimerais éviter d'avoir à le tuer.

— Si jamais, tu n'hésites pas à m'appeler. Même à trois heures du mat', je ne poserai aucune question et j'apporterai une pelle.

— C'est noté, m'esclaffé-je.

Mon téléphone vibre. Sans que je sache pourquoi, Mia amorce un mouvement dans sa direction, mais je l'attrape avant qu'elle ne puisse le faire. Je vois s'afficher un message de Stéphane, quand on parle du loup. Un détail me chiffonne. Ce fond d'écran n'est pas le mien.

Je regarde alors à ma gauche et aperçois un téléphone identique. Je jette un œil à Mia, dubitative. Elle a la bouche pincée et les yeux en alerte. Je déverrouille l'autre téléphone et y trouve mon fond d'écran habituel, une photo de Théa.

Je mets quelques secondes à comprendre que le premier appareil n'est pas le mien, mais celui de Mia, à en juger par la photo de ses parents qui tapisse l'écran d'accueil.

— Andie…

— C'est quoi ce bordel ? m'écrié-je en brandissant le message de Stéphane sur son téléphone.

— Je peux t'expliquer…

— M'expliquer quoi ? Tu me fais toute une scène sur le comportement irrespectueux de mon mari alors qu'en fait, tu échanges des messages avec lui !

— Laisse-moi te raconter, je…

D'un signe de la main, je lui ordonne de se taire. J'active la commande vocale et une voix robotisée m'énonce :

« Salut Mia, désolé pour hier soir, c'était une erreur. J'étais triste et en colère, j'aurais pas dû débarquer chez toi comme ça. J'avais envie de me venger. Désolé de t'avoir mêlée à tout ça. Ça reste entre nous. »

Je relève les yeux et la toise. Elle regarde la table et tripote sa tasse.

— Qu'est-ce qui reste entre vous ? m'énervé-je.

— C'est… il est venu hier, il était très mal et…

— T'as couché avec lui ?

— Non, pas hier soir, je te le promets.

— Pas hier soir ? Ça veut dire quoi, ça ? Un autre soir ? Comment pouvait-il venir jusqu'à chez toi ? Comment a-t-il pu simplement te contacter ? Je ne lui ai jamais transmis ton numéro.

— Andie, je suis désolée… j'étais complètement bourrée l'autre soir, quand il a tenté de m'embrasser. Je l'ai repoussé, oui, mais je lui ai laissé mon contact. Au cas où, bafouille-t-elle.

C'en est trop. J'envoie balader ma chaise en me levant.

— Andie, attends ! supplie-t-elle en amorçant un mouvement dans ma direction.

Dans une tentative ultime de dissuasion, je lui jette le contenu de ma tasse à la figure. Heureusement pour elle, le thé avait nettement refroidi.

J'attrape mon sac au vol et me dirige d'un pas déterminé jusqu'à notre immeuble. Je l'entends s'excuser auprès du serveur et presque lui lancer quelques pièces avant de partir à ma poursuite. Le temps qu'elle me rejoigne, je suis déjà dans l'ascenseur et les portes se sont fermées.

J'arrive au huitième, verte de rage et prête à exploser. Je bouscule tout le monde sur mon passage, faisant tomber des dossiers, renversant des tasses sur les pauvres personnes qui ont le malheur de croiser mon chemin avec leur boisson à la main.

Sam vient à ma rencontre, alerté par les protestations bruyantes de nos collègues et lorsqu'il voit mon visage, il blêmit. Mia arrive par l'escalier de secours, trempée et essoufflée.

— Andie ! Laisse-moi t'expliquer !

— Sam, empêche-la de m'approcher sinon je te jure que je la bute, craché-je en pénétrant dans mon bureau.

Je vais exploser, je le sens.

Il intercepte Mia en héros et la tient fermement pendant qu'elle se débat. Je claque la porte en verre de toutes mes forces et me mets à hurler. Un cri déchirant, viscéral. Je me retourne et lance mon sac sur l'écran de l'ordinateur. J'arrache les fils qui traînent partout en beuglant, je jette les pots à crayons à travers la pièce, fissurant quelques vitres au passage. Je laisse enfin tout sortir.

Alors que je vocifère des insultes à l'encontre de Mia et de Stéphane, des bras vigoureux m'entourent et me serrent. Je me débats de toutes mes forces, mais rien n'y fait. Je me laisse alors tomber dans ces bras et fonds en larmes. Un torrent qui inonde mon visage et menace de ne jamais s'arrêter.

— Qu'est-ce que c'est que ce putain de bordel ?! hurle Mary. Andie !

— Je m'en occupe, Mary, elle ne va pas bien du tout, assure Léo qui me tient fermement.

— Sors-la d'ici immédiatement ! Non mais vous vous croyez où ?! Tu vas vite avoir de mes nouvelles, Andie. Dégage-la d'ici tout de suite.

Léo me traîne hors du bureau alors que je m'étouffe dans mes propres sanglots et distingue à peine le décor autour de moi. Les larmes m'aveuglent et mes oreilles semblent ne pas vouloir fonctionner correctement.

∞

Assise au sol, sur le parking, recroquevillée sur moi-même : je renifle comme un bébé qui vient de faire un caprice.

Des pas s'approchent, je relève la tête pour m'assurer que ce n'est ni Mia, ni Mary, et retourne à mes pleurs quand je vois Sam débarquer avec mon sac dans les mains.

— Comment elle va ? s'enquiert-il auprès de Léo qui est accroupi en face de moi.

— Ça se passe de commentaire…

— J'suis là, je vous rappelle, protesté-je.

— Eh, on n'a rien fait, nous, d'accord ? tonne Sam. T'as de la chance que Léo t'ait chopée avant que tu ne fasses davantage de dégâts. Mary est dans tous ses états.

— J'ai pas pu me retenir, c'était trop. C'était le bureau ou la gueule de cette salope de Mia.

— Je peux te demander ce qui est arrivé, ou tu vas me jeter ton sac à la figure ? hasarde Léo.

— Très drôle… elle se tape mon futur ex-mari, voilà ce qui s'est passé. Et elle a même pas été fichue de me le dire. J'ai lu un putain de texto.

Léo ouvre de grands yeux et regarde Sam, ahuri.

— Je n'étais pas au courant, me regarde pas comme ça. Mia vient de tout me raconter. Je lui ai dit ma façon de penser, elle a de la chance que Mary était déjà hors d'elle. Sinon, je ne me serais pas gênée pour lui coller mon poing en pleine face.

— J'aurais voulu voir ça, rit Léo.

— On m'a toujours dit qu'il ne fallait pas frapper les femmes, alors…

— Et puis c'est pas la peine d'être deux à se faire virer, renchérit Léo.

— Elle va me virer ? Tu penses ?! paniqué-je. Ouais, enfin… je peux pas trop lui en vouloir, en même temps.

— Rien n'est sûr, tu en discuteras avec elle à tête reposée. Elle ne veut pas te voir pour le moment, tant que tu ne vas pas mieux. Elle peut se montrer clémente avec tout ce qu'il t'est arrivé ces derniers temps, mais tu vas certainement devoir payer tout ce que tu as cassé.

— Logique, j'ai fait n'importe quoi.

— Bon allez, je te ramène, déclare Léo. Tu auras tout le temps de t'apitoyer sur ton sort chez toi.

— Hmm, tu veux que je vienne ? propose Sam. On ne sera peut-être pas trop de deux…

— Pourquoi ça ?

— Bah disons que vu son état, je ne voudrais pas qu'elle se batte avec Stéphane en prime.

— Je suis toujours là ! signalé-je.

— Oui, ma chérie. Mais là, on discute entre adultes sensés et calmes, se moque Sam. T'en penses quoi Léo ?

— Elle est capable de se tenir. Je resterai un moment au cas où ça dégénère.

— Tu n'as pas peur qu'il s'en prenne à toi ? Il ne t'apprécie pas trop, si je ne m'abuse.

— Avec ce que tu m'as fait cette nuit, en plus, renchéris-je.

— Quoi ?! s'égosille Sam.

— Andie !

— Ah, Andie… soupire-t-il. Alors, un point partout, j'imagine.

— Ça va aller, assure Léo en se râclant la gorge. Il va bien voir qu'elle n'est pas dans son état normal. J'espère qu'il sera compréhensif.

— C'est un fumier. Je vais lui dire le reste, fulminé-je.

— Calme-toi, Lili la tigresse, pouffe Sam. Bon, c'est décidé, je vous accompagne. Je ramène la voiture d'Andie et tu nous suis à moto.

— C’est pas la peine, arrêtez de me traiter comme une gamine.

— C’est non négociable, point. Avec les dernières révélations de Louise, c’est hors de question que je te laisse avec lui.

— Les révélations de Louise ? s’étonne Sam. Quand elle t’a appelé pendant que tu étais chez moi ?

— On t’expliquera plus tard, l’interrompt Léo. Ce n’est pas tellement le moment de mettre de l’huile sur le feu…

— Il ne va pas me cogner quand même ! Il n’aura pas le temps de toute façon.

— La ferme, Andie, gronde Sam. Déjà, tu me fais des cachoteries, alors fais-toi toute petite. Ensuite, au mieux, on t’évite de te faire casser la gueule et au pire, on t’évite de finir en prison pour meurtre. Alors tu écrases, et tu nous suis.

Nous descendons à peine de la voiture que Stéphane ouvre la porte et se poste à l’entrée, sûrement alerté par le bruit du moteur. Je bouillonne intérieurement.

Il m’attend là, les bras croisés et le regard un peu moins tendu que la veille. Lorsqu’il voit Sam, il soupire. Il aperçoit ensuite Léo qui s’avance à notre niveau et son regard vire au noir.

— T’as besoin de gardes du corps, maintenant ? Et t’as le culot de le ramener lui, en plus ?

— Stéphane, c’est pas le moment. Mary nous a demandé de la raccompagner, elle a pété un câble dans les bureaux, explique Sam.

— Toi, je comprends. Mais qu’est-ce qu’il fout ici, lui ? crache-t-il en direction de Léo.

— Je suis venu en soutien, répond-il calmement alors que Stéphane s’approche dangereusement.

— Ah, oui, ça… pour la soutenir, tu la soutiens bien. Je devrais te…

Je lui cloue le bec avec une droite en pleine mâchoire. Il ne l'a pas volé.

Chapitre 42

Léo me tire vers lui tandis que Sam se poste devant moi, dans l'attente d'une éventuelle réaction de Stéphane. Il a la tête orientée vers le sol, il se tient la joue, immobile. Ma main me fait un mal de chien, mais il est hors de question que je montre quoi que ce soit.

— OK… annonce Stéphane en se massant la mâchoire. Je l'ai mérité, sans doute.

Il relève doucement la tête et me regarde, blottie contre Léo qui a décidé de me servir de bouclier humain. À mon grand étonnement, la maîtrise de soi dont il fait preuve à ce moment-là fonctionne assez bien pour que Sam et Léo n'y voient que du feu. On croirait qu'il encaisse bien le choc. Pourtant, je sens sa colère bouillir au fond de lui, je vois les veines de ses mains qui tressaillent.

— Vous pouvez la laisser, je ne vais rien lui faire. Faut qu'on parle, marmonne-t-il.

Ma garde rapprochée m'interroge du regard, je n'ai aucune idée de ce qui pourrait se passer si ses nerfs finissaient vraiment par lâcher. Cette discussion avec Louise remet beaucoup de choses en question, je n'aurais peut-être pas dû le frapper. Après une courte réflexion, je leur fais un signe de tête approbateur. Il serait idiot de lever la main sur moi, je pourrais lui retirer la garde de notre fille. Sam me prend dans ses bras de façon brève mais significative puis il s'approche de la moto de Léo pendant que celui-ci dépose un baiser sur ma joue et me glisse à l'oreille :

— N'hésite pas à revenir, ma porte sera toujours ouverte.

Il fait volte-face pour rejoindre Sam qui me crie de l'appeler si besoin.

Je bouscule Stéphane en pénétrant dans la maison et jette mon sac par terre une fois à l'intérieur. Je vais directement jusqu'à la terrasse et allume une cigarette. Il faut que je garde cette attitude menaçante, il ne doit surtout pas comprendre que je ne suis pas si sûre de moi.

— Théa est à la maison ? m'enquiers-je sèchement.

— Oui, elle dort encore, il est à peine neuf heures, répond-il. J'aimerais que tu me défendes avec autant d'ardeur que tu as défendu Léo, plutôt que de me frapper…

— Tu dis n'importe quoi.

— Tu m'as mis une droite simplement parce que je disais qu'il n'avait rien à faire là ! s'insurge-t-il.

— Pas du tout. Je t'ai mis une droite pour plein d'autres raisons.

— Andie… je ne pensais pas ce que j'ai dit hier. J'étais jaloux, triste, énervé… jamais je ne t'enlèverai Théa. Elle a besoin de toi et tu as besoin d'elle, et moi j'ai besoin de vous. Je suis vraiment désolé, mais essaie de me comprendre, supplie-t-il.

Ce revirement de situation me désarçonne. Il semble vraiment s'en vouloir, il n'y a plus ni colère ni haine dans ses yeux, uniquement de la détresse.

Je n'en démords pas.

— Oh, que j'essaie de comprendre que tu me fais une crise pour un baiser que tu avais autorisé ? Ou, attends voir… que j'essaie de comprendre que tu avais autorisé ce baiser uniquement pour remettre les compteurs à zéro parce que tu te tapes l'une de mes collègues ?

Il blêmit à vue d'œil. L'heure de vérité a sonné.

— Alors, elle t'a tout dit…

— En fait, non. Tu vas rire. Nous avons le même téléphone, le sien a vibré et j'ai lu le message en pensant que c'était le mien. Elle m'a simplement confié t'avoir donné son numéro le soir où tu as tenté de l'embrasser. Elle a sous-entendu avoir déjà couché avec toi, mais à vrai dire, je ne lui ai pas vraiment laissé le temps de s'expliquer.

— Et… tu attends de moi que je t'explique ? questionne-t-il prudemment.

— Exact.

— T'es sûre que t'as besoin de savoir ça ?

— Oh oui, je veux comprendre à quel point vous m'avez prise pour une conne.

— OK, alors… avant tout, promets-moi que tu ne me frapperas plus. Je ne voudrais pas avoir à te maîtriser.

Je ravale un rire sarcastique. A-t-il aussi dû « maîtriser » la jeune fille qui avait initié une plainte à son encontre ?

— C'est bon Stéphane, la crise est passée. Tu me dois la vérité.

— Tu l'auras voulu… j'ai donc tenté de l'embrasser. Sur le coup, elle m'a repoussé, un peu étonnée. Elle pensait que je ne l'appréciais pas, à juste titre puisque c'est ce que j'ai fait croire à tout le monde, comme tu le sais, fait-il en se râclant la gorge. Après quelques secondes, elle m'a dit que c'était une mauvaise idée de faire ça ici et elle m'a laissé son numéro.

— Oh, pas ici alors. Mais ailleurs, c'est OK, pouffé-je. Elle s'est bien foutue de moi. La suite ?

— On a échangé quelques messages…

— Des messages ? Des sextos, tu veux dire.

— Oui, admet-il en se massant la nuque. On s'est vus quand tu es partie en séminaire.

— Forcément ! Tu prépares le terrain avant que je ne m'en aille comme ça, si je te trompe, tu peux me dire que t'as fait pareil et balle au centre. C'était le plan ?

— Puisqu'on en est aux révélations, je comptais pas te le dire. Le but, c'était de ne pas foutre votre amitié en l'air. Et je me serais senti un peu moins coupable si, de ton côté, tu avais couché avec Léo.

— Ah, donc moi, tu m'aurais laissé me sentir coupable et rester amie avec une femme que ça n'a pas dérangé de coucher avec mon mari. Super ! ironisé-je. Je suis vraiment bien entourée, à ce que je vois. Heureusement que Sam et Léo sont là, finalement. Ils m'ont empêchée de détruire le bureau et de me faire virer par la même occasion, ou de finir en taule après avoir physiquement agressé Mia. Tu te rends compte du bordel que t'as foutu dans ma vie ?

— Oui. Je m'en rends compte, maintenant. Et j'en suis sincèrement désolé, je vais tout faire pour me racheter. On va lancer la procédure de divorce et on fera tout comme tu veux, la seule exigence que j'ai, c'est une garde partagée.

Je ne peux m'empêcher de penser soudain à cette plainte qui n'a finalement abouti à rien. Est-ce réellement un homme dangereux ? Puis-je lui confier notre fille ? Le discours de Louise résonne dans ma tête et Stéphane se rend bien compte que quelque chose cloche.

— C'est quoi cette tête ? s'alarme-t-il. Tu ne penses pas avoir la garde complète quand même ?

— Je ne sais pas quoi penser.

— C'est à cause de ce que je t'ai dit ? Je me suis excusé, je n'en pensais pas un mot… je n'ai pas l'intention de t'enlever notre fille, je te le promets.

— Ce n'est pas ça qui me fait réfléchir.

— Alors quoi ?

Il se pose sur la chaise en face de moi, j'allume une deuxième cigarette en réfléchissant à ce que je peux lui dire ou non. Il pourrait très bien me mentir, si je disais tout ce que je sais. Et en même temps, je ne sais pas grand-chose.

— Andie ! Je te parle !

— J'ai appris certaines choses qui me font reconsidérer mon avis à ton égard, en plus de tous les récents évènements.

— Mia n'a rien à voir avec Théa, j'ai été con, je le sais. Ça ne change rien au fait que je suis un bon père. Tu n'as pas été une épouse exemplaire non plus, ces derniers temps. Ça ne fait pas de toi une mauvaise mère.

— Non, certes… mais moi, je n'ai pas eu une plainte pour violences conjugales au cul alors que j'avais à peine dix-sept ans.

Il fronce les sourcils et ouvre la bouche pour rétorquer, puis se ravise aussitôt, l'air de réfléchir.

— Penses-y, oui. Remémore-toi ce qui a pu se passer avec cette jeune femme, car je vais avoir besoin de plus amples explications.

— Mais de quoi tu parles ? bégaie-t-il.

— D'une femme de dix-sept ans qui aurait porté plainte contre toi, pour violences conjugales. J'imagine donc qu'elle était ta copine à ce moment-là. La plainte a mystérieusement été retirée et classée sans suite.

— Ah… tu parles de Christelle. C'est loin tout ça, tu sais… et ce n'est pas ce que tu crois.

— Alors éclaire-moi, je t'en prie.

— Christelle est une ex-copine jalouse qui n'a pas trouvé mieux pour tenter de me nuire que d'inventer des mensonges à mon égard. Elle n'arrivait plus à m'atteindre, elle voulait que je revienne vers elle alors que moi, j'avais rencontré quelqu'un d'autre. Bref, elle est allée porter plainte en disant que je l'avais frappée. Lorsqu'on porte plainte pour violence, il faut aller faire constater ses blessures pour que la plainte soit valable. Elle n'avait aucune blessure à leur montrer, vu que tout était faux. Elle n'a même pas eu la jugeote de se péter le bras ou de demander à quelqu'un de lui faire des bleus, s'exaspère-t-il. Là, ça aurait été crédible. Bref, j'ai été un peu ennuyé par la police quand même mais ils ont vite compris que ma version des faits était juste. Ma nouvelle copine pouvait témoigner pour moi, de ma douceur et du fait que cette folle nous harcelait jour et nuit.

— C'est marrant, la plupart des agresseurs ont ce discours-là, c'est la victime qui est folle.

— Andie, enfin ! Tu me connais ! Jamais je ne ferai un truc pareil… je suis déçu que tu puisses ne serait-ce qu'envisager que ce soit vrai.

— Je ne sais plus qui croire, Stéphane. J'ai découvert des facettes de toi dont je ne soupçonnais pas l'existence, ces derniers temps. Frapper dans les murs, m'embrasser de force…

— Ce n'est pas moi, tout ça… c'est la rage qui a parlé. Je suis sorti de mes gonds, ça arrive à tout le monde de flancher, non ?

— Oui, bien sûr. Ça aurait pu aussi t'arriver cette fois-là, avec cette fille.

— Non mais et puis quoi encore ?! Tu veux que je les appelle peut-être ? Elle et ma copine de l'époque ? Et même si c'était vrai, tu as peur de quoi ? Que je m'en prenne à Théa ?

— Ça remet beaucoup de choses en question, je n'ai plus confiance en toi. Et je ne sais pas si je peux te faire confiance au sujet de ma fille.

— Notre fille, c'est *notre fille*, Andie. J'ai toujours été un bon père, ne m'enlève pas ça. Je ne peux pas croire que tu puisses imaginer des choses pareilles… je ne pensais pas avoir à me justifier un jour auprès de toi, ma propre femme.

— Future ex-femme.

— Ouais, ricane-t-il, je vois. Je prends mes affaires et je m'en vais, c'est mieux. On reparlera de ça quand tu auras retrouvé tes esprits parce que là, tu es à côté de tes pompes.

Je ne prends pas la peine de répondre, le regard perdu dans le vide. Une chose est sûre, après tout ça, je ne risque pas de regretter ma décision.

∞

— T'as commandé une pizza, c'est la fête, maman ? sautille Théa.

— Non, mais il faut qu'on discute. Alors, je me suis dit que ça passerait mieux avec une pizza aux olives et au jambon comme tu les aimes.

La petite gloutonne s'empiffre avec un grand sourire tandis que je me sers un verre de vin avant de retourner m'asseoir auprès d'elle.

— Théa, commencé-je, papa et moi allons divorcer. On a pris notre décision et on ne s'aime plus.

— Vous vous détestez maintenant ?

— Non, on s'entend bien et on s'entendra toujours bien. Pour toi, pour que tout se passe bien. Mais on ne vivra plus ensemble et on ne sera plus jamais amoureux.

— Et moi alors, je vais vivre avec qui ?

— Nous n'avons pas encore décidé de tous les détails. Nous t'expliquerons tout, dès que nous saurons comment ça va se passer.

— J'ai des copines qui ont des parents divorcés, elles ont deux Noël et deux anniversaires. On va faire ça nous aussi ?

— Tu ne perds pas le Nord, toi, ris-je. On verra bien comment on s'organise ! Peut-être qu'on s'entendra assez bien pour continuer à fêter Noël et les anniversaires en famille, sinon oui, il y aura peut-être deux fêtes à chaque fois.

— Cool ! C'est chouette, le divorce, alors ! Deux maisons, deux chambres, deux fois plus de jouets ! jubile-t-elle.

— Dis donc, tu prends très bien la nouvelle. Ça ne te fait pas de peine de savoir que papa et moi, on ne s'aime plus ?

— Vous m'aimez toujours, moi ?

— Bien sûr, et on t'aimera toujours.

— Tu dis tout le temps qu'on peut pas aimer tout le monde. Si vous m'aimez moi, tout va bien.

— C'est une très bonne façon de voir les choses, souris-je.

Sa perspicacité m'étonnera toujours, bien que du haut de ses sept ans, elle ne sache pas manger une pizza correctement.

Elle affiche un immense sourire entouré de sauce tomate, je ne peux m'empêcher de rire. Elle fronce alors les sourcils et attrape un peu de sauce pour me l'étaler sur la joue. Surprise, j'ouvre de grands yeux. Je lui en étale alors sur les sourcils alors que nous rions aux éclats.

Tout va aller mieux, maintenant.

Chapitre 43

Installés sur un banc, Léo et moi regardons tranquillement Théa et Léana s'amuser dans la structure de jeux.

— Alors quoi ? Tout est bien qui finit bien car il t'a présenté des excuses ? Ça n'enlève pas les doutes.

— Je n'ai pas dit ça, ça n'efface pas non plus son comportement de ces dernières semaines…

— J'espère, oui. Ne baisse pas la garde aussi facilement. Et au niveau du divorce ? Comment ça va se passer ?

— On n'en a pas vraiment discuté, mais il m'a dit qu'on ferait au plus simple. Il exige seulement la garde partagée, c'est là où j'émets des doutes. Avant tout ça, je ne me serais même pas posé la question. Il a toujours été un bon père.

— Il faut éclaircir cette histoire de plainte, tu dois en avoir le cœur net.

— Peut-être qu'il m'a déjà tout raconté, ce ne serait pas la première fois qu'une ex-copine jalouse tente le tout pour le tout, non ? Ça expliquerait aussi pourquoi elle s'est rétractée, tenté-je de me convaincre.

— Tu as confiance en sa version ?

— J'aimerais, je ne sais pas trop. Ça me prend la tête de ne pas savoir, je te jure. Si seulement il ne s'était pas montré si violent ces derniers jours…

— J'imagine, oui. C'est aussi l'avenir de Théa qui est en jeu, normal que tu te poses des questions. Et tu n'as pas à culpabiliser, toute mère réagirait ainsi.

— Peut-être, mais… il est son père. J'aimerais que tout soit plus simple, qu'on puisse juste divorcer à l'amiable, sans se battre pour la garde de Théa. Reste à voir ce qu'on fait de la maison, aussi.

— Tout dépend si l'un de vous veut la garder, ou non. C'est certainement plus simple de la vendre avant de signer quoi que ce soit, suppose-t-il.

— Faut que je me renseigne, mais ça doit certainement être plus long aussi.

— Qu'est-ce que ça change ? Vous êtes officiellement séparés, le divorce, c'est simplement aux yeux de la loi. Rien ne vous empêche de vivre vos vies respectives chacun de votre côté.

— Eh bien, ça change certaines choses, si… vis-à-vis de toi, par exemple.

— Moi ? Quoi, moi ? Tu attends quelque chose de moi ? s'amuse-t-il.

— Te fiche pas de moi… disons qu'il vaut mieux éviter de ne commencer quoi que ce soit tant que le divorce n'est pas prononcé. Tu sais, au cas où Stéphane changerait d'avis…

— Tu comptes vivre dans la peur d'une éventuelle réaction de Stéphane ? s'agace-t-il.

— J'ai peur pour ma fille, c'est tout. Tu peux comprendre ça, non ?

— Et toi, tu peux comprendre que tu n'es pas seule ? Nous n'allons pas te laisser tomber, Sam et moi. Ma sœur aussi sera présente pour toi, j'imagine. Tu t'inquiètes pour rien, il n'y a aucune chance qu'il parvienne à te la prendre. Pour certaines choses, la justice est bien faite. On n'enlève pas un enfant à une mère présente et dévouée, qui a une situation stable et un revenu confortable. Même sous prétexte que celle-ci a refait sa vie.

— Je sais tout ça, Léo… mais tu dois entendre que c'est nouveau pour moi. Je me sens très mal à l'aise face à tout ça, il va me falloir du temps. Je sais aussi que je t'en demande beaucoup, et que tu t'impatientes. Je comprendrais si tu as envie d'avancer, on peut rester amis, tu sais.

Il pouffe et secoue la tête, une légère amertume au fond des yeux.

— Je ne suis pas capable d'être ton ami et je pense ne l'avoir jamais été.

— Alors quoi ? Tu me poses un ultimatum ?

— Non, je sais que j'ai dit que j'étais impatient… mais j'ai aussi envie de dire que je ne suis plus à un an près. Ça fait déjà onze ans que j'attends de te retrouver.

Je ne sais même pas quoi dire tant mon cœur menace de sortir de ma poitrine, ses paroles sont dignes d'une comédie romantique. Et onze ans après, je me liquéfie toujours sur place. La tentation est grande, je meurs d'envie de lui dévorer les lèvres. Je mordille alors les miennes et décide de regarder ailleurs, pour le bien de ma température corporelle. Il étouffe un petit rire et m'imite, couvant du regard nos deux adorables petites.

— Je me demandais, changé-je de sujet. Tu penses que ta sœur peut me présenter son ami ?

— Celui qui bosse avec la police ? Sans doute, oui. On peut organiser ça.

— OK, cool. Ça m'aidera sans doute à y voir plus clair.

— Je vais m'en occuper. Au fait, tu ne devais pas aller voir Mary ?

— Si, je vais y aller. T'es sûr que ça ne t'embête pas de déposer les filles à l'école ?

— Non, non, aucun problème. J'ai prévenu que j'arriverais plus tard.

— Merci, c'est gentil, souris-je. Allez ! Souhaite-moi bonne chance !

— Tu n'en auras pas besoin, répond-il avec un clin d'œil.

Un dernier baiser en vitesse sur la joue de ma progéniture, un dernier regard plein de regrets vers Léo et me voilà en route pour le bureau.

∞

— OK, alors, t'es prête ? me motive Sam en faisant mine de dépoussiérer mes épaules.

— Non.

— Elle ne va pas te manger. T'as bien tout compris ?

— Oui, je l'ai eue au téléphone. Elle m'a dit de venir lundi matin comme si je venais bosser. Elle était un peu froide, mais elle n'avait pas l'air d'avoir envie de me tuer.

— C'est déjà un bon point. OK… donc, on monte ?

— C'est dingue que tu sois aussi stressé que moi ! pouffé-je.

— Ça me ferait vraiment chier de bosser ici sans ma meilleure amie. Si elle te vire, je démissionne.

Sur ces mots, j'inspire un bon coup et m'élance dans le hall de l'immeuble. Sam me tient la main, il l'agrippe si fort que je ne sens plus mes doigts. Il est si stressé que je garde cette information pour moi, nous montons silencieusement dans l'ascenseur et nous dirigeons vers le huitième.

À notre arrivée, l'ouverture des portes me semble interminable. Nous pénétrons dans le couloir sous les regards inquisiteurs des collègues. Je leur offre un sourire mi-désolé, mi-mal à l'aise et m'approche du bureau de Mary.

Elle est concentrée sur son écran. Face à son air sévère, je perds la moitié de la confiance que j'avais encore en montant. Sam dépose un baiser sur ma main, me chuchote un « courage » et disparaît.

Je frappe, déglutissant avec difficulté. Elle me fait signe d'entrer sans même me lancer un regard. Je m'installe donc sur un fauteuil, en face d'elle et j'essaie de faire en sorte qu'elle n'entende pas mes genoux qui claquent.

— Andie, comment vas-tu ? brise-t-elle le silence.

— Mieux, merci de demander.

— Oh, c'est pas vraiment pour toi que je demande, c'est surtout pour préserver mon matériel et mes employés, s'amuse-t-elle. Trêve de plaisanterie, c'est assez grave, ce qui s'est passé vendredi.

— Oui, et je suis vraiment désolée. Ça ne se reproduira plus jamais, je t'en donne ma parole. Je suis prête à signer une déclaration sur l'honneur.

— Je vais y réfléchir. En attendant, je vais te faire parvenir la facture. On résume : un PC neuf, trois vitres fissurées… c'est déjà pas mal, il y en a pour des ronds.

— C'est tout à fait normal que je répare mes bêtises… j'aimerais surtout savoir si je peux conserver mon poste, hésité-je.

— Je n'en sais trop rien, en fait. Tu as sans doute besoin de te poser un peu… de prendre du temps pour toi. J'ai eu vent de vos histoires, Mia m'a tout raconté. Elle m'a dit que tout était de sa faute et que tu ne devais pas payer pour ses erreurs, or, ce n'est pas elle qui a saccagé ton bureau, tu en conviendras.

— Bien sûr.

— Néanmoins, je te connais. Je sais que sans raison, tu n'aurais pas réagi de la sorte. Disons que je comprends. Ça ne rend pas la situation plus acceptable, mais ça me dissuade de porter plainte.

Lorsque j'avale ma salive, j'ai l'impression d'avoir une boule de pétanque dans la gorge.

— J'ai une requête…

— Andie, je ne sais même pas si je te garde dans l'équipe et tu…

— Justement, la coupé-je. J'aimerais reprendre seulement à mi-temps. J'avais déjà cette idée en tête avant l'incident. J'aimerais prendre du temps pour moi, pour ma fille et pour faire ce qui me passionne vraiment. J'ai envie d'écrire des romans et avec ce travail, c'est compliqué pour moi de m'y mettre pour de vrai. Donc, un poste à mi-temps pour me reposer comme tu le préconises, une déclaration sur l'honneur et des relations tout à fait polies avec Mia. Ça te semble juste ?

— Tu as réponse à tout toi, hein ? J'admire ta capacité à rebondir après tout ce que tu as vécu ces derniers mois. Je vais y réfléchir. Concernant Mia…

— Je sais, ne t'en fais pas ! Tout ira bien.

— Vas-tu cesser de me couper la parole ? J'allais te dire qu'elle a démissionné le jour-même. Elle était beaucoup trop mal à l'aise pour rester, selon elle. Puis, travailler ici sans ton soutien et celui de Sam ne l'intéresse pas, apparemment. Donc, tu n'aurais pas à t'en inquiéter *si jamais* je décide de te garder.

— Oh… je suis un peu étonnée. Elle prend ma défense et elle démissionne.

— Je crois qu'elle s'en veut. Et ce serait normal, pouffe-t-elle. Ce n'est pas une mauvaise personne, tu sais. Elle est un peu immature et très impulsive, elle vit selon ses envies. Il ne faut pas lui en vouloir, même si je sais que c'est plus facile à dire qu'à faire. Enfin, ce ne sont pas tellement mes oignons. Rentre chez toi, Andie. Je te recontacte demain.

— Une démission ? Carrément ? s'étonne Sam en remuant son café.

— Apparemment, nos relations étaient un pilier pour elle ici, d'après ses dires. Elle se sentait mal à l'aise.

— Ouais, tu m'étonnes, j'aurais même pas osé remettre un pied ici à sa place. Et puis, un pilier… permets-moi d'en douter. On n'agit pas de la sorte avec quelqu'un à qui on tient. Je suis vraiment choqué qu'elle ait osé faire ça, je la savais un peu fourbe et très branchée cul, mais nous, on est ses amis. On l'était, en tout cas. Elle savait très bien ce que tu traversais en plus de ça.

— Elle me l'a bien mise à l'envers, cette garce, ça c'est sûr. J'ai pris soin d'elle comme de ma petite sœur et c'est comme ça qu'elle me remercie.

— J'imagine que c'est la fougue de son âge qui veut ça, tente-t-il de la défendre.

— Mary pense aussi qu'elle est immature et impulsive. M'enfin, l'âge n'excuse pas tout ! Même à vingt ans, je n'aurais pas couché avec le mec d'une de mes meilleures amies. On a certaines valeurs ou on ne les a pas, voilà tout. Elle est quand même censée savoir distinguer le bien du mal.

— Peut-être que c'est une psychopathe ? Attends, ce sont les psychopathes ou les sociopathes qui n'ont aucune notion de bien et de mal ? s'interroge-t-il le plus sérieusement du monde.

— Arrête tes conneries… au fait, tu as mentionné une dispute avec Chris, ça me revient maintenant. Avec tout ça, je n'ai même pas pris le temps d'en parler avec toi. Raconte ?

— Oh il n'y a franchement rien d'important, c'était réglé le soir-même.

— Pourquoi en parler à Mia si ce n'était pas important ?

— T'es jalouse ? pouffe-t-il.

— Non, levé-je les yeux au ciel.

— Un peu, si, me taquine-t-il. J'arrête, OK. Non, vraiment rien de fou, un désaccord au sujet de Max et du rangement de sa chambre, j'avais besoin de vider mon sac. Tu me connais, je pars bouder dans mon coin, je déballe tout à mes copines puis je reviens calme et prêt à discuter. Comme un rien m'énerve et j'en fais toute une montagne pour pas grand-chose, ricane-t-il. Après avoir tout balancé, ça allait mieux et j'étais prêt à lâcher l'affaire et à m'excuser auprès de Chris. Pas d'avoir une opinion, mais plutôt pour cette fâcheuse habitude de fuir en faisant la tête quand je suis contrarié.

— Il te connaît à force, il t'aime comme ça.

— Oui, sûrement. Heureusement qu'il n'est pas comme moi.

— C'est vrai qu'avec un deuxième toi…

— Ne finis pas ta phrase, gourgandine. C'est une belle journée, ne gâche pas tout.

Chapitre 44

Ce vendredi soir, Léo a réussi à organiser un repas avec Louise et son ami journaliste et consultant pour la police. Nous sommes attablés tous les trois, Théa et Léana viennent de quitter la table pour aller jouer dehors avant que Stéphane ne passe la récupérer pour le week-end.

— Alors, entrons dans le vif du sujet si vous voulez bien. Je n'ai plus beaucoup de temps avant que Stéphane n'arrive.

Les têtes se tournent vers Nicolas. En voyant ces regards plantés sur lui, il émet un rire nerveux.

— Tout le monde s'attend à un truc de fou, mais j'ai bien peur de ne pas avoir grand-chose à ajouter… admet-il. J'ai élargi un peu mes recherches cette semaine, dans l'attente de ce dîner, malheureusement je n'ai rien trouvé de plus que ce que j'ai déjà dit à Louise.

— Rien du tout ? Même pas le nom de la personne ? s'étonne Léo.

— Rien, la jeune fille étant mineure au moment des faits, les médias ont dû garder son anonymat pour éviter qu'elle ne soit inquiétée.

— Mais ton collègue flic, là, il doit bien l'avoir, son nom, suggéré-je.

— Alors, on est proches, rit-il. Mais pas au point de risquer sa carrière pour moi. Je n'ai pas de nom à te donner, Andie, je suis désolé. Qu'en aurais-tu fait, de toute façon ?

— J'aurais voulu discuter avec elle… je sais juste qu'elle s'appelle Christelle. Et le nom de ton collègue, tu pourrais me le donner ? Si je lui explique la situation, peut-être qu'il acceptera de m'en dire plus.

— Andie, en fait, il n'y a rien de plus à savoir. J'ai donné ces infos à Louise car elle m'a demandé de me renseigner sur le casier de ton mari. En soi, ça ne m'aurait pas alerté plus que ça si j'étais tombé dessus par hasard.

— Mais tu peux comprendre que ça soulève des doutes, non ? soupiré-je.

— Bien sûr ! Surtout quand on considère les récents évènements, je me mets à ta place, et ça ne m'aiderait pas à avoir confiance en lui. Tu veux mon avis sincère ?

— Je veux bien, oui.

— Je ne pense pas qu'il y ait de quoi s'inquiéter de ce côté-là. Quand on connaît un peu les rouages de la police et de la justice, en fait c'est assez simple. Si je vulgarise un peu, sans rentrer dans les détails : la jeune femme a porté plainte pour violence conjugale, en disant que son petit-ami l'avait frappée. La plainte a déjà été requalifiée en violence volontaire, car la violence conjugale ne s'applique qu'en cas de concubinage, mariage ou autre, et concerne deux personnes majeures. La jeune femme étant mineure, elle a été prise en charge par la brigade concernée. La suite logique, c'est de faire constater les blessures, c'est l'UMJ qui s'en occupe. Unité médico-judiciaire, précise-t-il en me voyant grimacer. C'est une étape primordiale, c'est le certificat médical qui va déterminer la nature du crime, selon le nombre de jour d'ITT délivré, on peut passer de simple contravention à délit. Sauf que, c'est là que ça a merdé.

— Comment ça ?

— La jeune femme ne s'est pas présentée à cette consultation. Elle était mineure, ses parents ont donc été alertés immédiatement et quelques heures plus tard, elle s'est ravisée.

— Il n'y a donc pas eu d'enquête ?

— L'enquête ne s'arrête pas lorsque la victime retire sa plainte. En cas d'éventuelle intimidation, elle est maintenue. Si elle a été classée sans suite, c'est parce qu'il n'y a eu aucune preuve.

— Oui, puisqu'elle n'a pas fait constater ses blessures, il ne pouvait pas y avoir de preuve, s'exaspère Léo.

— Les différentes versions concordaient, en fait. Stéphane s'est défendu en disant qu'elle ne digérait pas la rupture et qu'elle avait probablement voulu se venger. La copine de Stéphane a corroboré son discours, et a ajouté que la jeune femme se comportait de façon étrange et à la limite du harcèlement. Ses propres parents ont eu l'air étonnés qu'elle accuse Stéphane de violence. Le fait qu'en plus, elle se dégonfle au moment de faire constater ses blessures… ça appuie totalement le fait qu'elle aurait tout inventé. Donc, plainte classée sans suite et casier vierge puisque pas de condamnation.

— OK, souffle Louise, donc là… j'ai concrètement inquiété tout le monde pour rien. C'est ce que tu es en train de dire ?

— Disons que tu t'es un peu emballée, rigole Nicolas. Tu m'as demandé si Stéphane avait eu des problèmes avec la justice, je t'ai ressorti les infos que j'avais, mais je ne pensais pas que tu paniquerais autant… si tu m'avais demandé directement mon avis, je t'aurais expliqué tout ça. Bon, il n'y a pas de risque zéro et on ne peut jamais être vraiment sûrs de rien. Peut-être qu'elle a pris peur, peut-être qu'il l'a menacée, peut-être que ses parents n'ont pas voulu qu'elle s'affiche publiquement, on peut supposer plein de choses… on n'en sait rien et ce mec a droit au bénéfice du doute. Et puis, légalement, jusqu'à preuve du contraire, il est présumé innocent. Si j'avais su que ça vous mettrait tous dans un tel état, j'aurais gardé ça pour moi, s'excuse-t-il.

— Je m'inquiète pour ma fille.

— Je comprends bien, Andie. Mais de toute façon… tu ne pourrais pas faire grand-chose dans l'immédiat. Il s'est toujours occupé d'elle, il travaille, à première vue tout semble bien se passer entre eux et elle est en demande de passer du temps avec lui. Tant qu'il ne franchit pas le pas de la violence avec toi ou avec elle, tu n'y pourras rien. Et même si c'est le cas un jour, j'ai envie de te dire que ce ne sera pas si simple de lui retirer la garde… si tu savais combien de plaintes pour violences il peut y avoir par foyer avant qu'il ne se passe quelque chose, soupire-t-il.

— Ou avant que la femme ne décède sous les coups de son mari, ajoute amèrement Louise.

— Malheureusement, ça arrive beaucoup trop souvent. Mais ne pensons pas au pire, vu ce que vous m'avez expliqué, moi je ne vois qu'un type surmené et à bout de nerfs qui est sur le point de craquer. Il peut tout aussi bien se mettre à pleurer toutes les larmes de son corps le jour où il explosera plutôt que d'en venir aux mains.

— Aussi, oui, admets-je. Notre dernière discussion était plus dans ce goût-là… je l'ai senti réellement plein de remords. Je lui en ai fait baver, en même temps. Il faut le dire.

— Voilà, alors reste vigilante malgré tout mais essaie de te détendre et ne chamboule pas la vie de ta fille plus qu'elle ne va déjà l'être. Je sens que tu as encore confiance en lui, ton instinct te dit quoi ?

— Je ne peux pas croire qu'il ait été violent. J'ai eu des doutes seulement parce que ces derniers temps, je l'ai vu plus en colère que jamais auparavant. Sans tout ça, je n'aurais jamais douté de lui une seule seconde.

— Alors fais-toi confiance et fais-lui confiance. Observe et reste à l'écoute de ta fille, c'est la meilleure façon de la protéger.

— Et si je me trompe ? Je m'en voudrais terriblement.

— Rien ne t'empêche d'aller voir un avocat et de te renseigner, mais j'avoue que ça me paraît un peu compliqué quand même avec si peu d'éléments.

On frappe à la porte, les coups qui retentissent nous font sursauter. Nous étions dans une bulle de mystère et d'effervescence, à réfléchir les uns aux côtés des autres. Elle vient d'éclater. J'échange un regard avec Louise qui finit par se lever pour ouvrir la porte.

Je rejoins Louise dans le hall, laissant Nicolas et Léo seuls à table. Stéphane pénètre dans la pièce et un silence pesant s'installe. Elle va chercher les filles tandis que je reste là à toiser mon mari.

— Elle a bien toutes ses affaires ? s'enquiert-il.

— Oui.

— Bien.

Nouveau silence gênant.

— Tu ne comptes plus m'adresser la parole ?

— Je digère les choses. Mia, Christelle, tout ça quoi.

— Pour Mia, j'en prends l'entière responsabilité. J'ai été infidèle oui, mais je ne suis pas quelqu'un de violent. Tu veux son nom ? Tu peux lui écrire, elle doit bien avoir quelques réseaux sociaux. Elle te le dira elle-même.

— Je vais y réfléchir.

Théa arrive en courant et saute dans les bras de son père qui l'enlace avec amour. Je ne vois là aucune trace d'une quelconque violence. Théa n'a jamais été méfiante, n'a jamais eu de réflexe de recul au moindre mouvement de son père.

J'ai la tête pleine à craquer. Je serre ma fille dans mes bras et adresse un regard méfiant à Stéphane, sans le moindre mot, je les regarde partir.

À mon retour au salon, la discussion est plus légère. Léo m'accueille d'un sourire réconfortant et m'invite à m'asseoir près de lui.

— Je pense que je vais y aller, en fait. Je suis fatiguée.

— Tu veux que je te raccompagne ?

— Non, reste ici. Profitez de votre soirée, je vais aller faire un tour pour m'aérer un peu l'esprit. J'ai besoin de réfléchir.

— N'hésite pas à m'appeler, si besoin, propose Louise.

— Merci, et merci à toi Nicolas, ravie d'avoir fait ta connaissance.

— Plaisir partagé !

— Je te raccompagne à la porte, déclare Léo.

Une main dans mon dos, il m'escorte jusqu'à l'entrée. Il se plante face à moi et remet une mèche de cheveux derrière mon oreille. Je lui réponds d'un demi-sourire, je n'ai plus l'énergie de montrer une quelconque émotion.

— Eh… tout va bien, OK ? C'est un peu confus pour le moment, mais tu vas sortir de tout ça. T'es sûre que ça va aller ? Tu as l'air abattue, je peux te raccompagner. Ou on peut aller chez moi, tu peux te prélasser dans un bain chaud pendant que je te fais un thé, ou autre chose, tout ce que tu voudras.

— C'est gentil, mais non. J'ai besoin d'être seule.

— Oh, d'accord… alors je ne te retiens pas plus longtemps.

Il fait un pas de recul et la froideur qui s'installe entre nous m'aurait glacé le sang si je n'étais pas complètement imperméable à tout ce qui se passe autour de moi en cet instant précis. Je ne ressens rien d'autre qu'un vide immense.

Un nouveau sourire poli adressé à Léo et je m'éclipse en silence.

∞

Seule au milieu du cimetière, je détaille la tombe de ma mère. Je ne sais pas tellement pourquoi je suis venue ici, c'était presque instinctif. Ce trop-plein d'informations, ce trop-plein d'émotions… j'ai juste envie que cette spirale infernale s'arrête ici. Je suis usée.

J'aimerais pleurer, tout lâcher enfin. Crier, casser des trucs. Peu importe, tant que c'est une réaction et qu'elle me permet d'extérioriser. Je sens bien que dans mon bureau, je n'ai lâché qu'une infime partie de tout ce que j'accumule depuis des mois.

Je m'accroupis alors devant la tombe de ma mère et me mets à penser à elle. Automatiquement, je ressens la rage qui monte en moi. J'ai envie de mettre de grands coups de pieds dans cette pierre tombale, mais l'idée de me briser un orteil me fait changer d'avis.

— Nous voilà bien, soupiré-je. T'es jamais là quand j'ai besoin de toi, c'est dingue ça. Enfin bon, tu n'aurais sans doute pas été d'un grand secours… tu m'aurais traitée de folle, tu aurais défendu Stéphane bec et ongles. Et peut-être aurais-tu eu raison de le faire. Mais tout ce que j'ai toujours cherché, c'est du soutien… du soutien à la mort de papa, du soutien pour mon premier chagrin d'amour, du soutien à chaque fois qu'on me reprochait de pas être attentive en cours parce que je luttais pour ne pas m'endormir vu qu'il était impossible de dormir à la maison sans être réveillée par tes chutes ou tes gémissements entre deux vomis. Tenir les cheveux de ma mère qui gerbe le litre de whisky qu'elle vient de boire, tu trouves que c'est une adolescence digne de ce nom, toi ? Et le pire, dans tout ça, c'est que tu n'as même jamais reconnu que mon mal-être pouvait venir de toi. Tu n'as jamais pris tes responsabilités, tu ne t'es jamais excusée sincèrement pour les bonnes raisons. Et tout le monde m'a reproché d'être trop froide avec toi, trop rancunière. J'ai toujours tout pris en pleine face, balbutié-je alors que les larmes montent enfin.

Je ne lutte pas, je laisse le poids qui envahit mon ventre remonter jusqu'à ma gorge et la serrer si fort que je ne peux plus prononcer le moindre mot. Bientôt, mes joues sont inondées, mais ce n'est pas encore suffisant.

Je me remémore silencieusement toutes ces soirées passées à veiller que sa respiration ne s'arrête pas. Tous ces allers-retours de l'assistante sociale et le stress que ça engendrait à chaque fois, tous ces mensonges et ces fausses justifications à l'école qui me faisaient passer pour une gamine capricieuse qui ne voulait pas travailler. Je me souviens de ces nuits dans la rue, à prier pour ne pas croiser le prochain psychopathe susceptible de traîner dans les parages. Ce froid, cette humidité. Ce manque de tout, d'affection, de tendresse, de souvenirs de mon père.

Tu as tout brûlé, tu ne m'as même pas laissé une photo. Et toute cette rancœur s'est entassée en couches épaisses qui ont recouvert l'image de son visage.

Cette fausse-couche, cette violence si soudaine dans les yeux de Stéphane, ce sentiment de ne jamais avoir été à ma place. Les trahisons, le brouillard, la colère. Mes pleurs s'accentuent, et me voilà en train de sangloter bruyamment comme un enfant qui aurait fait tomber sa glace par terre et que le chien se serait empressé d'engloutir. Je hurle, un cri déchirant qui me donne la sensation d'avoir ouvert ma poitrine en deux. Je continue jusqu'à être à bout de souffle et me retrouver les fesses par terre, la tête entre les mains.

Tout semble silencieux autour au moment où je me tais. Je relève la tête, le cimetière est paisible, les cigales chantent et les étoiles brillent. Je ne sais pas depuis combien de temps je suis assise là, mais le poids semble s'être envolé avec la dernière bourrasque. Je me sens plus légère au moment où je me lève. J'ai une soudaine envie d'écrire.

— Au revoir, maman.

Après avoir enfilé un pyjama loin d'être sexy, préparé du thé bien chaud et mis mon téléphone en mode avion, je m'installe sur le canapé avec mon PC sur les genoux. Le calme de la nuit m'inspire. J'ai l'impression d'avoir vécu cinq journées différentes en une seule, mais je sens que c'est le moment, je dois écrire.

Mes doigts tapent à une vitesse folle, les mots recouvrent les pages en un rien de temps. Tout est fluide, quelque chose vient de se débloquer. En prenant quelques secondes pour savourer l'immense satisfaction que je ressens à cet instant, je me rends compte que j'arrive bientôt au bout de ce roman. Le dénouement est proche, je vais enfin pouvoir avancer et donner vie à ce projet. Je regarde mon téléphone, il est déjà bientôt trois heures du matin. Tant pis pour ma nuit, c'est le week-end et je suis seule.

Chapitre 45

J'ai pris rendez-vous ce lundi matin à la Maison des avocats, le point d'accès au droit le plus proche de chez moi. Le week-end a été calme et reposant, mais j'ai tout de même besoin de savoir quelles sont mes possibilités. On m'accueille dans un bureau à la décoration très sobre, il n'y a pas beaucoup de meubles. J'ai exposé toute la situation à Maître Girard, un avocat d'une cinquantaine d'années qui respire assez fort et remonte sans arrêt de petites lunettes rectangulaires qui ne cessent de glisser. Il a pris quelques notes et maintenant il réfléchit. Il toussote et lève les yeux vers moi.

— Bon, Madame Laurent, je pense qu'obtenir la garde de votre fille est faisable. Vous avez plusieurs témoins de comportements violents ou abusifs de votre mari. Vous ne pourrez certainement pas lui retirer la garde complète, néanmoins vous pourriez l'avoir en semaine et lui seulement le week-end ou même moins. Un week-end sur deux, par exemple. Pour l'histoire de cette plainte, l'information a été obtenue de façon… plutôt illégale. Je vous déconseille de vous en servir, et puis elle a été classée sans suite elle n'a donc aucun poids juridiquement. S'il lui arrive à nouveau d'être agressif envers vous, il va falloir faire constater vos blessures et déposer une plainte pour enclencher la procédure. Voyez ?

— Nous n'en sommes pas à un tel niveau, le pire qu'il ait fait c'est m'agripper le poignet. Ça n'a laissé aucune trace.

— Je vois… qu'est-ce qui vous amène, alors ?

— Je suis inquiète pour ma fille.

— Je comprends. A-t-il déjà montré des signes de violence à son encontre ? Semble-t-elle effrayée par lui ?

— Non, du tout, il a même une très bonne relation avec elle.

— Alors… Madame Laurent, vous êtes sûre de vouloir faire ça ? Vous allez littéralement détruire vos relations et peut-être les leurs, pour une plainte vieille de plus de quinze ans qui n'a rien donné ?

— Je suis simplement venue me renseigner, à la base, savoir quelles sont mes options et quelles sont les démarches à faire si je décide d'aller plus loin. Dit comme ça, ça me semble aussi absurde qu'à vous effectivement.

Il acquiesce d'un signe de tête.

— Vous avez des enfants ? reprends-je.

— Non. J'ai un bulldog anglais qui ne fait que manger et dormir. Ça compte ?

— Ce n'est pas tout à fait pareil.

— Je vous laisse un dossier, il y a plusieurs informations utiles. Prenez votre temps pour vous décider, surtout. Mais un divorce à l'amiable me semble être le plus simple, si vous avez la chance de continuer à vous entendre avec votre ex. Soyez vigilante quant au reste, mais il n'y a rien de très alarmant pour moi. Après, c'est vrai que je ne le connais pas et je ne vous connais pas non plus… alors qu'est-ce que vous en avez à foutre de mon avis ?

— Hmm, je vous remercie ? hasardé-je.

Quel drôle de personnage.

Il n'a exprimé aucune émotion, son visage est resté de marbre tout au long de notre entretien. Je suis sortie de son bureau, un dossier à la main et lui ai adressé un « au revoir » cordial auquel il a répondu par un coucou de la main assez enfantin, toujours sans aucune expression. Je ne sais toujours pas si je suis bien allée consulter un réel avocat ou un figurant échappé d'une mauvaise série policière.

∞

Je m'apprête à rejoindre Stéphane chez Joe pour récupérer Théa. Une petite demi-heure de route plus tard, je suis décidée à ne pas me disputer la garde avec lui. Après tout, sans cette histoire de plainte, jamais je n'aurais pensé qu'il puisse être violent avec elle. Je décide de lui laisser le bénéfice du doute et de mettre les derniers évènements sur le compte de la jalousie et de la peur que tout s'arrête.

Stéphane et Théa sont à la fenêtre quand j'arrive, elle me fait de grands gestes. Je me dirige vers la porte qui s'ouvre sans que j'aie besoin de sonner et monte au troisième. À peine sortie de l'ascenseur, ma petite sauvage me saute dessus comme si on ne s'était pas vues depuis des semaines.

— Ça va, ma chérie ?

— Oui ! C'était super ! On a fait plein de trucs.

— Tu me raconteras tout ça sur le retour, je dois voir papa.

Celui-ci me lance un regard interloqué depuis le palier. Il a le sac de Théa dans la main, il n'avait visiblement pas prévu que je rentre dans l'appartement.

— Joe est là ? Je dérange peut-être ?

— Non, tu peux entrer.

Il me sert un café et remplit également une tasse pour lui puis s'installe au salon pendant que Théa avale un second bol de céréales.

— J'ai voulu appeler l'école ce matin pour les prévenir de l'absence de Théa, le temps que tu viennes la récupérer, mais ils étaient déjà au courant. Et je me suis pris des réflexions assez sympathiques.

— Je les avais déjà prévenus par mail pendant le week-end. Quel genre de réflexions ?

— Que l'école n'est pas en option, même à son âge. Ils comprennent que la semaine dernière, avec l'enterrement de sa grand-mère, c'était compliqué mais là, pour des questions d'organisation ils m'ont clairement demandé de faire un effort. J'ai répondu qu'ils font sport le lundi matin et qu'elle a couru tout le week-end, donc qu'elle peut en être dispensée pour aujourd'hui. Ils n'ont pas trop apprécié.

— J'imagine, pouffé-je. C'était exceptionnel, nous ferons l'échange le vendredi soir dorénavant. Elle aura un week-end avec toi, la semaine qui suit et passera le week-end suivant et la semaine suivante avec moi. Ainsi de suite.

— Tu es revenue à la raison, si je comprends bien.

— Je suis allée voir un avocat, avant de venir.

Il crache presque son café.

— Pardon ? Andie, sérieusement…

— Je voulais simplement me renseigner sur mes options. Et avoir un avis professionnel, pour tenter d'y voir plus clair.

— Jamais je ne toucherai à un cheveu de Théa. Je suis vraiment blessé que tu m'imagines capable d'une telle abomination.

— Je te crois. Enfin, disons que je te laisse le bénéfice du doute. Au moindre problème Stéphane, je te préviens que…

— Ça suffit. Je ne peux pas croire ce que j'entends ! se désespère-t-il. Mais enfin, Andie ! C'est moi ! Tu me connais, non ?

— Je pensais te connaître et ce que j'ai vu de toi ces derniers temps ne m'a pas plu…

— Quand on pousse un homme à bout, il faut pas s'étonner qu'il change de comportement ou qu'il s'énerve. La crise est passée, je me suis fait une raison, OK ? Est-ce qu'on peut arrêter cette conversation sortie tout droit d'un cauchemar et discuter de choses sérieuses ?

— On peut. Tu sais ce que j'en pense et que je n'hésiterai pas à réagir si besoin, passons à autre chose. Je disais donc, tous les vendredis soir après l'école, on fait le changement.

— On voit selon nos disponibilités pour savoir qui vient la chercher ou la déposer ?

— Je préfère qu'on se mette d'accord directement. Celui qui a passé la semaine avec elle la ramène à l'autre, point.

— Ah, OK, pas moyen de s'arranger alors…

— Pour le moment, non. Je veux que les choses soient claires et cadrées. Ça va être un gros changement pour tout le monde, déjà. Il faut que la situation soit la plus stable possible. Elle doit savoir où elle va, avec qui, quand et comment.

— Hmm, d'accord, je comprends. Tu as sans doute raison. Tu veux qu'on planifie Noël et les anniversaires aussi, tant qu'on y est ?

— Ne te fiche pas de moi.

— Ça va, c'était une petite blague… comment tu vas, à part ça ?

J'ai un petit instant de blocage. Voilà qu'il se met à me parler comme si nous étions amis de longues dates et qu'on ne s'était pas vus depuis longtemps.

— À quoi dois-je ce revirement de situation ?

— Lequel ?

— Ton calme ? Ton apaisement, en tout cas, de ce que tu montres.

— J'abandonne, Andie. C'est tout. J'ai compris que je ne pouvais plus lutter, alors maintenant, j'aimerais juste que la suite se passe bien. Je n'ai pas envie qu'on s'engueule sans arrêt ou que Théa soit tiraillée entre nous. Il me fallait un peu de temps pour accepter les choses, ça va mieux. Je ne dis pas que je n'aurais pas d'autres phases où j'accepterais peut-être moins bien la situation… surtout si je te vois débarquer avec ton nouveau mec pas si nouveau. M'enfin, je vais faire de mon mieux.

— On n'en est pas là.

— Peut-être, mais ce n'est qu'une question de temps. Me prends pas pour un idiot.

— Ça ne te regarde plus tellement.

— Moi personnellement, non. En revanche, je veux savoir qui ma fille côtoie. D'ailleurs, j'aimerais qu'on établisse une règle à ce sujet-là.

— Dis-moi… soupiré-je.

— On ne lui présente pas n'importe qui. C'est-à-dire que tant que la relation n'est pas sérieuse, Théa n'a pas à y être mêlée.

— Elle connaît déjà Léo et ce n'est pas n'importe qui.

— Je m'en fiche, tant que vous n'êtes pas officiellement ensemble, elle n'a pas à le voir. Vous aurez une semaine sur deux pour faire tout ce que vous voulez, quand elle est là, il peut attendre.

— Mais enfin, elle adore sa nièce ! Je ne vais pas voir sa nièce sans lui.

— Sa mère, Louise, c'est ta copine aussi, non ? Problème résolu.

— Et si Léo est chez Louise alors que j'y vais avec Théa pour voir Léana ? Tu vas exiger qu'il ne vienne plus chez sa sœur aussi ?

— Ne joue pas à la plus maligne, vous pouvez vous voir à plusieurs. Je ne veux pas de trucs de couple ou que sais-je devant ma fille, point. Quand ce sera sérieux entre vous et officiel, donc après notre divorce, on en rediscutera.

— Tu te fiches de moi, vraiment.

— Andie… se radoucit-il. Je ne demande pas la lune, essaie de me comprendre. Laisse-moi cette période pour me remettre et digérer les choses correctement. Le divorce ne sera pas long, nous n'aurons aucune difficulté à nous mettre d'accord dans la mesure où nous voulons juste avancer et rendre notre fille heureuse. Patiente jusque-là, s'il te plaît. Après, tu pourras faire ce que bon te semble, je n'aurai plus mon mot à dire. Laisse-moi ce temps-là. Vois ça comme une dernière faveur, en mémoire de ce que nous avons partagé.

Je soupire et secoue la tête, agacée par la véracité de ses mots. Il n'a pas tort, il serait judicieux de régler tout ça avant d'envisager quoi que ce soit de sérieux et d'y entraîner Théa.

∞

Après avoir déposé Théa en début d'après-midi à l'école et essuyé les remontrances de sa maîtresse mécontente, je rejoins mes collègues au café en face du bureau pendant leur pause. Ce n'est qu'en arrivant au café que j'écoute un vocal de Sam :

« Coucou ma poulette, désolé, j'ai une tonne de boulot je ne vais pas pouvoir te rejoindre en terrasse. C'est trop bizarre de bosser ici sans toi ! T'aurais pu demander trois jours par semaine au lieu de deux, c'est vraiment la misère. On se voit vite ! Léo doit déjà t'y attendre, tu me raconteras. ».

Un tête-à-tête avec Léo, donc.

Ah.

Je lève les yeux, il est effectivement assis en terrasse et me sourit. Je dois faire une drôle de tête car son rictus disparaît assez vite. Je m'installe à sa table et le regarde, muette.

— Ça va ? s'inquiète-t-il. Tu fais une de ces têtes. Tu as récupéré Théa ce matin ? Ça s'est mal passé ?

— Non, ça a été. On a discuté, mis certaines choses au clair. Il commence à se faire à l'idée, je l'ai trouvé plutôt détendu. Je l'ai quand même mis en garde et je lui ai dit que j'avais vu un avocat avant de venir le voir.

— Comment il l'a pris ?

— Pas très bien… mais je peux le comprendre. Et au moins, il sait qu'au moindre souci, je n'hésiterai pas à faire ce qu'il faut. Je pense que ça suffira à le faire réfléchir à deux fois avant de s'énerver.

— Bon… c'est déjà un bon point. À voir la suite alors. T'es partie un peu vite, la dernière fois, tu n'avais pas l'air très bien, je me suis inquiété. Pas de nouvelles de tout le week-end, en plus…

— J'avais besoin de temps pour digérer toutes ces informations et pour me retrouver un peu. Je suis allée sur la tombe de ma mère, j'ai pleuré un bon coup. Crié un peu, aussi. Je crois que ça m'a fait du bien. Et puis j'ai écrit tout le week-end, téléphone en mode avion, volets fermés et concentration au max.

— Oh, je vois. Je comprends que tu aies eu besoin de t'isoler, tu as encaissé beaucoup ces derniers temps. Prendre du temps pour soi est essentiel. Ravi que ça t'ait fait du bien, je ne pensais pas que tu irais si vite sur la tombe de ta mère, c'est une bonne chose.

— Je lui ai dit tout ce que je n'ai jamais pu lui dire en face, même si je n'aurai jamais de réponse, ça a suffi à vider mon esprit. Je me suis sentie immédiatement plus légère et ça m'a drôlement inspirée.

Le serveur dépose deux cafés glacés sur la table ainsi que l'addition. Léo sort de la petite monnaie de son portefeuille, règle les deux cafés et laisse un pourboire au jeune homme.

— Et donc, reprend-il, ce roman ? Tu en es où ?

— Je l'ai fini ce week-end, justement.

— Sérieux ?! s'émerveille-t-il. C'est génial, Andie !

— Enfin, j'ai bouclé le premier jet, il y a encore pas mal de boulot…

— Sûrement, oui, mais ça reste une nouvelle géniale. Avec tout ton temps libre, tu vas pouvoir avancer vite. Je suis fier de toi, sourit-il en déposant sa main sur la mienne.

Mon sang ne fait qu'un tour lorsque je sens la peau de ses doigts. Les paroles de Stéphane me reviennent en tête et je retire doucement ma main, envahie par un malaise désagréable. Il me regarde faire et hausse un sourcil.

— J'ai raté un épisode ?

— Quand je te disais que Stéphane et moi avions mis certaines choses au clair, nous avons aussi abordé le sujet… toi. Enfin toi ou les potentielles personnes qui feront partie de nos vies à l'avenir. Stéphane ne souhaite pas que Théa côtoie un autre homme que lui tant que le divorce ne sera pas officiellement prononcé. Il voudrait avoir le temps de régler tout ça sereinement, passer à autre chose dans de bonnes conditions, tout ça… et que Théa ne soit pas plus perturbée par davantage de changements. Je trouve que l'idée n'est pas bête.

— C'est légèrement absurde si on tient compte du fait que Théa me connaît déjà.

— J'ai avancé le même argument que toi, mais il estime que tant que nous ne sommes pas officiellement ensemble toi et moi, Théa ne devrait pas être mêlée à notre relation. Au cas où ce ne soit pas sérieux, histoire qu'elle ne voit pas défiler plusieurs personnes auprès de son père ou de moi. Ça s'applique à lui aussi.

— Donc, elles ne se verront plus avec Léana tant que vous ne serez pas divorcés et nous mariés, c'est ça ? Non mais sérieux, Andie, il a trouvé une combine pour garder une emprise sur toi, et toi tu fonces droit dans le tas.

— Je ne vois pas les choses ainsi, j'ai plutôt l'impression qu'il ne veut pas prendre le risque de te croiser et de nous voir ensemble en me déposant Théa. Il veut sans doute aussi que la transition se fasse en douceur, pour lui comme pour elle.

— Quand vas-tu te décider à vivre ta vie ? soupire-t-il en s'affaissant sur sa chaise.

— C'est ce que je m'emploie à faire, Léo. Je viens de finir un roman pour la première fois, je reprends le boulot seulement à temps partiel, je cherche mon rythme et mon nouveau mode de vie. Je prends mes marques, tranquillement. Ça ne me fera pas de mal de prendre mon temps.

— Je vois. Si c'est ce que tu veux, toi aussi, alors OK. Qu'est-ce que ça veut dire, concrètement ? Histoire que les choses soient claires. On ne se voit plus en tête à tête ? Ou alors seulement quand tu n'as pas Théa ? Je suis un peu perdu, je ne comprends pas bien ce que tu veux.

— Et si on se laissait vivre ? Et puis on verra bien. En tout cas, pas de tête à tête quand j'ai Théa, ça c'est sûr. Ça n'empêche pas de se voir avec ta sœur et Léana.

— OK, admettons. Et quand Théa n'est pas là ?

— Allons-y doucement… j'ai besoin de me retrouver un peu dans tout ça. On se verra au travail, de toute façon. Pour le moment, je préfère qu'on ne se voie pas chez toi ou chez moi, plutôt en extérieur.

— Tu as peur que je te saute dessus ou quoi ? lève-t-il les yeux au ciel.

— Non, je crains de ne plus avoir tant de volonté si je me retrouve seule avec toi dans un lieu intime, admets-je. Si ça ne te convient pas, je comprendrais. Je t'en demande beaucoup depuis longtemps, maintenant. Ma proposition de rester ton amie tient toujours.

— Je ne veux pas être ton ami, Andie, vas-tu rentrer ça dans ta jolie petite tête ? se radoucit-il. Très bien, tout ce que tu voudras. Je te laisserai venir vers moi quand tu en auras envie, à compter de maintenant. Je te préviens que je risque de ne pas être toujours de très bonne humeur, mais je vais faire de mon mieux pour être patient.

— Merci, c'est très important pour moi. Et encore une fois, si tu en as marre d'attendre ou si tu estimes que je dépasse les bornes et que je dois te laisser passer à autre chose en paix, tu n'as qu'à le dire.

— On se laisse vivre, et on verra, comme tu dis. Je vais devoir retourner bosser.

— OK, ça marche… je te vois demain, de toute façon.

Chapitre 46

La semaine est passée à une vitesse folle malgré le fait que je n'aie travaillé que mardi et mercredi. Le reste du temps, je me suis occupée des repas de Théa midi et soir, j'ai pu tenir une maison propre et rangée et j'ai avancé les premières corrections de mon roman.

Je viens de rentrer, Théa est chez Joe avec son père. Nous avons décidé de mettre la maison en vente, le premier rendez-vous avec l'agence immobilière se tiendra lundi matin et notre premier rendez-vous avec l'avocat du divorce se fera la semaine suivante. Si nous parvenons à vendre la maison rapidement, tout devrait s'enchaîner et peut-être que tout ça prendra moins d'un an.

Je sors quelques biscuits apéritifs, Sam va arriver d'une minute à l'autre. Maintenant que j'ai la maison pour moi seule un week-end sur deux, il a décidé qu'il viendrait passer la soirée avec moi le vendredi soir en souvenir de nos années de fac. Il a ajouté que « c'est dommage qu'on ne soit pas célibataires en même temps, on aurait fait un malheur ! ». Je souris en songeant à cette idée lorsqu'on frappe à la porte.

Il n'attend pas que je vienne lui ouvrir et débarque en trombe au milieu du salon, deux bouteilles de rouge sous le bras et le sourire jusqu'aux oreilles.

— Ce soir, on se bourre la gueule.

— Avec deux litres ?

— Bouge pas, j'en ai plein ma bourse, fanfaronne-t-il en déposant les bouteilles sur le bar.

Il ôte le sac de sport de son épaule et je m'aperçois qu'il est plus que sérieux quand j'entends les tintements des bouteilles qui s'entrechoquent.

— Sors-nous deux graaaands verres, biturine.

— Biturine ? Tu viens de l'inventer ? pouffé-je en m'exécutant.

— Non, c'est encore une vieille insulte. Tu sais comme j'adore l'originalité des grossièretés moyenâgeuses ! Ça veut dire poivrote. Soiffarde, si tu préfères. Ivrogne, pocharde…

— Oui, le stoppé-je, je crois que j'ai capté. On peut y passer la soirée, te connaissant. Ouvre donc ça et viens t'asseoir, ordonné-je en lui lançant un tire-bouchon.

— Alooooors ! Quoi de neuf depuis mercredi ? Ça a été avec Steph ?

— Oui, très bien. Joe est parti en vacances, il a l'appartement pour trois semaines et il en cherche un à lui. C'est pas simple car il vient de négocier un licenciement à l'amiable pour toucher le chômage et trouver un poste en journée.

— Ah, ouais, trouver un appart sans boulot, c'est pas une mince affaire. En tout cas, il prend les choses en main rapidement, je suis assez étonné.

— Je crois qu'il a eu le déclic, enfin. Il a compris que c'était la meilleure décision, et il est plein de bonne volonté. J'espère qu'il ne me prépare pas un sale coup.

— Je ne pense pas, on le connaît un minimum quand même. Il est du genre droit dans ses bottes, habituellement. Il y a eu quelques écarts, m'enfin… qui peut se vanter d'être parfait ?

— Depuis quand tu le défends ?

— C'est le vin. Un bon pinot noir d'Alsace, t'en penses quoi ?

— Léger et fruité, c'est parfait pour l'apéro, je valide.

— Et donc ? La maison ? Le divorce ? Raconte, là, pourquoi tu fais tant de mystère ?

— Je ne fais pas de mystère, c'est toi qui es pressé. Tranquille ! On a toute la soirée devant nous.

— Oui, mais plus vite on zappe le sujet Stéphane, plus vite on passe à des choses plus intéressantes.

— Bon alors je te la fais en express : nous avons une entrevue lundi matin avec l'agence immobilière pour signer la paperasse, faire les photos et mettre la maison en vente. La semaine suivante, c'est rendez-vous avec l'avocat pour le divorce et y aura plus qu'à croiser les doigts pour que ça aille vite.

— S'il n'y a aucun désaccord entre vous, ça va aller vite, oui.

— C'est surtout la vente de la maison qui pourrait prendre du temps…

— C'est bien situé, calme, tout a été refait à neuf il y a peu, bien agencé… parking privé, en plus. Non vraiment, moi j'y crois très fort.

— Espérons que tu aies raison ! À part ça, j'ai commencé la correction de mes premiers chapitres.

— Génial ! On va bientôt pouvoir le lire, alors, ce bouquin !

— Pas si vite, il y a encore du boulot. Puis il faut aussi que je monte un dossier pour l'envoyer à des maisons d'édition et il faut ensuite qu'il soit sélectionné.

— Alors tu choisis l'édition classique ? Je pensais que tu t'auto-éditerais.

— J'ai hésité, pesé le pour et le contre… sur le papier, l'autoédition a l'air plus rentable — si tant est que le roman se vend bien — et la liberté créative qui va avec est très alléchante, c'est sûr. Mais c'est aussi énormément de boulot en plus de l'écriture du roman. Je crains de ne pas avoir assez de connaissances en publicité et en communication pour mettre en avant mon travail efficacement. Niveau mise en page, couverture, tout ça… c'est pareil, je sais écrire, mais le graphisme et le traitement de texte, c'est pas vraiment mon truc.

— Alors, il vaut mieux passer par l'édition classique, en effet. Je lève mon verre au futur contrat que tu vas signer !

Nous trinquons, le sourire aux lèvres. Je me sens libre et légère pour la première fois depuis un certain temps. Un temps qui m'a paru bien long.

— Bon, arrête avec ton suspens, s'impatiente-t-il. Maintenant que la voie est libre… qu'est-ce qu'il en est de Léo et toi ?

— Je crois qu'on est un peu en froid.

— Ah bon ? s'étonne-t-il. Bah pourquoi ?

— Je lui ai demandé d'être patient, il a accepté mais m'a prévenu que ça risquerait potentiellement de le gonfler à un moment ou à un autre, en gros.

— Ce qui est compréhensible, un coup tu lui sautes dessus, un coup tu ne veux plus qu'il t'approche… il ne doit pas savoir sur quel pied danser, Andie. À jouer à ce petit jeu trop longtemps, tu risques de le perdre pour de bon. Et je crois que ce n'est pas ce que tu veux.

— Évidemment que non.

— Alors qu'est-ce que tu fiches ? Je pensais que tu voulais être avec lui et qu'après la nuit que vous avez passée ensemble, vous alliez vous lancer. D'autant plus que Stéphane semble avoir accepté la situation.

— Justement… à ce sujet, Stéphane m'a demandé de laisser Théa en dehors de tout ça tant que le divorce n'est pas prononcé et donc d'éviter qu'elle côtoie Léo pour le moment.

— Mais… quel est le rapport avec Théa ?

— Il ne veut pas qu'elle soit plus perturbée, elle va déjà devoir s'habituer à avoir deux maisons et à nous voir séparément, ça fait beaucoup d'un coup si elle doit en plus avoir un beau-père.

— OK, admettons… je ne vois pas ce qui vous empêche de vous voir la semaine où tu n'as pas ta fille.

— On ne va pas être ensemble une semaine sur deux, c'est absurde, argumenté-je. Le plus simple est que je prenne le temps de régler tout ce qu'il y a à régler, pour commencer sur de bonnes bases quand je serai prête et remise de tout ça. J'ai besoin d'un peu de temps pour moi, pour me retrouver et assimiler cette nouvelle routine.

— Hmm… alors, tu le fais pour toi ? Pas pour Stéphane ?

— Un peu des deux. Je pense qu'il a besoin de se remettre aussi, avant d'envisager de me voir refaire ma vie. Et je peux le comprendre… il en a pas mal bavé, lui aussi. J'aimerais le ménager autant que je peux le faire. Je lui dois bien ça.

— Tu ne lui dois rien du tout. Je peux comprendre que tu veuilles faire les choses en douceur, mais promets-moi que tu le fais pour toi et pas uniquement pour lui.

— Je te promets que c'est ce que je veux moi aussi, prendre mon temps. Si Léo ne m'attend pas, ça voudra dire qu'il n'était pas fait pour moi, point.

— Alors ça veut dire que tu ne le verras plus en dehors du travail ?

— Pas forcément, je veux juste éviter qu'on se retrouve seuls chez lui ou chez moi, pour le moment. Histoire de réduire au maximum les tentations, je ne suis pas sûre d'avoir autant de volonté maintenant que mon mariage ne me retient plus.

— Mouais, bon… je trouve ça un peu étrange, quand même. Tu veux clairement te priver de quelque chose dont tu as envie pour ne pas mettre ton ex mal à l'aise.

— Je veux faire les choses bien. Notre relation est catastrophique depuis le départ, la dragouille plus ou moins assumée alors que je suis mariée, notre première nuit ensemble parce que j'ai craqué après un trop-plein d'émotions… quand on se lancera vraiment, si on le fait, je veux que rien ne puisse venir parasiter ce qu'on construira, et je veux être complètement disponible mentalement. Si j'ai mille choses en tête, comment veux-tu que je puisse m'investir dans une nouvelle relation ?

— Oui, bon… dit comme ça, c'est crédible. OK. Mais surtout, n'hésite pas à me raconter si un soir tu as à nouveau un trop-plein d'émotions et que tu files en douce le retrouver. Je vivais par procuration à travers toi, moi. Les frissons des débuts ont disparu depuis longtemps entre Chris et moi.

— C'est normal après des années, ce que vous avez est bien plus précieux que des papillons dans le ventre. Une intimité, une vraie complicité et un soutien sans faille.

— Bien sûr, et je ne reviendrai à nos débuts pour rien au monde, je plaisante. Au début, je suis chiant, jaloux et possessif pour rien. Une fois que la confiance est là, je peux avancer sereinement.

— Je te rassure, tu es toujours chiant.

— Connasse.

Je lui réponds d'un sourire étincelant, et nous trinquons à nouveau. Il part dans une tirade digne des plus grands dramaturges sur la façon dont il travaille sur lui-même pour se montrer plus souple et moins colérique. Je l'écoute sans l'écouter, j'observe les expressions de son visage et le grand sourire qui illumine le mien refuse de disparaître. Il est si théâtral que c'en est hilarant.

Je réalise la chance que j'ai d'avoir un ami tel que lui, toujours présent, depuis si longtemps. Il me soutient sans arrêt et n'hésite pas à me dire les choses sans prendre de pincettes, telles qu'il les pense. Sa franchise n'a d'égal que son grand cœur, sa générosité est sans bornes. Il est l'une des personnes que j'aime le plus au monde et je ne sais pas ce que j'aurais fait sans lui jusque-là.

Il marque une pause et me regarde d'une drôle de façon.

— J'ai comme l'impression que tu ne m'écoutes pas. Pourquoi tu souris bêtement, tête de pioche ?

— Je t'aime.

Son expression mi-surprise, mi mal à l'aise m'arrache un éclat de rire. Pour seule réponse, il passe un bras autour de mes épaules et dépose un baiser sur mon front. C'est son « je t'aime » à lui.

Chapitre final

Huit mois plus tard

Je boucle enfin les dernières corrections de ce roman. Cette réécriture m'aura donné du fil à retordre. Satisfaite, j'affiche un large sourire et ferme mon ordinateur lorsque mon téléphone se met à sonner.

— Allô, Jenna ?

— Salut Andie, comment va mon autrice préférée ?

— Ça va bien, ris-je, mais je sais pourquoi tu appelles.

— Bon, ça va, j'arrête mon numéro. Même si ton bien-être m'intéresse réellement en temps normal, là je t'avoue que je suis plus préoccupée par la pression que me met mon boss pour avoir la version finale de *Toute une vie*.

— Tu vas pouvoir cesser de te faire des cheveux blancs, je viens de reformuler la dernière phrase de l'épilogue.

— Sérieux ?! s'écrie-t-elle. Oh mon dieu ! T'es la meilleure ! Alors, tu m'envoies tout ça et je te fais un retour dans la foulée. J'espère avoir l'exclusivité sur le prochain !

— C'est un one-shot, je ne prévois pas d'écrire une suite. Ça n'est pas nécessaire, je pense.

— Ne te fais pas passer pour plus bête que tu ne l'es, je parlais du prochain projet ! Je suis sûre que tu ne termines pas celui-ci sans avoir une nouvelle idée.

— Oh, peut-être, m'amusé-je. Ça dépend, tu augmentes mon pourcentage ?

— On discutera de ça lorsque celui-ci sera officiellement en vente et que tu m'auras pitché ton second roman !

— Maligne.

— Tu vas pouvoir te poser un peu, maintenant. Il va te falloir un peu d'énergie pour la promotion, nous allons avoir besoin que tu t'investisses.

— Je sais, oui… c'est certainement l'aspect que je redoute le plus. Pour ce qui est de me poser, j'ai rendez-vous chez mon avocat pour… oh, merde ! Je suis déjà en retard ! Salut, Jenna !

Je raccroche sans lui laisser le temps de répondre, il est presque quatorze heures et j'ai précisément rendez-vous à quatorze heures.

— Théa ! crié-je en attrapant mes affaires. Dépêche-toi ! C'est l'heure !

Elle détale dans le couloir en faisant autant de bruit qu'un éléphant et m'emboîte le pas lorsque je passe à côté d'elle en trombe direction la porte de l'appartement.

— Je te l'ai déjà dit mille fois, ne cours pas comme ça sur le carrelage, tu pourrais glisser, grondé-je en verrouillant la porte.

— Mais tu fais pareil !

— Ouais, pas faux. Allez, on file rejoindre Sam et je vais voir ton père.

— Pourquoi je reste avec Sam pendant le rendez-vous ?

— Parce que ça ne va pas être fun. Beaucoup de blabla chiant de grandes personnes.

Elle fait la moue en entrant dans le véhicule et je ne peux m'empêcher de sourire devant son petit nez froncé.

∞

Sur le trajet jusqu'au cabinet, je repense à ces huit derniers mois. Stéphane a vite trouvé un appartement pour pouvoir partager la garde de Théa sereinement, sans me retrouver au milieu d'une petite sauterie organisée dans la garçonnière de Joe. Nous avons eu droit à quelques situations embarrassantes…

Nous nous sommes vite rendu compte, l'un et l'autre, que nous sommes plus heureux et en bons termes séparément qu'ensemble à se bouffer le nez sans arrêt. Nous y avons trouvé un équilibre plus rapidement que je ne l'aurais pensé, de même que Théa. Avoir deux chambres, deux fois plus de jouets, ce n'est pas pour lui déplaire.

Je soupçonne Stéphane d'avoir rencontré quelqu'un, il s'est remis au sport, est toujours bien rasé et bien coiffé. Je ne l'ai pas questionné sur le sujet, soucieuse de respecter sa vie privée, et il n'en a pas parlé non plus. Nous avions de toute façon passé l'accord de ne faire entrer personne dans la vie de Théa tant que le divorce ne serait pas prononcé.

Quant à Léo et moi, une certaine distance s'est installée par la force des choses, il est parti en voyage à plusieurs reprises, pour « retrouver l'inspiration ». Cette pensée me fait un pincement au cœur et une amère mélancolie m'enveloppe. À peine le temps de respirer un bon coup que nous voilà devant le cabinet, Sam et Stéphane nous y attendent.

Nous sortons de la voiture et Théa saute sur son père qui me regarde d'une drôle de façon. Elle passe ensuite aux bras de Sam qui la couvre de bisous sur la figure.

— On avait pas dit quatorze heures ? hasarde Stéphane.

— Ouiiii je suis désolée, je n'ai pas vu le temps passer, je viens de finir ma dernière réécriture ! J'ai eu Jenna au téléphone tout de suite après, puis, voilà quoi…

— C'est génial, ça ! s'extasie Sam.

— Oui, bon, on discutera de ça après, on nous attend, nous rappelle Stéphane.

Sam me fait un clin d'œil et j'envoie un baiser à Théa qui est déjà en train de négocier une glace à trois boules avec tonton Sam.

∞

Mon nouvel ex-mari et moi sortons côte à côte, le sourire aux lèvres, nous venons officiellement de finaliser notre divorce. Je le regarde et je suis prise d'une forte émotion à ce moment-là, les choses n'auraient pas pu mieux se passer.

Nous avons mis la maison en vente et en quatre mois tout était réglé, nous avons donc pu nous partager la somme équitablement et éviter de voir un notaire pour effectuer un état liquidatif. Le reste de la paperasse concernant cette procédure par consentement mutuel a pris en tout et pour tout quatre autres mois durant lesquels nous avons eu le temps de prendre nos marques dans nos logements respectifs.

Huit mois après tout ça, nous voilà enfin libres.

— Alors, heureuse ? plaisante-t-il.

— Soulagée, je dois l'admettre. Et très soulagée que les choses se passent aussi facilement entre nous.

— C'est important pour Théa. Puis, tu sais, tu compteras toujours pour moi, quoi qu'il advienne. Je serai toujours là.

— C'est gentil, moi aussi, tu le sais, souris-je. Comment ça va dans ton nouveau boulot ?

— Ça fait bizarre de travailler à nouveau de jour ! Mais franchement, ça fait du bien. Je retrouve un rythme correct, je ne vis plus en décalé, j'ai même repris le sport. En fait, t'aurais dû me quitter plus tôt !

Je lui administre une tape vigoureuse dans l'épaule, à laquelle il répond par un rire franc.

— Ça va ! Je plaisante ! C'était surtout pour Théa, plus de galère pour avoir une nounou les soirs de semaine. Et ton roman alors, est-ce qu'on va bientôt pouvoir l'acheter ?

— Jenna doit me faire un retour au sujet des dernières corrections, mais tout va aller très vite à partir de maintenant. J'ai hâte de le tenir entre mes mains. Et Jenna va enfin pouvoir recommencer à respirer !

— C'est super, Andie. Je suis vraiment heureux pour toi, tes rêves deviennent réalité. J'en ai parlé à tout le monde, au boulot. Ils vont tous acheter un exemplaire dès sa sortie !

— C'est adorable. C'est fou, tu m'as plus soutenu en huit mois que pendant toutes ces années de mariage. T'as raison, on aurait dû se séparer plus tôt.

— Aïe… ça pique. OK, c'était mérité.

Sam et Théa apparaissent au coin de la rue et nous font de grands signes.

— Ça va aller, cette semaine, sans Théa ? s'inquiète Stéphane.

— J'ai eu le temps de m'habituer, t'en fais pas.

— Je sais, oui. Mais ce soir, c'est différent quand même. Tu vas rentrer seule après qu'on ait été déclarés divorcés pour de bon, peut-être que la soirée ne va pas être si simple.

— Sam va rester avec moi, je suis bien entourée.

— D'accord, bon, en tout cas… si tu as un coup de blues, n'hésite pas à nous appeler. On peut toujours se faire des soirées pizza tous les trois, ça ne change rien.

— C'est noté, merci. Mais je pense que je vais profiter de ma nouvelle liberté pour m'éclater avec mon meilleur ami !

— J'approuve cette idée ! fanfaronne Sam en arrivant à notre niveau.

— Allez Théa, fais un bisou à maman.

Elle se jette littéralement à mon cou et m'agrippe si fort que j'en ai la gorge serrée. À moins que ce ne soit encore l'émotion du moment qui me prenne aux tripes. Je me mords fort les joues pour ne pas verser de larmes.

— Une dernière chose, Andie.

Je lève les yeux vers Stéphane qui m'offre un sourire étincelant en récupérant la main de Théa.

— Tu me passes les clés de la BM ? J'aimerais faire un petit tour avec, je te la ramène ce soir ! Vu que vous allez chez toi de toute façon, tu vois… je déposerai les clés dans la boîte aux lettres.

Je pouffe et secoue la tête avant de farfouiller dans mon sac et d'en sortir les clés. Je les lui lance et l'expression de joie qui illumine son visage vaut le coup d'œil.

Je prends ma fille une dernière fois dans mes bras et la serre fort contre moi.

— Maman ! Tu m'étouffes !

— Pardon, vas-y chérie, papa t'attend.

Je la regarde s'éloigner avec un pincement au cœur. Ça me fait toujours le même effet de la voir partir ainsi. Je me tourne face à mon ami, les larmes aux yeux, il me prend immédiatement dans ses bras.

— Je suis ridicule, sangloté-je.

— Mais non, enfin ! C'est normal d'avoir un petit surplus d'émotions. Tu viens de signer les papiers du divorce et tu regardes ta petite partir avec son papa. N'importe qui serait chamboulé. Ça a été, alors ?

— Super bien. Tout est OK, je vais pouvoir avancer maintenant.

— Je suis super heureux pour toi, pour vous. Viens, on s'arrache.

Nous montons dans la voiture, Sam met de la musique tandis que mon regard se perd dans le vide. Tout ça, c'est ce que je voulais depuis longtemps. Malgré tout, c'est une page assez douloureuse qui se tourne et, même si ça s'est fait assez sereinement, je suis légèrement maussade.

— À quoi tu penses ? m'interrompt Sam.

— Oh, à tout ça. Stéphane, Théa, mon bouquin.

— Et… Léo ?

— Tu peux pas t'en empêcher, hein.

— C'est normal que je demande, non ? Tu as pris du recul par rapport à lui en prétextant de vouloir être divorcée pour tenter quoi que ce soit.

— Ce n'était pas un prétexte ! Et je ne regrette pas mon choix. Ça n'a pas toujours été simple de garder mes distances avec lui, mais il m'a bien aidé à tenir le coup en s'éloignant comme ça…

— Il était vexé. Et puis, ça a dû être difficile pour lui aussi de ne pas céder à la tentation après avoir passé la nuit avec toi. Le plus simple était sans doute de ne plus vous voir qu'au travail.

— Oui, enfin, avec ses différents voyages soi-disant pour « retrouver l'inspiration », on ne s'est même plus vus au travail !

— Et alors, tu penses qu'il ne répondra pas si tu l'appelles ? Tu devrais enfiler un petit ensemble sexy et aller sonner chez lui. Il ouvre, tu lui sautes dessus !

— C'est pas si simple. Il m'en veut peut-être… il n'a pas répondu la dernière fois que je l'ai appelé. Je crois que s'il est reparti en voyage, c'est surtout pour m'oublier un peu. Je ne sais même pas s'il est encore en Espagne en ce moment, je n'ai aucune nouvelle.

— Il avait besoin de changer un peu d'air le temps que tu sois complètement dispo ? suppose-t-il avec enthousiasme.

— T'es toujours optimiste en ce qui concerne ma vie, en revanche, pour la tienne, c'est une autre histoire !

— Ah, tu sais ce que c'est. Bon, nous sommes arrivés à destination Madame Laurent. Au fait, je dois t'appeler comment ?

— Comme d'habitude, j'ai préféré garder le nom de Stéphane par rapport à Théa.

— Oui ça d'accord, mais Madame ou Mademoiselle ?

— Mademoiselle, ça n'existe plus.

J'esquisse un rictus amusé et récupère mon sac à l'arrière avant d'ouvrir la portière et de poser un pied dehors. Je lève les yeux et le temps s'arrête une seconde.

Léo m'attend là, le sourire aux lèvres, juste devant la porte de l'immeuble.

— Mais… comment ? balbutié-je, confuse.

— Je l'ai peut-être appelé il y a quelques jours pour lui dire que tu signais les papiers aujourd'hui. Il est rentré hier, chuchote Sam avec sourire complice.

Je me jette à son cou dans l'habitacle et dépose un énorme baiser sur sa joue.

— Allez, sors de cette voiture. Ton avenir t'attend.

Je regarde Sam démarrer, s'éloigner, puis je prends quelques secondes pour respirer un bon coup. Dans mon dos se trouve l'homme que j'attends depuis si longtemps, je ne sais pas dans quel état d'esprit il est et je suis incapable de me calmer.

J'opère un demi-tour et avance lentement vers lui. Son visage est impassible, l'expression chaleureuse qu'il affichait il y a quelques secondes a complètement disparue.

Va-t-il m'annoncer qu'il en a eu marre d'attendre ? Qu'il a rencontré une sulfureuse espagnole du nom de Maria ? Qu'il a tenu à être là en ce jour particulier pour m'offrir son amitié ? Les questions défilent dans mon esprit et s'entassent les unes sur les autres à chaque fois que je fais un pas dans sa direction.

Je m'arrête juste devant lui, sondant ses yeux pour tenter d'y déceler un quelconque indice. Il fait un pas vers moi, baisse légèrement la tête et ancre son regard dans le mien. Nos visages ne sont qu'à quelques centimètres, le sien se détend enfin. Sa main remonte au niveau de ma joue et vient caler une mèche brune derrière mon oreille.

— Te voilà… susurré-je.

— J'ai dit que je t'attendrais, non ?

— J'étais pas sûre… tu étais parti en Espagne, à cause de moi… et je t'en ai fait voir de toutes les couleurs, je…

— La ferme, me coupe-t-il. J'aimerais te lire quelque chose, si tu veux bien.

Je fronce les sourcils, interloquée par ce comportement. Il ne m'a toujours pas embrassée, mais il veut me lire quelque chose ?

Il passe sa main à l'intérieur de sa veste et en sort une feuille pliée qu'il ouvre en me souriant. Dans un haussement de sourcil mystérieux, il s'éclaircit la voix, puis commence :

— « Il y a des âmes parfois qui se croisent, s'entrechoquent et s'abîment au détour d'un amour vain, mais qui n'en est pas moins grand. Une passion dévorante qui terrasse tout sur son passage. Au contraire, ce que je ressens pour toi n'a rien d'une passion dévorante. Elle est calme et paisible. Ça n'empêche qu'elle me brûle… lorsque je l'approche de trop près. Alors, si tu penses qu'entre nous la flamme s'éteindrait vite et fort, je ne peux que te contredire. Et le vestige de nos sentiments passés démontre encore davantage la grandeur de ce feu. Les années n'ont pas défait, ni ne serait-ce qu'entamé notre complicité et notre désir. Certaines âmes se croisent et parfois, elles ne s'entrechoquent pas, elles se fondent l'une dans l'autre et ne s'éloignent plus jamais. Nos deux âmes sont ainsi faites, différentes et si semblables à la fois. Que même dans une autre vie, à travers un autre temps, je te retrouverai et t'aimerai comme au premier jour. Comme lorsque l'on a dix-sept ans et que l'on s'aime purement et simplement, sans artifices, sans déguisements ni faux-semblants. Alors, tu peux me donner toutes les excuses du monde, faire semblant de ne pas voir ni entendre ce que tout ton corps et ton cœur te crient, mais moi, tu ne m'auras pas. Je te vois. »

Je reste muette quelques secondes, incapable de retenir le sourire qui me déchire littéralement les joues.

— Ce sont mes mots, ça, Monsieur Cottet… comment peuvent-ils se retrouver entre tes lèvres ?

— Je te les emprunte, ça ne te dérange pas ?

Je secoue la tête, remplie d'un bonheur à la fois si pur et si grand que chaque parcelle de mon corps semble sourire elle aussi. Sam est sans doute encore une fois derrière ce petit tour de passe-passe, mais nous aurons tout le temps d'éclaircir cette histoire.

Je passe mes bras autour de son cou et l'embrasse passionnément, enfin, après plus de huit mois d'attente et quelques premiers baisers dans des conditions chaotiques. Je me laisse aller à cette douceur mêlée à une passion électrisante.

Je défais ma bouche de la sienne pour reprendre mon souffle et je m'aperçois que je tremble comme une feuille.

— C'est ridicule, de trembler comme ça.

— C'est adorable, corrige-t-il. Comme à nos dix-sept ans.

REMERCIEMENTS ET *mots d'autrice*

Merci à toi d'avoir lu cette histoire jusqu'au bout. J'ai adoré partager ma vie avec ces personnages durant ces mois de travail acharné et j'espère que tu aimeras au moins autant les découvrir.
Je dédicace ce roman à la moi d'il y a quelques années, qui a dû tout recommencer depuis le départ et qui était découragée d'avance, persuadée que c'était impossible.
Je le dédicace également à toutes ces personnes qui seraient dans la même situation, dans la peur d'abandonner une vie qui ne leur plaît pas pour enfin en démarrer une nouvelle. À cette ancienne moi, et à vous :

Tout est possible.

Si tu as aimé ma plume, tu peux retrouver mon premier roman via ce QR code.

L'odeur des lilas
romance dramatique

dispo à la commande sur :
BoD, Fnac, Cultura, Amazon, Entre parenthèses...

Ce QR code te donnera accès à ma page professionnelle, tu y trouveras mes romans et pourra y laisser un commentaire après ta lecture.
Ce geste est probablement anodin pour toi, il ne te prendra que quelques minutes. Pour moi, il représente beaucoup. C'est un merveilleux moyen de m'aider à faire connaître mon travail et c'est toujours un plaisir de lire vos avis.
Je te remercie chaleureusement de prendre le temps de le faire.

À très bientôt !